W0298821

Karl May
Es sei Friede!

Karl May
Es sei Friede!

Herausgegeben
und mit einem Nachwort versehen
von Hainer Plaul

Verlag Das Neue Berlin

Die Texte entsprechen den autorisierten Originalfassungen und wurden nur behutsam den heutigen grammatikalischen und orthographischen Regeln angepaßt. Fremdsprachige Ausdrücke, z. B. indianische und arabische Worte und Wendungen, sind in Schreibweise und Erläuterung gemäß den Mayschen Originalen wiedergegeben.

Illustrationen von Jörn Hennig

Tötendes Feuer

Einer nicht ganz leichten Verwundung wegen hatte ich in Fort Caß am Zusammenfluß des Bighorn mit dem Yellowstrome einige Wochen lang das Lager gehütet, und das war eine recht trübselige Zeit gewesen. Nicht, daß es mir an Mitteln gefehlt hätte, die Zeit meines gezwungenen Verweilens mir so angenehm wie möglich zu machen; ich hatte vier volle Maultierladungen Felle mitgebracht und ein schönes Sümmchen dafür gelöst; aber die hier gebotenen Genüsse gipfelten in Tabakrauchen und Brandytrinken. Der Tabak bestand zur Hälfte aus Surrogat, und der Brandy schien verdünnte Schwefelsäure zu sein. Außerdem gab es drei oder vier Spiele Karten, deren Bilder kaum mehr zu erkennen waren, und eine Bibliothek von drei Bänden, nämlich Shakespeares Heinrich VIII., bestehend aus Einband und Titelblatt; die anderen Blätter waren bereits zu Pfropfen verwendet worden! – Voltaires Karl XII. – einmal in den Feldkessel gefallen und die Blätter infolgedessen fest zusammengeklebt; – und der vierte Band der Chronik des Oeil de Boeuf – hatte im Zuckerkasten des Majors gelegen und war von den Ameisen halb aufgefressen worden. Ausflüge konnte ich der Wunde wegen nicht mitmachen, und Besuche erhielt ich fast gar nicht, da ich überhaupt kein besonderes gesellschaftliches Talent besitze und übrigens an den Herren Militärs kein großes Wohlgefallen fand. Die Soldaten waren aus allen möglichen problematischen Elementen zusammengeworfen, und die Herren Offiziere konnten mir nicht sympathischer sein, da ich über die Erfüllung ihrer Pflichten ganz anders dachte als sie. So hatte ich mich während der Zeit meines Krankenlagers recht einsam gefühlt, und als der Arzt mir endlich den ersten Ausflug gestattete, beschloß ich, von dieser Erlaubnis gleich einen etwas umfänglicheren Gebrauch zu machen, als er es wohl beabsichtigt hatte.

Ich nahm mir daher ein gutes indianisches Rindenkanu, legte meine Waffen zu mir und ruderte mich den Bighorn hinaus: Ich wollte mir eine rechte Güte tun und wieder einmal eine ganze Nacht im Urwalde verbringen.

Proviant hatte ich nicht mitgenommen; zum Trinken gab es Wasser genug, und den Braten sollte mir meine Büchse liefern. So hatte ich mich seit frühmorgens mit einigen kurzen Unterbrechungen den Fluß hinaufgearbeitet und machte am Abend an einer Stelle halt, welche vielleicht fünfzehn englische Meilen vom Fort entfernt sein konnte.

Das war ein stiller, einsamer Ort, so ganz nach meinem Geschmack. Der Fluß bildete hier eine seeartige Erweiterung mit mehreren tiefen, schmalen Buchten, an deren einer ich landete und das Kanu befestigte. Es wollte bereits dunkel werden; ich brannte mir ein Feuer an und briet mir einige Fische, welche ich während der Fahrt geangelt hatte. Als ich diese einfache Mahlzeit beendet hatte, legte ich noch mehr Holz in die Flamme, wickelte mich in meine Decke und legte mich nieder.

Aber von Einschlafen war noch keine Rede. Ich hatte so lange Zeit auf meinen alten treuen Freund, den Urwald, verzichten müssen, und heute, da ich zum ersten Male wieder in seinen Armen lag, durfte ich ihm das Herzeleid nicht antun, einzuschlafen, ohne seinen ernsten, tiefen, schwermütigen Stimmen zu lauschen.

Diese Stimmen sind von dem großen Meister der Schöpfung alle in Moll gesetzt, sind ja auch die einfachen Gesänge der Naturvölker stets in Moll komponiert. Ich lauschte der Abendhymne des Waldes, jenem leisen, aber

sonoren Sausen, welches von tief gestimmten Aeolsharfensaiten zu kommen scheint. Es umgibt und umklingt einen von allen Seiten; es kommt aus allen Richtungen, und doch kann man nicht sagen, wo es beginnt und wo seine Noten geschrieben stehen. Dazu erklang in leichtem Rhythmus das kosende Plätschern und Glucksen der Wellen. Ein Eichkätzchen kam am Stamme einer Rüster herab, betrachtete mich mit seinen kleinen, neugierigen Äuglein und kehrte dann beruhigt in seinen Kober zurück. Zuweilen sprang in dem Scheine, den das Feuer über das Wasser warf, ein Fisch empor und fiel mit lautem Klatschen wieder in sein Element zurück. Die brennenden Zweige prasselten in der Glut; eine Kopperhead, zu den Kreuzottern gehörend, raschelte davon; sie hatte vielleicht ihr Sommerlogis gerade in der Nähe des Feuers gehabt und machte sich jetzt aus dem Staube. Ein aus dem ersten Schlafe geweckter Käfer arbeitete sich mit mikrophonem Rascheln durch das abgefallene Laub; eine kleine Moskitenschar tanzte um den aufsteigenden Rauch einen sehr bewegten Reigen und ließ dabei ein feines, silbernes Klingen hören, welches plötzlich durch das unstete, heftige Summen eines großen, dicken Nachtfalters unterbrochen wurde, der mit tölpelhafter Rücksichtslosigkeit mitten unter sie hineinschoß, aber auch sofort seine Strafe erlitt: Er versengte sich die Flügel und fiel in die Flamme. Vis-à-vis von mir, auf der anderen Seite der schmalen Bucht, erhob ein Frosch seine Stimme; er mußte ein riesenhafter Kerl sein, denn sein Quaken war ein förmliches Brüllen zu nennen. Er schien sich über meine Gegenwart höchst beleidigt zu fühlen, denn er ließ nicht jenes kurze, tief befriedigte „Quak!“ oder jenes lang gezogene, glückselige „Qu-aaaak!“ hören, mit dem ein normal gestimmter Froschbariton sein breites Maul aus dem Wasser schiebt, sondern es war ein höchst ärgerliches Belfern, ein beleidigendes, aller Rücksicht und Hochachtung bares Räsonieren, was er hören ließ, die reinste, ausgesprochenste Verbalinjurie, und – – – doch halt, was war das?

Der Frosch brach plötzlich ab, und ich hörte, daß er in das Wasser zurückfuhr. Er war gestört worden; aber wodurch? Von wem?

Wer jahrelang und unter tausend Gefahren sich im „wilden Westen“ aufgehalten hat, der weiß jeden, auch den kleinsten Laut der Natur zu beurteilen. Ein Zweig knickte drüben, ein dürrer, dünner Zweig, der auf dem Boden gelegen hatte; ich hörte es deutlich, und so leise dieser Ton gewesen war, sagte er mir doch, daß er von dem Fuße eines Menschen verursacht worden sei. Zerbricht ein Ästchen, ein Zweig in der Höhe, so hat dies wenig zu bedeuten, denn es ist vom Winde oder von einem Tiere geschehen, knickt das Holz aber am Boden, so ist die Möglichkeit vorhanden, daß ein Mensch in der Nähe ist. Und ein alter Waldläufer weiß an dem Geräusch sehr genau zu entscheiden, ob der Zweig von dem elastischen Fuße eines schleichenden Tieres oder dem weniger biegsamen eines Menschen zerbrochen wurde. Er weiß sogar durch langjährige Übung zu bestimmen, ob das Geräusch durch den hartsohligen Stiefel eines Weißen oder den weichen, nachgiebigen Mokassin eines Indianers hervorgebracht ist.

Ich wäre in diesem Augenblicke eine jede Wette eingegangen, daß sich ein Indianer da drüben jenseits der Bucht befinde, und dies konnte nach dem gegenwärtigen Stande der Dinge keineswegs ein beruhigender Gedanke für mich sein.

Ich gestehe nämlich freimütig, selbst auf die Gefahr hin, vielerorts anzustoßen, daß ich das bisherige Verhalten der Weißen gegenüber den Roten nicht billige. Auch der Indianer ist Mensch und steht im Besitze seiner Menschenrechte; es ist eine schwere Sünde, ihm das Recht zu existieren abzusprechen und die Mittel der Existenz nach und nach zu entziehen. Man halte im Vereinigten Staaten-Kongreß noch so schöne Reden; man sende dem sogenannten „Wilden“ Missionare, Agenten und alle möglichen anderen Sorten von „Zivilisatoren“, der Unparteiische aber wird die Rede von der Tat zu unterscheiden wissen.

Der Indianer befand sich im vollständigen Besitze des Landes; er war Herr des Bodens und seiner Erzeugnisse; er lebte auf diesem Boden nach seiner individuellen Art und Weise und befand sich wohl dabei. Keine einzige indianische Überlieferung spricht von einem solchen Blutvergießen, wie es kurz nach der Einwanderung der Weißen begann und noch heute fortgesetzt wird. Die ersten Weißen wurden fast wie Götter aufgenommen und geehrt, aber diese Götter zeigten bald sehr menschliche oder vielmehr unmenschliche Eigenschaften. Man denke nur an die spanischen Konquistadores, welche das heilige Kreuz auf ihren Fahnen trugen, aber Fluren und Felder vernichteten, Städte und Dörfer zerstörten und dadurch, daß sie die Wasserleitungen in Ruinen legten, das Land in eine große Öde verwandelten. Finsterer Zelotismus, fieberhafte Goldgier, Verrat und maßlose Selbstsucht haben das Leben von Millionen friedlicher Menschen vernichtet und unsere Geschichte um die Fortentwicklung einer eigenartigen, wohlberechtigten Kulturform gebracht. So in Peru und in Mexiko. Und in den Vereinigten Staaten? Der Indianer soll sterben, und er wird also sterben, es ist daher unnütz, zu philosophieren; aber man beurteile ihn nicht nach Berichten aus zehnter und zwölfter Hand, auch nicht nach seinen jeweiligen Feindseligkeiten, zu denen er immer wieder getrieben wird; man suche ihn auf, vertraue sich ihm an und lerne ihn kennen! Er ist enthaltsam, gerecht, wahr, treu und tapfer. Hat man ihn betrogen und getäuscht, so verurteile man ihn nicht, wenn er Gleiches mit Gleichem vergilt. Treibt man ihn, ohne ihm Wort zu halten, aus einer Reservation in die andere, so wundere man sich nicht, daß er sich nicht zum heimatlosen „Ewigen Juden“ geboren fühlt, sondern das kleine, ihm zugesagte Stückchen desjenigen Landes verteidigt, welches einst ihm ganz gehörte. Der Indianer liegt im Sterben, tausendfach verwundet und verletzt; sein Scheiden ist kein friedliches; sein Todeskampf ist vielmehr ein fürchterlicher. Das Feuerwasser, die Pocken und andere ähnliche Geschenke der Weißen haben seine Kräfte noch nicht zur Neige gebracht; er, der einstige Riese, ist noch stark genug, manchen Angreifenden im gewaltigen Todeskampfe zu erdrükken. Sein hartes Sterbebette ist das Felsengebirge, in dessen Schluchten und Kanons die letzten Kämpfe stattfinden werden. Er weiß, daß die Pueblos, Zuni, Queres und alle, welche sich ergeben haben, den langsamen, ehrlosen

Tod des Verschmachtens, der Entartung gestorben sind oder noch sterben werden; er will sterben wie Held Roland, das Schwert in der Faust. Alle die sogenannten friedlichen Indianer verschwinden nach und nach, ohne ihren Namen und das Gedächtnis einer männlichen Tat zu hinterlassen; aber die Komanchen und Apachen im Süden und die Sioux im Norden werden, vertrieben aus ihren Savannen, sich in die Rocky Mountains zurückziehen und Schritt um Schritt im Blute ihrer Feinde waten, bis man den letzten von ihnen niederschlägt. Diese Kämpfe werden jahrhundertelang im Munde ferner Generationen fortleben, und um jeden Schädel, den der Pflug oder der Spaten des Landmanns aus der Erde stößt, wird die Sage ihr Gewebe spinnen, und die Urenkel der Sieger, gerechter als ihre Ahnen, werden dem erschlagenen Indsman ihre Teilnahme widmen und vielleicht auch – – die Konsequenzen dieses Totschlages zu tragen haben.

Das ist meine Ansicht als Mensch und als – – Deutscher. Was dieses letztere Wort sagen soll, braucht man nicht erst zu erklären, obgleich es nicht im mindesten eine ethische Überschätzung, eine gedankenlose Selbstgerechtigkeit ausdrücken soll.

Während meines gezwungenen Aufenthaltes in Fort Caß war eine Soldatenabteilung nach Westen detachiert worden, um „Fleisch zu machen". Sie hatte eine Schar Sioux vom Stamme der Tetons angetroffen, welche bereits mit der Büffeljagd beschäftigt war. Nun gilt es als Savannengesetz, daß die Jagd dem gehört, der sie zuerst unternommen hat; anstatt aber weiter zu ziehen, hatten die Dragoner sofort Anspruch auf die Beute erhoben; es war zu einem Kampfe gekommen, und die Indianer hatten unter Zurücklassung zahlreicher Gefallener den überlegenen Waffen der Feinde weichen müssen. Die Offiziere hatten sich gegen mich dieses Sieges mitten im Frieden und auf einem vollständig freien, neutralen Gebiete höchlichst gerühmt, und es war mir nicht gelungen, ihnen eine andere, gerechtere Anschauung beizubringen. Es stand mit Gewißheit zu erwarten, daß die Sioux diesen Friedensbruch rächen würden, und darum hatte ich jetzt, als ich in meiner Nähe das

Knicken eines Zweiges vernahm, alle Veranlassung, auf meiner Hut zu sein.

Ich hielt die Augen scheinbar geschlossen, blickte aber unter den gesenkten Lidern scharf hinüber, wo das Geräusch sich hatte hören lassen. Die Bucht war hier höchstens zwanzig Fuß breit, und der jenseitige Rand des Gesträuches wurde von meinem Feuer hell erleuchtet. Man muß sehr scharfe, geübte Sinne besitzen, um in einer solchen Lage das Richtige zu treffen; oft aber tut der einfache Instinkt mehr als alle Schärfe der Wahrnehmungsorgane. Ich bemerkte, daß einige Zweige langsam beiseite geschoben wurden; zwei dunkelglühende Augen erschienen, schlossen sich aber sofort wieder. Der Mann da drüben war ein alter, erfahrener Krieger; er wußte, daß man des Abends das Leuchten zweier Indianeraugen recht gut bemerken kann, und ließ die seinigen also nur auf einen Moment aufblitzen. Ich sah ihren Glanz fünf- oder sechsmal erscheinen, dann erhielten die zur Seite geschobenen Zweige ihre ursprüngliche Lage wieder: Der Mann hatte sich überzeugt, daß ich allein sei.

Ich hatte nur die Augen, nicht aber das Gesicht gesehen, ich wußte also nicht, ob er sich mit den Kriegsfarben bemalt hatte, ob er sich in friedlicher oder feindlicher Absicht hier befand. Jedenfalls war es geraten, das Schlimmere anzunehmen. War er allein? Befand er sich als Spion hier am Flusse? Oder befand sich eine Indianerschar in der Nähe, die mein Feuer bemerkt und ihn abgeschickt hatte, um zu sehen, wer an demselben lagere? Ich hatte allen Grund, anzunehmen, daß er allein sei. Zu Rekognoszieren schicken die Indsmen gewöhnlich junge Leute aus, die sich üben sollen; dieser Mann aber war alt und erfahren. Ich war überzeugt, daß er sich um die Bucht herumschleichen werde, um unbemerkt an mich zu kommen. Dann trat einer von zwei Fällen ein: Kam er im Frieden, so trat er plötzlich zwischen den Bäumen hervor, um mit stolzem Gruße an meiner Seite Platz zu nehmen und mir zu sagen, daß ich doch vorsichtiger sein möge; kam er aber als Feind, so wurde ich eine Leiche, ohne ihn vorher nur einen Augenblick lang bemerkt zu haben. In beiden

Fällen galt es, ihm zu beweisen, daß ich wenigstens ein ebenso guter Westmann sei wie er.

Ich wartete eine Weile, dann schlug ich meine Decke auseinander, die ich ja um mich gelegt gehabt hatte, und drapierte sie, aber ohne mich zu erheben oder das geringste Geräusch zu verursachen, so am Boden hin, daß es von weitem den Anschein hatte, als ob ich noch darunter liege; dann nahm ich meine Büchse und kroch in das Dunkel der Bäume hinein.

Er mußte von links herbeikommen; ich fand unter einigen eng beisammenstehenden wilden Kirschensträuchern ein ausgezeichnetes Versteck. Vorhin hatte ich beim Scheine der kurzen Dämmerung gesehen, daß man die kleine Bucht recht gut in fünf Minuten umgehen könne; bei dem jetzt herrschenden Dunkel aber und bei der Vorsicht, welche er beobachten mußte, konnte er vor einer Viertelstunde nicht bei meinem Feuer sein.

Diese Zeit verging. Ich hielt die Augen geschlossen; er

hätte ja den phosphoreszierenden Glanz derselben bemerken können, und verließ mich allein auf mein gutes Gehör. Es hatte mich noch nie im Stiche gelassen und blieb mir auch jetzt treu: Ein ganz, ganz leises, fast unbemerkbares Wehen sagte mir, daß er komme. Es war kein Geräusch, es war nur der Luftdruck, den seine Bewegung hervorbrachte. Und da, da trat auch mein Geruch in Tätigkeit: Es näherte sich mir ein eigentümlicher, unangenehmer Geruch, den ich kannte; der Mann hatte ein Opossum erlegt, ausgeweidet und gegessen. Dieses Beuteltier hat einen schlechten Geruch und wird von den Indianern nur dann gegessen, wenn es nichts anderes gibt. Dieser Geruch haftete ihm noch an, und daß er einen solchen Braten nicht verschmäht hatte, war mir der sicherste Beweis, daß er ein Kundschafter sei. Er hatte, um Zeit, Mühe und Umwege zu ersparen und das Geräusch verräterischer Schüsse zu vermeiden, das erste beste Opossum aus seinem Baumloche hervorgeholt und an diesem Fleisch seinen Hunger gestillt.

Jetzt war er da, so nahe bei mir, daß ich ihn fast mit der Hand erreichen konnte. Er kroch an mir vorüber, langsam und lautlos, mit dem Leibe am Boden wie eine Schlange. Wer dieses Anschleichen nicht selbst versucht hat, glaubt gar nicht, welch eiserne Muskeln und stählerne Nerven dazu gehören, sich mit langgestrecktem Körper nur auf den Spitzen der Füße und Finger über die Erde hinzuschieben. Benutzte man dabei die Sohlen der Füße, die Teller der Hände oder gar das Knie, so würde wiederholtes Geräusch ganz unvermeidlich sein. Als vorher der Zweig knickte, waren jedenfalls die Muskeln des Indianers ermüdet gewesen, und er hatte infolgedessen den Boden für einen Augenblick mit dem Knie berührt. Die Stelle, auf welche man die Finger setzen will, wird vorher mit den Spitzen derselben sorgfältig untersucht, ob da nichts Zerbrechliches vorhanden ist. Genau auf dieselbe Stelle kommen dann im Weiterschleichen die Fußspitzen zu ruhen. Mancher ganz gute Schütze und ganz brave Westmann bleibt während seines Lebens doch ein schlechter Anschleicher. „La-ya-tishi, mit den Fingern sehen“ nennen die Navajos sehr bezeichnend diese für den Feind so gefährliche Fertigkeit.

Jetzt war er an mir vorüber, und nun mußte ich handeln. Ich ließ die mir hinderliche Büchse unter den Büschen liegen und kroch ihm nach; ich erreichte ihn und schnellte mich auf seinen lang gestreckten Körper. Mit der Linken sein Genick umspannend, schlug ich ihm die geballte Hand auf den Hinterkopf – er brach besinnungslos zusammen. Nun nahm ich mein Lasso vom Gürtel und schlang es ihm dergestalt um die Arme und Beine, daß er sich nicht bewegen konnte, dann trug ich ihn, nachdem ich zuvor meine Büchse geholt hatte, nach dem Feuer. Hier legte ich ihn nieder und fachte die Glut von neuem an, um sein Erwachen genau beobachten zu können.

Es dauerte lang, ehe er die Augen aufschlug, aber trotz der scheinbar gefährlichen Situation, in welcher er sich befand, verriet kein einziger Zug seines ehernen Gesichtes eine Spur von Überraschung oder Schreck. Er schloß die Augen wieder und blieb wie leblos liegen, aber ich bemerkte doch, wie sich leise und heimlich seine Muskeln spannten, um die Festigung der Fesseln zu prüfen. Er trug den bloßen Haarschopf eines gewöhnlichen Indianers und war nur mit Hemde, Hose und Mokassins bekleidet, alles aus Leder gearbeitet. In seinem Gürtel sah ich ein Messer und einen Tomahawk, den Medizinsack und einen Kugelbeutel. Der letztere bewies mir, daß er sein Gewehr, vielleicht auch sein Pferd in der Nähe versteckt habe, um sich ungehindert anschleichen zu können. Ich wußte, daß er auf keinen Fall das Gespräch beginnen werde, und fragte daher in jenem Gemisch von Englisch und Indianisch, welches längs der Indianergrenze im Gebrauche ist:

„Was wollte der rote Mann bei meinem Feuer?“

„Tcha-tlo!“ antwortete er knirschend.

Dieses Wort stammt aus dem Navajo-Dialekte und bedeutet Frosch, Großmaul, Quaker, unnützer Redner, Feigling, der sofort sich verbirgt; es enthielt also eine Beleidigung, die ich aber überhörte. Warum sprach dieser Mann im Navajo? Er sah mir mehr wie ein Sioux aus.

„Du hast recht, dich über diesen Frosch zu ärgern“, antwortete ich; „er hat dich verraten. Hättest du ihn nicht gestört, so wärst du nicht mein Gefangener. Was denkst du wohl, was ich nun mit dir tue?"

„Ni niskhi tsetsetsokhiskhan shi – töte und skalpiere mich!" antwortete er.

„Nein, das tue ich nicht", sagte ich. „Ich bin nicht dein Feind; ich bin ein Freund aller roten Männer. Ich nahm dich nur gefangen, um mich vor Schaden zu bewahren. Zu welchem Volke gehörst du?"

„Shi tenuai!"

Das Wort tenuai heißt „Männer"; so nennen sich die Navajos; er meinte also „ich bin ein Navajo"; ich aber antwortete:

„Warum sagst du mir die Unwahrheit? Ich kenne die Sprache der Tenuai; du sprichst sie nicht gut. Ich höre an deiner Aussprache, daß du ein Mann der Tetons bist. Rede deine eigene Sprache oder die Sprache der Weißen. Ich liebe die Wahrheit und werde dir auch die Wahrheit sagen!"

Da richtete er zum ersten Male das Auge voll und forschend auf mich und sagte:

„Die Bleichgesichter sind über das große Wasser herübergekommen. Dort gibt es lichthaarige, die Engländer, und dunkelhaarige, die Spanier. Zu welchen gehörst du?"

„Zu diesen nicht und zu jenen auch nicht!" antwortete ich.

„Das ist gut! Sie sind Lügner mit lichtem Skalp und Lügner mit dunklem Skalp. Aber zu welchem Stamme gehörst du sonst?"

„Ich gehöre zu dem großen Volke der Germany, welche Freunde der roten Männer sind und noch niemals ihre Wigwams angegriffen haben."

„Uff!" sagte er überrascht. „Die Germany sind gut. Sie haben nur einen Gott, nur eine Zunge und nur ein Herz."

„Kennst du sie?" fragte ich, nun meinerseits überrascht.

„Nein", antwortete er. „Aber ich habe von einem großen weißen Jäger gehört, der ein Krieger der Germany ist. Er tötet den Grizzly mit dem Messer; er wirft jeden Feind mit einem Schlage seiner Faust zu Boden; seine Kugel geht nie fehl, und er redet die Sprache aller roten Männer. Er ist ihr

Freund und darf mitten unter allen weilen, denn keiner wird ihm ein Leid tun."

„Wie heißt er?"

„Die roten Männer nennen ihn Vauva-shala, tödliche Hand, die weißen Jäger aber rufen ihn Old Shatterhand. Er kennt alle Tiere der Ebene und des Gebirges, denn Winnetou, der große Häuptling der Apachen, ist sein Lehrer gewesen."

„Würdest du das Kalumet mit ihm rauchen?"

„Er ist ein großer Häuptling; ich müßte warten, bis er selbst mir die Pfeife des Friedens anböte."

„Er wird sie mit dir rauchen. Sage mir deinen Namen!"

„Man nennt mich Pokai-po, das tötende Feuer."

„Uff! So bist du der zweite Häuptling der Sioux vom Stamme der Tetons!"

„Ich bin es", antwortete er mit stolzer Einfachheit.

„Ich habe von dir gehört. Ein Häuptling der Sioux soll nicht gefesselt vor mir liegen. Du bist frei!"

Ich nahm ihm das Lasso von den Gliedern. Er richtete sich empor, blickte mich ganz erstaunt an und sagte:

„Warum gibst du mich frei? Warum tötest du nicht den größten Feind der Bleichgesichter?"

„Weil du ein tapferer und gerechter Krieger bist. Du bist der Feind der Bleichgesichter nur deshalb geworden, weil sie selbst ihre Freundschaft mit euch gebrochen haben. Aber es gibt sehr viele große und mächtige Völker der Bleichgesichter, und darunter sind viele, welche Freunde der roten Männer sind. Du darfst nicht alle weißen Männer hassen, weil einige falsch und untreu waren. Du wolltest mich überfallen, ich aber nahm dich gefangen; dein Skalp gehörte mir, ich aber gab dich frei. Laß uns die Pfeife des Friedens rauchen und dann als Brüder voneinander scheiden!"

Ich griff zur Pfeife, welche ich nach Trapperart am Halse hängen hatte, und stopfte sie. Er war sicher froh, mit heiler Haut zu entkommen, aber dennoch fragte er sich im stillen, ob es sich mit seiner Häuptlingsehre vertrage, von einem unbekannten Weißen die Pfeife angeboten zu erhalten. Darum fragte er:

„Bist du denn ein Häuptling der Weißen, und wie lautet dein Name?“

„Das tötende Feuer braucht sich nicht zu schämen, das Kalumet mit mir zu rauchen“, antwortete ich. „Ich bin Old Shatterhand, der Bruder aller roten Männer.“

Die Indianer sind gewohnt, selbst die überraschendste Nachricht mit der größten äußerlichen Ruhe aufzunehmen, aber kaum hatte ich den Namen genannt, welcher mir von irgendeinem müßigen Trapper gegeben worden war und sich dann von Mund zu Mund fortgesprochen hatte, so sprang der Häuptling in die Höhe und rief:

„Old Shatterhand! Redest du die Wahrheit?“

„Kann das tötende Feuer von einem gewöhnlichen Jäger überlistet und besiegt werden? Habe ich dich nicht vorhin mit einem einzigen Schlage meiner Hand niedergestreckt?“

„Aber wo ist da Winnetou, der große Häuptling der Apachen?“

Winnetou und ich waren als unzertrennlich bekannt; daher diese Frage.

„Er ist an den Quellen des Tonqueflusses, wo er mich erwartet. Ich mußte nach dem Fort Caß, um eine Wunde zu heilen. Das tötende Feuer mag Platz nehmen neben mir; oder soll Feindschaft zwischen uns beiden sein?“

„Wir wollen Brüder sein“, sagte er im feierlichen Tone. „Deine Feinde sind meine Feinde, und meine Brüder sind deine Brüder. Du sollst willkommen sein in allen Zelten der Sioux, und unser Leben ist wie ein einziges; einer soll für den andern sterben!“

Von diesem Augenblicke an konnte ich sicher sein, einen neuen Freund gewonnen zu haben, der jederzeit bereit war, sein Leben für mich hinzugeben. Ich rauchte die Pfeife an, blies den Rauch nach den vorgeschriebenen Richtungen und reichte sie ihm dann hin. Er wiederholte die Zeremonie und rauchte den Inhalt des Kopfes schweigend zu Ende. Die Pfeife war ein Geschenk Winnetous. Der Ton zu dem Kopfe stammte aus den heiligen Brüchen des Nordens, und jede ausgestoßene Rauchwolke galt als ein unverbrüchlicher Schwur zum großen Geiste, die geschlossene Freundschaft bis zum Tode treu zu halten. Die

Freundschaft der „Bleichgesichter“ wird oft auch bei Tabaksqualm und Spiritusduft geschlossen, aber was ist sie wert? Sie hört auf, sobald der Qualm sich verzogen und der Spiritus sich verflogen hat!

Jetzt gab es keine Geheimnisse mehr zwischen uns, und ich erfuhr nun, was ihn an den Bighorn geführt hatte: Er war als Kundschafter da, und ohne mein Zusammentreffen mit ihm wäre die Besatzung des Forts und die übrige Bewohnerschaft desselben höchstwahrscheinlich verloren gewesen.

„Die Krieger der Tetons kamen an die Pässe des Gebirges, um den Büffel zu jagen, der dort vorüberkommt“, sagte der Häuptling. „Sie hatten eine gute Jagd, denn der Büffel kam mit seinen Frauen und Kindern in einer großen Herde, wie man sie seit vielen Sommern nicht gesehen hatte. Die Söhne der Tetons sind stark und tapfer, darum lagen die Büffel und die Kühe zu großen Scharen tot am Boden. Da aber kamen die Bleichgesichter, welche bunte Kleider tragen, und verlangten, daß man die Büffel ihnen überlasse. Sie hatten mehr Feuergewehre als die roten Männer. Diese wehrten sich, mußten aber weichen und ließen dreimal fünf und noch drei Tote zurück. Waren die Bleichgesichter in ihrem Rechte?“

„Nein“, mußte ich leider antworten.

„Das denken die roten Männer auch. Darum haben sie den Medizinmann gefragt und einen großen Rat gehalten. Der große Geist hat ihnen einen Sieg verheißen, wenn sie die verräterischen Bleichgesichter angreifen. Nun sind sie ausgezogen, um den Feind zu bestrafen. Sie liegen im Walde und haben das tötende Feuer ausgesandt, nach Fort Caß zu gehen, um zu sehen, wie viele Feinde sich dort befinden und was man tun muß, um die festen Wohnungen der Bleichgesichter zu erobern.“

Das hatte ich kommen sehen! Dieser Sioux sah mich heut zum ersten Male; er wußte, daß ich jetzt zu den Bewohnern des Forts gehörte, und dennoch vertraute er mir das alles an. Ist es zu verwundern, daß ich ihn für meiner Freundschaft würdiger hielt als diejenigen, welche seine Rache so – gelind gesagt – – unbesonnen herausgefordert hatten?

Aber durfte ich ruhig zusehen, daß das Fort überfallen wurde? Nein! Und gerade aus diesem Grunde befand ich mich gegenwärtig in einer gar nicht beneidenswerten Lage.

„Wird mein Bruder Old Shatterhand mit mir zu den Kriegern der Tetons kommen, um das Fort zu überfallen?" fragte er, als ich längere Zeit sinnend schwieg.

„Nein", antwortete ich aufrichtig.

„Warum nicht? Du hast mit mir ja das Kalumet geraucht!"

„Ich bin dein Freund, aber auch alle Bleichgesichter sind meine Brüder."

Ich gestehe offen, daß es mir nicht leicht wurde, diese Worte auszusprechen, und ich bekam die Folgen denn auch sofort zu hören:

„Du sagtest selbst, daß sie unrecht gehandelt haben, und dennoch willst du der Bruder dieser Verräter und Lügner sein! Ich freute mich, als ich vernahm, daß du Old Shatterhand seist, aber ich sehe doch, daß es schwer ist, der Freund eines Bleichgesichts zu werden!"

Was sollte ich antworten? Ich konnte leichter mit einer ganzen Herde wilder Büffel anbinden, als diesem einfachen Wilden beweisen, daß es jetzt meine Pflicht sei, sein Vorhaben an seine Feinde zu verraten.

„Ihr wollt die Bleichgesichter töten, weil Manitou es euch befohlen hat?" fragte ich.

„Ja."

„Nun wohl! Auch ich muß meinem Manitou gehorchen, und er sagt, daß er allein der Rächer sei."

„Warum hat denn dieser Manitou nicht bereits längst seine roten Kinder gerächt? Oder ist dein Manitou ein anderer als der meinige? Das tötende Feuer ist in den Städten der Bleichgesichter gewesen und hat die Reden ihrer Priester vernommen. Kennt Old Shatterhand diese Reden? Wer Menschenblut vergießt, der soll auch sterben, sagt euer Buch; deshalb sollen auch die Bleichgesichter im Fort sterben! Einer soll den andern lieben, sagt euer Buch. Warum wurden dreimal fünf und noch drei Krieger der Tetons getötet, die doch nichts Böses getan hatten? Ihr sollt gehorchen euern Häuptlingen, sagt euer Buch. Wenn ein roter

Mann zu euch kommt und einen tötet, so wird auch er getötet, denn eure Häuptlinge sagen, daß sie das Recht dazu haben. Wenn aber ihr zu uns kommt und tötet zehnmal zehnmal zehn Männer von uns, so dürfen wir euch nicht töten, denn unsere Häuptlinge haben kein Recht dazu, sagen die eurigen. Sind denn die roten Männer Hunde und Koyoten? Es mag Bleichgesichter geben, welche uns nicht für Koyoten halten, und du gehörst zu ihnen. Ich weiß, daß du mir recht gibst, daß dir aber dein Glaube gebietet, die bösen Bleichgesichter des Forts zu warnen. Gehe hin, und tue es!"

Er erhob sich und schaute halb trotzig und halb traurig in das Feuer. Auch ich stand auf und fragte: „Wo stehen die Krieger der Tetons?"

„Am Flusse aufwärts."

„Wie groß ist ihre Zahl?"

„Zehnmal zehn, dreimal genommen, und noch fünfmal zehn dazu."

Ein Weißer hätte mir diese beiden Fragen jetzt nicht noch beantwortet. Ich sagte: „Ich werde die Bleichgesichter nicht warnen, sondern du selbst sollst es tun."

„Das tötende Feuer soll seine Feinde warnen?" fragte er, ganz erstaunt.

„Ja", antwortete ich. „Du setzest dich mit in mein Kanu und fährst mit mir nach dem Fort. Dort verlangst du Genugtuung für deine erschlagenen Krieger. Erhältst du sie nicht, so habe ich meine Schuldigkeit getan, und du kannst den Ort überfallen, ohne daß ich ein Wort sage."

Er blickte sinnend vor sich nieder und sagte: „Sie werden das tötende Feuer ergreifen und festhalten."

„Du bist mein Bruder; ich verspreche dir, daß du gehen kannst, sobald du willst."

„Sie sind treulos; sie werden dir es versprechen, aber nicht Wort halten. Kannst du dann das tötende Feuer in Schutz nehmen?"

„Glaubst du, daß Old Shatterhand sich vor diesen Bleichgesichtern fürchtet? Wenn sie mir nicht Wort halten, so werde ich mit der Büchse und dem Tomahawk mit ihnen reden."

„Ich glaube dir und werde kommen, ganz allein, aber nicht in deinem Kanu, sondern auf dem Rosse, wie es einem Häuptling der Sioux geziemt. Enokh e-i anash, lebe wohl!“

Im nächsten Augenblicke war er im Dunkel des Waldes verschwunden. Dies lag ganz und gar in der indianischen Art und Weise, obwohl ein Europäer der Ansicht gewesen wäre, daß wir noch gar vieles miteinander zu besprechen gehabt hätten. Der Wilde redet weniger und handelt desto mehr.

An Schlaf durfte ich jetzt freilich nicht denken, denn es galt, zur rechten Zeit im Fort zu sein. Es war anzunehmen, daß der Häuptling sehr bald aufbrechen werde.

Ich verlöschte das Feuer, band das Kanu los und begann die Rückfahrt, den Fluß abwärts. Das ging bedeutend schneller als die Bergfahrt, und der Morgen war noch nicht zwei Stunden alt, so sah ich das Fort am Zusammenflusse der beiden Wasser vor mir liegen. Als ich das Kanu angebunden hatte und die Höhe langsam emporstieg, bemerkte ich eine Art von Lager, welches vor den Palisaden des Forts errichtet war. Es bestand aus einfachen Zweighütten und schien eine Schar von Trappern zu Bewohnern zu haben, denn es lag eine Menge von Fallen und anderen zur Pelztierjagd erforderlichen Instrumenten da herum. Diese Leute waren während meiner Abwesenheit hier angekommen und machten, so viele ich ihrer gerade jetzt bemerkte, einen nicht eben günstigen Eindruck auf mich.

Acht bis zehn von ihnen standen beisammen und übten sich im Schießen. Sie hatten ein kleines Brett an den Stamm eines Nußbaumes genagelt und mit Kreide ein Zentrum gemalt, nach welchem sie zielten. Ich wollte vorübergehen, nachdem ich ihnen einen guten Morgen geboten hatte, doch schien ich mich da in ihnen verrechnet zu haben. Der eine stellte sich mir geradezu in den Weg. Er duftete trotz der frühen Morgenstunde bereits gewaltig nach Brandy und brüllte mich mit einer Stimme an, als ob ich eine englische Meile von ihm entfernt stehe:

„Hollah, Master, hier geht man nicht vorbei. Wir haben einen Schießstand errichtet, wo gewettet wird. Der schlech-

teste Schuß gibt einen Drink, jedem ein volles Glas, und ein jeder, der sich außerhalb der Palisaden befindet, muß mitmachen."

Dieser Kerl war mir außerordentlich widerlich. Wo hatte ich seine Physiognomie nur bereits einmal gesehen? Getroffen hatte ich diesen Mann bereits irgendwo, aber wann und an welchem Orte? Er mußte sich einmal in einem schlimmen Kampfe befunden haben, denn er hatte einen Hieb erhalten, der ihm die rechte Seite des Gesichtes vollständig abrasiert hatte. Er war schauderhaft anzusehen mit seiner bebarteten linken und der rohfleischfarbenen rechten Hälfte des Gesichtes.

„Man muß mitmachen? Wer hat das bestimmt, Sir?" fragte ich.

„Ich, Master", antwortete er. „Ihr müßt nämlich wissen, daß ich der Anführer dieser ehrenwerten Gentlemen bin. Wir sind nach Fort Caß gekommen, um neue Munition zu kaufen und werden dann wieder ein wenig Biber fangen."

„So wünsche ich euch viel Glück im Geschäft, Sir. Good bye!"

Ich wollte gehen, aber er hielt mich am Arme fest.

„Zounds! Wollt Ihr wohl stehenbleiben und einen Drink mit uns schießen! Ich habe euch gesagt, daß ein jeder muß!" meinte er.

„Pshaw! Und ich sage Euch, daß ich nicht will!"

Ich schüttelte seinen Arm ab und ging.

„Ah, ein Gentleman, der zwar ein Schießzeug trägt, aber nicht schießen kann!" lachte er höhnisch, und die anderen stimmten in sein Gelächter ein. „Seht ihn an! Er hat gewichste Stiefel wie ein Dancingmaster und eine Haltung wie ein Noblingkutscher. Wir werden ihn schon noch zwingen, uns zu zeigen, was er mit seiner Sonntagsbüchse zu leisten vermag!"

Ich beachtete dieses Geschwätz natürlich gar nicht und trat durch das geöffnete Tor in das Fort, wo ich mich sofort zum Major begab. Dieser hatte sich soeben von seiner Nachtruhe erhoben und empfing mich entschieden mürrisch.

„Wo haben Sie gesteckt, Sir?" fragte er mich. „Man hat Sorge um Sie gehabt. Ein Bewohner des Forts soll nicht über Nacht fortbleiben. Sie wissen, daß ich für jedes Unglück verantwortlich gemacht werde!"

Das war ja geradezu ein Verweis, den ich erhielt! Ich hatte im Fort nur meinen dort ja bisher unbekannten Namen angegeben; daß ich der so oft genannte Old Shatterhand sei, wußte niemand, sonst hätte der Major sich wohl eines solchen Tones nicht bedient.

„O bitte, Sir", sagte ich daher, „es ist mir nicht bekannt, daß ich mich bei meiner Ankunft auf Fort Caß meiner Selbständigkeit begeben hätte. Ich als Zivilist betrachte diesen Ort als gut geeignet, mir neue Kleider, Patronen usw. zu kaufen und mir einige Ruhe zu gönnen, mich aber einer Disziplin zu unterwerfen, ist ganz und gar nicht meine Absicht gewesen. Übrigens hatte ich während meiner Abwesenheit für das Wohl der Ihrigen vielleicht nicht weniger gesorgt als Sie selbst."

„Was soll das heißen?" fragte er kurz.

„Fort Caß sollte überfallen werden."

„Ah!" rief er erbleichend. „Von wem?"

„Von dem Häuptling der Tetons. Er steht mit dreihundertfünfzig Indianern hier in der Nähe. Zufälligerweise ist er mein Freund und hat mir versprochen, aus Rücksicht auf unsere Freundschaft vorläufig von jeder Feindseligkeit abzusehen. Er wird heut Fort Caß besuchen, um Genugtuung zu verlangen. Wird ihm diese verweigert, so stehe ich für nichts."

„Oh, Sie haben ja übrigens auch sonst für gar nichts zu stehen", antwortete er. Er hatte sich von der ersten Überraschung erholt und fügte hinzu: „Ihr Ton kommt mir recht eigentümlich vor!"

„Ich gehe auf denselben Ton ein, den Sie selbst anschlugen. Ich traf den Häuptling im Walde und habe mich beeilt, Sie zu benachrichtigen."

„Sie trafen ihn im Walde, Sir, wie kommen Sie dazu, der Freund eines Häuptlings der Tetons zu sein? Ich hielt Sie für einen verirrten Sommerfrischler, der sich zu weit vorgewagt hatte und für dieses Mal mit einer kleinen Schußwunde davongekommen war. Sie hatten zwar erschrecklich viele Waffen an sich herumhängen, als sie kamen, aber einen Schuß hat Sie noch niemand tun sehen."

„Jeder nach seinem Gusto; ich kaufe mir die Munition nicht, um sie zwecklos zu verpuffen."

„Mag sein", sagte er ungläubig. „Wo und wann trafen Sie den Häuptling?"

„Ich bin nicht in der Lage, Ihnen genaue Auskunft zu geben. Es ist den Indianern Unrecht geschehen, und ich bin der Freund ihres Häuptlings; ich habe für das Fort getan, was ich tun konnte, aber einen Verrat an dem Freunde werde ich nicht begehen."

„Ah, Sie wollen nicht sagen, wo die Rothäute stehen?" fragte er.

„Nein."

„Ich werde Sie zwingen!"

„Pshaw! Es ist mir nicht angst! Ich kenne die Situation so genau, daß ich sogar dem Häuptling freies Geleit versprochen habe."

Das war dem Offizier denn doch zu viel.

„Sind Sie bei Sinnen, Sir?“ rief er. „Ich werde den Häuptling ganz im Gegenteile festhalten; er wird als Geisel hierbleiben!“

„So werde ich ihm entgegenreiten, um ihm zu sagen, daß er nicht kommen soll!“

„Ich werde Sie daran zu verhindern wissen!“ drohte er.

„Versuchen Sie das!“ antwortete ich ruhig. „Zunächst werde ich jeden niederschießen, der es wagt, seine Hand an mich zu legen, und sodann werde ich einen wahrheitsgetreuen Bericht der Tetonangelegenheit nach Washington senden. Man wird dort einsehen, daß man sich nicht stets zu wundern braucht, wenn die Indsmen zu den Waffen greifen.“ – Er starrte mich ganz erschrocken an, und als ich Miene machte, zu gehen, rief er:

„Halt, Sir! Ich kann in dieser Sache erst dann etwas unternehmen, wenn ich mich mit dem Offizierskorps beraten habe.“

„Gut, tun Sie das, und geben Sie mir dann Nachricht, ob der Häuptling freies Geleit haben soll oder nicht!“

Ich verließ ihn und ging nach dem Store, wo ich mir einen kleinen Raum gemietet hatte. Im Stalle dort stand mein Mustang. Er hatte lange ausgeruht und wieherte freudig auf, als ich ihn in den Hof zog, um ihn zu satteln. Ich tat dies, weil ich auf alles gefaßt sein wollte. Ich füllte die Satteltaschen mit meinen Habseligkeiten und tat ganz so, als ob ich für immer abreisen wolle; dann begab ich mich in meine Kammer zurück, um das Kommende abzuwarten.

Nach einiger Zeit sandte man mir einen Unteroffizier mit der Botschaft, daß man beschlossen habe, dem Häuptling freies Geleit zu bewilligen, doch war dies nicht imstande, mich vollständig zu beruhigen.

Der Raum, in welchem ich mich befand, lag dicht an der Stube, in welcher die Gäste und Käufer verkehrten; es herrschte heute dort ein ganz ungewöhnlicher Lärm, und ich vernahm bald, daß er von den fremden Fallenstellern verursacht wurde. Einmal waren zwei von ihnen in den Hof herausgetreten und unterhielten sich mit gedämpften Stimmen. Sie standen der einfachen Bretterwand meines

Raumes nicht nahe, und so hörte ich nur einige abgebrochene Sätze von ihrer Unterredung.

„Prachtvoller Mustang . . . mehr wert als alle unsere Klepper."

„Wem mag er sein?" fragte der andere.

„Jedenfalls einem der Offiziere."

„Da dürften wir uns nicht daran wagen . . . armseliges Leben nun . . . Goldstaub und Nuggets alle . . . verspielt . . . wird es wohl glücken . . . Ölprinz . . . hat Millionen liegen."

„Ist es wirklich der Schwager von . . .?"

„Sicher! . . . kennt ihn ganz genau . . . seit zwei Jahren am Shayansee . . . genau erkundigt . . . bloß Flowing-wells, baut aber jetzt auch große Pumping-wells mit Dampfbetrieb."

„Wird ein feines Geschäft . . . nur keiner überleben, sonst . . . daß die Sache an den Tag kommt."

Jetzt erhob sich in der Schenk- und Ladenstube abermals ein greulicher Lärm, so daß ich kein weiteres Wort verstehen konnte, und dann verließen die beiden den Hof. Von wem und was hatten sie sich unterhalten? Je mehr ich über das Gehörte nachdachte, desto verdächtiger kam es mir vor. Es sollte etwas nicht an den Tag kommen, und darum sollte keiner leben bleiben. Hatte man es etwa auf einen Ölprinzen abgesehen? Wessen Schwager war dieser? Was hatte es für eine Bewandtnis mit dem Goldstaub und den Nuggets? Hatte ich es mit einer Bande Pferdediebe zu tun? Oder trieben diese als Fallensteller maskierten Leute etwa gar das Handwerk von Bushheaders, welche besonders gern einsame Farmen oder Reisende überfallen, welche mit Goldsand aus Kalifornien über die Berge herüberkommen. Indem ich mir Mühe gab, über das Belauschte ins klare zu kommen, hörte ich draußen auf dem Platze ein lautes Rufen:

„Ein Roter, ein Roter, ein Häuptling kommt!"

Dieser Ruf wurde auch im Store vernommen, und alle dort Anwesenden eilten hinaus, um den Indianer zu sehen. Ich tat dasselbe und sah wirklich das „tötende Feuer" bereits die Anhöhe heraufkommen. Er war ganz allein, draußen aber, wohl eine englische Meile entfernt, hielten drei Reiter mitten auf einer lichten Stelle, von welcher aus man das Fort im Auge haben konnte.

Der Häuptling sah heut ganz anders aus. Sein prächtig aufgezäumter Rappe trug eine lang wallende Mähne und schleifte den Schweif fast an der Erde hin. Der Reiter hatte sein Haar zu einem helmartigen Schopfe gewunden, in welchem drei Adlerfedern, die Zeichen der Häuptlingswürde, steckten. Die Nähte seiner Leggins und seines Jagdhemdes waren ganz mit dem Haar erlegter Feinde befranst; an seinem Gürtel hingen nicht weniger als dreizehn in Zöpfe geflochtene Skalpe schuppenartig nebeneinander, und sein Mantel bestand ganz aus dem köstlichen Felle der gelben Ratte, die jetzt fast ausgestorben ist. Bewaffnet war er mit Messer, Tomahawk, doppelläufiger Büchse nebst Bogen und Köcher.

Als er durch das Tor einritt, eilte ihm alles entgegen. Er trug zwar nicht die Kriegsfarben im Gesicht, aber das Kommen eines Teton war jetzt unter allen Umständen bedeutungsvoll.

Ich trat an sein Pferd heran und streckte ihm die Hand entgegen.

„Hos takh-shon enokh – guten Morgen!" grüßte er einfach. „Ich komme allein. Erhält das tötende Feuer freies Geleit?"

„Ja", antwortete ich. „Man hat es mir versprochen."

„Mein Bruder glaube nicht alles, was man sagt! Der Häuptling der Tetons wird seine Waffen nicht ablegen."

Da trat derselbe Unteroffizier herbei, welcher mich benachrichtigt hatte, und sagte dem Teton, daß er im Beratungssaale erwartet werde, vorher aber die Waffen abzulegen habe. Der Häuptling würdigte ihn keines Blickes, sondern wandte sich an mich: „Wo ist dieser Ort?"

„Ich werde dich führen", antwortete ich ihm.

„Halt!" gebot der Unteroffizier. „Der Zutritt ist außer dem Häuptling einem jeden andern verboten."

Auch ich sagte kein Wort, sondern nahm den Rappen beim Zügel und führte ihn nach dem Beratungssaale. Dieser war nichts anderes als die Turnhalle der Mannschaft, in die man jetzt einige Stühle gesetzt hatte. Der Häuptling sprang vom Pferde und trat ein; der Unteroffizier aber meinte zu mir: „Ich habe Befehl, das Pferd des Roten fortzubringen!"

„Es gehört mir!" antwortete ich und führte das Tier nach dem Store, wo ich es an einen Haken band.

Nun holte ich meine Gewehre aus meiner bisherigen Wohnung und hing sie über. Jetzt war ich auf alles vorbereitet und wartete.

Eine Wache von vier Mann hielt am Eingange zur Halle Wacht, und an der anderen Seite des Platzes hielten noch sechs Mann sich bereit, auf einen Wink zu Hilfe zu eilen. Man plante einen Verrat, aber ich war entschlossen, den Häuptling zu verteidigen. Ich hatte ein Messer, zwei sechsschüssige Revolver, eine geladene Doppelbüchse und einen fünfundzwanzigschüssigen Henrystutzen; wenn es mir gelang, den Saal abzusperren, so war ich meines Sieges gewiß.

So wartete ich wohl eine halbe Stunde, da erscholl im Saale ein Pfiff; die vier Mann Wache traten sofort ein, und die sechs andern setzten sich auch von fern her in Bewegung. Alle Neugierigen, welche sich bisher in einer ehrerbietigen Entfernung gehalten hatten, drängten sich herbei. Schnell stieg ich auf meinen Mustang, ergriff den Rappen des Teton beim Zügel und ritt auf die Halle zu. Ich war eher dort als die sechs Dragoner.

„Get you gone – packt euch! Fort!" rief ich und drängte die Pferde zwischen die Menge hinein.

Sobald ich die Tür erreichte, sprang ich ab, trat ein und zog auch die Tiere nach, die nun mit dem hinteren Teile ihrer Leiber den Eingang so ausfüllten, daß kein Mensch passieren konnte. Ein Blick in das Innere der Halle zeigte mir den Stand der Angelegenheit. Der Pfiff hatte die vier Dragoner gerufen, um den Häuptling zu entwaffnen und gefangenzunehmen; die sechs andern sollten nachkommen, konnten aber nun nicht eintreten.

Der Teton stand mit erhobenem Tomahawk in der Ecke, bereit, denjenigen zu töten, der die Hand an ihn legte, doch aller Augen waren jetzt auf mich gerichtet. Die Offiziere waren bewaffnet, die Dragoner ebenso, doch machte mir das nicht bange.

„Was ist das! Was wollen Sie, Sir?“ rief mir der Major entgegen.

„Sie an Ihr Wort erinnern“, antwortete ich. „Sie versprachen mir freies Geleit für den Häuptling der Tetons.“

„Das hat er erhalten; er hat frei hereingedurft.“

„Ah! Aber er darf nicht frei hinaus?“

„Nein, denn so viel habe ich nicht versprochen.“

„Gut, Sir! Pokai-po, bite ta-ata – tötendes Feuer, komme her zu mir!“

Der Gerufene wollte sich in Bewegung setzen, da aber zog der Major den Revolver und richtete ihn auf mich.

„Hinaus, sonst schieße ich!“ gebot er.

„Pshaw!“ antwortete ich, indem ich nun direkt auf ihn zuschritt. „Tötendes Feuer, sage diesen Bleichgesichtern, wer ich bin!“

„Old Shatterhand!“ antwortete der Indianer.

„Old Shatterhand!“ wiederholten die Offiziere.

Die verblüfften Mienen waren ein wahres Gaudium für mich. Der bloße Name tut oft mehr, als der Träger desselben jemals fertigbringen kann.

„Ja, Old Shatterhand bin ich, Mesch'schurs“, sagte ich. „Wollen Sie es glauben, oder soll ich es Ihnen beweisen? Ich habe meinem roten Freunde freies Geleit versprochen, und ich werde es ihm geben. Vorher erlauben Sie mir, an ihrer Beratung mit teilzunehmen. Tötendes Feuer spricht nicht gut englisch, und Sie verstehen die Dialekte der Sioux nicht genug; ein Dolmetscher ist notwendig. Beginnen wir also! Ob mit den Waffen oder mit der friedlichen Unterhandlung, das steht in Ihrem Belieben!“

Mancher wird in meinem Verhalten ein großes Wagnis erblicken, aber es war keins. Ich kannte meine Leute. Ein deutscher Major oder Obristwachtmeister hätte mich ganz einfach ad acta heften lassen, die guten Yankees aber hatten vor meinem Trappernamen einen solchen Respekt, daß die Unterhandlung von neuem begonnen wurde, und dank der Mühe, welche ich mir gab, verzichtete der Häuptling auf die Sühne, welche er vor meiner Ankunft verlangt hatte; er hatte das Leben von achtzehn Weißen beansprucht, ein Weißer für jeden gefallenen Teton; ich brachte es dahin, daß er achtzehn Karabiner verlangte, und sie wurden ihm – ganz gegen das Gesetz – bewilligt.

Nun gab ich auch den Eingang wieder frei. Es hatte kein Mensch eintreten können, weil die beiden Pferde ihre Position mit den Hinterhufen verteidigten. Als wir die Halle verließen, ertönte aus der vorderen Reihe der Neugierigen eine Stimme:

„Warum schlägt man diese Rothaut nicht tot? Was will sie hier unter Gentlemen? Teert und federt sie!"

Der Sprecher war kein anderer als der Fallensteller, welcher mich zum Schießen hatte zwingen wollen.

„Ja, teeren, federn!" brüllten seine Gesellen.

Handelten diese Leute in irgendeinem Auftrage, oder wollten sie aus eigenem Antriebe einen Skandal anstiften, um dabei im Trüben fischen zu können, ich weiß es nicht, aber es streckten sich sofort zehn und zwanzig Arme nach dem Indianer aus. Wie auf Verabredung drängte sich ein breiter Keil von Menschen im Nu zwischen uns beide, so daß ich von ihm getrennt wurde. Ich sah sein Schlachtbeil blitzen; ein vielstimmiger Schrei der Wut erscholl.

„Major, ich mache Sie verantwortlich!" rief ich dem Offiziere zu, welcher erschrocken in meiner Nähe stand.

Ich ließ den Rappen, den ich noch gefaßt hielt, los und sprang auf meinen Mustang. Es fielen bereits Revolverschüsse. Ich nahm das Pferd hoch und gab ihm beide Sporen; es schnellte mit einem weiten Satze mitten in den Menschenknäuel hinein, und nun gebrauchte ich den Kolben meiner Büchse ebenso kräftig wie die Hufe meines braven Tieres.

Der Indianer hatte sich verteidigt, war aber von der Menge in seinen Bewegungen gehemmt, gedrückt und niedergerissen worden. Er wehrte sich noch am Boden mit aller Kaltblütigkeit eines Indsman. Meine Hiebe machten ihm Luft. Er schnellte empor, mit der Büchse wieder in der Hand, die ihm entfallen war; ihr Kolben krachte auf die Köpfe der Angreifer nieder. Alles schrie und brüllte durcheinander; Messerklingen blitzten, Revolverschüsse knatterten; ich blieb unversehrt und rief dem Häuptling zu: „To-ok kava – spring aufs Pferd!"

Er verstand mich trotz des Geheules rund umher und flog zu seinem Rappen, welcher, scheu geworden, mit allen Vieren um sich schlug. Mit einem Satze schwang er sich auf.

„Usta nai – komm, mir nach!"

Mit diesen Worten trieb ich mein Pferd zum Sprunge an; er tat dasselbe durch den einfachen Schenkeldruck, da er die herabhängenden Zügel noch nicht hatte fassen können. Er stieß den gellenden Triumphschrei der Sioux aus, und dann schossen wir davon, über den Platz hinweg und auf das Tor zu. Es war verschlossen, aber seitwärts waren die Planken niedriger.

„Hi-ho-hi!" rief er und flog hinüber, ich ihm nach.

Ein vielstimmiger Schrei des Erstaunens erscholl, dann rasten unsere Tiere die Anhöhe hinab und in die Ebene hinein. Niemand folgte uns, und so ließen wir die Pferde bald langsamer gehen, obgleich es keine Schande ist, unter solchen Umständen lieber die Flucht zu ergreifen als sich niederschießen zu lassen.

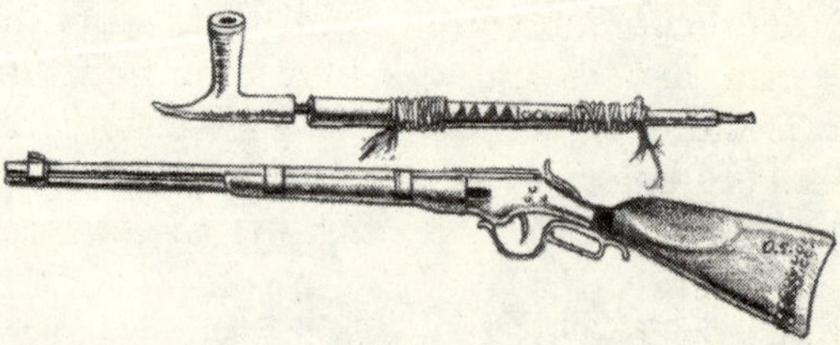

Am Winterwasser

Die Gegend war eben. Links lag die flache, vegetationslose Steppe und rechter Hand der Fluß, dessen Ufer, weil es da Feuchtigkeit gab, erst von einem Wald- und Busch- und dann von einem Grasstreifen besäumt waren. Bei der außerordentlich reinen Luft, welche es dort immer gibt, konnte man, außer wenn der Fluß eine nach links gerichtete Krümmung beschrieb, sehr weit sehen. Es war also nicht zu befürchten, daß man plötzlich und unerwartet auf die absichtlich oder unabsichtlich halten gebliebenen Nijoras stoßen werde.

So ging es weiter bis zum späten Nachmittage, wobei die Fährte von Zeit zu Zeit genau abgelesen wurde. Es ergab sich, daß man den Indianern immer näherkam. Sie waren nun nicht mehr eine ganze Stunde voraus.

Da war links, von Süden her, ein ganz dunkler Streifen, schnurgerade und genau rechtwinkelig auf den Fluß gezogen. In der Ferne, ganz im Süden, bestand er aus einzelnen dürren Mezquitopflanzen, die sich nachher zu Sträuchern vereinigten. Später traten die Büsche näher zusammen; sie wurden saftiger und grüner, während sie im Süden eine graue, hungrige Färbung besaßen. Je näher dem Flusse, desto dichter und üppiger zeigte sich das Gehölz, aus welchem dann sogar Bäume hervorragten, die sich mit dem Waldesstreifen des Flusses vereinigten.

Dieser Streifen von Vegetation bezeichnete den Lauf des Winterwassers, wenn da überhaupt von einem Laufe, einem Rinnen des Wassers die Rede sein konnte.

In der feuchten Jahreszeit, das heißt zur Zeit der wenigen Regentage, sammelte sich das Wasser in dieser flußbettartigen Vertiefung und gab den Pflanzen für einige Wochen ein frisches Aussehen, während sie sonst dürr, arm und traurig dastanden. Je näher dem Flusse aber, desto länger währte die Lebensfreudigkeit, bis es schließlich sogar Bäumen gelang, sich für das ganze Jahr am Leben zu erhalten. Der Kopf, welcher sich den Namen Winterwasser ausgesonnen hatte, hatte jedenfalls noch weniger Feuchtigkeit besessen als das Flüßchen selbst.

Die drei Reiter befanden sich jetzt in einer solchen Entfernung von diesem Winterwasser, daß man von dort aus nun fast bemerkt werden mußte. Um nicht gesehen zu werden, waren sie also gezwungen, sich im Schutze des Wald- und Buschsaumes weiter zu bewegen. Sie stiegen ab und suchten ein gutes Versteck für ihre Pferde, bei welchen Schi-So zurückbleiben sollte. Er bekam auch die Gewehre in Verwahrung, weil diese einen durch das Gebüsch schleichenden oder gar am Boden kriechenden Späher nur belästigen können. Dann gingen Winnetou und Old Shatterhand unter den Bäumen am Flußrande langsam weiter, die Augen scharf vorwärts gerichtet, um jeden etwa noch hier befindlichen Nijora rechtzeitig zu erspähen.

Als sie die Hälfte des Weges zurückgelegt hatten, blieben sie halten, und Old Shatterhand sagte: „Wollen wir uns nicht zunächst überzeugen, ob die Nijoras am Winterwasser geblieben oder weitergeritten sind?"

„Ja. Diese Bäume sind hoch genug."

„Und auch dicht genug belaubt, so daß wir, wenn wir sie ersteigen, von weitem nicht gesehen werden können."

Sie suchten sich zwei Bäume aus, welche die nötige Höhe besaßen und zugleich so nahe beieinander standen, daß zwei Menschen, die sich oben befanden, einander ohne allzu lautes Reden verstehen konnten. Beide kletterten ausgezeichnet und waren wie Eichkätzchen im Nu oben. Sie bemerkten, daß sie eine gute Wahl getroffen hatten, denn der Rundblick, welcher sich ihnen hier oben bot, war mehr als genügend. Sie konnten, was sie auch gewollt hatten und sehr notwendig war, über die am Winterwasser stehenden Bäume hinweg auf die sich ausbreitende Ebene sehen. Diese war vollständig leer.

„Sie stecken am Winterwasser", sagte Old Shatterhand zu Winnetou hinüber.

„Ja, sie sind nicht weitergeritten, sonst müßten wir sie da draußen auf der Steppe sehen", antwortete dieser. „Mein Bruder mag sein Rohr zur Hand nehmen."

Old Shatterhand führte auf allen seinen Streifzügen ein gutes Fernrohr bei sich; es steckte in der Satteltasche, und er hatte es vorhin, als er sein Pferd bei Schi-So zurückließ, mitgenommen. Jetzt richtete er es auf das Strauchwerk des Winterwassers und blieb eine Zeitlang in unbeweglicher Haltung auf dem Aste sitzen. Dann nahm er das Rohr vom Auge und meldete dem Apachen: „Sie sind dort. Das Rohr zieht mir das Gebüsch bis ganz nahe vor die Augen heran. Sie lagern jenseits des Gebüsches hart am Ufer des Winterwassers. Eben bringen viele ihre Pferde aus der Tränke unten am Chellyflusse."

„Würde man sie belauschen können?"

„Jetzt nicht, aber gewiß später, wenn es dunkel geworden ist."

„Hat mein weißer Bruder Lust, es zu tun?"

„Natürlich! Es ist immer von Vorteil, wenn man hören kann, was die Feinde sprechen."

„So warten wir bis zur Dunkelheit und schleichen uns dann hin."

„Ja, aber nicht hier oben, sondern unten warten wir; da ist's bequemer."

Schon wollte er vom Baume steigen, als er ein verwundertes „Uff!" des Apachen hörte.

„Hat mein Bruder etwas gesehen?" erkundigte er sich.

„Ja."

„Was?"

„Reiter."

„Wo?“

„Drüben am andern Ufer. Es war wie eine lange Schlange von Reitern, welche sich nahe an den Bäumen hinzog. Mein Bruder mag warten, bis sie wieder erscheinen. Sie werden bald über die schmale Lichtung müssen, welche uns gegenüberliegt.“

Die beiden Lauscher hielten ihre Augen mit Spannung über den Fluß hinübergerichtet. Da kamen zunächst zwei einzelne Reiter; es waren Indianer. Sie ritten im Galopp über die Lichtung und begannen die Büsche jenseits derselben zu durchsuchen. Dann kam einer zurück und winkte; sie hatten nichts Verdächtiges gefunden.

„Mein Bruder mag sein Rohr nehmen; da wird er vielleicht die Gesichter erkennen“, meinte Winnetou.

Old Shatterhand folgte dieser Aufforderung und richtete das Fernrohr nach der Blöße. Auf den Wink des Spähers kamen seine Leute hinter dem Gebüsch hervor, eine lange, lange Reihe von Reitern, welche mit den Kriegsfarben bemalt waren; darum konnte Old Shatterhand ihre Gesichter nicht erkennen; aber dennoch wollten ihm viele der Gestalten bekannt vorkommen. Am Schlusse des Zuges kamen zwei, von denen er sofort wußte, wer sie waren, nämlich Nitsas-Ini und seine weiße Squaw, deren Gesicht natürlich unbemalt war. Als sie alle hinter dem Gesträuch auf der anderen Seite der Lichtung verschwunden waren, sagte der Apache: „Das müssen die Krieger der Navajos gewesen sein; etwas anderes ist kaum möglich. Da es zu weit bis dort hinüber ist, konnte ich sie nicht erkennen, aber es war mir, als ob sich am Ende des Zuges eine Squaw befunden habe. Mein Bruder konnte durch sein Rohr besser sehen. Hast du jemand erkannt?"

„Ja. Nitsas-Ini und seine Squaw ritten hintendrein."

„So sind es also die Navajos gewesen, wie ich vermutete. Sie haben jedenfalls unten an der Mündung des Flusses gelagert. Warum haben sie diesen Ort verlassen?"

„Und warum halten sie sich da drüben am rechten Ufer?"

„Ja, das ist sonderbar. Sie wissen doch, daß sie die Nijoras auf dieser Seite des Flusses zu suchen haben, da deren Gebiet auf derselben liegt."

„Sollten sie durch irgendeine falsche Nachricht dazu veranlaßt worden sein?"

„Das ist nicht nur möglich, sondern sehr wahrscheinlich."

„Dann müssen wir uns fragen, wer ihnen diese Nachricht gebracht hat."

„Ein Kundschafter nicht, denn ihre Späher können ja nicht zu ihnen, weil sie gefangen sind."

„Es gibt nur einen einzigen möglichen Fall."

„Welchen?"

„Daß sie von dem Ölprinzen irregeleitet worden sind."

„Richtig! Der ist jedenfalls zu ihnen, um sich und seine beiden Begleiter ausrüsten zu lassen, weil sie jetzt unbewaffnet waren."

„Aber was können diese drei für Gründe haben, die Navajos da drüben heraufzuschicken?"

„Wir wollen uns darüber nicht die Köpfe zerbrechen. Jedenfalls werden wir diese Gründe erfahren. Steigen wir jetzt herab! Es will dunkel werden, und wir können nun bald an die Nijoras kommen.“

Sie stiegen von den Bäumen, da sie unten sicherer waren. Es konnte aus irgendeinem Grunde ein Nijora an diese Stelle kommen, und da mußte er sie, wenn sie oben saßen, weit eher entdecken, als wenn sie sich unten befanden und sich vor ihm verbergen konnten. Als sie nun wieder nebeneinander standen, sagte Old Shatterhand: „Unsere Freunde mögen da drüben den Weg eingeschlagen haben, aus welcher Ursache es immer sei, so können sie den Zweck, welchen sie dabei verfolgen, sehr leicht verfehlen.“

„Warum?“ fragte der Apache.

„Weil es möglich ist, daß sie von den Nijoras gesehen worden sind.“

„Uff! Das ist wahr. Diese liegen hüben am Ufer, und die Navajos ritten drüben am Ufer!“

„Diese Ufer sind zwar mit Büschen und Bäumen besetzt, aber unsere Freunde haben über die Lichtung gemußt, wo sie von jedem, der hüben am Wasser stand, gesehen werden mußten.“

„Die Nijoras tränkten vorhin ihre Pferde. Hoffentlich sind sie jetzt damit fertig gewesen, und es hat keiner von ihnen mehr unten am Flusse gestanden. Ich will noch einmal auf den Baum klettern und die Stelle dort betrachten.“

Er kletterte wieder hinauf, hielt eine kurze Weile scharfen Ausguck, kam dann wieder herab und sagte: „Es ist niemand am Wasser, und so denke ich, daß die Navajos nicht gesehen worden sind.“

„Das beruhigt mich. Übrigens werden wir es erfahren, wenn wir die Nijoras nachher belauschen. Wenn sie unsere Freunde gesehen haben, werden sie ganz gewiß davon sprechen.“

Die Dämmerung trat jetzt ein, und so machten sich die beiden Männer auf den Weg, welcher gar nicht ungefährlich für sie war. Man konnte noch ungefähr sechs bis acht Schritte weit sehen, doch wurde es so schnell dunkel, daß es, als sie in der Nähe des Winterwassers ankamen, so finster war, daß sie sich nicht mehr allein auf ihre Augen verlassen konnten, sondern auch den Tastsinn zu Hilfe nehmen mußten. Hierbei kam es ihnen sehr zustatten, daß sie schon öfter hier gewesen waren und also die Örtlichkeit genau kannten.

Der Chelly floß hier fast genau von Ost nach West, und es ist bereits gesagt worden, daß das Winterwasser von Süd nach Nord, also rechtwinklig, auf ihn stieß. Die Ufer beider waren hier mit Wald und Busch bestanden und sehr hoch. Von der Höhe bis hinab zum Wasser des Chelly konnte man recht gut sechzig Fuß rechnen. Im Winterwasser befanden sich in der gegenwärtigen Jahreszeit nur einige Pfützen, welche dem Übergange nicht im mindesten hinderlich waren. Das Terrain war an der Mündung des Winterwassers sehr felsig, und die Ufer fielen so steil ab, daß man da zu Pferde nicht hinunter konnte. Wer hinüber wollte, mußte vielmehr eine Strecke am Winterwasser hinauf bis zu einer Stelle, wo beide Ufer sich einander flacher zuneigten. Diese Stelle war aber auch die einzige, welche sich zum Übergange eignete. Ebenso geeignet war sie natürlich auch zu einem Überfalle. Da man sonst nirgends hinüber konnte und also unbedingt gezwungen war, diesen Ort aufzusuchen, so brauchte der Feind nur hier zu warten. Man mußte ihm, wenn er es nicht ganz und gar ungeschickt anfing, unbedingt in die Hände fallen, vorausgesetzt natürlich, daß er zahlreich genug auftreten konnte.

Die Nijoras lagerten nicht an dieser Furt. Sie waren da hinüber und hatten das jenseitige linke Ufer abwärts bis zur Mündung verfolgt und dort oben ihr Lager aufgeschlagen. Dort gab es kein Wasser. Wer sein Pferd tränken oder sich selbst Wasser holen wollte, der mußte nach der soeben beschriebenen Furt zurück und hinunter auf den Grund des jetzt trockenen Winterwasserbettes steigen und, diesem abwärts folgend, bis zur Mündung desselben gehen, wo der Chelly vorüberfloß.

Das war beschwerlich genug. Die Nijoras hätten es viel bequemer gehabt, wenn sie sich unten an der Mündung gelagert hätten; aber das war unmöglich, ohne daß Spuren entstanden, welche nicht vollständig auszulöschen waren, und dies sollte vermieden werden.

Soviel über das Terrain, welches für beide Teile so überaus wichtig war.

Da die Nijoras drüben lagerten, mußten Winnetou und Old Shatterhand natürlich auch hinüber. Als sie das hohe Ufer des Winterwassers erreicht hatten, sahen sie von drüben die Lagerfeuer zwischen den großen Felsstücken, die es dort gab, herüberleuchten.

„Wie unvorsichtig!" sagte Winnetou.

„Ja", stimmte Old Shatterhand bei. „Diese Kerls müssen es für ganz sicher halten, daß wir noch zu weit zurück sind, um diese Stelle noch heute erreichen zu können."

„Das ist noch nicht alles. Ihre Feuer leuchten doch auch drüben weit in die Ebene hinaus. Wie leicht könnten sie da von den Navajos bemerkt werden."

„Das läßt mich eben vermuten, daß die Nijoras die Navajos vorhin gesehen haben. Sie wissen, daß diese jenseits des Flusses sind und also nicht hierherkommen können."

„Wir werden bald Gewißheit darüber erlangen und wollen jetzt nur weitergehen."

Sie gingen diesseits am Winterwasser hinauf, bis sie die Stelle der Furt erreichten, und stiegen da hinab und drüben wieder hinauf. Dann schlichen sie sich am linken Ufer des Winterwassers wieder abwärts, wobei sie um so vorsichtiger verfuhren, je näher sie dem Lager kamen. Von Baum zu Baum, von Strauch zu Strauch huschend, vermieden sie jede Stelle, auf welche ein Strahl der Lagerfeuer fiel.

Als sie so weit herangekommen waren, daß sie die einzelnen Gestalten unterscheiden konnten, sagte Winnetou, natürlich leise: „Mein Bruder mag hier stehenbleiben. Ich will aus diesem Holze hinaus und das Lager auf der freien Seite umschleichen, um zu sehen, wo die Pferde sind und ob man Posten ausgestellt hat."

Er huschte fort, und es dauerte wohl eine halbe Stunde, bis er wiederkam und meldete: „Die Pferde befinden sich jenseits des Lagers und werden uns also nicht durch ihr Schnauben verraten können. Nach der freien Ebene hinaus sind Posten ausgestellt. Das kann nur gegen die Navajos sein, und darum ist es gewiß, daß die Nijoras nicht wissen, wo diese sich befinden."

„Mein roter Bruder hat das Lager von draußen her überblicken können. Hat er vielleicht gesehen, wo der Häuptling Mokaschi sitzt?"

„Ja. Er sitzt mit noch drei alten Kriegern an einem breiten Felsenstücke."

„Wenn wir das erreichen könnten!"

„Wir können es, wenn wir recht vorsichtig sind. Es liegt dort am Uferrande, und es können sich also keine Nijoras dahinter befinden. Ich will voran, und mein Bruder mag mir folgen!"

Das konnte nicht wie bisher in aufrechter Stellung geschehen, denn dies wäre nur sehr gefährlich gewesen. Sie legten sich also nieder und krochen auf dem Bauche weiter, wobei sie jeden Baum und Strauch und jede andere Pflanze, jeden Stein, der ihnen Deckung bot, mit ebenso großer Klugheit wie Geschicklichkeit benutzten.

Ihr Ziel war das Felsstück, von welchem Winnetou gesprochen hatte. Es war lang und nicht sehr breit und hatte beinahe doppelte Mannshöhe. Da es oben mit Moos bewachsen war, hatte das lange Jahre hindurch darauf gefallene Laub festen Halt gehabt und sich, ohne vom Winde fortgeweht zu werden, in Humuserde verwandeln können. Diese lag nun in einer ziemlich dicken Schicht auf dem Steine und noch höher in den Rissen und Ritzen desselben. Darum hatten sich auf diesem Felsenstücke einige Sträucher entwickeln können, welche ihre Zweige über den Rand desselben herunterneigten.

Zwischen diesem Steine und dem steil abwärts fallenden Ufer gab es einen nur schmalen Raum, doch genügte er vollständig dem Zwecke, welchen die beiden Lauscher verfolgten. Es gelang ihnen, den Stein unbemerkt zu erreichen und hinter denselben zu kommen. Der erwähnte Raum, auf welchem sie nun lagen, hatte nur Mannesbreite, so daß sie sich nun ganz hart an der Kante des Ufers befanden. Wenn diese Stelle aus lockerer Erde bestand und sich unter dem Gewichte der beiden Männer loslöste, so mußten sie in die Tiefe stürzen. Sie untersuchten daher vor allen Dingen den Boden und fanden zu ihrer Beruhigung, daß er aus hartem, festem Fels bestand. Nun richteten sie sich auf, um den

Stein zu besteigen. Wenn sie dann oben lagen, hatten sie den Häuptling auf der anderen Seite gerade unter sich sitzen.

Es gab eine Stelle, wo man mit den Händen festfassen konnte. Old Shatterhand griff da fest zu, stieg auf den Rücken des Apachen und schwang sich dann hinauf. Das war ein höchst gefährliches Wagestück, da er bei dem geringsten falschen Griffe oder Fehltritte in die Tiefe gestürzt wäre. Auch durfte der Aufschwung nur sehr vorsichtig und nicht zu hoch geschehen, weil Old Shatterhand sonst von den Nijoras jenseits des Steines gesehen worden wäre. Oben angelangt, legte er sich platt nieder und hielt dem Apachen den in Schlingen gelegten Lasso herunter, um ihn mit demselben hinaufzuziehen. Auch das gelang sehr gut.

Nun lagen sie oben. Aber wehe ihnen, wenn sie bemerkt wurden! In diesem Falle waren sie trotz aller ihrer Stärke, List und Geschicklichkeit verloren. Hinter sich den Abgrund und vor sich das von dreihundert Kriegern besetzte Lager, wäre ihnen in diesem Falle nichts anderes übriggeblieben, als auf alle Gegenwehr zu verzichten und sich zu ergeben.

Dicht auf dem Felsblocke liegend, schoben sie sich vorsichtig bis zu dem erwähnten Gesträuch vor und konnten nun, durch dasselbe blickend, das ganze Lager übersehen.

Es brannten nicht weniger als acht Feuer, an welchen sich die Nijoras soeben ihr Abendessen bereiteten. Unter ihnen, an den Felsen gelehnt, saß Mokaschi mit den drei älteren Indianern abgesondert von den gewöhnlichen Kriegern. Sie sprachen miteinander, doch nicht eifrig, sondern in abgebrochenen Sätzen, zwischen denen es längere oder kürzere Pausen gab. Wie die beiden Späher bald hörten, waren diese vier Roten nicht ganz einig untereinander. Einer von ihnen, ein alter, aber noch sehr rüstiger Mann mit grauen Haaren, sagte: „Mokaschi wird es bereuen, nach seiner heutigen Ansicht gehandelt zu haben. Wir hätten uns beeilen und die Hunde von Navajos schnell aufsuchen sollen, um sie zu töten."

„Das werden wir ja auch", antwortete der Häuptling.

„Aber nicht schnell genug! Die Navajos werden nicht so lange warten."

„Mein alter Bruder läßt außer Betracht, daß der Unterschied nur einen Tag beträgt. Wenn wir morgen die Bleichgesichter ergriffen haben, werden wir sofort gegen die Navajos aufbrechen."

„Der Unterschied beträgt über einen Tag, denn wir sind, um diese Bleichgesichter näher an uns heranzulassen, langsamer geritten."

„Das schadet nichts. Die Schakale der Navajos werden nicht eher aus ihren Höhlen gehen, als bis wir kommen. Sie können ihr Lager nicht eher verlassen, als bis die Kundschafter, welche sie ausgesandt haben, zurückgekehrt sind, sonst würden sie doch von diesen nicht gefunden werden. Das muß mein alter Bruder gar wohl bedenken!"

„Ich bedenke es; aber das Jahr besitzt einen Sommer und einen Winter, und alle Dinge auf Erden haben zwei Seiten. So ist's auch hier. Mokaschi meint, daß die Navajos warten werden, weil sie Kundschafter ausgesandt haben, und ich denke, daß sie nicht warten werden."

„Warum?"

„Gerade dieser Kundschafter wegen. Da diese schon so lange fort sind und nicht zurückkehren, muß ihnen ein Unfall zugestoßen sein. Das werden sich die Navajos sagen und also wohl nicht länger warten."

„Der Gedanke meines Bruders ist nur halb richtig. Wenn die Feinde wirklich Verdacht schöpfen, werden sie sich doch hüten, mit allen ihren Kriegern auszuziehen, ohne zu wissen, wo wir zu finden sind. Sie werden vielmehr neue Späher aussenden."

„Das ist nicht besser als das andere, denn diese neuen Kundschafter werden uns entdecken und dies dem Häuptling melden. Dann wird man uns überfallen, ohne daß wir darauf vorbereitet sind."

„Wir würden vorbereitet sein, da wir stets Posten ausstellen."

„Aber das ist doch nicht so gut, als wenn Mokaschi auf seinen neuen Plan verzichtet hätte. Anstatt daß wir die Navajos überraschen, werden sie uns angreifen!"

Er sprach in einem etwas scharfen Tone, wie es einem Häuptling gegenüber nicht gebräuchlich ist. Darum antwortete Mokaschi nun: „Mein Bruder trägt den Schnee des Alters auf seinem Haupte. Er hat mehr Winter gesehen als ich und viel erlebt. Darum darf er es ohne Scheu sagen, wenn er einmal anders denkt als ich. Aber nicht er ist der Anführer, sondern ich bin es. Wenn ich auch die Meinungen der erfahrenen Männer anhöre, so habe ich doch darüber zu entscheiden, und alle müssen sich fügen!"

Der Alte senkte seinen Kopf und sagte: „Du hast recht. Dein Wille mag geschehen!"

„Ja, er geschieht, und du wirst einsehen, daß er der beste war. Oder hast du etwa geglaubt, daß es uns glücken werde, die Navajos zu überraschen?"

„Ja."

„Nein, das wäre nicht geschehen. Sie stellen jedenfalls ebenso Vorposten aus wie wir. Wir müssen den Ort, an welchem sie sich befinden, durch unsere Späher erst entdecken. Wie leicht können diese gesehen, ergriffen oder gar getötet werden, gerade so wie wir die Kundschafter der Navajos gefangengenommen haben. Und das ist noch nicht das Wichtigste. Es gibt etwas, woran mein alter Bruder gar nicht gedacht zu haben scheint. Nämlich die Navajos wissen bereits, daß wir kommen."

„Uff!" rief der Alte. „Wer soll es ihnen gesagt haben?"

„Die drei Bleichgesichter, welche uns entflohen sind."

„Uff, uff! Das ist wahr! Wenn sie wirklich zu den Navajos geritten sind!"

„Sie sind ganz gewiß zu ihnen. Vielleicht haben sie sie schon heut gefunden und sie über uns benachrichtigt. Da werden die Navajos sofort aufbrechen, um uns entgegenzuziehen und plötzlich anzugreifen. Das aber ist es, worauf ich warte."

„Wie? Mokaschi wartet darauf, von den Feinden eher überfallen zu werden, als wir sie angreifen können?"

„Ja."

„Aber mein Bruder Mokaschi kennt doch die alte Kriegerregel, daß derjenige leichter siegt, der eher kommt!"

„Ich kenne sie; sie ist sehr gut, aber sie paßt nicht auf alle Fälle."

„Auf den jetzigen auch nicht?"

„Nein. Die Navajos haben ihr Lager ganz gewiß an einem Orte, der sich leicht verteidigen läßt. Der Sieg würde also schwer für uns werden und uns wohl viel Blut kosten. Warum wollen wir es nicht ebenso machen wie sie? Sie sollen kommen und uns angreifen, aber an einem Orte, der ihnen verderblich werden muß."

„Wo liegt dieser Ort?"

„Hier."

„Am Winterwasser?"

„Ja."

„So will Mokaschi den Feind also hier erwarten?"

„Ja."

„Das lag aber doch nicht in dem ursprünglichen Plane!"

„Nein. Ich wollte die Navajos überraschen; das ist nun aber nicht mehr möglich, weil sie von den drei entflohenen Bleichgesichtern benachrichtigt worden sind. Es war also nötig, meinen Plan zu ändern. Wir werden uns hier am Winterwasser verstecken. Wenn die Navajos kommen, lassen wir sie von dem hohen Ufer hinunter in das tiefe Flußbett kommen und fallen dann über sie her. Sie stecken dann da unten und können sich nicht verteidigen, weil sie, von uns zwischen den Felsen zusammengedrängt, keinen Raum dazu haben."

„Uff, uff!" rief der Alte, indem sein Gesicht sich erheiterte.

„Stimmt mein alter Bruder mir nun bei?" fragte der Häuptling.

„Ja. Mokaschis neuer Plan ist gut, und ich denke, daß er gelingen wird, wenn kein Hindernis dazwischenkommt."

„Es gibt nur ein einziges Hindernis, welches möglich ist, und dieses wollen wir eben morgen beseitigen."

„Jetzt verstehe ich es. Du meinst die Bleichgesichter hinter uns?"

„Ja. Sie folgen uns; sie wollen die Navajos aufsuchen. Wenn wir sie vorüberziehen ließen, würden sie es den Feinden verraten, daß wir hier auf sie warten. Das darf nicht geschehen. Wir werden also Winnetou und Old Shatterhand mit allen ihren Leuten festnehmen."

„Sollen sie getötet werden?"

„Ja, wenn sie sich wehren."

„Und wenn sie sich aber nicht wehren?"

„So nehmen wir sie nur gefangen und führen sie, wenn wir siegreich heimkehren, unseren Frauen, Greisen und Kindern zu, welche über solche Gefangene in lauten Jubel ausbrechen werden. Wer Old Shatterhand und Winnetou und die anderen berühmten Leute, welche bei ihnen sind, zur Siegesbeute macht, dessen Ruhm wird an jedem Lagerfeuer verkündet."

„Und was soll dann mit diesen vornehmen Gefangenen geschehen?"

„Das kann ich heut nicht sagen. Die Beratung wird darüber entscheiden. Jedenfalls würden wir, wenn wir sie nicht am Marterpfahle sterben ließen, ihnen das Leben nicht umsonst schenken, sondern sie müßten um dasselbe kämpfen."

„Uff, uff! Winnetou und Old Shatterhand mit unsern Kriegern auf Tod und Leben kämpfend! Das würde ein Schauspiel sein, wie es die Krieger der Nijoras noch nie erlebt haben!"

Die Augen des Alten leuchteten förmlich vor Wonne; die beiden andern brachen auch in begeisterte „Uffs!" aus, und Mokaschi, darüber froh, eine solche Zustimmung erhalten zu haben, fuhr in seiner Darlegung fort: „Das Winterwasser ist wie kein zweiter Ort dazu geeignet, den Feinden aufzulauern und sie ohne große Mühe oder gar Gefahr zu ergreifen oder zu vernichten. Meine Brüder werden morgen sehen, wie leicht wir die Bleichgesichter in unsere Hände bekommen, obgleich sie von den berühmtesten Männern des Westens angeführt werden."

Da machte der Alte doch wieder ein bedenkliches Gesicht und sagte: „Hofft Mokaschi wirklich so zuversichtlich auf das Gelingen?"

„Ja."

„Aber gerade weil die berühmten Männer dabei sind, kann es leicht fehlschlagen."

„Nein."

„Old Shatterhand und Winnetou haben Gedanken, welche ihnen vorauszugehen pflegen. Sie pflegen alles zu erraten, das muß Mokaschi wissen."

„Ich weiß, daß sie sehr kluge Leute sind und in die Gedanken anderer Menschen zu schauen vermögen. Unsern Plan aber werden sie nicht erraten. Sie denken, daß wir gegen die Navajos ziehen und uns also um sie gar nicht bekümmern. Sie werden nicht ahnen, daß wir hier auf sie warten, sondern überzeugt sein, daß wir uns schon weit von hier befinden."

„Ich wünsche sehr, daß dies richtig sein möge; aber ich denke daran, was wir in der letzten Zeit erfahren haben. Kein Adler hat so scharfe Augen, kein Mustang so leise Ohren und kein Fuchs so große List wie Old Shatterhand und Winnetou. Hatten wir sie nicht bereits in unserer Gewalt? Waren sie nicht sogar gefesselt? Und doch haben wir sie freigeben müssen! Und wer hat uns dazu gezwungen? Nur diese beiden Männer allein, welche gefesselt und unbewaffnet waren, während wir freie Hände und unsere Waffen hatten und dreimal zehnmal zehn Krieger zählten. Wenn wir sie morgen wirklich ergreifen und dann auch festhalten wollen, so dürfen wir es nicht so machen wie das letzte Mal."

„Wir werden klüger sein. Wir haben doch schon heut alles getan, was uns die Klugheit gebietet. Wir haben unser Lager sogar hier oben aufgeschlagen, anstatt unten am Wasser, wo wir Spuren hätten zurücklassen müssen. Wenn die Bleichgesichter morgen kommen, werden sie keine einzige Spur da unten sehen und also ahnungslos von da drüben hinunter in die Tiefe reiten, während wir hier versteckt liegen und auf sie warten. Sie werden an das Wasser des Chelly gehen, um ihre Pferde zu tränken, und da fallen wir über sie her."

„Du meinst, daß sie nicht stracks über die Furt reiten, sondern eine Weile dableiben?"

„Ja. Es gibt auf eine lange, lange Strecke hier die einzige Stelle, wo man von dem hohen Ufer so leicht hinab zum Wasser kommt. Das wissen sie, und darum werden sie sich die Gelegenheit nicht unbenutzt vorübergehen lassen."

„Mein Bruder wird recht haben, denn es sind ja Squaws und Kinder bei ihnen, auf die sie Rücksicht nehmen müssen. Und denkt Mokaschi wirklich, daß sie ohne Kampf in unsere Hände geraten werden?“

„Ja.“

„Aber wenn sie sich doch verteidigen?“

„Da schießen wir sie nieder. Aber es wird ihnen nicht einfallen, Gebrauch von ihren Waffen zu machen, wenn wir nur keinen Fehler begehen. Sobald sie unten am Wasser sind, eilen wir hinab – – –“

„Zu Fuße?“

„Ja. Es würde die größte Torheit sein, hinunterzureiten.“

„So müssen wir einige Krieger hier oben bei den Pferden lassen.“

„Nein. Wir binden die Tiere an. Es darf von uns kein Mann fehlen; darauf beruht mein Plan. Wenn die Weißen unsere große Zahl sehen, werden sie auf alle Gegenwehr verzichten; darum müssen wir alle beisammen sein, und es soll kein einziger von uns zurückbleiben. Mein alter Bruder mag sich doch einmal überlegen, in welcher Lage sie sich dann befinden! Sie haben rechts und links die senkrechten Felsen des Flußbettes, welche nicht zu ersteigen sind, vor sich das Wasser des Chelly und hinter sich plötzlich dreihundert feindliche Krieger. Sie würden wahnsinnig sein, wenn sie da auf den Gedanken kämen, sich zu verteidigen.“

„Ich traue ihnen aber diesen Gedanken dennoch zu!“

„Möglich, denn sie sind nicht nur listig, sondern auch kühn und sogar verwegen; aber sie haben Rücksicht auf ihre Squaws und Kinder zu nehmen, deren Leben sie schonen müssen. Hierin wird mir mein alter Bruder zustimmen.“

„Das tue ich. Aber wie dann, wenn sie die Flucht wagen?“

„Die ist unmöglich!“

„O nein.“

„Doch! Wohin sollten sie sich wenden?“

„Nach dem Chelly.“

„Ins Wasser? Das fällt ihnen nicht ein. Sie wissen gerade so gut wie wir, wie leicht ein Schwimmer zu erschießen ist.

Und selbst, wenn dies nicht der Fall wäre, so würden gerade wieder ihre Squaws und Kinder es sein, die sie davon abhalten, die Flucht zu ergreifen. Solche Helden wie Winnetou und Old Shatterhand verlassen selbst in der größten Gefahr keinen Menschen, der sich in ihren Schutz begeben hat. Und welche Schande wäre es für sie, wenn von ihnen erzählt werden könnte, daß sie Weiber und Kinder verlassen hätten, deren Sicherheit ihnen anvertraut gewesen war!“

„Mokaschi hat recht. Seine Rede hat alle meine Bedenken zerstreut. Wir können die Bleichgesichter mit Zuversicht erwarten, denn sie werden gezwungen sein, sich uns ohne Kampf zu ergeben. Und dann machen wir es mit den Hunden der Navajos ebenso!“

„Ja, wir locken sie hinunter in das tiefe Felsenbett des Winterwassers und lassen sie nicht wieder herauf.“

„Uff! Das wird eine Wonne sein, denn wir werden hinter den Felsen, Bäumen und Sträuchern stecken und sie von hier oben aus erschießen können, einen nach dem andern, ohne daß uns eine ihrer Kugeln treffen wird.“

„Ja, wir werden sie alle töten, denn wir werden Waffen besitzen, mit denen man selbst den stärksten Feind besiegen kann.“

„Waffen?“ fragte der Alte, welcher nicht erriet, was Mokaschi meinte.

„Ja. Denkt mein Bruder denn nicht an die Silberbüchse des Apachen?“

„Uff! Und an das Zaubergewehr Old Shatterhands! Du hast recht. Diese Bleichgesichter werden uns ihre Waffen geben müssen.“

„Dann können wir mit dem Zaubergewehr alle Navajos niederschießen. Wir werden gar keine andere Flinte dazu brauchen. Uff, uff, uff!“

Die vier Indianer waren bei diesen Worten ganz entzückt. Wenn sie geahnt hätten, wer, fast mit den Händen zu ergreifen, da über ihnen lag und alle ihre Worte hörte! Winnetou schob sich ein wenig zurück und zog dann Old Shatterhand am Arme.

„Wollen wir fort?“ fragte dieser ihn leise.

„Ja. Wir haben genug gehört, und mehr brauchen wir nicht zu wissen. Mein Bruder mag kommen."

Sie krochen nach der hinteren Seite des Felsens, wo Old Shatterhand den Apachen wieder am Lasso hinunterließ. Das Nachfolgen war für ihn wieder lebensgefährlich, gelang aber mit Winnetous Hilfe gut.

Nun galt es, den Ort ebenso unbemerkt zu verlassen, wie sie ihn erreicht hatten. Tief am Boden hinkriechend, schlugen sie genau denselben Weg ein, auf welchem sie herbeigekommen waren, und gelangten auch glücklich in eine solche Entfernung vom Lager, daß sie nicht mehr zu kriechen brauchten. Sie erhoben sich also und setzten ihren Rückzug in bequemerer Stellung fort, gingen dann nach der Furt und befanden sich, als sie dieselbe hinter sich hatten, wieder drüben am jenseitigen Ufer in vollständiger Sicherheit. Dort blieben sie stehen, und Winnetou meinte: „Sie haben vor, uns eine Falle zu stellen und glauben wirklich, uns zu fangen."

„Ja, die Falle ist gut, so gut, daß wir in dieselbe gehen werden."

„Mein Bruder denkt so wie ich. Wir gehen hinein."

„Dann mögen sie sehen, ob sie uns fangen werden! Wir holen natürlich die Navajos her, welche wir heute gesehen haben. Die werden die offene Falle hinter uns so verschließen, daß die Nijoras selbst darin steckenbleiben. Aber nun laß uns zu Schi-So zurückkehren! Es ist nun nicht nötig, daß wir diesen jungen, wackeren Krieger zu seinen Navajos senden, denn wir werden sie selbst aufsuchen."

Er wollte fort. Da legte Old Shatterhand ihm die Hand auf den Arm und sagte: „Mein Bruder mag noch einen Augenblick warten! Wenn wir morgen in die uns gestellte Falle gehen wollen, ohne daß es uns schadet, so müssen wir vorher wissen, daß es auch wirklich und ganz genau dieselbe Falle ist, von der wir jetzt gehört haben."

„Mein Bruder meint, daß die Nijoras sich doch vielleicht noch eines andern besinnen könnten?"

„Ja. Dann würden wir in die Schlinge gehen, ohne sie öffnen zu können."

„So muß einer von uns beiden hierbleiben."

„Gewiß. Einer bleibt da, um die Nijoras scharf zu beobachten. Soll ich das sein?"

„Nein, ich bleibe hier. Mein Bruder Old Shatterhand versteht es besser als ich, mit seinen weißen Männern und Frauen umzugehen. Darum mag er fortreiten und sie benachrichtigen."

„Gut! Aber es ist nicht nötig, daß du während der ganzen Nacht hier am Winterwasser bleibst, sondern es genügt, wenn du morgen früh wieder hergehst."

„Ja, ich muß doch auch zu meinem Pferde, bei dem ich während der Nacht lagern werde."

„So komm!"

Sie wendeten sich nun der Richtung zu, aus welcher sie gekommen waren. Jetzt brauchten sie sich nicht zu verbergen, denn sie konnten ja, weil es dunkel war, nicht gesehen werden. Sie hielten sich vielmehr auf der offenen Steppe und kamen auf diese Weise sehr schnell vorwärts. Dabei berieten sie sich über die Art und Weise, in der ihr Plan morgen ausgeführt werden sollte.

„Ich nehme natürlich an, daß ich die Navajos in der Nacht auffinde", sagte Old Shatterhand. „Sie werden augenblicklich bereit sein, auf meine Vorschläge einzugehen."

„Sie werden nicht nur bereit sein, sondern sich außerordentlich darüber freuen. Wann wird mein Bruder Old Shatterhand hier eintreffen?"

„Das kann ich nicht genau sagen, da ich nicht weiß, wann ich die Navajos treffen werde. Kann ich es aber ermöglichen, so breche ich mit dem Tagesgrauen von der Stelle auf, an welcher unsere Gesellschaft jetzt lagert."

Es ist bereits erwähnt worden, daß er während des Herweges eine dazu passende Stelle gefunden und den nachfolgenden Gefährten genau bezeichnet hatte.

„So mag mein Bruder", sagte der Apache, „wenn er kommt, da halten bleiben, wo wir Schi-So vorhin zurückgelassen haben. Ich werde mich in der Nähe befinden und dir dann sagen, wie die Nijoras sich verhalten haben."

„Ja. Und dann werden wir ja wissen, ob wir unsern jetzigen Gedanken ausführen können. Ich wünsche sehr, daß es

geschehen kann, denn dann ist es möglich, den Konflikt, welcher zwischen den beiden Stämmen entstanden ist, ohne Blutvergießen auszugleichen."

„Wie denkt sich denn Old Shatterhand die Ausführung unseres Planes? Wir werden mit den weißen Leuten also nach dem Winterwasser reiten?"

„Ja."

„Und so in die Furt hinabsteigen, als ob wir nichts ahnten?"

„Ja."

„Und auch die Squaws und die Kinder mitnehmen?"

„Natürlich!"

„Aber sie werden sich fürchten und uns also sehr hinderlich sein!"

„Wir dürfen sie trotzdem nicht zurücklassen, weil ihr Fehlen den Nijoras auffallen müßte und sie vielleicht mißtrauisch machen würde."

„Das ist richtig. Sie dürfen also nicht zurückbleiben, doch mag mein Bruder sie sehr ermahnen, ja nichts zu tun, was uns schaden kann. Aber, wenn wir uns dann unten zwischen dem Wasser und den Felsen befinden und die Nijoras kommen, dann dürfen die Navajos keinen Augenblick zögern!“

„Nicht eine Sekunde! Sie werden da sein.“

„Ohne von den Nijoras bemerkt zu werden?“

„Ja.“

„Aber diese roten Männer werden uns beobachten, wenn wir kommen. Wie will Old Shatterhand es anfangen, daß sie die Navajos nicht sehen?“

„Sehr einfach. Die Navajos dürfen natürlich nicht hinter uns herkommen, denn da würden sie bemerkt. Sie müssen vielmehr schon an Ort und Stelle, also in der Nähe der Furt des Winterwassers sein, wenn wir dort ankommen. Zunächst werden wir zusammen reiten, unsere Weißen und die Navajos. Wenn wir aber so weit gekommen sind, daß wir von den Nijoras fast gesehen werden können, halten wir an. Das wird also da sein, wo ich dich treffen will. Dort erfahre ich von dir, wie die Angelegenheit steht. Steht sie gut, so warten die Weißen, bis ich wiederkomme, und ich führe die Navajos in einem weiten Bogen nach Süden, dahin, wo das Gesträuch des Winterwassers beginnt. Während wir diesen Bogen reiten, halten wir uns so weit von den Nijoras entfernt, daß sie uns nicht sehen können. Wenn wir dann im Süden am Winterwasser angekommen sind, führe ich die Roten auf dem trockenen Grunde desselben abwärts bis in die Nähe der Furt, wo sie auf uns warten müssen. Dann kehre ich zu euch zurück, und wir brechen mit der weißen Gesellschaft auf.“

„Das ist richtig. So habe ich es auch gedacht. Wir führen die Weißen nach der Furt, reiten hinab, aber nicht drüben wieder hinauf, sondern wenden uns nach rechts dem Wasser des Chelly zu.“

„Ganz recht! Dort steigen wir von den Pferden und tun so, als ob wir hier ausruhen wollten. Zugleich aber müssen wir dafür sorgen, daß uns die Nijoras nicht etwa beim ersten Anpralle fassen können. Es gibt da unten Felsen genug, hinter welche wir sofort springen können, wenn die Roten kommen. Deine Silberbüchse und mein Henrystutzen werden die ersten Worte mit ihnen reden, und dann sind ihnen die Navajos schon im Rücken."

„Werden wir schießen müssen?"

„Wenn es nicht anders geht, ja; wir wollen aber möglichst ihr Leben schonen. Doch ich glaube, daß wir beinahe an Ort und Stelle sind."

Sein scharfes Auge hatte sich trotz der Dunkelheit zurechtgefunden. Die beiden näherten sich dem Saume des Ufers und riefen Schi-So's Namen; er antwortete und kam mit den Pferden aus den Büschen, zwischen denen er gesteckt hatte, heraus.

„Gute Nacht!" sagte Winnetou, indem er sein Pferd beim Zügel nahm und es in das Buschwerk zurückführte.

„Gute Nacht!" antwortete Old Shatterhand, indem er das seinige bestieg, um fortzureiten.

Beide hatten natürlich mit den Pferden auch ihre Gewehre von Schi-So zurückgenommen. Dieser mochte über die kurze Art und Weise dieser Verabschiedung erstaunt sein, er wagte es aber nicht, ein Wort darüber zu bemerken oder eine Frage auszusprechen; dies gab der Respekt nicht zu, den er für diese beiden berühmten Männer hegte. Er stieg auch auf sein Pferd und folgte Old Shatterhand.

Dieser hatte zunächst einen kurzen Trab eingeschlagen und verhielt sich einige Zeit lang still. Dann fragte er den Jüngling in seiner leutseligen Art und Weise: „Schi-So wird gar nicht wissen, woran er mit uns ist?"

„Ich werde es erfahren", antwortete der Angeredete höflich.

„Ja, du wirst es erfahren. Wenn ich es dir jetzt sagen wollte, müßte ich es zweimal erzählen, und das möchte ich vermeiden. Aber eins will ich doch bemerken, worüber du dich freuen wirst: Ich habe deine Eltern gesehen."

„Wirklich, wirklich? Wo?" fragte Schi-So, freudig überrascht.

„Am jenseitigen Ufer. Sie ritten mit einer großen Kriegerschar aufwärts."

„Jedenfalls um nach den Nijoras zu suchen?"

„Ja."

„Da werden sie des Nachts lagern! Wenn ich sie aufsuchen dürfte!“

„Du darfst. Ich muß sie nämlich suchen, und da sollst du mich begleiten. Ich denke, daß du noch in dieser Nacht deinen Vater und deine Mutter begrüßen kannst. Wir haben Eile. Laß uns Galopp reiten!“

Ein kurzes Wort von ihm genügte, sein Pferd zum schnelleren Laufe anzutreiben, und Schi-So folgte ihm, in stiller Wonne an das Wiedersehen mit seinen Eltern, besonders mit seiner Mutter denkend.

Diesmal gehörte kein großer Scharfsinn dazu, den Ort, nach welchem sie wollten, zu entdecken. Als sie sich demselben näherten, sahen sie den Schein des Feuers zwischen den Bäumen hervorschimmern. Old Shatterhand hielt sein Pferd an und sagte: „Wie unvorsichtig, so ein Feuer zu brennen! Ich bin zwar überzeugt, daß diese Stelle hier jetzt ganz gefahrlos ist, aber man zündet doch nicht ein Feuer an, an welchem man einen Büffel braten könnte! Sam Hawkens muß sehr genau wissen, daß er sich hier in vollster Sicherheit befindet. Steigen wir ab, und schleichen wir uns heimlich hin! Wollen sehen, was sie tun und reden. Man kann ja schon hier ihre lauten Stimmen hören.“

Sie stiegen ab und führten ihre Pferde leise nach dem Rande des Buschwerkes, wo, wie sie bemerkten, die Gesellschaft die ihrigen stehen hatte. Dann schlichen sie sich näher. Da sahen sie zu ihrem Erstaunen den Häuptling der Navajos mit seiner weißen Squaw.

„Deine Eltern sind da“, flüsterte Old Shatterhand seinem jungen Begleiter zu. „Siehst du sie?“

„Ja“, antwortete der Gefragte.

Er sagte nur dieses eine Wort, doch das scharfe Ohr des Jägers hörte es, daß seine Stimme dabei vor freudiger Erregung zitterte.

„Wie mögen sie sich hierher gefunden haben? Und welche Freude, als sie hörten, daß du bei uns bist! Natürlich haben sie erfahren, daß ich dich mitgenommen habe. Ich denke, daß du sie sehr freudig begrüßen möchtest; aber das geht nicht; sie sind nicht allein gekommen, und du mußt auf die andern Navajos Rücksicht nehmen, bleib hier stehen. Ich will zunächst allein zu ihnen."

Old Shatterhand schlich sich noch weiter hinan und hörte, was gesprochen wurde. Dann folgte die Szene, welche bereits beschrieben worden ist.

Nachher setzte er sich zu Nitsas-Ini, um mit ihm über das, was morgen vorgenommen werden sollte, zu beraten. Er erklärte ihm den Plan, den er mit Winnetou entworfen hatte, und der Häuptling war mit demselben vollständig einverstanden.

Später wurde der emeritierte Kantor gebracht, und der Empfang, den er fand, war kein allzu freundlicher, denn Old Shatterhand sagte ihm tüchtig die Meinung, ohne ihn allerdings von seiner Torheit zu überzeugen.

Dann riet Old Shatterhand den Anwesenden, sich zur Ruhe zu legen, weil morgen ein anstrengender Tag zu erwarten sei.

Der Häuptling der Navajos kehrte mit seiner weißen Squaw nicht nach seinem Lager zurück, sondern erklärte, daß er hier bleiben wolle. Dafür schickte er seine Roten zurück, welche seine Befehle nach dem Lager bringen sollten.

Es wurde eine Wache ausgestellt; man ließ das Feuer erlöschen, und dann wurde es ruhig. Schi-So lag neben seiner Mutter; sie hatten ihre Hände ineinander vereinigt.

Es war spät geworden, und die kurze Zeit, welche bis zum Morgen übriggeblieben war, verging sehr schnell. Eben graute der Tag, als Old Shatterhand die Schläfer weckte. Als diese an den Fluß traten, um sich zu waschen, sahen sie die Krieger der Navajos, welche in einer langen Reihe am jenseitigen Ufer aufwärts geritten kamen und, als sie gerade gegenüber anlangten, ihre Pferde in das Wasser trieben, um das jenseitige Ufer zu erreichen.

Die Weißen machten sich nun auch schnell zum Aufbruche fertig; dann setzte sich der Zug flußabwärts in Bewegung, Old Shatterhand und Nitsas-Ini ritten an der Spitze. Dieser letztere hatte den Boten, welche von ihm in sein Lager geschickt worden waren, die Namen zweier Indianer genannt, welche nicht mitkommen, sondern als Späher dem Ölprinzen entgegenreiten und ihn und seine Begleiter beobachten sollten. Er glaubte, diese Aufgabe in die besten Hände gelegt zu haben, da sie zu den gewandtesten und verschlagensten Leuten seines Stammes gehörten.

Diese beiden Indianer blieben also zurück. Sie hatten den Ölprinzen, Buttler und Poller zu beobachten und ihnen heimlich zu folgen. Sie sollten sie nicht aus den Augen lassen. Falls sie bemerken sollten, daß die drei entwischen wollten, hatten sie den Befehl, sie lieber zu töten, als sie entkommen zu lassen.

Als es hell genug geworden war, ritten sie denen, die sie erwarteten, entgegen, denn das hatte der Häuptling befohlen. Es war anzunehmen, daß die drei Weißen auf der Fährte der Navajos kommen würden. Da, wo die letzteren gelagert hatten, konnte man ihre Annäherung nicht vorher bemerken, und so ritten die zwei Indianer lieber zurück, um sich an einer Stelle zu verstecken, an welcher sie die drei Weißen schon von weitem kommen sehen konnten.

Nach vielleicht schon einer halben Stunde sahen sie, daß das Buschwerk des Ufers in einer langen, schmalen Spitze hinaus in die offene Steppe trat. Nach dieser Spitze ritten sie nun, führten ihre Pferde in das Gebüsch, banden sie dort an und versteckten sich auch selbst in der Nähe. Nämlich jenseits dieser Spitze lag die Ebene ebenfalls weit offen da, und so konnten sie von hier aus den Ölprinzen und seine Begleiter schon sehen, wenn diese noch über eine englische Meile entfernt waren. Darum glaubten sie, eine sehr gute Wahl getroffen zu haben und ihrer Sache ganz sicher sein zu dürfen.

Dem war aber leider gar nicht so!

Grinley, Poller und Buttler hatten, wie schon früher bemerkt, den Navajos nicht bis zu deren Lager folgen können, weil die Nacht inzwischen angebrochen war und sie in der Dunkelheit die Fährte nicht sehen konnten. Sie waren da, wo sie sich gerade befanden, von den Pferden gestiegen, um den Morgen zu erwarten. Ehe sie einschliefen, unterhielten sie sich über die Ereignisse der letzten Tage, die ihnen so wenig Gutes gebracht hatten, und natürlich auch über die ihrer Ansicht nach schändliche Art und Weise, in welcher sie um die Anweisung gekommen waren. Sie waren wütend darüber und beschlossen, alles daranzusetzen, das Papier wieder in ihre Hände zu bekommen und dabei keinen Menschen zu schonen, er sei, wer er wolle.

Dabei galt es, alle Vorsicht zu entwickeln. Sie überlegten alles, was zu tun war, ganz genau und gingen auch das Geschehene noch einmal mit großer Sorgfalt durch. Dabei kamen sie auch auf den Umstand, daß sie heute die Spur eines einzelnen Reiters gesehen hatten, welche von links her auf die Gesamtfährte der Navajos gestoßen war. Sie hatten ihr keine Bedeutung beigemessen; aber jetzt, wo sie nach reiflicher Überlegung zu dem Resultat gekommen waren, daß alle List, Sorgfalt und Vorsicht anzuwenden sei, wollte ihnen diese Fährte doch wichtiger erscheinen.

Sie beschlossen, vorsichtig zu sein und, wenn die Navajos ihnen einen Hinterhalt legten, sie entweder zu täuschen oder gar kaltzumachen.

Kaum dämmerte der nächste Morgen heran, so saßen sie schon wieder auf ihren Pferden und ritten weiter. Bei offenem Terrain hielten sie sich auf der Spur der Navajos; gab es aber Büsche, so machten sie einen Umweg über dieselben herum. Bald kamen sie so weit, daß sie die erwähnte Buschspitze vor sich liegen sahen.

Buttler hielt sein Pferd an und musterte die Spitze mit nachdenklich zusammengekniffenen Augen. Dann sagte er: „Auf dieser Seite liegt eine weite Fläche und, wenn ich recht vermute, auf der andern auch. Keine Örtlichkeit eignet sich also so vortrefflich dazu, uns schon von weitem kommen zu sehen, und wenn es wahr ist, daß man uns einen Hinterhalt gelegt hat, so stecken die Kerls dort und nirgends anders. Wir werden uns also sehr hüten, uns diesem Gebüsch von außen zu nähern oder um dasselbe herumzureiten. Nein, wir schleichen uns heimlich hin, und wehe den Hunden, die sich dort von uns finden lassen! Kommt!"

Er stieg ab und führte sein Pferd dem Flusse zu; die andern folgten ihm in derselben Weise. Unter den Bäumen des Flusses angekommen, gingen sie aufwärts, dem Wasser entgegen, immer durch die Sträucher gedeckt, so daß man sie von der Spitze aus nicht sehen konnte. Das ging natürlich sehr langsam, und es dauerte lange Zeit, ehe sie diejenige Stelle des Flußufers erreichten, von welcher aus sich die Buschwerkspitze in die freie Ebene hinauszog. Da banden sie die Pferde an und bogen vom Wasser in einem rechten Winkel ab, um, der Spitze folgend, dieselbe nach vorhandenen Indianern zu durchsuchen. Das war wenige Minuten, bevor die beiden Navajo-Indianer von der anderen Seite herkamen.

Sie verfuhren mit aller nötigen und möglichen Vorsicht, ohne ein menschliches Wesen oder die Spur eines solchen zu entdecken. Fast hatten sie schon die äußerste Spitze erreicht, und eben wollte der Ölprinz den Vorschlag machen, zu den Pferden zurückzukehren und weiterzureiten, da zeigte Buttler zwischen die Büsche hinaus und sagte: „Hallo, dort kommen zwei Rote! Wahrscheinlich sind es die, welche wir suchen. Wollen wir sie unbelästigt vorüberlassen?"

„Vorüber?" antwortete Poller. „Sie wollen wohl nicht vorüber. Wie mir scheint, halten sie gerade auf uns zu."

„Allerdings. Kommt zurück! Wir müssen sie beobachten."

Sie retirierten eine kleine Strecke und versteckten sich dann so gut, wie die Örtlichkeit es erlaubte. Die beiden Navajos kamen heran, zogen ihre Pferde, nachdem sie abgestiegen waren, in das Gesträuch herein und versteckten sich dann auch in dasselbe. Die beiden Parteien waren nicht mehr als etwa zehn Schritte voneinander entfernt. Die Indianer waren überzeugt, allein zu sein, und hielten es infolgedessen nicht für nötig, leise miteinander zu sprechen; ihre Worte wurden von den Weißen daher deutlich gehört.

„Ob die Bleichgesichter kommen werden?" meinte der eine.

„Sie kommen", sagte der andere. „Sie wollen das Papier holen und werden also nicht zurückbleiben."

„So gehen sie in den Tod. Folgen sie unseren Kriegern, so werden sie gefangen und gemartert, und folgen sie ihnen nicht, weil sie Verdacht fassen, so erschießen wir sie."

„Hört ihr es?“ flüsterte der Ölprinz Buttler und Poller zu. „Wir brauchen gar nichts weiter zu hören.“

„Nein; wir wissen genug“, stimmte Buttler bei. „Wie steht's?“

„In die Hölle mit ihnen!“

„Well! bin dabei. Nehmt die Gewehre und zielt auf die Köpfe!“

Er legte sein Gewehr auch an und zählte: „Eins – zwei – drei!“

Die drei Schüsse krachten. Die Büsche, in denen die Roten steckten, raschelten; es gab ein kurzes Röcheln und Stöhnen; dann war es still. Die Weißen verließen ihr Versteck und gingen hinüber; die Roten lagen, beide durch die Köpfe geschossen, tot in dem Gesträuch.

„So!“ lachte der Ölprinz. „Die folgen uns nun nicht nach und schießen uns auch nicht nieder. Sie mögen hier für die Geier und Wölfe liegenbleiben.“ Poller nickte zustimmend, und auch Buttler hatte nichts einzuwenden. Sie wandten sich, um zu ihren Pferden zurückzukehren, da blieb Buttler aber plötzlich stehen und meinte: „Wartet noch, was wir von ihren Sachen brauchen können, wollen wir doch mitnehmen.“

Die drei Banditen plünderten die Toten aus, deren Gewehre und Munition ihnen besonders willkommen war. Natürlich nahmen sie die Indianerpferde auch mit, die ihnen große Erleichterung bieten konnten. Wenn man als Flüchtling die Pferde wechseln kann, kommt man schneller vorwärts als mit nur einem Gaule. Zu ihrer Freude fanden sie in den Satteltaschen einen beträchtlichen Vorrat von Dörrfleisch. Die Roten hatten sich damit versehen, weil sie auf eine längere Abwesenheit von den Ihrigen gefaßt sein mußten.

Nun setzten die drei Mörder, jetzt mit fünf Pferden, ihren Weg fort. Sie brauchten nicht mehr so vorsichtig zu sein, denn jetzt war kein Hinterhalt mehr zu erwarten, und so ließen sie ihre Tiere tüchtig ausgreifen, bis sie den Ort am Ufer erreichten, wo die Navajos während der Nacht gelagert hatten. Sie stiegen ab, um denselben zu untersuchen, fanden aber nichts, was sie besonders interessieren konnte, als die Spuren davon, daß die Roten heute früh am diesseitigen Ufer weiter aufwärts geritten seien.

Sie folgten dieser Fährte und erreichten nach einer Viertelstunde die Stelle, an welcher die Navajos über den Fluß gesetzt waren. Sie taten dasselbe und fanden drüben die deutlichen Eindrücke des Lagers der Weißen. Da stiegen sie wieder von den Pferden, um diesem Platze ihre Aufmerksamkeit zu widmen. Sie waren alle drei im Leben und in den Vorkommnissen des Westens erfahren, und so kam es, daß sie sich in Beziehung auf das, was hier stattgefunden hatte, nicht täuschten, wenn sie auch die näheren Umstände unmöglich wissen konnten.

„Hier hat es auch ein Lager gegeben", sagte der Ölprinz. „Wißt ihr, wer dagewesen ist?"

„Natürlich Old Shatterhand mit seinen Leuten", antwortete Buttler. „Es kann gar niemand anders gewesen sein. Schaut da zu den Büschen hinaus! Ihre Fährte geht am hohen Ufer hin nach Westen."

„Ja; die Navajos sind über den Fluß herübergekommen und zu ihnen gestoßen. Sie haben sich mit ihnen vereinigt und sind nun alle hinter den Nijoras her. Das gibt –"

Er hielt in seiner Rede inne. Man sah es ihm an, daß er erschrocken war.

„Was ist's?" fragte Buttler.

„Alle tausend Teufel!"

„Was denn?"

„Da kommt mir ein Gedanke, ein armseliger, miserabler Gedanke!"

„Welcher?"

„Wenn es so ist, wie ich denke, so können wir uns nur gleich aufmachen und fortreiten wie alte Hunde, welche Prügel und nichts zu fressen bekommen haben!"

„Warum denn? So rede doch!"

„Reden? Was ist da zu reden! Das mußt du dir doch selber sagen, wenn du nur eine kleine Spur von Verstand besitzest!"

„So habe ich freilich meinen Verstand verloren, denn ich weiß wirklich nicht, was du meinst."

„Das ist unbegreiflich! Du bist doch sonst nicht auf den

Kopf gefallen. Mit dem Gelde ist es nämlich aus, vollständig aus. Wir werden nicht einen Dollar, nicht einen Cent bekommen!"

„Alle Donner! Warum nicht?"

„Weil die Anweisung zum Teufel ist!"

„Inwiefern soll sie denn zum Teufel sein? Ich verstehe noch immer nicht, was du redest!"

„So ist dir wirklich dein ganzes bißchen Denkkraft abhanden gekommen. Du weißt doch, daß Old Shatterhand und Winnetou ganz dicke Freunde der Navajos sind?"

„Das weiß ich allerdings."

„Die Roten werden ihm also, sobald sie mit ihm hier zusammentrafen, nichts verschwiegen haben."

„Ja. Wahrscheinlich haben sie ihm gesagt, daß wir bei ihnen gewesen sind und sie so schön genasführt haben."

„Darauf bilde dir ja nichts ein, denn jetzt sind wir die Genasführten. Wer hatte die Anweisung?"

„Wolf, der Deutsche."

„Schön! Er ist mit hier gewesen und hat natürlich den Bankier gesehen und mit ihm gesprochen. Was versteht sich nun da von selbst?"

„Daß er – – – Satan! Jetzt weiß ich, was du meinst! Es ist alles erzählt worden, und da – – da hat dieser Wolf dem Bankier die Anweisung ausgehändigt. Ist dies das, was du meintest?"

„Ja."

„So ist es bei uns freilich mit jeder Hoffnung aus. Es ist alles, alles vergeblich gewesen, und du mußt nun endlich einsehen und zugeben, was für ein Knaben- oder Jungenstreich es von dir war, diesem Wolf die Anweisung zu zeigen!"

Der Ölprinz wollte diesen Fehler beschönigen, und so entstand ein Wortwechsel, welcher so hitzig wurde, daß die beiden nahe daran waren, sich aneinander zu vergreifen. Da schob Poller sie auseinander und sagte: „Ihr werdet euch doch nicht die Hälse brechen wollen? Damit macht ihr die Sache nicht anders. Ich sehe nicht ein, warum wir gleich das Allerschlimmste annehmen und jede Hoffnung aufgeben sollen. Es ist ja noch gar nichts verloren."

„Nicht?“ rief der Ölprinz ärgerlich aus.

„Nein, noch gar nichts.“

„So bin nun ich es, der nichts versteht und nichts begreift. Die Anweisung ist doch weg. Oder nicht?“

„Nein, sie ist nicht weg. Erst hatte sie Wolf, und nun hat sie Rollins. Was ist das für ein Unterschied? Es ist ganz gleich, wer sie hat, wenn sie nur noch da ist.“

„Das weiß ich auch; das braucht mir niemand zu sagen. Aber sie ist eben nicht mehr da.“

„Wer sagt das?“

„Ich sage es, denn es versteht sich doch ganz von selbst, daß Rollins sie sofort vernichtet hat!“

„Vernichtet? Das nehme ich erst dann an, wenn es bewiesen ist. Vernichtet, das heißt doch wohl zerrissen. Was man zerreißt, steckt man nicht ein, um es sorgfältig aufzuheben, sondern man wirft es weg. Wo aber ist hier auch nur das kleinste Stückchen Papier zu sehen? Es ist seit gestern abend bis jetzt vollständig windstill gewesen; es hat keinen Lufthauch gegeben, welcher die Papierfetzen hätte mit fortnehmen können; sie müßten also noch daliegen. Wollen einmal suchen, ganz sorgfältig suchen, nicht bloß hier, sondern auch in der Umgebung des Lagers.“

Sie taten dies auf das eifrigste, fanden aber nichts. Da sagte der Ölprinz, indem er tief Atem holte und sein Gesicht sich wieder aufklärte: „Da bekomme ich wirklich neuen Mut. Was Poller vorbringt, ist ganz richtig. Ein zerrissenes Papier steckt man nicht ein, sondern wirft es weg; der Bankier hat die Anweisung also nicht zerrissen, sondern aufgehoben.“

„So ist es“, nickte Poller. „Vielleicht gar hat er sie nur deshalb nicht vernichtet, um in ihr ein Andenken an seine Erlebnisse im wilden Westen zu haben.“

„Ja, das ist auch möglich. Ich habe wieder Hoffnung. Es ist mir sogar lieber, daß er sie jetzt hat, als wenn Wolf sie noch hätte. Aus Wolfs Tasche wäre sie nur mit Lebensgefahr und durch einen Mord zu bekommen gewesen, während der Bankier ein unerfahrener Kerl ist, der nicht einmal den Mut besitzen würde, sich ernstlich zu verteidigen. Ja, wenn das Papier wirklich nicht vernichtet sein sollte, sondern noch vorhanden ist, so glaube ich fest, daß wir es leichter als vorher bekommen können. Nicht?“

„Allerdings“, stimmte Buttler ein. „Mit diesem Rollins wird kein Federlesen gemacht. Mit ihm werden wir viel eher fertig als mit jedem andern. Also, einen Entschluß gefaßt! Was tun wir jetzt?“

„Warten wir hier? Oder reiten wir weiter, den vereinigten Weißen und Roten nach?“

„Wir folgen ihnen.“

„Aber mit doppelter Vorsicht!“

„Das wird gar nicht sehr nötig sein. Sie haben uns Späher entgegengeschickt und ahnen nicht, daß wir diese Kerls erschossen haben. Sie wissen uns also unter Aufsicht und werden denken, daß sie von den Kundschaftern Nachricht erhalten, ehe wir kommen. Wir können also frisch weiterreiten, ohne uns viel umzusehen.“

Sie stiegen wieder auf, nahmen die beiden erbeuteten Pferde am Leitzügel und ritten weiter, den Spuren der Navajos und der Weißen nach.

Es kam so, wie sie es sich gedacht hatten: Ihr Ritt ging glatt vonstatten, und niemand stellte sich ihnen in den Weg. Es ging immer auf dem hohen Ufer des Flusses in der Nähe des Baum- und Strauchsaumes hin, und die Fährte, welcher sie folgten, blieb sich immer gleich, bis sie an eine Stelle kamen, an welcher sie bedeutend breiter und viel ausgetretener war. Das mußte einen Grund haben. Sie hielten also an und stiegen ab, um die Spuren hier zu untersuchen. Sie befanden sich an dem Orte, an welchem Schi-So im Gebüsch gestern abend mit den Pferden auf Old Shatterhand und Winnetou gewartet hatte und wo der Apache heute früh die vereinigten Weißen und Roten hatte empfangen wollen.

„Hier haben die Kerle längere Zeit gehalten“, sagte Buttler. „Das sieht man ganz genau. Die Pferde sind nicht über den Boden fortgelaufen, sondern sie haben dagestanden und ihn zerstampft und sogar mit den Hufen aufgescharrt.“

„Welche Ursache mag da vorgelegen haben?“ meinte der Ölprinz.

„Wer weiß das! Wahrscheinlich erfahren wir es später."

„Ich möchte es aber schon jetzt wissen. Seht, da führen Spuren von hier grad ins Gebüsch! Wollen einmal sehen, was es da drin gegeben hat!"

Sie ließen ihre Pferde stehen und gingen auf das Gesträuch zu. Da hörten sie eine Stimme in deutscher Sprache rufen: „Zu Hilfe, zu Hilfe! Kommt her, kommt hier herein!"

Sie blieben stehen und horchten.

„Das war nicht englisch", sagte der Ölprinz.

„Es schien deutsch zu sein; ich verstehe es aber nicht", meinte Buttler.

„Aber ich verstehe es", erklärte Poller, der einstige Führer der Auswanderer. „Es ruft jemand um Hilfe und bittet uns, zu ihm hineinzukommen."

„Das können wir tun, denn wenn jemand unsere Hilfe braucht, da haben wir nichts zu befürchten."

„Aber wenn es eine Finte ist, wenn wir in eine Falle gelockt werden sollen!"

„Das glaube ich nicht. Kommt nur immer mit!"

Sie folgten den Fuß- und Hufstapfen, die in das Gebüsch führten, und sahen bald zwei gesattelte Pferde, welche im Gesträuche angebunden waren. Sie schienen dem um Hilfe Bittenden so nahe gekommen zu sein, daß er sie sehen konnte, denn er rief jetzt: „Hierher, hierher, Herr Poller! Haben Sie die Güte, und schneiden Sie mich los!"

„Er ruft mich; er kennt mich!" sagte Poller.

„Kommen Sie doch, Herr Poller, kommen Sie schnell!" rief es wieder.

„Alle Teufel! Wenn ich mich da nicht irre, so ist das die Stimme des verrückten Kantors, der eine Oper von zwölf Akten komponieren will und dabei allerlei Dummheiten macht! Kommt! Da brauchen wir uns freilich nicht zu fürchten."

„Aber", meinte der Ölprinz vorsichtig, „er gehört jetzt zu Old Shatterhand und Winnetou, und wer weiß, ob das nicht eine Schlinge ist, in welche wir die Köpfe stecken sollen."

„Schwerlich, schwerlich! Ich bin vielmehr überzeugt, daß

er abermals infolge eines dummen Streiches hier stecken- und zurückgeblieben ist. Kommt nur getrost mit mir weiter."

Er drang tiefer in das Gebüsch ein, und sie folgten ihm. Da bewahrheitete sich die Vermutung Pollers allerdings, denn sie sahen den Kantor, dem die Hände auf den Rücken und dann an den Stamm eines Baumes festgebunden waren. Man hatte das allerdings in einer Weise getan, daß er sich dabei in einer völlig schmerzlosen und ganz bequemen Lage befand, denn er saß in dem weichen Grase des ebenso weichen Bodens und lehnte mit dem Rücken an dem Baum.

„Sie, Herr Kantor?" fragte Poller. „Das ist doch sonderbar!"

„Kantor emeritus, wenn ich Sie bitten darf! Es ist sowohl der Vollständigkeit als auch der Unterscheidung wegen, denn ein Emeritus ist nicht mehr aktiv, Herr Poller."

„Ihre Lage scheint allerdings eine mehr passive als aktive zu sein. Wie sind Sie denn in diese Passivität geraten?"

„Man hat mich hier angebunden."

„Das sehe ich. Aber wer?"

„Stone und Parker."

„Aber die können das doch nicht aus eigenem Antriebe getan haben!"

„Nein. Old Shatterhand war es, der es ihnen befohlen hat."

„Warum?"

„Das – – das weiß – – das weiß ich eigentlich gar nicht", sagte er, weil er sich doch genierte, den Grund mitzuteilen.

„Aber Old Shatterhand tut doch nie etwas ohne Ursache!"

„Nein; er wird wohl auch hier eine gehabt haben; aber ich kenne sie wirklich nicht. Fragen Sie mich also nicht danach, sondern schneiden Sie mich lieber los!"

„Das kann nicht so leicht und schnell geschehen, wie sie denken."

„Warum?"

„Ich möchte wohl, aber – – – aber ich muß auch wissen, daß es angebracht ist und keinen Schaden macht."

„Was sollte es denn für Schaden bringen!"

„Das weiß ich nicht; aber Old Shatterhand wird es wissen. Er hat Sie jedenfalls hier anbinden lassen, um Sie an der Ausführung irgendeiner Dummheit zu hindern. Dennoch aber finde ich es sehr unrecht von ihm, Sie hier festzuknüpfen und in der Wildnis so allein und ohne Schutz zu lassen."

„Allein? Ich bin nicht allein."

„Nicht?"

„Nein. Es ist noch jemand da."

„Wer?"

„Herr Rollins, der Bankier."

„Der?" fragte Poller, indem es wie Befriedigung über sein Gesicht ging. „Nur dieser oder noch jemand?"

„Er allein."

„Auch angebunden?"

„Nein, sondern um mich zu bewachen. Er hat sich selbst dazu angeboten. Ich habe ihn ohne Unterlaß himmelhoch gebeten, mich loszumachen; aber er hat mir meinen Wunsch nicht erfüllt. Er ist ein gefühlloser, grausamer Mensch."

Diese Ansicht des Kantors war Poller höchst willkommen; darum sagte er, ihn in derselben bestärkend: „Ja, das war allerdings grausam von ihm und verdient eine sehr nachdrückliche Strafe. Man sollte eigentlich Sie losmachen und ihn dafür anbinden!"

„Ja, das wäre sehr recht! Ich würde mich sehr darüber freuen und ihn auch nicht losbinden, und wenn er mich noch sosehr darum bäte. Ich ließe ihn hängen und ginge fort, um seine Klagen oder Vorwürfe gar nicht zu hören."

„Wohin würden Sie da gehen?"

„Den andern nach, hinunter nach dem Winterwasser."

„Ah, die andern sind am Winterwasser?"

„Ja."

„Was wollen sie dort?"

„Die Nijoras angreifen und gefangennehmen, die dort auf uns gelauert haben."

„Ob ihnen das gelingen wird!"

„Gewiß! Old Shatterhand war ganz überzeugt davon und Winnetou auch. Dieser ist während der ganzen Nacht hier gewesen, um die Nijoras zu belauschen. Ich durfte nicht mit, weil sie glaubten, daß ich – daß ich – – hm; darum banden sie mich fest, und der Bankier erbot sich, bei mir zu bleiben, da sonst niemand sich dazu meldete. Er wollte lieber hier sein, als sich in die Gefahr begeben, während des Kampfes von den Wilden entweder blessiert oder gar ermordet zu werden."

„Das war sehr, sehr klug von ihm. Können Sie vielleicht sagen, ob er mit dem Wolf gesprochen hat?"

„Mit dem Deutschen, der zu den Navajos gehört?"

„Ja."

„Gewiß hat er mit ihm gesprochen."

„Was?"

„Verschiedenes. Ich habe nicht aufgemerkt, weil ich meine Gedanken bei meiner Heldenoper haben muß."

„Wenn Sie das nicht wissen, so haben Sie doch vielleicht erfahren, ob er ihm etwas gegeben hat?"

„Gegeben? Allerdings."
„Was?"
„Die Anweisung, welche er Ihnen abgenommen hat."
„So! Wissen Sie das genau?"
„Nein; ich war nicht dabei; aber ich habe es gehört, als sie davon sprachen."
„Das ist mir lieb. Da befindet sich das Papier nun endlich einmal in den richtigen Händen."
„Ja. Er wird es sich nicht wieder nehmen lassen."
„So hat er es wohl vernichtet?"
„O nein. Er will es als Andenken aufbewahren."
„Das glaube ich. Es wird ein gutes Erinnerungszeichen an die Abenteuer sein, welche er erlebt hat. Er hat es natürlich zu den anderen Papieren in die Brieftasche gesteckt?"
„Nein, das hat er nicht getan, denn er meinte, so eine Anweisung sei ein gefährliches Ding für ihn. Wenn es in falsche Hände gerät und in San Francisco präsentiert wird, erhält der Betreffende das Geld, und Rollins muß es dann einbüßen. Darum hat er das Papier sehr gut versteckt."
„Versteckt? Hm, was heißt versteckt! Man glaubt zuweilen, etwas sehr gut, ganz vorzüglich aufgehoben zu haben und verliert es doch."
„Dieser nicht. Er hat es zwischen das Futter seines Rockkragens geschoben. Dort sucht es niemand."
„Das hat er allerdings schlau angefangen. Aber ich sehe ihn doch nicht. Wo ist er denn?"
„Fort. Er saß drüben am Rande des Gebüsches und sah Sie kommen. Da bekam er Angst und versteckte sich."
„Erkannte er uns denn?"
„Nein. Sie waren zu weit entfernt. Aber da Sie von dieser Seite kamen und also nicht zu unsern Freunden gehören konnten, hielt er Sie für Feinde, denen man nicht trauen darf. Er wollte sich lieber gar nicht sehen lassen."
„So ist er also fort, und Ihnen ist sein Versteck unbekannt?"
„Oh ich kenne es!"
„So sagen Sie es uns, damit wir ihn holen und ihm beweisen können, daß wir es gut mit ihm und Ihnen meinen!"
„Gut meinen?" antwortete der Kantor mit dem Bestre-

ben, seinem Gesicht einen pfiffigen, besserwissenden Ausdruck zu geben. „Da denken Sie wohl gar, daß ich Ihren Worten glaube, verehrter Herr Poller?“

„Natürlich.“

„Fällt mir gar nicht ein. Uns Jüngern der Wissenschaft macht man nicht so leicht etwas weiß.“

„Das ist gar nicht meine Absicht. Was ich sage, das ist wahr: Ich meine es gut mit ihm und mit Ihnen.“

„Vielleicht mit mir, aber nicht mit ihm!“

„Warum?“

„Weil Sie schlecht an ihm gehandelt haben.“

„Das bildet er sich nur ein.“

„Nein. Das mit der Petroleumquelle ist nicht wahr gewesen. Sie haben ihn um das viele Geld bringen wollen.“

„Unsinn! Wenn er den See genau untersucht, so wird er finden, daß die Quelle wirklich vorhanden ist. Er versteht aber nichts davon und hat sich von anderen Leuten gegen uns einnehmen lassen. Wie ehrlich wir sind, können Sie daraus ersehen, daß wir dem Wolf die Quittung gegeben haben, als wir bei den Navajos waren.“

„Hat er sie Ihnen denn nicht abgenommen?“

„Nein. Ein so wertvolles Papier läßt man sich nicht abnehmen. Er hat doch gar nicht gewußt, daß wir es hatten, also müssen wir es ihm doch gesagt haben.“

„Das stimmt allerdings.“

„Darum möchten wir jetzt gern einmal mit ihm sprechen und ihm sagen, was er zu tun hat, wenn er sich je noch in den Besitz der Quelle setzen und ein reicher Mann werden will. Also, wo steckt er?“

„Hm, ich weiß noch nicht recht, ob ich es sagen soll.“

„So behalten Sie es für sich! Uns kann es ja gleich sein. Aber ich dachte, es würde Ihnen Spaß machen, wenn wir ihn an Ihrer Stelle anbänden.“

„Ja, das würde mir Spaß machen, ungeheuren Spaß! Er hätte es verdient, weil er für meine Bitten nur taube Ohren hatte.“

„Und Sie wurden dann aus Ihrer Lage befreit!“

„Sonst nichts?“

„Nein.“

„Aber ich habe Sie doch auch befreit, als ich Ihnen mein Federmesser gab! Es würde höchst undankbar von Ihnen sein, wenn Sie mich hier hängen ließen."

„Das sind zwei sehr verschiedene Fälle. Bei uns handelte es sich um das Leben. Wir waren von den Feinden gefesselt worden. Bei Ihnen handelt es sich nur um eine jedenfalls sehr begründete Vorsichtsmaßregel, und Sie sind von Ihren Freunden hier angebunden worden. Wenn ich Sie dadurch von Feinden befreien und vom Tode erretten könnte, würde ich Sie sofort abbinden, so aber werde ich mich hüten, etwas gegen den Willen Old Shatterhands zu tun. Höchstens täte ich es, um den Bankier an Ihre Stelle zu setzen und ihn also für die Grausamkeit zu bestrafen, welche er Ihnen gegenüber gezeigt hat."

„Ja, grausam war es, außerordentlich grausam!"

„Und bedenken Sie, welche Szene das für Ihre Oper ergeben würde! Der, welchen Sie vergeblich angefleht haben, muß dann Sie bitten, ihn loszumachen! Das ist die alles bestrafende Gerechtigkeit, auf welche es bei jedem Theaterstücke doch am meisten ankommt."

„Ja, ja, da haben Sie recht!" rief der Kantor wie elektrisiert. „Eine Szene für meine Oper, eine prächtige, eine herrliche Szene! Erst flehe ich ihn an; das gibt eine Gnadenarie für Bariton. Er verweigert mir die Erfüllung meiner Bitte im zweiten Baß. Dann wird der Bariton frei, und der zweite Baß wird angebunden. Das gibt wieder eine Gnadenarie, auf welche dann ein großes Duett für zweiten Baß und Bariton folgt. Das macht Effekt; das macht Effekt, ungeheuren Effekt! Ich bin Ihnen außerordentlich dankbar, daß Sie mich hierauf aufmerksam gemacht haben."

„Soll ich also den Bankier holen und an Ihrer Stelle anbinden?"

„Ja, holen Sie ihn!"

„Wo ist er aber?"

„Er sagte, es gebe hier hinter uns einen schmalen Riß im Felsen des Ufers, der mit Gesträuch überwachsen sei. Da hinein wollte er sich verstecken."

„Gut, wir werden den Riß leicht finden; nur muß ich vorher hier meinen Gefährten sagen, um was es sich handelt, und sie fragen, ob sie damit einverstanden sind."

Er übersetzte ihnen den Inhalt des Gespräches. Sie hätten gar zu gern den Kantor auslachen mögen, hatten aber keine Zeit dazu vor Freude darüber, daß es ihnen so unerwartet gelingen solle, wieder zu der Anweisung zu kommen. Sie hatten auch ganz und gar nichts dagegen, daß der Bankier an des Kantors Stelle angebunden werden solle, denn dem letzteren mußten sie dankbar sein, während sie dem ersteren gern alles Böse gönnten.

Die drei entfernten sich also für kurze Zeit, um nach dem Risse zu suchen; sie fanden ihn unschwer in nicht zu großer Entfernung von dem Baume, an welchem der Kantor hing. Als sie das Gezweig, welches ihn bedeckte, zur Seite schoben, sahen sie Rollins, der mit eng zusammengeschmiegtem Körper in der Spalte steckte. Sie hatten ihre Messer in den Händen, und der Ölprinz sagte in höhnischem Tone: „Hallo, Mr. Rollins, was tut Ihr in dieser Felsenöffnung? Sucht Ihr vielleicht eine Petroleumquelle da?"

Der Bankier erschrak, als er die drei erkannte. Daß sie die drei Reiter seien, die er gesehen hatte, das hatte er nicht gedacht. Er mußte sich natürlich sagen, daß von diesen Leuten für ihn nichts Gutes zu erwarten sei. Er war kein Held, hätte sich aber gegen einen doch verteidigt; hier standen drei vor ihm, mit Messern in den Händen; er sah ein, daß eine Gegenwehr seine Lage nur verschlimmern könne.

„Seid doch so gut, und kommt heraus!" forderte ihn der Ölprinz auf. „Ihr versäumt ja ganz und gar die Pflicht, zu der Ihr berufen worden seid!"

„Pflicht?" antwortete er, indem er sich ängstlich und verlegen aus der Spalte hervormachte.

„Ja, Sir. Ihr sollt doch Euern guten Freund, den Kantor, bewachen. Warum seid Ihr davongelaufen?"

„Ich sah drei Reiter kommen, wußte aber nicht, daß Ihr es waret."

„So! Ihr wäret also, wenn Ihr uns erkannt hättet, nicht geflohen?"

„Nein."

„Freut mich, daß Ihr so große Freundschaft für uns und so großes Vertrauen zu uns hegt! Da Ihr nun wißt, daß wir es sind, so werdet Ihr wohl mit uns zu dem Kantor zurückkehren. Also kommt!"

Sie nahmen ihn in die Mitte und brachten ihn zu dem Baume. Dort nahm ihm der Ölprinz die beiden Revolver und die Munition ab und sagte: „Ihr steht unter einem mächtigen Schutze und braucht keine Waffen, während wir verteufelt schlecht bewaffnet sind. Ihr werdet uns also gewiß gern aushelfen. Und nun muß ich Euch etwas recht Lustiges sagen. Ihr habt dem Kantor auf all seine Bitten nicht den Gefallen getan, ihn loszubinden – – –"

„Das ist mir verboten worden!" fiel er rasch ein.

„Geht uns nichts an! Er ist natürlich sehr aufgebracht darüber und wünscht, Euch einmal fühlen zu lassen, wie es ist, wenn man an einem Baume hängt. Wir sind gutmütiger als Ihr und werden ihm diesen sehr bescheidenen Wunsch erfüllen."

„Was meint Ihr?" stotterte er ängstlich hervor. „Was soll das heißen? Wollt Ihr etwa – – –?!"

„Euch anbinden? Ja."

„Hört, das dulde ich nicht, Mesch'schurs!"

Er richtete sich möglichst stramm auf und gab sich Mühe, martialisch auszusehen. Da klopfte der Ölprinz ihm auf die Achsel und sagte lachend: „Blast Euch nicht unnötig auf, Sir! Wir kennen Euch doch genau! Wir werden Euch anbinden. Wehrt Ihr Euch dagegen, so brauchen wir Gewalt, und Ihr kennt uns gut genug, um zu wissen, daß Ihr dann nicht wohl mit heiler Haut davonkommen werdet. Laßt Ihr es Euch aber gefallen, so reiten wir dann weiter, ohne uns ferner um Euch zu kümmern. Wir wollen dem Kantor den Willen tun, weiter nichts. Wenn wir dann fort sind, kann er Euch wieder losmachen. Also, was sagt Ihr zu der Sache?"

Er nahm eine drohende Haltung an und spielte mit seinem Messer. Buttler und Poller folgten diesem seinem Beispiele. Dem Bankier wurde es himmelangst. Daß er von diesen Leuten keine Schonung zu erwarten habe, das wußte er. Sein Stolz fühlte sich beleidigt; er, der Bankier, der Gentleman, sollte sich vor diesen Mördern und Betrügern demütigen; das ging ihm gegen den Strich, doch dachte er mit keinem Gedanken daran, sich zu weigern und ihnen Widerstand zu leisten. Am besten war es, klug zu sein und ihnen den Willen zu tun. Sie wollten ihn ja nur anbinden und dann fortgehen. Waren sie fort, so konnte der Kantor ihn sofort wieder frei machen. Darum zwang er seinen Grimm hinunter und sagte in einem Tone, als ob es ihm gar nicht schwerfalle, auf den Scherz einzugehen: „Was ich dazu sage? Nichts. Ob ich da an diesem Baume sitze oder anderswo, das ist mir gleich. Wenn es Euch Spaß macht, diesem verrückten Menschen seinen noch verrückteren Wunsch zu erfüllen, so tut es. Mir fällt es nicht ein, mich deshalb mit Euch herumzubalgen."

„Das ist sehr verständig, höchst verständig von Euch", grinste ihn der Ölprinz an. „Es ist allerdings eine ganz und gar verrückte Idee von ihm. Er hat sich über Euch geärgert und will Euch zur Strafe dafür am Baume sehen; das ist die Sache. Wir haben versprochen, ihm den Willen zu tun, und wenn wir es tun, so geschieht es nur der Form wegen und für ganz kurze Zeit. Mag also jetzt der Spaß beginnen!"

Er band den Kantor los. Rollins trat an den Baum, hielt seine Hände hin und sagte: „Da, macht Euch das billige Vergnügen, Mesch'schurs!"

Er hatte natürlich geglaubt, daß man ihn ebenso leicht binden werde, wie der Kantor gebunden gewesen war; aber er sollte sofort einsehen, wie groß sein Irrtum gewesen war. Poller ergriff ihn beim rechten und Buttler beim linken Arme. Sie rissen ihn mit einem so rücksichtslosen Ruck mit dem Rücken an den Baum, daß er laut aufschrie, und legten seine Arme rückwärts an den Stamm. Während sie sie da festhielten, band ihm der Ölprinz die Hände zusammen und antwortete: „Ja, Mr. Rollins, das billige Vergnügen beginnt; aber Euch kann es leicht sehr teuer zu stehen kommen."

„Thunderstorm!" fluchte der Bankier. „Was fällt Euch denn ein? So haben wir nicht gewettet!"

„Ihr nicht, aber wir!"

„Ihr renkt mir ja alle Glieder aus!“

„Kann Euch gar nichts schaden; aber es wird gar nicht lange dauern. Wartet nur einen Augenblick und haltet den Kopf still, sonst schneide ich Euch die Ohren mit herunter!“

Er trennte ihm, der sich nun nicht zu wehren vermochte, auch wenn er es gewollt hätte, mit zwei, drei raschen Messerschnitten den Kragen vom Rocke.

„Sir, was tut Ihr da hinter mir?“ fuhr Rollins auf. „Ich glaube gar, Ihr schneidet da an mir herum!“

„Ja, das tue ich allerdings“, lachte der Ölprinz; „aber es geht Euch nicht an das Leben, sondern nur einstweilen an den Kragen.“

Er trat vor ihn hin und hielt ihm den abgeschnittenen Teil des Rockes vor das Gesicht.

„Mein – – mein – – mein Kragen!“ schrie der Bankier auf, indem ihm alles Blut aus dem Gesichte wich.

„Kragen? O nein! Ihr haltet das für einen Rockkragen? Das ist ein großer Irrtum von Euch. Ich sage Euch, daß ich hier eine ganz neumodische Tasche für Wertpapiere in meinen Händen halte.“

„Tasche – – Wertpapiere – – –“, stammelte der Getäuschte.

„Was – was – – was.meint Ihr damit?“

„Werde ich Euch augenblicklich zeigen.“

Er griff zwischen das Futter des Kragens, zog ein Papier heraus, faltete es auseinander, warf einen Blick darauf, hielt es dann dem Bankier vor das Gesicht und fuhr in triumphierendem Tone fort: „Hier ist der Inhalt dieser prächtigen Tasche. Hoffentlich kennt Ihr das Papier. Es sollte für Euch ein Andenken sein, aber ich denke, daß ich es weit besser in Ehren zu halten verstehe als Ihr. So eine Schrift steckt man doch nicht in den Rockkragen, sondern man schafft sie hinunter nach Frisco, um sie dort mit gutem, klingendem Golde zu vertauschen.“

„Ihr seid ein Schurke, ein Räuber, ein – ein – ein – –“

Die Wut erstickte seine Stimme, so daß er kein Wort weiter hervorbrachte. Seine Lippen färbten sich blau, und seine Augen wollten aus ihren Höhlen treten. Er wollte sich von dem Baume losreißen; dabei schnitt ihm aber der Riemen so in das Fleisch, daß er einen gellenden Schmerzensschrei ausstieß.

„Seid still; beruhigt Euch!" hohnlachte der Ölprinz. „Ich nehme mir nur zurück, was man mir unrechtmäßigerweise vorenthalten hat. Ihr seid überlistet, Sir. Gebt Euch keine Mühe, ohne Hilfe vom Baume loszukommen; Ihr verursacht Euch dadurch nur Schmerzen."

Rollins konnte nur mit einem ohnmächtigen Zähneknirschen antworten. Der Kantor war bis jetzt ein stiller Zeuge des Vorganges gewesen; jetzt hielt er es für geraten, sich ins Mittel zu legen. Er sagte in seinem höflichsten Tone: „Meine verehrtesten Herren, ich muß Sie unbedingt bitten, mir zu sagen, warum Sie diesem Herrn den Kragen vom Rocke geschnitten haben!"

„Weil er nicht an den Rock gehört", antwortete Poller lachend.

„Oho! Dieser Kragen ist Herrn Rollins Eigentum; er kann ihn also da tragen, wo es ihm beliebt, sogar am Rocke!"

„Es ist ja gar kein Kragen, sondern ein Portefeuille für Wertsachen!"

„So? Und wo pflegt man denn so ein Ding hinzustekken?"

„In die Tasche."

„Gut, so stecken Sie es ihm in die Rocktasche."

„Diesen Gefallen will ich Ihnen sehr gern erweisen."

Er nahm dem Ölprinzen den ausgeplünderten Kragen aus der Hand und schob ihn dem Bankier in die erwähnte Tasche.

„Auch das Papier mit!" befahl der Kantor.

„Nein, das werde ich freilich nicht tun. Dieses Papier gehört Mr. Grinley; er wird es also behalten."

„Es gehört ihm nicht. Sie haben mir ja vorhin gesagt, daß Sie es bei den Navajos freiwillig herausgegeben haben!"

„Ja. Und nun nehmen wir es ebenso freiwillig wieder."

„Da sind Sie doch Spitzbuben!"

„Ja, das sind wir allerdings, Herr Kantor."

„Bitte, Herr Kantor emeritus. Es ist das eine ganz

notwendige Bezeichnung, auf welcher ich bestehen muß. Sie wollen das Papier also wirklich entwenden?"

„Ja."

„Dann sind Sie gar nicht wert, daß ein Jünger der Kunst, wie ich bin, noch ein Wort mit Ihnen spricht. Machen Sie also, daß Sie fortkommen!"

„Diesen Wunsch werden wir Ihnen sogleich erfüllen, mein lieber Herr Kantor emeritus."

„So ist's recht! Man muß die Leute nur immer auf die richtige Ausdrucksweise aufmerksam machen, dann merken sie sich's endlich einmal."

„Das ist wahr, und ich will nur wünschen, daß Sie für die beiden Gnadenarien und das Duett, welches Sie komponieren wollen, die richtige Ausdrucksweise ebenso finden mögen."

„Oh, was das betrifft, so ist das über allem Zweifel erhaben."

„So sind wir alle außer dem Bankier zufriedengestellt. Leben Sie wohl!"

„Leben Sie wohl, meine Herren!"

Er machte eine Verbeugung. Die drei Räuber gingen hinaus zu ihren Pferden, stiegen auf und ritten davon, sehr zufrieden mit dem Erfolge dieser letzten halben Stunde.

Der Kantor setzte sich nun dem Bankier gegenüber und musterte ihn mit sehr zufriedenen Blicken. Es war ja sein Wunsch erfüllt: Er war frei, und der andere hing an dem Baume.

Rollins konnte ein solches Verhalten nicht begreifen; es erfüllte ihn mit Wut, und darum schrie er zornig auf ihn ein, indem er ihn in den drohendsten Ausdrücken aufforderte, ihn augenblicklich loszumachen. Dies tat er in englischer Sprache, welche der Kantor leider nicht verstand. Vorher hatte dieser letztere, als er noch am Baume hing, dieselbe Bitte mit ganz demselben Mißerfolge wohl hundertmal ausgesprochen, aber in deutscher Sprache, welche dem Bankier unverständlich war. Dieser hatte geglaubt, der Kantor räsonniere auf Old Shatterhand und die beiden Personen, die ihn angebunden hatten. Es war verboten worden, ihn loszubinden, und darum hatte Rollins nicht angenommen, daß er los wolle;

der Emeritus aber hatte geglaubt, der andere wolle ihn nicht aus seiner Lage befreien; daher vorhin sein Ärger über ihn und daher jetzt die Ruhe, mit welcher er das Geschrei anhörte und die Anstrengungen ansah, welche Rollins machte, um vom Baume loszukommen.

Während dieser alle möglichen englischen Schimpfwörter herwetterte, saß der Komponist ihm gegenüber, um ihn zu studieren, und pfiff dabei eine Melodie durch die Zähne, aus welcher sich eine Gnadenarie entwickeln sollte. Der Bankier schäumte fast vor Wut über sein Gegenüber und verwünschte es tausendmal, daß er sich angeboten hatte, bei ihm zu bleiben. Dann, als sein Grimm den höchsten Grad erreicht hatte, trat auf diese Aufregung eine plötzliche große Abspannung ein. Die Folge derselben war, daß er ruhiger zu überlegen vermochte. Er hatte von seinem Buchhalter Baumgarten einige deutsche Brocken profitiert, und der Kantor hatte sich, wie er wußte, auch einige englische Ausdrücke gemerkt. Sollte es denn nicht möglich sein, auf Grund dieser freilich geringen Kenntnisse zu einer Verständigung zu kommen? Er versuchte es und begann: „Mr. Kantor, to unbind, unbind!"

„Kantor emeritus, bitte!" war die Antwort.

„Unbind, unbind!".

„Umbinden?" fragte der Kantor. „Sie wollen etwas umgebunden haben? Was denn?"

Er wußte nicht, daß unbind so viel wie losbinden bedeutet. So ging es wohl eine Viertelstunde lang zwischen ihnen herüber und hinüber. Erstens verstand der Kantor den Bankier nicht, und zweitens sah er nicht ein, warum derjenige, der ihn am Baume hatte hängen lassen, nicht auch ein wenig an demselben hängen solle. Dann siegte aber seine Gutmütigkeit. Er ging, als Rollins seine schmerzhaften Bestrebungen, sich loszureißen, erneuerte, zu ihm hin und löste mit größter Mühe die absichtlich sehr fest geschlungenen Knoten auf. Er glaubte, nun ein freundliches Wort des Dankes zu hören, hatte sich da aber sehr geirrt. Rollins streckte seine Glieder und versetzte dann dem Emeritus einen Faustschlag gegen den Kopf, daß der Getroffene taumelte und dann in ein Gebüsch stürzte; dann band er sein

Pferd los, setzt sich auf und ritt davon, nach Westen zu, wo er die Gefährten wußte.

Der Kantor raffte sich langsam auf, befühlte die getroffene Stelle seines Kopfes und sagte: „Dankbarkeit ist eine seltene Tugend; das weiß ich freilich wohl; aber daß man für seinen guten Willen und für einen solchen Dienst eine solche Kopfnuß erhält, das geht doch eigentlich über die Schnur. Der Mann ist Bankier, will also jedenfalls als gebildeter Mann gelten; aber ich sehe hier wieder einmal ein, daß die wahre und echte Bildung doch nur bei den Jüngern der Kunst zu finden ist. Mein Kopf brummt mir, als wenn zehn Gnadenarien, von lauter zweiten Bässen gesungen, auf einmal drin ertönten! Nun ist er fort. Was soll ich hier allein? Soll ich etwa warten, bis noch andere Spitzbuben kommen, die nachher auch noch mich bestehlen? Nein; da reite ich ihm lieber nach."

Er holte sein Pferd auch aus dem Gebüsch, kletterte hinauf und ritt davon, gen Westen, wohin die Fährte der Weißen und der Navajos führte.

Wie war es aber denn eigentlich gekommen, daß der gute Kantor zurückgelassen und sogar angebunden worden war?

Zunächst war es wohl kein Wunder, wenn er von allen seinen Gefährten als sogenanntes Schreckenskind betrachtet wurde. Er machte alles verkehrt, brachte Wirrnis in die größte Ordnung und hatte nicht nur der Gesellschaft schon oft die größten Verlegenheiten bereitet, sondern für sie sogar Gefahren heraufbeschworen, denen man nur mit Mühe und Not entkommen war. Sein gestriger Streich, als er des Nachts am Flusse die Stimmen des Orchesters erklingen ließ, hatte glücklicherweise keine üblen Folgen gehabt; aber Old Shatterhand war willens, so etwas nicht wieder vorkommen zu lassen, und hatte ihm darum mit Anbinden gedroht. Diese Strafe war schon früher einmal, und zwar durch Sam Hawkens, über den Emeritus verhängt worden. Man hatte ihn samt seinem Pferde hinten an einen Wagen angebunden.

Heute früh nun hatte er sich kurz nach dem Aufbruche an den Hobble-Frank gemacht und ihn gefragt: „Herr Frank, Sie wissen wohl genau, wohin wir reiten?"

„Ja", antwortete dieser.

„Ich nicht. Wissen Sie, ich mußte so lange bei den Indianern bleiben, und als ich nachher in unser Lager kam, war die Beratung eigentlich schon vorüber, und auf das, was gesprochen wurde, habe ich in meinem Zorne nicht geachtet. Wenn Sie bedenken, wie man mir mitgespielt hat, werden Sie einsehen, daß ich sehr viel Veranlassung zum Zorne hatte."

„Nee, das sehe ich nich ein."

„Nicht? Ich habe Sie doch immer für einen verständigen und ernstlich denkenden Menschen gehalten!"

„Das bin ich ooch, und ich wollte es niemand raten, etwa das Gegenteil zu denken!"

„Aber da müssen Sie doch einsehen, daß ich gar nichts Unrechtes getan habe!"

„Nischt Unrechtes? Na, der Ausdruck is eegentlich noch viel zu zahm für das, was Sie getan haben."

„Wie, zu zahm? So geben also auch Sie mir unrecht?"

„Natürlich! Man stellt sich doch nich des Nachts, wo alle Stimmen schweigen, mitten in den wilden Westen hinein, um mit allen möglichen musikalischen und fraktionellen Instrumenten zu trillern und zu piepen, daß man es stundenweit hören kann. Das hätte uns alle möglichen Feinde auf den Hals bringen können."

„Es waren aber doch keine da!"

„Das wußten Sie nich. Und die Nijoras, zu denen wir jetzt wollen, konnten ebensogut in unserer Nähe liegen wie die Navajos, von denen wir glücklicherweise nichts zu fürchten hatten."

„Also gegen die Nijoras geht es jetzt? Das war es, was ich jetzt von Ihnen wissen wollte. Wie es den Anschein hat, sollen sie von uns überfallen werden?"

„Ja."

„Das freut mich sehr; das freut mich ungemein!"

„Warum?"

„Danach brauchen Sie doch gar nicht erst zu fragen. Sie wissen doch wohl, daß ich eine zwölfaktige Heldenoper komponieren will!"

„Ja; es is mir ganz so, als ob Sie schon eenmal von so etwas gesprochen hätten."

„Jedenfalls habe ich es Ihnen schon gesagt. Ich habe hier nun die Helden gefunden, die ich dazu brauche; aber in ihrer Tätigkeit habe ich sie eigentlich noch nicht gesehen."

„Nich? Na, ich dächte doch, daß bisher schon genug geleistet worden is, was andre Leute nich gleich fertigbringen würden. Wir sind ja gradezu immer aus dem eenen Abenteuer in das andre geflogen!"

„Das gebe ich ja ganz gern zu; aber das, wobei das Heldentum sich in seiner vollsten Glorie zeigen kann, hat es noch nicht gegeben."

„Was wäre das?"

„Eine Schlacht, ein allgemeiner Kampf, wo Mann gegen Mann zu stehen hat und der Held einen Feind nach dem andern niederschlägt, wissen Sie, so ungefähr wie Roland bei Roncesvalles."

„Roland? Da irren Sie sich sehr wahrscheinlich."

„Inwiefern?"

„Das is doch nich Roland, sondern Iffland gewesen."

„Iffland? Nein, liebster Herr Frank, das ist unmöglich, vollständig unmöglich."

„Vollständig unmöglich? Warum denn, he?"

„Erstens weil Iffland damals noch nicht gelebt hat."

„So, so! Sehn Sie doch mal an, was Sie da nich alles wissen! Also das war erschtens. Und zweetens?"

„Zweitens ist, so viel ich mich erinnere, Iffland gar kein Held, sondern ein Schauspieler und Theaterdichter gewesen. Wie kann er da zur Zeit Karls des Großen im Tale von Roncesvalles gekämpft haben!"

Da machte Frank sein grimmigstes Gesicht und fragte: „Wollen Sie etwa das, was ich gesagt habe, dekonfektionieren? Da kommen Sie bei mir an den Falschen. Ihren großen Karl kenne ich viel besser als Sie. Es is der erschte Kaiser von Deutschland gewesen und hat eene runde Tafel voll lauter Ritter gehabt. Iffland war der berühmteste davon und is dort im Tale von Roncesvalles mitten im Kampf an den Masern gestorben. Allerdings hatte Karl der Große ooch eenen Theaterdichter, der hat aber nich Iffland, sondern Uhland geheeßen und außer andern schönen Sachen ooch den berühmten Löwenritt von Freiligrath gedichtet. Haben Sie das begriffen?"

Der Kantor sah den Kleinen erstaunt an; er öffnete den Mund, um zu antworten, brachte ihn aber nicht wieder zu.

„Ja, sehn Sie, da sperren Sie den Mund auf über meine Gelehrsamkeet! Machen Sie ihn nur wieder zu, und schweigen Sie! Es scheint gar, nach Ihrem Gesichte zu urteelen, als ob Sie mir widersprechen wollten. Das lassen Sie aber ja bleiben, denn Widerspruch vertrage ich partuhmang nich. Reden wir also von was anderm! Sie wollen, wie es scheint, gern eener Schlacht beiwohnen?"

Der Kantor hätte sich gern noch weiter über Roland, Iffland und Uhland mit ihm gestritten; aber er wollte Frank bei guter Laune erhalten; darum ließ er dieses Thema fallen und antwortete: „Ja, ich möchte einen wirklichen, blutigen Kampf erleben."

„Warum denn das? So etwas is gefährlich, und man soll es sich also gar nich wünschen."

„Aber ich brauche es für meine Oper. Es versteht sich doch ganz von selbst, daß es in einer Heldenoper nicht ohne Kampf abgehen kann!"

„Das is doch nur off der Bühne, und Sie brauchen sich doch nich derohalben eenen wirklichen Kampf, een wirkliches Blutvergießen zu wünschen."

„O doch! Wenn man so etwas wirklich gesehen und miterlebt hat, kann man es viel besser komponieren. Das Getöse des Kampfes, das Schreien und Heulen, das Knattern der Gewehre, das Krachen der Schüsse, das alles läßt sich nur dann richtig durch Töne wiedergeben, wenn man es selbst gehört hat."

„Aber es kann Ihnen Ihr Leben kosten, und dann is ooch Ihre ganze schöne Oper futsch!"

„Glauben Sie das ja nicht! Wir Komponisten stehen unter dem ganz besonderen Schutze der Musen; uns kann nichts passieren. Oder haben Sie einmal gehört, daß ein berühmter Komponist von den Indianern erstochen oder erschossen worden sei?"

„Nee, das nich."

„Also! Ich befinde mich nicht in der geringsten Gefahr,

wenn sich mein Wunsch erfüllt; darauf können Sie sich verlassen. Denken Sie, daß es heute zu einem Kampfe kommen wird?"

„Hm! Wenn alles so klappt, wie Old Shatterhand und Winnetou besprochen haben, so loofen uns die Feinde in die Hände, ohne daß een Schuß dabei zu fallen braucht. Wenn es aber andersch wird, da freilich kann es sehr schlimm ausfallen."

„Wie denn anders?"

„Ja, da können verschiedene Fälle eintreten. Man weiß ja im voraus nie, was alles geschehen kann. So zum Beispiel brauchen die Nijoras nur zu merken, daß die Navajos in dem Hinterhalte liegen, so geht der Krawall los."

„Wie sollten sie das merken?"

„Off irgendeene Weise. Een Dummer fragt doch immer mehr, als was een Gescheiter beantworten kann! Ich sage ja, daß man vorher nicht wissen kann, was geschieht. So darf zum Beispiel Ihr Pferd, wenn wir an die Furt kommen, es sich nur in den Kopf setzen, nach links anstatt nach rechts zu loofen, so ist schon alles verraten." Der Hobble-Frank hatte es halb ironisch und halb scherzhaft gemeint; aber über das Gesicht des Kantors ging ein Zug hoher Befriedigung, und er fragte: „Also nach links anstatt nach rechts? Habe ich das richtig verstanden? Ja?"

Er nickte vergnügt vor sich hin, und der Hobble ahnte nicht, auf was für einen gefährlichen Gedanken er den kampfbegierigen Kantor gebracht hatte. Dieser war nämlich entschlossen, dem ihm so unabsichtlich erteilten Winke zu folgen und in der Furt nach links abzubiegen. Er dachte zwar ein wenig an die Verantwortlichkeit, die er dadurch auf sich lud, doch mehr noch an die Vorteile, die er in künstlerischer Beziehung aus einem Kampfe ziehen zu können glaubte. Dabei sagte er sich bei aller Unvorsichtigkeit, daß ihm die denkbar größten Vorwürfe gemacht werden würden, und da kam er auf den Gedanken, es so einzurichten, daß sie ihn nicht allein treffen könnten. Er mußte einen Mitschuldigen oder eine Mitschuldige haben und ersah sich dazu Frau Rosalie aus, weil er hoffte, daß diese energische Frau sich und ihn schon herausbeißen werde.

Dann lenkte er während des Rittes sein Pferd neben das ihre und sagte: „Haben Sie keine Angst vor dem, was nun bald geschehen wird, Frau Ebersbach?"

„Angst?" antwortete sie. „Vor wem sollte ich denn Angst haben?"

„Vor den Nijoras."

„I, was Sie nicht denken! Ich habe mein Lebtage vor keener Mannsperson Angst gehabt, und vor diesen roten Affen, da fällt es mir erscht recht nich ein."

„Aber es wird höchst wahrscheinlich zum Kampfe kommen!"

„Das gloobe ich nich; Old Shatterhand hat gesagt, daß es heute ohne Blutvergießen abloofen wird, und wenn der was sagt, da beißt keene Maus keenen Faden davon ab!"

„Aber die Nijoras werden sich hüten, so gutwillig in die Falle zu gehen, welche ihnen gestellt werden soll. Sie wehren sich ganz gewiß, und dann ist es sicher, daß die Kugeln pfeifen werden."

„So pfeife ich ooch mit. Es ist manchmal gar nich übel, wenn so een bißchen gepfiffen wird."

„Ich warne Sie, Frau Ebersbach, die Gefahr, der wir entgegengehen, nicht leicht zu nehmen. Seien Sie klug, und machen Sie es so, wie ich es machen werde!"

„So? Und wie werden Sie es denn machen?"

„Ich werde abseits gehen."

„Ah! Sie wollen sich off die grüne Seite schwenken?"

„Ja."

„Wann denn und wo denn?"

„Wenn wir an das Winterwasser kommen werden. Da reite ich links ab."

„Aber Sie haben doch gehört, daß wir rechts hinunter nach dem Flusse reiten wollen!"

„Das ist richtig; ich lenke aber nach links, wo die Navajos halten werden. Da bin ich in Sicherheit."

„In Sicherheet! Sie wollen also Ihren unsterblichen Leichnam in Sicherheet bringen?"

„Ja! Wollen Sie nun mitmachen?"

„Nee, das tue ich nich. Und Sie werden es ooch bleiben lassen!"

„Nein, ich tue es."

„Das is aber doch ganz gegen den Willen Old Shatterhands!"

„Mag es! Ich bin ein freier Mann und kann machen, was ich will."

„Nee, das können Sie nich! Sie sind keen freier Mann. Solange Sie sich bei uns befinden, haben Sie sich nach uns zu richten."

„Ich werde es dennoch tun!" sagte er in sehr bestimmtem Tone, weil er sich über die resolute Weise der Frau Rosalie ärgerte. „Nun grad erst recht!"

„Nee, nun grad erscht recht werden Sie es nich tun."

„Glauben Sie wirklich, daß Sie mir irgend etwas verbieten können, Frau Ebersbach?"

„Ja, das gloobe ich, das gloobe ich sogar sehr!"

„Fällt keinem Menschen ein!"

„Es fällt mir ein, und das ist vollständig genug. Ich will nich, daß Sie Ihren Vorsatz ausführen, und nach diesem meinen Willen haben Sie sich zu richten."

„Oho!" rief er zornig.

„Oho? Hier wird gar nischt ohot! Wenn Sie nich wollen, wie ich will, so werde ich meinen Worten Nachdruck geben! Was Sie vorhaben, kann uns sehr leicht in Schaden bringen."

„Möchte wissen, auf welche Weise! Ich habe mir vorgenommen, links zu reiten, und werde meinen Willen durchsetzen."

„I, was Se nich sagen! Erschtens dürfen Sie überhaupt keenen Willen haben, und zweetens dürfen Sie ihn nachher, wenn Sie ihn nich haben, ooch nich durchsetzen. Wissen Sie, ich bin Frau Rosalie Eberschbach, geborene Morgenstern und verwitwete Leiermüllern, und weeß, was ich zu tun habe. Ich lasse mir Ihreswegen nich von den feindlichen Indianern off den Kopp herumtrommeln. Sie werden gleich erfahren, daß und wie ich mich zu benehmen weeß!"

Der Zug hielt in diesem Augenblicke an, denn Winnetou war aus dem Gesträuch getreten. Er kam auf Old Shatterhand und auf den Häuptling der Navajos zu und meldete: „Die Nijoras sind bei ihrem Plane geblieben und haben ihre Stellung nicht verändert. Meine Brüder können also das ausführen, was ich gestern mit Old Shatterhand besprochen habe. Es ist nur eine kleine Änderung, welche ich für nötig halte."

„Welche?" fragte Old Shatterhand.

„Wir haben uns entschlossen, hinab in die ausgetrocknete Furt zu reiten; die Krieger der Navajos haben sich dann uns zur linken Hand versteckt, und wir wenden uns in dem trockenen Winterwasserbette nach rechts, bis wir den Fluß erreichen. Dann kommen die Nijoras herab, um uns zu überfallen, und da sollen sie von den Navajos im Rücken angegriffen werden. Meine weißen Brüder und Schwestern werden sich nicht fürchten, und ich zweifle auch ganz und gar nicht daran, daß alles so gehen wird, wie wir gedacht haben; aber es ist dennoch nötig, an alles zu denken und keine Vorsicht zu versäumen. Es soll kein Blut fließen; aber wenn die Nijoras nur uns vor sich sehen, ist es möglich, daß sie glauben, uns überwältigen zu können. Wir sind nur wenige Männer und werden trotzdem den ersten Stoß aushalten; aber wenn die Nijoras schießen, werden sie doch einige von uns verwunden oder gar töten. Darum ist es nötig, zu verhüten, daß sie überhaupt von ihren Gewehren Gebrauch machen. Mein Bruder Old Shatterhand wird wissen, wie wir das am besten und sichersten erreichen können."

„Dadurch, daß wir ihnen gleich im ersten Augenblicke zeigen, daß sie verloren wären, wenn sie es zum Kampfe kommen lassen", antwortete der Genannte.

„Und wie zeigen wir ihnen das? Sie sehen nicht die vielen Navajos hinter sich, sondern nur die weißen Männer und Frauen vor sich."

„Wir müssen vorn bei uns auch Navajos haben."

„Das ist es, was ich meine", nickte der Häuptling der Apachen.

„Aber wir dürfen sie nicht mitbringen; sie dürfen nicht mit uns kommen."

„Nein."

„Sondern sie müssen schon vorher am Platze sein, ohne aber von den Nijoras gesehen zu werden."

„Mein weißer Bruder hat ganz meine Gedanken."

„Es ist sehr leicht zu erraten, was mein roter Bruder meint. Die Nijoras zählen dreihundert Krieger, während wir sechshundert haben. Es genügt, wenn wir ihnen fünfhundert in den Rücken schicken; die übrigen hundert müssen hier vom hohen Ufer hinab zum Flusse steigen und sich da unten abwärts schleichen, bis sie in die Nähe der Mündung des Winterwassers gekommen sind. Dort verbergen sie sich im Gesträuch und warten, bis wir kommen. Sobald wir anlangen und die Nijoras sich auf uns werfen wollen, treten diese hundert Krieger aus ihrem Verstecke hervor und gesellen sich uns zu. Das wird die beabsichtigte Wirkung haben, denn die Feinde werden stutzen, und dadurch bekommt unser Hinterhalt von fünfhundert Mann Zeit, ihnen in den Rücken zu kommen."

„So ist es. Ich stimme ganz den Worten Old Shatterhands bei. Nitsas-Ini, der tapfere Häuptling der Navajos, mag die hundert von seinen Kriegern auswählen, damit sie sich jetzt entfernen, um die Mündung des Winterwassers heimlich zu erreichen. Dann reiten die fünfhundert auch fort, und sobald wir annehmen können, daß sie sich in ihrem Hinterhalte befinden, brechen wir von hier auf."

So geschah es. Es wurden hundert Navajos abgezählt, welche in das Ufergebüsch eindrangen, um zum Flusse hinabzusteigen. Dabei konnten sie natürlich ihre Pferde nicht mitnehmen; diese mußten vielmehr von den andern mitgeführt werden. Als sie fort waren, machten sich auch die fünfhundert auf den Weg.

Als auf diese Weise die Navajos alle fort waren, erklärte Old Shatterhand den deutschen Auswanderern den Plan noch einmal in ihrer Muttersprache, weil vorhin englisch gesprochen worden war. Er bat sie, keine Sorge zu haben, da alles gut gehen werde, und ermahnte sie dringend, ja recht vorsichtig zu sein und nichts zu tun, was das Gelingen des Planes in Frage stellen könne. Da sagte Frau Rosalie zu ihm: „Wir andern werden ganz gewiß keenen Fehler machen; aber ich weeß eenen, der sich fest vorgenommen hat, eene große Dummheet zu begehen."

„Wer ist das?"

„Wer das is? Da fragen Sie ooch noch danach? Wenn von Dummheeten die Rede is, so können Sie es sich doch gleich denken, wen ich meene, den Kantor natürlich. Er hat mich zu derselben Dummheet überreden wollen; er will nämlich, wenn wir nach dem Winterwasser kommen, links abschwenken."

„Alle Donner! Das könnte uns einen Strich durch die Rechnung machen! Ist das wirklich sein Plan?"

„Eben hat er es mir gesagt. Ich habe ihn gewarnt; aber er schnauzte mich grob an und meinte, es hätte ihm keen Mensch was zu befehlen. Er ist ganz des Teufels droff, seinen Willen durchzusetzen."

„Das müssen wir uns doch sehr streng verbitten! Ist das wahr, was Frau Ebersbach jetzt von Ihnen gesagt hat?"

Diese Frage war an den Kantor gerichtet.

„Ja", antwortete er, da er es doch nicht leugnen konnte.

„Sie wollen also, ohne mich zu fragen, eine andere Richtung einschlagen?"

„Ja."

„Weshalb?"

Der Kantor schwieg.

„Reden Sie!"

Diese Aufforderung war im allerstrengsten Tone gesprochen. Der Kantor ärgerte sich darüber und antwortete wieder nicht. Da fuhr ihn Old Shatterhand zornig an: „Wenn Sie nicht reden wollen, werde ich Ihnen den Mund öffnen. Es handelt sich hier um unser Leben. Also, was ist der Grund Ihrer Absicht?"

„Meine Oper", stieß der Gefragte hervor.

„Ihre Oper! Wir sollen also abermals nur Ihres verrückten Hirngespinstes wegen in Gefahr gebracht werden! Inwiefern ist denn diese berühmte Oper der Grund zu dem, was Sie tun wollen?"

Wieder wollte der Kantor nicht mit der Sprache heraus. Da legte sich der Hobble-Frank ins Mittel, indem er sagte: „Ich weeß es, was für eene vorhandene Absicht im Grund- und Hypothekenbuche seines Vorhabens verzeichnet is."

„Nun, welche?"

„Ich habe vorhin mit ihm gesprochen und ziehe aus dem,

was er gesagt hat, die Divisionsklausel, daß er für seine Oper eene Kampfesszene braucht."

„Ah so! Und da will er gerade das herbeiführen, was wir vermeiden wollen?"

„So is es. Er will nach links, damit die Nijoras unsern Hinterhalt sehen sollen."

„Sollte man so etwas für möglich halten! Das ist nicht eine Verrücktheit, sondern geradezu ein Verbrechen! Was tut man nur mit einem solchen Manne? Wollen Sie mir sofort versprechen, von Ihrem Vorhaben abzuweichen, Sie unbegreifliches Menschenkind!"

Der Kantor brauchte nur mit Ja zu antworten, so war alles gut. Aber er hatte zu Frau Rosalie behauptet, daß er seinen Willen durchsetzen werde, und wollte sich nun ihr gegenüber nicht blamieren. Darum beantwortete er die Aufforderung Old Shatterhands wieder mit einem Schweigen. Dieser fuhr also in erhobenem Tone fort: „Ich frage Sie, ob Sie mir jetzt versprechen wollen, Ihre Absicht aufzugeben!"

Abermals keine Antwort.

„Gut!" meinte Old Shatterhand. „So werde ich dafür sorgen, daß Sie uns nicht schaden können. Sie dürfen nicht mit; Sie bleiben hier an dieser Stelle."

Das empörte den Zukunftskomponisten außerordentlich. Er bekam die Sprache wieder und antwortete: „Das laß' ich mir nicht gefallen, Herr Shatterhand. Ich bin kein Soldat oder Rekrut, der sich andonnern lassen und gehorchen muß!"

„Sie werden gehorchen. Sie bleiben hier, und ich laß' jemand bei Ihnen, der Sie beaufsichtigen muß."

„Dem gehe ich durch!"

„Schön! So werde ich also die Drohung wahr machen, welche ich Ihnen schon ausgesprochen habe. Ich binde Sie an. Steigen Sie vom Pferde!"

Old Shatterhand stieg selbst aus dem Sattel und faßte, als der Kantor sich weigerte, dies auch zu tun, ihm beim Leibe und zog ihn herab. Er wurde nach dem Gebüsch geschafft und dort an den Baum gebunden. Sein Widerstand fruchtete nichts. Nun handelte es sich darum, wer bei ihm bleiben sollte. Der Bankier bot sich an, denn der Gedanke, von den Nijoras überfallen zu werden, hatte für ihn nichts Behagliches. Old Shatterhand war damit einverstanden, schärfte ihm aber ein, den Kantor nicht etwa, falls er gute Worte geben sollte, loszubinden; es solle später ein Bote geschickt werden, um die beiden nachzuholen.

Bis jetzt hatte man die fünfhundert Navajos, welche nach Süden geritten waren, noch reiten sehen; nun aber verschwanden sie am Horizonte, und es war anzunehmen, daß sie nach kurzer Zeit ihr Ziel erreichen würden. Darum gab Old Shatterhand den Befehl, nun den unterbrochenen Ritt fortzusetzen.

Es war wirklich ein großes Vertrauen, welches ihm und Winnetou von den Deutschen geschenkt wurde. Diese letzteren gingen einer Schar wilder, feindlicher Indianer entgegen, ohne um sich, um ihre Frauen und Kinder besorgt zu sein. Das war natürlich nur die Folge des Eindruckes oder Einflusses, welchen diese beiden Männer auf sie ausübten. In der Nähe des Apachen und seines weißen Bruders konnte eben keine Furcht aufkommen.

Old Shatterhand ermahnte alle, sich ein möglichst unbefangenes Aussehen zu geben und ja nicht etwa forschende oder gar ängstliche Blicke nach der Gegend zu werfen, von welcher man wußte, daß die Feinde dort versteckt seien, und sie gaben sich Mühe, sich streng nach dieser Instruktion zu richten.

Indem man parallel mit dem Flusse ritt, näherte man sich dem Winterwasser auf einer rechtwinkelig auf dasselbe stoßenden Linie. Sam Hawkens machte allerlei Späße; er lachte laut und hielt die andern an, in sein Lachen einzustimmen. Er verfolgte dabei die Absicht, die Nijoras sicher zu machen. Sie sollten denken, daß die Ankömmlinge nicht im mindesten an das Vorhandensein einer Gefahr glaubten.

An der Stelle angekommen, wo sich unten die Furt befand, ritt man langsam vom Ufer in das ausgetrocknete Bett hinab. Winnetou und Old Shatterhand waren voran. Ihren scharfen Augen konnte nichts entgehen, obgleich sie sich den Anschein gaben, als ob sie auf gar nichts aufmerksam seien.

Links von ihnen lagen einige Felsblöcke, welche zur Zeit

des Hochwassers von diesem überflutet wurden. Hinter einem derselben lugte ein Kopf hervor, nämlich derjenige von Nitsas-Ini. Er hatte sich so weit nach vorn gewagt, um die weißen Freunde zu benachrichtigen, daß er mit seinen Leuten an Ort und Stelle sei.

„Altso-ti – wir sind hier", raunte er ihnen in seiner Sprache zu, und dann war sein Kopf wieder verschwunden.

Die Gesellschaft bog rechts ab und ritt im Bette des Winterwassers nach der Mündung desselben, wo es auf den Chellyfluß stieß. Rechts und links gab es hohe, steile Felsen, und vorn an der Mündung floß das Wasser des Chelly vorüber. An seinem Ufer befand sich ein schmaler, aber sehr dicht mit Bäumen und Büschen besetzter Streifen; dort wurde angehalten.

Old Shatterhand untersuchte das Buschwerk mit scharfem Blicke. Da raschelte es in demselben, und der Arm eines Roten streckte sich für einen kurzen Augenblick hervor. Das war das Zeichen, daß die hundert Navajos sich auch schon da befanden. Es war also gelungen, dem Feinde zwei Hinterhalte zu legen.

Der Uferfelsen trat auf der linken Seite etwas hervor und bildete eine Ecke. Nach derselben deutend, sagte Old Shatterhand: „Die Frauen und Kinder mögen sich hinter diese Ecke zurückziehen; dann sind sie vollständig sicher vor jeder Gefahr."

Die Betreffenden gehorchten dieser Aufforderung. Nur eine machte eine Ausnahme, nämlich Frau Rosalie.

„Was? Ich soll mich verschtecken?" rief sie aus. „Was sollen da diese Indianersch von mir denken!" Dabei nahm sie ihrem Manne das Gewehr aus der Hand, faßte es beim Laufe und schwang den Kolben drohend über ihrem Kopfe.

„Pst! Nicht so; fort mit dem Gewehre!" warnte Old Shatterhand. „Die Nijoras beobachten uns und könnten aus dieser Bewegung schließen, was geschehen soll. Sie werden heulend und schreiend gerannt kommen. Dann legt jeder sein Gewehr auf sie an, doch ohne zu schießen. Nur wenn sie sich dadurch nicht zurückhalten lassen, müssen wir uns wehren. Dann werde ich Feuer kommandieren, bitte aber,

ihr Leben zu schonen und sie nur in die Beine zu schießen. Jetzt setzt Euch nieder und tut ganz so, als ob Ihr von ihrer Nähe keine Ahnung hättet!"

Dieser Aufforderung wurde Folge geleistet. Die Leute setzten sich alle so, daß sie dem Wasser des Chelly den Rükken, dem trockenen Bette des Winterwassers aber das Gesicht zukehrten. So mußten sie die Nijoras kommen sehen.

Old Shatterhand und Winnetou standen beieinander und unterhielten sich in höchst unbefangener Weise. Sie hatten scheinbar nicht die geringste Aufmerksamkeit in die Richtung, aus welcher die Feinde erwartet wurden, sahen aber trotzdem alles sehr genau. Das Winterwasser hatte, wenn es stark angeschwollen war, viele Felsstücke mit sich fortgeführt und an der Mündung oder in der Nähe derselben abgesetzt. Hinter diesen Steinen konnte man Deckung finden, und es stand zu erwarten, daß der Vortrab der Nijoras im Schutze derselben heimlich herangekrochen kommen werde.

Dem war auch wirklich so, denn Winnetou bemerkte hinter einem dieser Steine eine Bewegung, blickte für einen kurzen Moment schärfer hin und sagte dann zu Old Shatterhand: „Hinter dem großen dreieckigen Blocke steht ein Feind. Hat mein Bruder ihn gesehen?"

„Ja. Ich sah ihn von dem dahinterliegenden Felsen gekrochen kommen. Ich weiß auch, wer er ist."

„Mokaschi, der Häuptling wohl?"

„Ja."

„So ist der Augenblick da. Hält mein Bruder es nicht für besser, daß wir gar nicht warten, bis sie auf uns eindringen?"

„Ja, sie werden um so bestürzter sein. Willst du mit ihm reden?"

„Nein. Mein Bruder mag es tun. Du hast den Stutzen, den sie für ein Zaubergewehr halten. Deine Stimme wird also besser wirken als die meinige."

„Gut, so mag es beginnen!"

Er rief einige halblaute Worte nach dem Gebüsche hin, in welchem die hundert Navajos steckten, und sagte zu den Weißen: „Die Nijoras sind da. Steht auf, und legt die Gewehre an!"

Frau Rosalie hatte ihrem Manne sein Gewehr wiedergeben müssen, aber an Stelle desselben eine Reserveflinte ergriffen. Als die Männer jetzt aufsprangen und ihre Gewehre erhoben, legte sie ihre Flinte auch an. Old Shatterhand trat einige Schritte vor, den Stutzen schußbereit in der Hand und rief dann nach dem erwähnten Felsenstücke hin: „Warum versteckt sich Mokaschi, der Häuptling der Nijoras, wenn er uns besuchen will? Er mag offen zu uns kommen. Wir wissen, daß er sich mit seinen dreihundert Kriegern hier befindet!"

„Uff, uff!" erscholl es da hinter dem Steine hervor, und Mokaschi richtete sich auf. „Die weißen Hunde wissen es, daß wir hier sind? Und dennoch sind sie gekommen? Hat der große Geist ihr Gehirn verbrannt, daß sie, die wenigen, es wagen wollen, hier mit uns zu kämpfen?"

„Wir wagen nichts, denn der Häuptling der Nijoras ist in einem großen Irrtume befangen. Sieht er nicht meine Leute dastehen, um den Feind mit ihren Büchsen zu empfangen? Und sieht er nicht das Zaubergewehr in meiner Hand? Wer kann ihm widerstehen!“

„Wir werden so schnell Old Shatterhand überkommen, daß er nur zwei- oder dreimal schießen kann; dann wird er von der Menge meiner Krieger niedergerissen. Soll ich ihm zeigen, wie viele ihrer sind?“

„Ich weiß es schon; dreihundert.“

„Und sie sind nicht fern von hier, sondern nahebei. Die Bleichgesichter haben nur die Wahl, sich zu ergeben oder in das Wasser getrieben und getötet zu werden. Sie mögen sehen, daß sie eingeschlossen sind.“

Er hob die Hand hoch empor, und auf dieses Zeichen tauchten hinter allen Steinen Nijoras auf. Andere, die da nicht Platz gefunden hatten und deshalb zurückgeblieben waren, kamen herbeigesprungen und erhoben ein markerschütterndes Kriegsgeheul. Sie griffen aber nicht an, sondern blieben hinter ihrem Häuptlinge stehen, weil dieser auch nicht vorwärtsging. Er erhob den Arm wieder; das Geheul verstummte augenblicklich, und er rief Old Shatterhand zu: „Die Bleichgesichter sehen, daß sie verloren sind, wenn sie kämpfen. Wenn sie klug sein wollen, so ergeben sie sich uns.“

„Ja, man kann von Mokaschi Klugheit lernen, denn er ist ein großer Pfiffikus. Er weiß und sieht recht gut, wie es steht. Es sind über zwanzig Gewehre auf ihn und seine Krieger gerichtet; das gibt aus diesen Doppelläufen vierzig Schüsse. Dazu kommen die vielen Kugeln meines Zaubergewehres. Ehe die Nijoras an uns kommen, sind sechzig und noch mehr von ihnen gefallen, und dann beginnt noch der Kampf mit den Messern und den Kolben. Das weiß er recht gut. Er weiß, daß, wenn wir je besiegt werden könnten, er weit über hundert Krieger verlieren würde und daß er der allererste wäre, den meine Kugel niederstreckte. Darum fordert er uns auf, uns zu ergeben. So klug wie er aber, sind wir auch.“

„Old Shatterhand verrechnet sich. Ehe nur zehn von uns gefallen oder verwundet sind, befinden sich die Bleichgesichter in unserer Gewalt. Ja, Old Shatterhand ist ein berühmter Jäger und ein sehr kluger Krieger; aber wenn er sich uns nicht ergibt, so handelt er nicht wie ein kluger Mann."

„Ich danke dem Häuptling der Nijoras für die schönen Worte, welche er mir gesagt hat; aber er hat noch lange nicht genug gesagt, denn ich bin noch viel, viel klüger, als er denkt. Wir wenigen Bleichgesichter fürchten uns nicht vor dreihundert Nijoras; aber dennoch sind wir nicht allein gekommen. Als Mokaschi die Hand erhob, ließen sich seine Krieger sehen. Auch ich will einmal meine Hand erheben, um zu zeigen, daß ich ganz dasselbe kann."

Er reckte den Arm empor; sofort sprangen die hundert Navajos aus den Büschen, bildeten blitzschnell eine Doppelreihe und richteten ihre Gewehre auf die Nijoras. Diese stießen ein Geheul der Überraschung aus. Keiner von ihnen hatte gewagt, sein Gewehr auf einen der Weißen zu richten, denn diese hatten ihre Gewehre zuerst erhoben und befanden sich also im Vorteile. Wer dem Feinde darin zuvorkommt, schießt ihn nieder, sobald er eine drohende Bewegung macht. Old Shatterhand gab ein Zeichen, daß er weitersprechen wolle, und das Geheul verstummte.

„Mokaschi wird jetzt einsehen, daß ich vorhin noch zu wenig gesagt habe. Wir würden nicht hundert, sondern zweihundert Nijoras töten, noch ehe sie an uns kommen könnten. Der Häuptling der Nijoras hat vorhin gemeint, daß mein Gehirn krank sei. Wie steht es denn mit dem seinigen? Kann er nicht mehr denken, nicht sehen und nicht hören? Warum starrt er nur vorwärts, zu uns herüber? Er mag doch einmal hinter sich sehen!"

Mokaschi drehte sich um, und seine Krieger taten dasselbe. Sie hatten ihre ganze Aufmerksamkeit nach vorn gerichtet und nicht auf das geachtet, was hinter ihnen vorgegangen war. Sie hatten es ja überhaupt für unmöglich gehalten, daß dort etwas geschehen könne. Da sahen sie, kaum zwanzig Schritte von sich entfernt, die fünfhundert Navajos halten, welche die ganze Breite des trockenen Winterwasserbettes ausfüllten und dabei in acht bis zehn Gliedern hintereinander standen. Vor ihrer Front hielt ihr Häuptling und rief Mokaschi zu: „Hier stehen fünfhundert

Krieger der Navajos und vor euch auch hundert neben den Bleichgesichtern, welche unüberwindlich sind. Wünscht der Häuptling der Nijoras, daß wir den Kampf beginnen?"

Die Nijoras heulten vor Schreck wie wilde Tiere. Die ihnen doppelt überlegenen Navajos überschrien sie noch, aber bei ihnen war es ein Freudengeheul. Da gab Old Shatterhand das Zeichen zur Ruhe, und es wurde augenblicklich still. Er sprach mit erhobener Stimme: „Ich frage Mokaschi ganz so, wie Nitsas-Ini ihn gefragt hat, nämlich ob wir den Kampf beginnen sollen. Über sechshundert Kugeln werden in den zusammengedrängten Haufen der Nijoras fahren. Wie viele von ihnen werden da übrigbleiben? Kein einziger."

Mokaschi antwortete nicht sofort; er blickte finster vor sich nieder, und dann sagte er knirschend: „Wir werden sterben; aber jeder von uns wird wenigstens einen Navajo vorher töten."

„Das sagst du, aber du glaubst es selber nicht, denn sobald nur einer von euch sein Gewehr erhebt, schießen wir alle. Ich wiederhole jetzt die Worte, welche du vorhin zu mir gesprochen hast: Hat der große Geist euer Gehirn verbrannt, daß ihr hierher gekommen seid, mit uns zu kämpfen, die wir euch doch überlegen sind? Ist euer Hirn ausgetrocknet und alle geworden, daß ihr euch in ganz dieselbe Falle locken laßt, in welche wir gehen sollten? Seid ihr blind und taub geworden, daß ihr weder gehört noch gesehen habt, daß Winnetou mit mir gestern in eurem Lager war, um euch zu belauschen? Du saßest mit den alten Kriegern an einem Felsen, der nahe am hohen Rande des Ufers liegt, und wir lagen oben auf diesem Felsen. Da haben wir alles gehört, was ihr gesprochen habt. Wißt ihr nicht, wie vorsichtig man sein muß, wenn man das Kriegsbeil ausgegraben hat?"

„Uff! uff!" rief Mokaschi betroffen aus. „Old Shatterhand und Winnetou haben auf dem Steine gelegen, an welchem wir saßen?"

„Ja. Wir hörten zu, als ihr berietet, wie ihr uns hier überfallen wolltet. Warum macht ihr euch Männer zu Feinden, von denen ihr wißt, daß sie sich vor allen Kriegern eures ganzen Stammes nicht fürchten?"

Da legte Mokaschi sein Gewehr auf die Erde nieder und sagte: „Der große Manitou ist gegen uns gewesen; er hat nicht gewollt, daß wir siegen sollen. Old Shatterhand oder Winnetou mag her zu mir kommen, um mit mir zu kämpfen. Welcher von uns beiden den andern tötet, dessen Stamm soll als Sieger gelten."

„Was für Worte höre ich da aus deinem Munde! Willst du ein Spottgelächter zur Antwort haben? Soll es heißen, daß Mokaschis Worte wie die Rede eines Kindes oder wie das Geplapper eines alten Weibes klingen? Glaubst du, Winnetou oder mich besiegen zu können? Hast du jemals vernommen, daß einer von uns beiden einmal einem Feinde unterlegen sei? Dein Vorschlag kann an eurem Schicksale, an eurem Untergange nichts ändern. Du würdest unbedingt besiegt, und mit dir wären alle deine Krieger verloren."

„So sterben sie mit mir!"

„Das kann ebensogut ohne einen Zweikampf zwischen dir und mir geschehen", antwortete Old Shatterhand auf Mokaschis Äußerung. „Ihr seid von allen Seiten eingeschlossen. Ihr seid verloren, sobald der Kampf beginnt. Wie kannst du es da einem von uns zumuten, mit dir zu kämpfen und das Schicksal zweier Stämme von dem Ausgange dieses Kampfes abhängig zu machen! Was einmal mir gehört, brauche ich mir doch nicht erst noch zu erwerben. Der Sieg gehört schon uns; wozu soll ich mir ihn erst noch extra erkämpfen?"

„So willst du nicht mit mir ringen?"

„Nein, denn ich müßte dich töten, und das will ich nicht."

„Ich werde doch ohnedies und trotzdem sterben, denn du hast selbst gesagt, daß deine erste Kugel mir gelten werde."

„Ja, falls es zum Kampfe kommt; ich meine aber, daß es weit besser sei, ihn zu vermeiden."

„Wie soll er vermieden werden? Etwa dadurch, daß wir uns auf Gnade und Ungnade ergeben?"

„Nein, denn so ergeben sich tapfere Männer nicht, und die Nijoras sind ja tapfere Krieger. Kennst du Old Shatterhand und Winnetou so wenig, daß du uns ein solches Verlangen zutraust, dessen Erfüllung euch und euren Nachkommen immerwährende Schande bereiten müßte?"

Da holte Mokaschi tief und erleichtert Atem und fragte: „Wie soll es denn sonst möglich sein, den Kampf zu vermeiden, ohne daß unsere Weiber und Kinder mit Fingern auf uns zeigen und uns verhöhnen?"

„Das wollen wir beraten. Mokaschi und Nitsas-Ini mögen hierher zu mir und Winnetou kommen. Mokaschi mag seine Waffen mitbringen, denn er hat sich noch nicht ergeben und muß als freier Mann gelten. Aber eure und unsere Krieger behalten genau ihre jetzigen Stellungen bei, bis unsere Beratung zu Ende ist."

„Kann diese Beratung nicht hier bei mir abgehalten werden?"

„Das könnte sie wohl; aber du wirst zugeben, daß wir uns im Vorteile befinden und es also für richtiger halten, daß du zu uns kommst."

„Als freier Mann und Krieger?"

„Ja."

„So werde ich kommen."

Er nahm sein Gewehr wieder von der Erde auf und kam auf Old Shatterhand zugeschritten; bei ihm angekommen, setzte er sich mit der würdevollen Haltung eines Häuptlings nieder. Der weiße Jäger nahm neben ihm Platz, Winnetou ebenso. Nitsas-Ini kam auch. Er mußte durch die Nijoras hindurch. Sie machten ihm Platz. Er bekam da manchen finstern Blick, aber keiner wagte es, ihn feindlich zu berühren oder auch nur ein unfreundliches Wort zu sagen. Als er sich zu den andern gesetzt hatte, wurde auch noch Wolf herbeigewinkt, der bei den Navajos im Ansehen eines Häuptlings stand.

Nun hätte die Beratung beginnen können, denn diejenigen, auf welche es ankam, waren beisammen. Aber sie saßen nach Indianerart wohl eine Viertelstunde da, ohne daß ein Wort gesprochen wurde. Jeder war mit seinen Gedanken beschäftigt. Old Shatterhand und Winnetou richteten

ihre Augen forschend auf die drei andern, als ob sie ihre geheimsten Gedanken erraten wollten; dann tauschten sie einen kurzen Blick miteinander aus. Sie verstanden sich auch ohne Worte. Dann war Winnetou der erste, welcher sprach, doch nur, indem er die kurze Frage aufwarf: „Hier sitzen fünf Krieger zur Beratung. Welcher von ihnen soll reden?"

Wieder eine Zeitlang tiefes Schweigen; dann antwortete Nitsas-Ini: „Unser Bruder Old Shatterhand hat kein Blut gewollt; er mag sprechen!"

„Howgh!" sagten die anderen, um ihre Zustimmung auszudrücken.

Old Shatterhand wartete, damit seine Worte dann größeres Gewicht haben möchten, auch eine kleine Weile; dann begann er: „Meine Brüder wissen, daß ich ein Freund der roten Männer bin. Dem Indsman gehörte das ganze Land von einem Meere bis zum andern; da kam der Weiße und nahm ihm alles und gab ihm dafür seine Krankheiten. Der Indianer ist ein armer, kranker Mann geworden, welcher sehr bald sterben wird. Der Weiße ist sein Feind und hat ihn am meisten dadurch besiegt, daß er Unfrieden unter die roten Völker warf und einen Stamm gegen den andern aufhetzte. Die roten Männer waren so unklug, dies geschehen zu lassen, und sind selbst bis auf den heutigen Tag nicht klüger geworden. Sie reiben sich untereinander auf und könnten doch heut noch Großes erreichen, wenn sie den gegenseitigen Haß fallenließen und unter sich das wären, was sie sein sollen und wozu sie geboren sind, nämlich Brüder. Habe ich recht?"

„Howgh!" ertönte es rundum.

„Ja, ich habe recht, denn daß es so ist, wie ich sage, beweisen auch die zwei Stämme, welche sich feindlich hier gegenüberstehen. Mein Bruder Nitsas-Ini mag mir sagen, zu welchem großen Volke der Stamm der Navajos gehört!"

„Zum Volke der Apachen", antwortete der Genannte.

„Und auch Mokaschi mag mir sagen, zu welchem Volke die Nijoras gehören!"

„Auch zu den Apachen", antwortete der Aufgeforderte.

„Da sehen meine Brüder, wie wahr ich gesprochen habe.

Die Nijoras und die Navajos gehören nicht nur zur Rasse der roten Männer, sondern sind sogar Kinder eines einzelnen Volkes derselben. Sie sollten sich lieb haben, sich unterstützen und Seite an Seite miteinander gegen ihre gemeinschaftlichen weißen Feinde kämpfen. Statt dessen aber befehden sie sich gegenseitig und arbeiten ihrem Feinde in die Hände. Mein Bruder Nitsas-Ini mag mir sagen, weshalb er gegen die Nijoras ausgezogen ist!"

„Weil sie das Kriegsbeil gegen uns ausgegraben haben."

„Gut. So mag mir nun auch Mokaschi sagen, weshalb er seine Krieger gegen die Navajos geführt hat!"

„Weil sie das Kriegsbeil gegen uns ausgegraben haben."

„Merkt ihr da nicht, was ich sagen will? Ich wollte die Gründe eures Streites hören, und ihr habt keinen nennen können, sondern nur die Tatsache angegeben, daß die Kriegsbeile gegenseitig ausgegraben worden sind. Ist das nicht genau wie bei kleinen Kindern, welche einander bei den Haaren raufen, ohne daß sie eine triftige Veranlassung dazu haben? Wollt ihr als Kinder gelten? Soll man über euch wie über Kinder lächeln, über euch, die ihr geachtet und gefürchtet wäret, wenn ihr fest und treu zusammenhieltet. Ihr seid gegeneinander gezogen, um euch zu bekämpfen, euch zu vernichten, und es ist gut, daß eure besten Freunde, nämlich Winnetou und ich, dazugekommen sind, um euch zu sagen, was ihr eigentlich von selbst wissen solltet."

Er ließ eine Pause eintreten, um seine Worte wirken zu lassen, und fuhr dann fort: „Mein roter Bruder Nitsas-Ini ist nicht nur ein berühmter, tapferer Krieger, sondern auch ein umsichtiger und kluger Beherrscher seines Stammes. Er hat eingesehen, daß der rote Mann sterben muß, wenn er so bleibt, wie er jetzt ist. Darum hat er weise Entschlüsse gefaßt und sie auch ausgeführt. Er hat eine weiße Squaw genommen, die er liebt und der er vieles, sehr vieles verdankt, was er sonst nicht kennen und nicht haben würde. Er hat seinen Sohn über das Meer gesandt, damit dieser dort lernen möge, wie man aus einer Wüste ein fruchtbares Land macht. Er weiß, daß der Krieg nur Unheil bringt und das Glück nur im Frieden zu erlangen ist. Sollte er sich plötzlich geändert haben? Sollte er heut das Blut seiner roten Mitbrüder wünschen?"

„Uff, uff! Ich will es nicht!" rief der Navajo aus.

„Das habe ich gewußt und gedacht. Wenn es anders wäre, so möchte ich nicht länger dein Freund und Bruder sein. Wie aber steht es mit Mokaschi, dem Häuptlinge der Nijoras? Er ist ausgezogen zum Kampfe, ohne einen rechten Grund dazu zu haben, und hat keinen einzigen Vorteil über seine Feinde errungen. Er muß sogar, wenn er seinen Mund die Wahrheit sprechen läßt, zugeben, daß er sich in diesem Augenblicke in einer sehr gefährlichen Lage befindet. Wird er mir das eingestehen?"

„Howgh!" nickte Mokaschi, welcher einzusehen begann, welche außerordentlich friedlichen Absichten Old Shatterhand verfolgte.

„Und wird ein kluger Mann, wenn er mitten in solchen Gefahren steckt, noch immer den Tod seiner Gegner wünschen, die doch sein Leben in ihren Händen haben?"

„Nein."

„Wohlan, so sind wir ja ganz gleicher Meinung. Weder Nitsas-Ini noch Mokaschi wünschen die Fortsetzung der Feindseligkeit. Es handelt sich also nur noch darum, welches Blut bisher geflossen ist und welche Rache dafür genommen werden soll. Hat Mokaschi einen Mann von seinen Kriegern verloren?"

„Nein."

„Hat er also Rache an den Navajos zu nehmen?"

„Nein."

„So frage ich nun dasselbe auch meinen Bruder Nitsas-Ini."

„Khasti-tine und sein Begleiter, einer der beiden Kundschafter, sind getötet worden", meinte dieser ernst.

„Von den Nijoras?"

„Nein, sondern von dem Bleichgesichte, welches sich Ölprinz nennt."

„Hast du den Tod dieser beiden Krieger also an den Nijoras zu rächen?"

„Nein."

„Also auch hierin steht ihr euch gegenseitig gleich. Die

Ungleichheit besteht nur darin, daß die Nijoras jetzt so eingeschlossen sind, daß ihr Blut fließen würde, falls es zum Kampfe käme; Nitsas-Ini hat aber erklärt, daß er kein Blut vergießen will. Eine weitere Ungleichheit besteht darin, daß Mokaschi acht Krieger der Navajos gefangen hat. Soll das nicht gegenseitig ausgeglichen werden? Die Nijoras geben die Gefangenen heraus, und die Navajos lösen die Umschlingung, in welcher sich die Nijoras befinden. Dann werden die Schlachtbeile eingegraben. Ich hoffe, daß meine Brüder auf diesen Vorschlag eingehen; darum tue ich das, was Ihr jetzt sehen werdet."

Er nahm den Tabaksbeutel vom Gürtel und die Friedenspfeife von der Schnur, an welcher sie an seinem Halse hing, stopfte sie und legte sie vor sich hin. Dann fragte er Mokaschi: „Ist der Häuptling der Nijoras mit meinem Vorschlage einverstanden?"

„Ja", antwortete dieser, innerlich sehr froh, auf so billige Weise aus der Gefahr, ja vom beinahe sicheren Untergange errettet zu werden.

„Und was sagt der Häuptling der Navajos dazu?"

Dieser stimmte nicht sofort ein, sondern meinte: „Mein Bruder Old Shatterhand hat mehr für die Nijoras als für die Navajos gesprochen."

„Wieso?"

„Sie befinden sich in unserer Gewalt, und es ist kein Vorteil für sie, daß sie acht Gefangene gemacht haben, denn diese Gefangenen sind schon jetzt so gut wie wieder in unseren Händen. Ich brauche nur einige meiner Krieger hinauf in das Lager der Nijoras zu senden, um diese Gefangenen loszubinden. Sag also, ob du gerecht gegen uns gesprochen hast!"

„Ja, denn ich frage dich, wem du die gute Lage, in welcher ihr euch befindet, zu verdanken hast?"

„Dir und Winnetou", antwortete Nitsas-Ini aufrichtig und der Wahrheit gemäß. Er war ein ehrlicher Mann.

„Ja, uns verdankst du sie. Ich sage das nicht, um mich zu rühmen, sondern um dich zu bewegen, billig gegen die Nijoras zu sein. Was sagt mein Bruder Winnetou zu meinem Friedensvorschlage?"

„Es ist so, als ob ich selbst deine Worte gesprochen hätte", antwortete der Apache.

„Und Mai-tso, der Wolf?"

„Ich bin ganz der Meinung Winnetous", stimmte dieser bei.

„So hat nur Nitsas-Ini noch sein Wort zu sagen."

Der Genannte überflog die Aufstellung seiner Leute und diejenige der Feinde mit einem langen Blicke. Es tat ihm wohl leid, auf den großen Vorteil, in welchem er sich befand, so ohne weiteres verzichten zu müssen; aber der Einfluß, welchen seine weiße Squaw nach und nach über ihn gewonnen hatte, machte sich auch jetzt geltend; er war aus einem wilden Indianer ein friedliebender und einsichtsvoller Häuptling seines Stammes geworden. Er zögerte zwar noch einige Augenblicke, erklärte dann aber doch: „Mein Bruder Old Shatterhand mag recht behalten. Die Nijoras sollen nicht länger umzingelt sein."

„Und du bist bereit, das Kalumet mit Mokaschi zu rauchen?"

„Ja."

Da stand Old Shatterhand auf, wendete sich gegen die Indianer und rief mit lauter Stimme: „Die Krieger der Navajos und Nijoras mögen ihre Augen hierher richten, um zu sehen, was ihre Häuptlinge beschlossen haben!"

Er versetzte den Tabak in Brand und gab Nitsas-Ini die Pfeife. Dieser erhob sich, tat sechs Züge aus der Pfeife, blies den Rauch gegen den Himmel, die Erde und die vier Windrichtungen und rief mit lauter Stimme, so daß alle Anwesenden es hören mußten: „Die Kriegsbeile werden eingegraben; wir rauchen die Pfeife des Friedens. Die Nijoras geben die Gefangenen heraus und sind dann unsere Brüder. Dieses rauche und sage ich für alle meine Krieger. Es ist so gut, als ob sie selbst es gesagt und das Kalumet dazu geraucht hätten. Ich habe gesprochen, howgh!"

Die Navajos waren höchstwahrscheinlich nicht sehr erbaut über diesen Ausgang der Verhandlung. Sie befanden sich so im Vorteile, daß es ihnen wohl schwer wurde, denselben so leichthin aufzugeben; aber die Disziplin verhinderte sie, widerspenstig zu sein, zumal ihnen der Gebrauch des Kalumetrauchens so heilig war, daß sie es nicht gewagt hätten, an dem Beschlusse ihres Häuptlings zu rütteln.

Dieser gab die Friedenspfeife an Mokaschi, welcher sich auch erhob, die gleichen sechs Züge tat und dann ebenso laut wie Nitsas-Ini verkündete: „Hört, ihr Krieger der Navajos und Nijoras, der Tomahawk des Krieges ist wieder in die Erde versenkt. Die Männer der Navajos öffnen den Kreis, mit dem sie uns umschlossen haben, und sind dann unsere Brüder. Ich habe das mit dem Kalumet bestätigt, und es ist ganz so, als ob meine Krieger es gesagt und die Pfeife dazu geraucht hätten. Ich habe gesprochen, howgh!"

Niemand war froher als die Nijoras, die einen so glücklichen Ausgang der für sie so gefährlichen Angelegenheit kaum für möglich gehalten hatten. Old Shatterhand, Winnetou und Wolf mußten als Zeugen des Vertrages auch die sechs Züge aus der Pfeife tun, brauchten aber keine Rede dazu zu halten.

Jetzt war die Sitzung beendet, und die vorher so feindliche Situation verwandelte sich in eine friedliche. Die Navajos ließen die Nijoras aus ihrer Umschlingung frei, und da es hier am Flusse an Raum mangelte, so begaben sich Freund und Feind hinauf zum Lager der Nijoras, um dort das Friedensfest zu feiern und vor allen Dingen die Gefangenen zu befreien. Winnetou, Old Shatterhand und Wolf gingen auch nach oben, wo ihre Anwesenheit zunächst notwendig war; die andern Weißen aber blieben noch unten. Sie waren alle froh, daß die Feindseligkeit ein solches Ende genommen hatte.

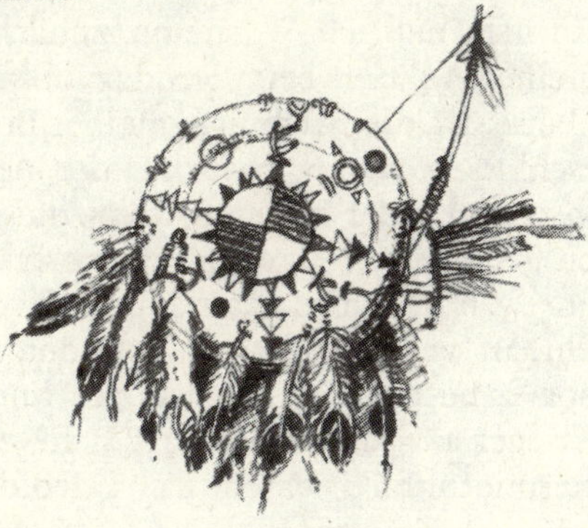

In der Kaktusfalle

Der heiße Wüstenwind war zur Ruhe gegangen, und die Sonne hatte das letzte Achtel ihres Tagesbogens erreicht; es gab keinen Flugsand mehr in der Luft, und wir konnten den leuchtenden Ball sich im Niedersenken deutlich vergrößern sehen. Welche Szene werden seine Strahlen wohl morgen um dieselbe Zeit bescheinen? So fragten sich wohl die meisten von uns, als wir zunächst still auf unseren Plätzen saßen, denn so wenig Angst wir vor den Comantschen hatten, es wußte doch jeder, daß die besten und vorsichtigsten Berechnungen des Menschen durch einen Zufall, der sich ganz unerwartet einstellt, zu Schanden gemacht werden können.

Es war natürlich, daß ich Winnetou zunächst erzählte, was ich seit meiner Ankunft beim Rendezvous in der Sierra Madre erlebt hatte. Da die Erlebnisse meiner Begleiter hierin mit eingeschlossen waren, brauchte der Apatsche, um eine klare Anschauung zu erhalten, nach diesen nicht zu fragen. Als ich geendet hatte, rekapitulierte er das Gehörte in den Worten: „Wir haben jetzt nur an das zu denken, was den Ort angeht, an welchem wir uns befinden; alles übrige können wir später besprechen. Also Vupa Umugi hat hundertfünfzig Krieger am Saskuan-kui bei sich?"

„Hundertvierundfünfzig waren es. Davon gehen die

sechs Comantschen ab, die wir am Altscheso-tschi überwunden haben."

„Nale-Masiuv will mit hundert Mann zu ihm stoßen?"

„Von diesen sind bei dem Kampfe gegen das Militär viele getötet oder kampfunfähig gemacht worden; aber er hat heimgesandt, um noch hundert holen zu lassen."

„Wieviel Krieger hat Schiba-bigk gebracht?"

„Zwanzig."

„So werden wir ungefähr dreihundert Feinde gegen uns haben. Mein Bruder hat ebenso viele Apatschen draußen vor unserem Kaktusfelde; wir sind ihnen also gewachsen."

„Gewachsen? Bloß gewachsen?" fiel da Old Wabble ein. „Ich meine sogar, daß wir ihnen überlegen sind, weit, weit überlegen! Ich habe die Krieger der Apatschen gesehen, wie gut bewaffnet und diszipliniert sie sind. Zweihundert von ihnen würden dreihundert Comantschen besiegen. Dazu kommen wir Weißen. Winnetou, Old Shatterhand und Old Surehand nehmen eine ganze Menge von Feinden auf sich. Von mir, dem Fox, Parker und Hawley will ich gar nicht reden. Die Kerls sollen nur kommen! Wir schießen sie alle über den Haufen, und ich gebe mein Wort, daß keiner von ihnen sein Wigwam wiedersehen wird!"

Winnetou zeigte ihm sein ernstestes Gesicht und antwortete: „Mein alter Bruder ist, wie ich weiß, ein unerbittlicher Feind aller roten Männer; er hält sie für Diebe, Räuber und Mörder, ohne zu bedenken, daß sie nur zu den Waffen greifen, um ihr gutes Eigentum zu verteidigen, oder das zu rächen, was an ihnen verbrochen worden ist. Old Wabble hat noch nie einem roten Manne, der in seine Hände fiel, Gnade gegeben; er ist auf der ganzen Savanne als Indianertöter bekannt; aber wenn er sich bei Old Shatterhand und Winnetou befindet, muß er diese Gesinnung ändern, sonst sind wir gezwungen, uns von ihm zu trennen. Wir sind Freunde aller roten und weißen Männer, und wenn wir einen Feind vor uns haben, mag er weiß oder rot aussehen, so besiegen wir ihn womöglich, ohne daß wir sein Blut vergießen. Old Wabble nennt sich einen Christen; er wird Winnetou einen Heiden nennen; aber wie kommt es doch, daß dieser Christ so gern Blut vergießt, während der Heide das zu vermeiden sucht?"

Daß der sonst so wortkarge Apatsche sich herbeiließ, so viele Worte zu machen, war ein Beweis, daß ihm der Alte sympathischer war, als der Inhalt dieser Worte eigentlich vermuten ließ. Old Wabble senkte den Kopf, hob ihn aber nach einer Weile wieder und verteidigte sich: „Die Roten, mit denen ich bisher zusammengetroffen bin, sind alle, alle Schufte gewesen."

„Das bezweifle ich. Und wenn es wahr sein sollte, wer hat sie denn zu Schuften gemacht?"

„Ich nicht!"

„Du nicht?"

„Nein."

„Sie sind es durch die Bleichgesichter geworden. Und ist Old Wabble nicht auch ein Weißer?"

„Der bin ich, ja. Und ich denke sogar, ich bin einer, der sich schon sehen lassen kann!"

„Und Winnetou denkt, es wäre besser, die Roten, von denen du redest, hätten dich nicht gesehen! Du sagtest, daß alle Comantschen niedergeschossen werden sollen; ich aber sage dir, daß wir, wenn es möglich ist, keinen einzigen von ihnen töten werden. Ist mein Bruder Old Shatterhand einverstanden?"

„Vollständig", antwortete ich ihm. „Du weißt, daß du mich da gar nicht erst zu fragen brauchst."

Der alte Wabble machte ein sehr verlegenes Gesicht, versuchte aber doch, sich zu verteidigen: „Aber sie wollen doch Bloody-Fox überfallen, dem wir helfen müssen! Wir wollen ihn und uns verteidigen, und das kann doch wohl nur durch Gegenwehr geschehen; th'is clear!"

„Es gibt Gegenwehr verschiedener Art, Mr. Cutter", antwortete ich. „Laßt Winnetou sprechen; dann werdet ihr hören, daß wir keineswegs die Comantschen nur allein dadurch, daß wir sie niederschießen, von der Ausführung ihres Vorhabens abhalten können. Es gibt noch andere Mittel."

„Ja, jedenfalls wieder Eure berühmte List!"

Er sagte das in einem Tone, der meinen Beifall nicht ha-

ben konnte; ich brauchte ihn aber nicht zurückzuweisen, denn Parker tat dies, indem er einfiel: „Wird es nicht besser sein, wenn Ihr schweigt, alter Wabble? Ihr seht, daß ich auch still bin. Wenn Mr. Shatterhand und Winnetou miteinander sprechen, ist es gar nicht nötig, daß andere, ohne gefragt zu werden, ihre Meinungen dazugeben. Ihr habt ja mehr als zehnmal versprochen, nur das zu tun, was Mr. Shatterhand will. Wenn Ihr dieses Versprechen nicht halten wollt, so tun wir das, was schon oft gesagt worden ist: Wir gehen fort und lassen Euch sitzen!"

Dieses „Sitzenlassen", von mir nur einmal ausgesprochen, war zur stehenden Redensart geworden, über welche sich Old Wabble ungeheuer ärgern konnte. Er fuhr auch jetzt auf: „Haltet Euern Schnabel! Wer hat Euch um Eure Meinung gefragt? Wenn ich nicht reden darf, so habt Ihr erst recht zu schweigen! Wie könnt Ihr mich einen Querkopf nennen? Kehrt doch erst vor Eurer eigenen Tür! Ich habe mir noch von niemandem einen Elk schenken lassen und dann gesagt, daß ich ihn selbst geschossen habe!"

„Und ich habe noch nie das große Wort geführt und trotzdem solche Dummheiten gemacht wie Ihr zum Beispiele am Saskuan-kui, wo Ihr mit – – –"

„Still!" fiel ich ein, „wir haben weit Wichtigeres zu tun, als solche Grillenduells auszukämpfen. Wir sind vorhin dabei unterbrochen worden, daß wir genausoviel Krieger wie die Comantschen haben und ihnen also gewachsen sind. Ich gebe gerne zu, daß Old Wabble recht hatte, als er sagte, daß wir ihnen nicht nur gewachsen, sondern sogar überlegen seien. Das gedenke ich freilich nicht, so wie er, dadurch zu begründen, daß wir große, unüberwindliche Helden sind, gegen die ein roter Krieger als nichts zu achten ist. Der Grund liegt vielmehr in dem Umstande, daß wir unsere dreihundert Apatchen beisammen haben, während die Comantschen in einzelnen Abteilungen kommen und dabei auch noch die weiße Kavallerie gegen sich haben werden."

„Da hat mein Bruder recht, wie immer", stimmte Winnetou bei. „Zunächst wird Schiba-bigk mit einer Schar nahen, um dies Haus und seine Bewohner zu überfallen und die Stangen in den Sand der Wüste zu stecken. Nach ihm kommt Vupa Umugi, um diese Stangen falsch zu stecken und die weißen Soldaten dem Tode des Verschmachtens zuzuführen. Nach diesen weißen Reitern folgt der Häuptling Nale-Masiuv mit seinen Leuten, um den Bleichgesichtern den Rückzug abzuschneiden und sie vollends einzuschließen. Das sind drei verschiedene Trupps, die wir einzeln angreifen werden und vielleicht ohne alles Blutvergießen besiegen können. Old Shatterhand wird diesen meinen Worten seine Beistimmung erteilen."

„Die gebe ich allerdings", sagte ich. „Ich glaube nicht, daß Schiba-bigk, der zuerst kommt, mehr als fünfzig Krieger bei sich haben wird. Wenn wir sie mit unsern drcihundert einschließen, werden sie einsehen, daß es am besten für sie sei, sich ohne Gegenwehr zu ergeben."

Der alte Wabble konnte trotz der vorhin erhaltenen Zurechtweisung nicht schweigen; er entgegnete: „Sollte er wirklich nur fünfzig mitbekommen, da wir doch dreihundert haben?"

„Ihr vergeßt, daß die Comantschen gar nicht wissen, daß wir da sind. Sie glauben doch, es nur mit den Bewohnern der Oase zu tun zu haben."

„Hm, ja, mag sein! Aber das Einschließen ist nicht so leicht, wie man es denkt."

„In diesem Falle ist es sogar sehr leicht. Wir brauchen sie nur an ein Kaktusfeld zu drängen; da können sie nicht hinein. Wir haben dann nicht nötig, einen ganzen Kreis um sie herum zu bilden, sondern es genügt ein halber. Hinter sich den undurchdringlichen Kaktus und vor sich dreihundert Feinde; da müßten die Fünfzig wahnsinnig sein, wenn sie glaubten, sich heiler Haut durchschlagen zu können."

„Wenn sie es aber doch glauben?"

„So werde ich mit ihnen sprechen."

„Sprechen? Hm! Ob sie darauf hören?"

„Was das betrifft, so gibt es einen unter ihnen, der sicher auf mich hören wird."

„Wer ist das, Sir?"

„Schiba-bigk, der junge Häuptling. Er hat uns sein Leben zu verdanken, ist hier der Gast unseres Fox gewesen und hat damals sein Wort gegeben, daß er die Oase nicht verraten wolle. Das ist mehr als genug, ihn meinen Worten geneigt zu machen."

„Bin neugierig, ob Ihr Euch da nicht irren werdet. Ihr seht ja, wie er sein Wort gehalten hat. Verspricht, die Oase nicht zu verraten und bringt doch volle dreihundert Comantschen hergeschleppt! Hoffentlich brauchen wir nicht lange zu warten, bis er kommt."

„Er wird morgen abend hier sein."

„Hier an der Oase schon?"

„Ja. Ich glaube nicht, daß diese Berechnung täuscht."

„Und da wollen wir ihn einschließen?"

„Ja."

„Des Nachts?"

„Vielleicht schon am Tage. Je eher er kommt, desto eher wird er umzingelt."

„Da müssen wir aber wissen, wann er kommt; es ist also nötig, ihm Botschafter entgegenzusenden.“

„Das würde ein großer Fehler sein.“

„Wieso?“

„Weil er die Spuren dieser Späher entdecken und infolgedessen Argwohn schöpfen würde.“

„Hm! Also keine Kundschafter! Wie aber wollen wir erfahren, ob und wann diese – – –“

„Mein alter Bruder kann getrost annehmen, daß Old Shatterhand weiß, was er sagt und tut“, schnitt ihm Winnetou die Rede ab. „Die Comantschen würden die Fährte der Späher sehen, darum dürfen wir keine aussenden. Schiba-bigk ist hier gewesen und von hier aus direkt nach dem Gutesnontin-khai geritten, wo er sich jetzt befindet, um Pfähle zu schneiden. Er wird ganz genau auf demselben Wege wiederkommen. Wir reiten ihm seitwärts dieses Weges entgegen und werden ihn sehen, ohne daß er uns bemerkt. Wenn er vorüber ist, kehren wir um, ihm nach, und treiben ihn gegen ein Kaktusfeld, durch welches er und seine Schar nicht reiten kann; dann haben wir ihn. Ich errate, daß mein Bruder Shatterhand dies sagen wollte?“

„Ja, genau dies war meine Absicht und mein Plan“, antwortete ich dem scharfsinnigen Freunde.

Da ergriff Bloody-Fox, der bisher geschwiegen hatte, obgleich die Angelegenheit ihn selbstverständlich am meisten interessieren mußte, zum ersten Male das Wort:

„Mein berühmter Bruder Winnetou mag mir eine Frage gestatten. Schiba-bigk wird sehr vorsichtig nahen, um nicht vor der Zeit bemerkt zu werden. Und wenn wir uns seitwärts aufstellen, ihn zu erwarten, dürfen wir uns seinem Wege doch nicht so weit nähern, daß er uns sieht. Ist es da nicht möglich, daß er vorüberkommt, ohne daß unsere Augen auf ihn und seine Comantschen fallen?“

„Nein.“

„Was Winnetou, der große Häuptling der Apatschen, sagt, ist nicht anzufechten; aber in der Wüste gibt es keinen Weg, den man sieht; es gibt nur eine Richtung, von welcher man leicht rechts oder links abweichen kann. Ist es da nicht möglich, daß Schiba-bigk auch abweicht und grad deshalb auf uns trifft?"

„Nein. Mein Bruder Fox mag sich an Old Shatterhand wenden, um zu erfahren, warum ich nein sage!"

Da Fox mich infolge dieser Worte fragend anblickte und die andern dies auch taten, erklärte ich:

„Ein Weißer könnte aus der geraden Richtung weichen, ein Roter aber nicht. Ein Roter hat den untrüglichen Ortssinn des Vogels, der meilenweit gerade nach seinem Neste fliegt, obwohl es in der Luft, genauso wie hier im Sande, keine vorgezeichneten Wege gibt. Und sodann ist zu bedenken, daß die erste Schar der Comantschen, welche kommt, die Aufgabe hat, den Weg nach der Oase durch Stangen zu bezeichnen. Das Feststecken der Stangen ist eine Arbeit, die uns die Ankunft Schiba-bigks so kenntlich machen muß, daß wir sie gar nicht übersehen können. Er wird und muß in unsere Hände geraten. Wir schaffen ihn und seine Leute dann nicht etwa hierher, denn er darf den neuen Weg durch den Kaktus nicht kennenlernen, sondern sie werden draußen in der Wüste zusammengebunden und gut bewacht, bis alles vorüber ist."

„Und was wird aus den Stangen? Es wurde vorhin gesagt, daß wir sie entfernen und in falscher Richtung wieder feststecken werden?"

„Das werden wir allerdings tun, um Vupa Umugi irrezuführen."

„Wohin?"

„Hm! Irgendwohin, wo wir ihn leicht einschließen und fassen können. Die Kaktusstrecken haben sich, seit ich zum letztenmal hier war, so verändert, daß ich im voraus nichts sagen kann."

„Darf ich da einen Vorschlag machen?"

„Warum nicht?"

„Es gibt einen guten Tagesritt südöstlich von hier eine Kaktuswildnis von außerordentlich großer Ausdehnung, in welche ein offener, nach und nach immer schmaler werdender Sandstreifen hineinführt."

„Wie tief hinein?"

„Wenn man langsam reitet, kann man fast zwei Stunden zubringen, ehe man an das Ende des Streifens kommt."

„Sind die Kakteen alt oder frisch?"

„Beides durcheinander; aber dicht sind sie, sehr dicht."

„Da wäre dies freilich ein Ort, wie wir ihn für unsern Zweck gar nicht besser wünschen können. Hält mein Bruder Winnetou ihn für ebenso passend?"

Der Häuptling der Apatschen nickte zustimmend und antwortete in seiner ruhigen, bestimmten Weise: „Wir werden die Comantschen in diesen Kaktus treiben."

„So sind wir fertig mit dem, was zunächst und für heut und morgen zu besprechen war; das weitere muß sich nach den Ereignissen richten. Die Sonne hat den Horizont erreicht; wir wollen Menschen und Tieren die Ruhe geben, welche sie brauchen, um morgen kräftig und ausdauernd zu sein."

Es wurde mir beigestimmt. Wir versorgten unsere Pferde mit allem, was die Oase für sie bieten konnte, und Winnetou begab sich hinaus zu seinen Apatschen, um ihnen die Lagerbefehle zu erteilen und ihnen den Weg durch den Kaktus nach der Oase zu zeigen, denn sie mußten ihre Pferde tränken und sich selbst auch mit Wasser versorgen; dann legten wir uns auf die Maisstrohlager, welche Mutter Sanna inzwischen für uns bereitet hatte.

Aber die meisten von uns kamen nicht sofort zum Schlafen. Ich lag neben Winnetou und hörte seinen leisen Bericht über das, was er seit unserer Trennung erlebt hatte. Dabei hörte ich, daß Old Wabble und Parker sich noch eine ganze Weile, auch mit unterdrückten Stimmen, miteinander zankten. Durch die offenen Fenster des Hauses schallten die Stimmen des Negers und seiner Mutter, welche außerordentlich glücklich waren, einander wieder zu besitzen, und vom Wasser her waren die Schritte der Apatschen und ihrer Pferde noch stundenlang zu vernehmen. So ein Lagerabend hat einen ganz eigenartigen Reiz, den nur derjenige kennt, der ihn selbst empfunden hat.

Als ich am Morgen erwachte, stand Winnetou schon munter am See, um seinen Oberkörper mit dem Wasser eines gefüllten großen Kürbis zu baden. Sanna lief leise, aber geschäftig hin und her, dafür besorgt, daß die Gäste ein gutes, reichliches Frühstück finden möchten. Die andern schliefen noch, wachten aber auch bald auf. Dann kamen die Apatschen wieder mit ihren Pferden, die sich für den ganzen Tag jetzt satt zu trinken hatten. Ein leichter Rauch, den wir fern draußen vor dem Kaktusfelde sahen, sagte uns, daß die Roten sich mit Hilfe trockener Kakteen einige Feuer angezündet hatten, um an demselben ihr Essen zu bereiten. Als wir gefrühstückt hatten, ritten wir hinaus zu ihnen; sie hatten nun auch gegessen und waren zum Aufbruche bereit. Eine Abteilung von ihnen, bei welcher Bloody-Fox blieb, wurde zum Schutze der Oase zurückgelassen; dann ritten wir fort.

Gestern waren wir aus Südwesten gekommen, heute hatten wir grad westlich zu reiten, denn dort lag der Gutesnontin-khai. Die Linie, auf welcher die Comantschen zu erwarten waren, mußten wir uns natürlich denken; wir hielten uns parallel mit ihr, und zwar so, daß wir zunächst ungefähr eine halbe englische Meile von ihr entfernt waren, denn jetzt konnten die Feinde noch nicht kommen; später aber mußten wir uns vorsichtshalber weiter von ihr entfernen, wenn nämlich die Luft so rein und durchsichtig blieb, wie sie jetzt war. Man konnte außerordentlich weit sehen. Trotzdem befanden wir uns im Vorteile vor den Comantschen, weil ich ein Fernrohr hatte und Winnetou auch eines besaß.

Wer aber glaubte, wir hätten uns in einem Trupp zusammengehalten, der wäre in einem großen Irrtum befangen. Dies zu tun, wäre der größte Fehler gewesen, den man sich hätte denken können. Die erwähnte gedachte Linie lag nördlich, also rechts von uns. Es war nicht ganz unrichtig, was Old Wabble gestern abend gesagt hatte, daß nämlich die Comantschen zufällig von dieser Linie abweichen könnten, und wenn es auch nur wenig wäre. Darum mußte sich, als der Vormittag ziemlich vergangen war, unsere Schar weiter südlich halten, während nur einige der erfahrensten Leute mehr rechts ritten. Die der gedachten Linie am nächsten Befindlichen waren Winnetou, Old Surehand und ich, und auch wir ritten nicht neben, sondern so weit entfernt voneinander, daß wir unsere Zurufe grad noch hören konnten. Durch dieses Arrangement war dafür gesorgt, daß die Comantschen uns unmöglich entdecken konnten, außer in dem fast unwahrscheinlichen Falle, daß sie von ihrem Wege sehr weit südlich abgewichen wären. Aber selbst in diesem Falle durften wir hoffen, sie zu umzingeln und keinen von ihnen entkommen zu lassen. Das letztere war für alle Fälle die Hauptsache, denn gelang es auch nur einem einzigen, uns zu entschlüpfen, so war es natürlich seine erste und einzige Aufgabe, zurückzureiten und Vupa Umugi, dem großen Donner, Mitteilung von unserer Anwesenheit zu machen.

Es wurde Mittag, und noch hatten wir nichts gesehen. Da, es mochte wohl fast ein Uhr sein, stieß Winnetou, der in diesem Augenblicke sein Fernrohr an das Auge gesetzt hatte, einen lauten Ruf aus und winkte Old Surehand und mich zu sich heran. Als wir ihn erreichten, streckte er die Hand nach Norden aus und sagte: „Ganz da draußen am Horizonte hält ein Reiter, den man nicht mit dem bloßen Auge erkennen kann."

„Ist es ein Indianer?" fragte Old Surehand.

„Das ist nicht zu unterscheiden; mein Bruder mag das Rohr nehmen und dahin sehen, wohin ich zeige."

Er gab ihm das Perspektiv, und ich setzte das meinige an, um es in dieselbe Richtung zu halten.

„Ja, es ist ein Reiter", bestätigte Old Surehand; „aber man kann nicht erkennen, ob ein roter oder weißer."

„Es ist ein roter", warf ich ein.

„Erkennt Ihr das, Sir? Dann ist Euer Rohr viel besser als dasjenige Winnetous."

„Ich erkenne es nicht; aber dennoch behaupte ich sogar, daß es ein Comantsche ist."

„Uff!" rief Winnetou verwundert, der sein Rohr wieder genommen hatte und durch dasselbe blickte.

„Und zwar ein Comantsche von Schiba-bigks Schar; vielleicht ist es dieser selbst."

„Uff, uff! Warum denkt dies mein Bruder?"

„Er ist nicht allein. Mein Bruder Winnetou mag sein Rohr dahin richten, woher dieser Reiter gekommen sein muß, also ein wenig mehr nach links. Dort sind noch mehr Reiter zu sehen und dabei kleinere Punkte, welche

Fußgänger bedeuten, die von ihren Pferden gestiegen sind."

„Uff, uff, es ist richtig! Ich sehe größere Punkte; das sind Reiter; und kleinere Punkte, welche sich hin- und herbewegen; das sind Männer zu Fuße."

„Weiß mein roter Bruder, warum diese kleineren Punkte nicht geradeaus gehen, sondern sich immer hin- und herbewegen?"

„Nun, da mein Bruder Shatterhand mich darauf aufmerksam gemacht hat, weiß ich es. Es sind die Männer, welche die Pfähle einzustecken haben. Um das tun zu können, sind sie von ihren Pferden gestiegen."

„Ganz richtig! Ihr wißt, Mr. Surehand, daß es unter diesen Comantschen nur einen gibt, der den Weg kennt?"

„Ja, nämlich Schiba-bigk", antwortete der Gefragte.

„Er ist also nicht nur der Anführer, sondern überhaupt der Führer. Wo aber pflegt sich so ein Führer aufzuhalten, hinten oder vorn, Sir?"

„Natürlich ist er stets voran."

„Well! Darum nehme ich an, daß der erste, den wir gesehen haben und der an der Spitze der anderen hält, der junge Häuptling Schiba-bigk ist. Er reitet voran und bleibt von Zeit zu Zeit, bis ein Pfahl festgesteckt ist, an der Spitze des Zuges halten. Schau! Winnetou wird durch sein Rohr bemerken, daß die Fußgänger jetzt ihre Pferde wieder besteigen. Es ist ein Pfahl eingesteckt worden, und nun reiten die Indsmen weiter."

Es war so, wie ich sagte; wir sahen, daß die Comantschen sich von der Stelle, wo sie sich jetzt befunden hatten, im Galoppe entfernten. Sie wurden dabei kleiner und immer kleiner, bis wir sie nicht mehr sahen; sie waren genau in der Richtung nach der Oase verschwunden.

„Habt ihr sie zählen können, Sir?" fragte mich Old Surehand.

„Nicht genau, aber ich denke, daß ich gestern recht gehabt habe; es werden nicht mehr als fünfzig sein."

„Was tun wir nun?"

„Wir reiten der Sicherheit wegen noch ein Stück so weiter, wie wir bisher geritten sind; dann wenden wir uns nach

Norden, um auf ihre Spur zu kommen. Haben wir diese, so befinden wir uns in ihrem Rücken und folgen ihnen so lange, bis wir eine passende Stelle oder Gelegenheit finden, sie einzuschließen."

Dies wurde ausgeführt. Wir vereinigten uns mit unserm Trupp, sagten, daß wir die Gesuchten gesehen hätten, und folgten unserer bisherigen Richtung noch einige Minuten lang; nachher bogen wir rechts ab und erreichten nach zehn Minuten die Fährte der Comantschen. Diese war eine sehr deutliche und ausgesprochene; ein Blinder hätte sie zwar nicht sehen können, aber fühlen müssen. Sie bestand nicht nur aus den Eindrücken der Pferdehufe und Menschenfüße, sondern außerdem aus einer Menge von Strichen, welche tief im Sande fortliefen. Die zu transportierenden Stangen waren nämlich mit einem Ende an dem Sattel befestigt und schleiften mit dem anderen Ende hinterher. In dieser Weise pflegen die Indianer auch ihre Zeltstangen von einem Orte zum andern zu schaffen, und dadurch waren hier im tiefen, leichten Sande die Striche und Linien entstanden. Da sie ineinanderliefen, waren sie nicht zu zählen, aber es war doch zu sehen, daß eine ganz bedeutende Menge von Pfählen mitgeschleppt wurde.

Wir folgten der Fährte so lange rasch, bis wir die Comantschen durch die Fernrohre erkennen konnten; dann mußten wir, um nicht selbst gesehen zu werden, die Schritte unserer Pferde mäßigen. Indem wir von da an stets in gleicher Entfernung mit ihnen blieben, war es uns leicht, zu bemerken, wie schnell sie vorwärts kamen und wie lange sie brauchen würden, um in die Nähe der Oase zu kommen. Die Entfernung von einer Stange bis zur andern mochte vielleicht einen Kilometer betragen, und wenn die Roten ihre Arbeit in der bisherigen Weise fortsetzten, mußten sie bis zum Abend ihr Ziel beinahe erreicht haben. Sehr wahrscheinlich war es die Absicht Schiba-bigks, des Nachts dann über die Bewohner der Oase herzufallen. Daß er schon am Tage auf Bloody-Fox treffen könne, mußte zwar auch in seiner Berechnung liegen, konnte ihn aber nicht irremachen, weil er jedenfalls glaubte, daß es diesem einen Bleichgesichte unmöglich sei, gegen fünfzig rote Krieger aufzukommen.

Während wir der Fährte folgten, ritt ich zwischen Winnetou und Old Surehand; beide waren still. Desto lauter ging es unmittelbar hinter uns her, wo Old Wabble zwischen Parker und Hawley ritt. Dem alten Cowboy war es geradezu unmöglich, in einer solchen Lage ruhig zu sein. Er erging sich in allerlei Berechnungen und Vermutungen, die ihm von den beiden anderen widerlegt wurden, doch fiel es ihm gar nicht ein, ihre Widersprüche als begründet gelten zu lassen.

„Und Ihr könnt sagen, was Ihr wollt", hörte ich ihn sagen, „ich meine, daß wir die Halunken vielleicht gar nicht bekommen, wenn wir es nicht klüger anfangen als bisher."

„Warum denn, alter Wabble?" fragte Parker. „Ich denke, die drei da vor uns wissen ganz genau, was sie tun."

„Meint Ihr? Wirklich? Warum lungern wir da so langsam und ohne zuzugreifen hinter den Roten her?"

„Weil die Gentlemen höchstwahrscheinlich warten wollen, bis es Abend geworden ist."

„Das ist ja noch viel, viel schöner! Jetzt sehen uns die Indsmen nicht, und am Abend sehen wir sie nicht; da werden wir sie wohl überhaupt niemals zu sehen bekommen!"

„Hört, Mr. Wabble, unsere Anführer sind keine Kinder, sondern Männer, welche genau wissen, was sie zu tun haben!"

„Oh! Hm! Wenn ich als Anführer da vorn ritte und etwas zu sagen hätte, da wüßte ich etwas Besseres."

„Was?"

„Ich würde kurzen Prozeß machen."

„Wieso?"

„Ich würde befehlen, den Pferden die Zügel schießen zu lassen und die Roten einfach über den Haufen zu reiten."

„Das, alter Wabble, würde wohl das allerdümmste sein, was Ihr anordnen könntet."

„Unsinn! Warum?"

„Weil die Comantschen uns natürlich kommen hören oder kommen sehen und schnell ausreißen würden."

„Was schadete das? Wir würden sie natürlich einholen und gefangennehmen."

„Das ist leicht gesagt. Wenn sie sich auf der Flucht zerstreuten, könnte uns leicht einer von ihnen entgehen. Und das darf nicht sein. Habe ich da nicht recht, Mr. Shatterhand?“

Ich drehte mich zu dem Fragenden und antwortete ihm:

„Ja. Laßt Mr. Cutter reden! Er kennt die Absichten Winnetous nicht, und so ist es ihm nicht übelzunehmen, daß er unser Verhalten für fehlerhaft hält.“

Der Alte sah mich fragend an. Er hätte wohl gern gewußt, was ich meinte, getraute sich aber nicht, zu fragen; darum erklärte ich ihm freiwillig:

„Winnetou weiß nämlich, daß ungefähr eine Reitstunde von hier eine Talmulde liegt, durch welche der gerade Weg nach der Oase des Bloody-Fox führt. Sie ist ziemlich lang und ziemlich tief, so daß derjenige, der sich in ihr befindet, nicht sehen kann, was außerhalb auf der höher liegenden Fläche der Wüste vorgeht. Bis in diese Talsenkung wollen wir die Comantschen kommen lassen; nicht weiter.“

Da fiel der Apatsche ein:

„Mein Bruder will mir einen Ruhm geben, der mir nicht gebührt, denn dieser Plan ist von ihm; er hat schon gestern abend, bevor wir einschliefen, von ihm gesprochen.“

„Nein, du sprachst davon“, entgegnete ich.

„Ich wollte sprechen; du kamst mir aber zuvor.“

„So ist es hier wieder so gewesen, wie stets und immer, daß nämlich mein Bruder Winnetou genauso denkt wie ich.“

„Ja, meine Gedanken sind die deinigen, und deine sind die meinigen, denn wir haben gegenseitig unser Blut getrunken und besitzen nicht zwei Herzen, sondern ein einziges. Was wir beide dachten, das soll geschehen: Wir werden die Comantschen in einer Stunde in dem Tale des Sandes gefangennehmen.“

„Ohne daß einer von ihnen vorher sprechen darf?“

Als ich diese Frage aussprach, sah Winnetou mich fragend an, doch nur einen kurzen Augenblick; dann erkundigte er sich:

„Will mein Bruder den jungen Häuptling ausfragen?“

„Ja.“

„Glaubst du, daß er dir sagen wird, was du wissen willst?“

„Ja."

„Schiba-bigk ist zwar jung, aber dennoch klug. Ich weiß, daß Old Shatterhand seine Fragen und Worte so zu setzen versteht, daß er selbst einen sehr listigen Mann auszuhorchen vermag. Schiba-bigk weiß dies auch und wird schweigen."

„Er wird sprechen, denn er wird glauben, daß ich nicht als Feind zu ihm komme, sondern ihm ganz zufällig begegne. Ich werde ihm nämlich nicht nachreiten, sondern mich von euch trennen und einen Bogen reiten, so daß ich also nicht von dieser Seite, sondern von der uns jetzt entgegengesetzten das Tal des Sandes erreiche, und das muß ihn auf die Vermutung bringen, daß ich von Bloody-Fox, von der Oase komme. Er wird also meinen, daß ich seine Spur nicht gesehen und keine Ahnung von seinen Absichten habe. Er wird glauben, mich leicht gefangennehmen zu können und mich also für unschädlich halten, und das wird ihm zwar den Mund nicht öffnen, ihn aber nicht scharf auf die Worte achten lassen, mit denen ich aus ihm herauslocken will, was mir zu wissen nötig ist. Sieht das mein roter Bruder ein?"

„Ich sehe es ein, aber warum willst du dich in Gefahr begeben, um heut etwas zu erfahren, was du morgen ganz ohne alle Gefahren hören und entdecken wirst?"

„Weil ich vermute, daß es mir heut mehr Nutzen bringt als morgen: Und Gefahr? Winnetou weiß, daß, ehe ich mich in eine Gefahr begebe, ich sie vorher genau berechne."

„Howgh! Aber hast du daran gedacht, daß die Comantschen, wenn sie uns sehen, dich als Geisel betrachten werden?"

„Auch das habe ich überlegt, doch kenne ich einen Schild, mit dem ich jeden Schuß und Stich von mir abzuwehren vermag."

„Welchen Schild?"

„Schiba-bigk."

„Uff, uff! Ich erkenne, daß ich meinen Bruder nicht zu warnen brauchte; er mag getrost ausführen, was er sich vorgenommen hat."

„So gilt es also nur noch, zu sagen, wie ich euch kommen

zu sehen wünsche. Das Tal des Sandes geht lang von West nach Ost. Ihr bildet vier Abteilungen, die sich voneinander trennen, sobald ihr seht, daß die Comantschen im Eingange der Bodensenkung verschwunden sind. Mit dem ersten Viertel deiner Krieger reitest du im Galoppe einen Bogen bis zum östlichen Ausgange des Tales; Old Surehand reitet mit dem zweiten Viertel nach der südlichen, und Entschar-Ko mit dem dritten Viertel nach der nördlichen Seite desselben. Wenn dann Old Wabble mit den übrigen seinen Weg fortsetzt und am Eingange der Bodenmulde halten bleibt, in der sich die Feinde befinden, so sind dieselben von allen Seiten eingeschlossen. Natürlich dürft ihr euch nicht sehen oder hören lassen. Ich weiß, daß der starke Knall meines Bärentöters durch das ganze Tal ertönen und von euch allen gehört werden wird. Sobald ich diesen Schuß abfeure, kommt ihr von allen Seiten herbei, und ich bin überzeugt, daß uns dann kein Comantsche entkommen kann. Hat dieser Plan die Billigung meines roten Bruders?"

„Er hat sie", antwortete er kurz.

Old Surehand aber war nicht so schnell einverstanden. Er sagte:

„Euren Plan in allen Ehren, Sir, aber ich glaube doch, daß er ein wenig verwegen ist!"

„Gar nicht!"

„Oh, gewiß. Was kann der kühnste Mann einer abgeschossenen Kugel gegenüber tun?"

„Ihr ausweichen."

„Sir, das ist leichter gesagt als getan. Glaubt mir, daß ich Euch alles zutraue; aber ich habe Euch so lieb gewonnen, und ich wüßte nicht, was – – –"

Da fiel ihm der Apatsche schnell in die Rede:

„Winnetou hat ihn noch viel mehr lieb und läßt ihn dennoch fort; mein Bruder Surehand mag also keine Sorgen haben; es gibt vier scharfe Augen, die über Old Shatterhand wachen werden, nämlich die seinigen und die meinigen."

„Und die meinigen auch!" fügte Old Wabble, sich in die Brust werfend, schnell hinzu. „Er hat mir ein Kommando anvertraut und soll erfahren, daß er sich nicht in mir täuschen wird. Wehe dem roten Halunken, der es wagen sollte, ihm auch nur ein Haar krümmen zu wollen; meine Kugel würde ihn sofort fressen; th'is clear!"

Auf diese eifrige Versicherung war ein kleiner Dämpfer nötig. Ich warnte ihn also:

„Nicht so hitzig, Mr. Cutter! Wenn ich Euch heute wieder einmal Vertrauen schenke, geschieht es in der Absicht, zu erfahren, daß Ihr nicht immer selbständig handelt, sondern imstande seid, eine Euch erteilte Weisung genau zu befolgen. Geschieht das Gegenteil, so könnt Ihr sicher sein, daß ich Euch nie wieder einen Auftrag geben werde. Ihr reitet mit Eurer Abteilung ganz ruhig weiter, bis Ihr den Eingang zum Tale erreicht habt. Dort bleibt Ihr versteckt halten und habt gar nichts zu tun, als auf den Schuß zu warten. Hört Ihr den, so kommt Ihr im Galopp ins Tal geritten und haltet vor den Comantschen Eure Pferde an. Das ist alles, was von Euch verlangt wird, alles."

„Well! Deutlich genug gesprochen! Werde ganz genauso exerzieren, wie Ihr es vorgeschrieben habt. Will nicht wieder sagen lassen, daß Old Wabble Jugendstreiche verübt."

„Recht so! Und nun muß ich mich von euch trennen, wenn ich die hintere Seite des Tales zur rechten Zeit erreichen will. Macht eure Sache gut!"

Diese Aufforderung galt natürlich nur dem Alten; die andern drei zu ermahnen war natürlich nicht nötig. Ich bog von der Fährte, welcher wir folgten, rechts ab und ritt im Galopp einen Bogen, dessen Sehne ebendiese Fährte war, und hielt mich dabei so weit von ihr fern, daß die Comantschen mich nicht sehen konnten. Als ich nach einer halben Stunde das Pferd wendete, sah ich das östliche Ende der Talmulde vor mir; ich ritt jetzt also, grad umgekehrt gegen vorher, nach Westen, während die Comantschen und hinter ihnen unsere Apatschen ostwärts auf mich zukamen.

Ich kann nicht sagen, daß ich irgend welche Besorgnis hegte; ich war nur gespannt darauf, wie Schiba-bigk sich bei meinem Anblicke verhalten würde. Es stellte sich heraus, daß die Zeit gut berechnet war, denn als ich ungefähr die Hälfte des Tales durchritten hatte, sah ich die Roten kommen. Die Bodensenkung war gar nicht tief, und ihre Wände stiegen ganz allmählich empor, aber dennoch

konnte man von da aus, wo ich mich befand, keinen Blick hinaus auf die Ebene des Llano werfen.

Die Roten hatten es nicht für nötig gehalten, hier in dem Tale auch einen Pfahl zu stecken; sie brauchten sich also nicht aufzuhalten und kamen in scharfem Trabe auf mich zugeritten. Wie stutzten sie, als sie mich erblickten! Ich hielt mein Pferd natürlich an, als ob mir diese Begegnung ganz unerwartet sei, und nahm meinen Stutzen zur Hand. Sie griffen auch zu den Waffen und machten Miene, mich zu umringen. Da legte ich das Gewehr an und drohte ihnen entgegen:

„Halt! Wer mir in den Rücken will, der erhält eine Kugel. Welche roten Krieger können hier – – –"

Ich hielt mitten in der Rede inne und richtete, treu meiner Rolle, den Blick erstaunt auf den Häuptling.

„Uff, uff! Old Shatterhand!" rief er überrascht, indem er sein Pferd parierte.

„Ist's möglich?" ließ ich mich hören. „Schiba-bigk, der junge, tapfere Häuptling der Comantschen!"

„Ich bin es", antwortete er. „Ist Old Shatterhand von dem Geiste der Savanne durch die Luft in diese Gegend getragen worden? Die Krieger der Comantschen glaubten ihn weit im Westen von hier."

Ich sah es ihm an, daß er nicht wußte, welchen Ton er gegen mich anschlagen sollte. Wir waren Freunde gewesen; ich hatte das volle Recht, auch heut noch Freundschaft von ihm zu verlangen, und doch war er jetzt gezwungen, mein Feind zu sein.

„Wer hat meinem jungen, roten Bruder gesagt, daß ich im Westen sei?" entgegnete ich.

Er öffnete schon den Mund, wahrscheinlich um zu sagen, daß er es von Vupa Umugi erfahren habe, besann sich aber eines Besseren und antwortete.

„Ein weißer Jäger sagte es, der Old Shatterhand gegen Untergang der Sonne getroffen haben wollte."

Das war eine Lüge. Die Blicke seiner Krieger waren finster und feindselig auf mich gerichtet. Ich tat, als ob ich dies gar nicht bemerkte und keinen von ihnen am „blauen Wasser" gesehen hätte, sondern stieg ruhig und mit scheinbarer Unbefangenheit vom Pferde, setzte mich nieder und sagte:

„Ich habe mit Schiba-bigk, dem jungen Häuptling der Comantschen, die Pfeife des Friedens und der Freundschaft geraucht; mein Herz ist entzückt, ihn nach so langer Zeit und so unverhofft wiederzusehen; wenn Freunde und Brüder einander begegnen, so begrüßen sie sich nach der Sitte, von welcher kein Krieger abweichen darf. Mein junger Bruder mag aus dem Sattel kommen und sich zu mir setzen, damit ich mit ihm sprechen kann!"

Die Blicke seiner Leute wurden drohender; sie waren bereit, über mich herzufallen, doch hielt er sie durch eine gebieterische Handbewegung zurück. Ich sah es seinem Gesichte an, daß ihm ein Gedanke gekommen war, jedenfalls der Gedanke, den ich beabsichtigte. Ich hatte gesagt, daß ich mit ihm zu sprechen wünsche, und er ging bereitwillig darauf ein, um mich auszufragen; er hegte also ganz dieselbe Absicht mir gegenüber, die ich ihm gegenüber auch hatte.

„Old Shatterhand hat recht", sagte er. „Häuptlinge müssen sich als berühmte Krieger begrüßen."

Bei diesen Worten stieg er ab und setzte sich mir gegenüber nieder. Als seine Leute das sahen, verließen sie auch die Pferde und wollten einen Kreis um uns bilden. Dabei wären mir mehrere von ihnen in den Rücken gekommen, was ich verhindern mußte. Darum sagte ich, daß alle es hörten:

„Gibt es unter den Söhnen der Comantschen welche, die so feig sind, daß sie sich nicht getrauen, Old Shatterhand in das Angesicht zu schauen? Ich glaube nicht. Auch bin ich nicht gern so unhöflich, einem tapferen Krieger den Rükken zuzuwenden."

Das half; sie setzten sich so, daß ich sie alle im Auge hatte. Sie sahen von einem sofortigen Angriffe ab, weil sie mich allein sahen und mich also sicher zu haben glaubten. Ich knüpfte die Friedenspfeife, welche ich am Halse hängen hatte, von der Schnur, tat als ob ich sie stopfen wollte, und sagte:

„Mein junger Bruder Schiba-bigk mag den Gruß des Kalumets mit mir rauchen, damit er erfahre, daß Old Shatterhand noch sein Freund wie früher ist."

Da hob er zurückweisend die Hand und antwortete:

„Schiba-bigk war einst stolz darauf, einen so berühmten Bruder zu besitzen, jetzt aber möchte er wissen, ob Old Shatterhand wirklich noch sein Freund ist."

„Zweifelst du daran?" fragte ich, scheinbar erstaunt.

„Ich zweifle."

„Warum?"

„Weil ich erfahren habe, daß Old Shatterhand ein Feind der Comantschen geworden sei."

„Wer das sagte, der war entweder ein Lügner, oder er irrte sich!"

„Der es sagte, brachte Beweise, denen ich Glauben schenken mußte!"

„Will mein junger Bruder mir diese Beweise mitteilen?"

„Ich will es. Ist Old Shatterhand nicht an dem Wasser gewesen, welches Saskuan-kui genannt wird?"

„Ja."

„Was wolltest du da?"

„Nichts. Mein Weg führte mich da vorüber. Ich wollte da lagern und am Morgen weiterreiten."

„So hast du dort auch nichts getan?"

„Doch."

„Was?"

„Ich sah rote Männer da, welche einen weißen Krieger gefangen hatten; den habe ich befreit."

„Was für Krieger waren das?"

„Ich erfuhr nachher von dem Bleichgesichte, daß sie Comantschen vom Stamme der Naiini seien."

„Welches Recht hattest du, dieses Bleichgesicht zu befreien?"

„Er hatte den Comantschen nichts getan. Ebenso würde ich einen Comantschen befreien, wenn er unschuldig in die Hände der Bleichgesichter gefallen wäre. Old Shatterhand ist aller Guten Freund und aller Bösen Feind; er fragt nicht nach der Farbe des Hilfsbedürftigen."

„Du hast dir aber dadurch die Feindschaft und Rache der Comantschen zugezogen!"

„Nein."

„Ja."

„Nein, denn ich habe am andern Morgen mit Vupa Umugi, ihrem Häuptlinge, gesprochen und ein Bündnis geschlossen. Er war mein Gefangener, und ich gab ihn frei."

„Wußtest du, was die Comantschen dort an dem Saskuan-kui wollten?"

„Wie sollte ich das wissen? Ich habe sie nicht gefragt. Sie werden wahrscheinlich dort gewesen sein, um Fische zu fangen."

„Weißt du, wo sie sich jetzt befinden?"

„Ich vermute es."

„Wo?"

„Sie werden westwärts nach dem Mistake-Cañon gezogen sein, um den dortigen Comantschen beizustehen, die, wie ich hörte, von weißen Reitern bedroht werden."

„Uff!" rief er aus, indem sein Gesicht ein überlegenes Lächeln zeigte. Seine Leute warfen sich Blicke zu, die mir sagten, daß ich in diesem Augenblicke mir auf meine Klugheit gar nichts einzubilden hätte. Dann fuhr er fort:

„Waren noch andere Männer bei dir?"

„Einige Bleichgesichter."

„Wohin seid ihr vom Saskuan-kui aus geritten?"

„Nach Westen."

„Und doch befindest du dich jetzt so weit östlich von dem blauen Wasser! Wie kommt das?"

„Ich hörte von der Feindschaft zwischen den weißen Soldaten und den Kriegern der Comantschen. Als Weißer hätte ich den Soldaten helfen müssen; da ich aber ein Freund der roten Männer bin, suchte ich dies dadurch zu umgehen, daß ich mich ostwärts wandte."

„Wieder nach dem blauen Wasser?"

Es war für ihn natürlich sehr wichtig, zu erfahren, ob ich wieder dort gewesen sei. Ich antwortete:

„Weshalb hätte ich dorthin zurückkehren sollen? Ich bin nach dem Llano geritten, um meinen jungen Bruder Bloody-Fox zu besuchen, den du auch kennst, denn du bist damals sein Gast gewesen und hast die Pfeife des Friedens und der Freundschaft mit ihm geraucht."

„Hast du die Bleichgesichter mit zu ihm genommen, die bei dir waren?“

„Das fragst du, der doch weiß, daß wir Bloody-Fox versprochen haben, sein Geheimnis nicht zu verraten? Kann ich da fremde Männer zu ihm bringen?“

„Wo sind sie jetzt?“

„Als ich mich von ihnen trennte, wollten sie nach dem großen Flusse und El Paso hinüber.“

„Hast du Bloody-Fox getroffen?“

„Ja.“

„Wo befindet er sich jetzt?“

„In seinem Hause.“

„Du bist so schnell von ihm fort. Hat er seinen berühmten Bruder Old Shatterhand nicht bei sich behalten wollen?“

„Doch. Ich kehre zu ihm zurück.“

„Warum verließest du ihn heut? Wohin wolltest du jetzt reiten?“

„Muß ich dir das erst sagen? Weißt du nicht mehr, daß es seine Aufgabe ist, den Llano von den Geiern zu befreien?"

„Da hilfst du ihm?"

„Ja, heut ganz genau noch so wie damals, als du bei uns warst. Doch, nun habe ich alle deine Fragen beantwortet, und du weißt, was du wissen wolltest; jetzt wollen wir das Kalumet sprechen lassen."

„Warte noch!"

Ich hatte mich scheinbar wie ein Knabe ausfragen lassen; er war auch ganz stolz darauf, mich so ausgehorcht zu haben; das sah ich den triumphierenden Blicken an, die er auf seine Begleiter warf. Er glaubte wahrscheinlich in diesem Augenblicke, mir wirklich gewachsen zu sein, denn sein „Warte noch!" klang außerordentlich gebieterisch, und es war ein Ton mich still belustigender Überlegenheit, in welchem er fortfuhr:

„Es sind Sonnen und Monde vergangen, seit wir uns damals voneinander trennten, und während so langer Zeit verändern sich die Menschen; aus Klugen werden Kinder, und Kinder werden stark und weise. Old Shatterhand ist auch ein Kind geworden."

„Ich? Wieso?"

„Du hast dich von mir ausfragen lassen wie ein Knabe, der noch kein Hirn besitzt, oder wie ein altes Weib, dessen Hirn vertrocknet ist. Deine Augen sind dunkel geworden und deine Ohren taub. Du ahnst nicht, wer wir sind und was wir wollen."

„Uff, uff? Ist das die Rede eines jungen Mannes, mit dem ich einst die Pfeife des Friedens rauchte?"

„Es ist die Rede eines jungen Mannes, aus dem ein großer und berühmter Krieger geworden ist. Das Kalumet gilt nichts mehr, denn du bist nicht mehr mein Freund, sondern Feind, den ich töten muß."

„Beweise es, daß ich dein Feind geworden bin!"

„Du hast unsern Gefangenen befreit!"

„War er der deinige?"

„Ja!"

„Nein. Ich befreite ihn aus den Händen der Naiini-Comantschen; du aber gehörst zu einem anderen Stamme."

„Die Naiini sind meine Brüder; ihr Feind ist auch mein Feind. Kennst du sie nicht, die hier vor dir sitzen?"

„Gehören diese Krieger nicht zu deinem Stamme?"

„Nur zwanzig von ihnen. Die übrigen dreißig sind Naiini, die du am blauen Wasser gesehen hast. Wir haben die Beile des Krieges gegen alle Bleichgesichter ausgegraben, und du bist ein Bleichgesicht. Weißt du, was deiner wartet?"

„Ich weiß es."

„So sage es!"

„Ich werde wahrscheinlich mein Pferd wieder besteigen und ruhig weiterreiten."

„Uff! Es ist wirklich wahr, daß Old Shatterhand ein Kind geworden ist. Du wirst unser Gefangener sein und am Marterpfahle sterben."

„Ich werde weder euer Gefangener sein noch sterben, wenn und wie es euch, sondern dem großen Manitou gefällt." Die Ruhe und Unbefangenheit, mit welcher ich dies sagte, war ihm und seinen Leuten unerklärlich. Ich regte mich nicht; ich machte keine Bewegung, weder der Flucht noch der Verteidigung; das hielt ihre Hände von den Waffen ab. Sie bemerkten freilich nicht, daß ich einen jeden von ihnen scharf und genau im Auge hatte.

Es war ein fast geringschätziges oder gar mitleidiges Lächeln, mit dem der Häuptling mich fragte:

„Glaubst du etwa, uns widerstehen zu können?"

„Ja, das glaube ich."

„Uff! Du hast wirklich den Verstand verloren. Siehst du denn nicht, daß du fünfmal zehn tapfere Krieger gegen dich hast?"

„Hat Old Shatterhand jemals seine Feinde gezählt?"

„So rechnest du auf dein Zaubergewehr?"

Im Nu hatte ich den Henrystutzen in der Hand, sprang auf, stellte mich hinter mein Pferd, welches meinen Körper deckte, und rief:

„Ja, darauf verlasse ich mich. Wer von euch nach irgendeiner Waffe greift, bekommt augenblicklich eine Kugel! Ihr wißt, daß ich mit diesem Gewehre unaufhörlich schießen kann!"

Das war so rasch geschehen, daß sie, als ich diese Worte gesprochen hatte, noch saßen wie zuvor. Einer langte hinter sich, wo seine Flinte lag; als er aber meinen Lauf sofort auf sich gerichtet sah, zog er den Arm zurück. Die Angst vor der „Zauberflinte" war noch ganz ebenso stark wie früher. Ich wußte, was nun kommen würde, nämlich ein Angriff, einstweilen noch mit Worten. Das hatte ich beabsichtigt, denn dabei hoffte ich das zu erfahren, was ich wissen wollte. Keiner getraute sich, der erste mit der Hand an der Waffe zu sein; darum stand zu erwarten, daß man mich durch Worte, durch Drohungen bewegen werde, mich freiwillig zu ergeben.

Man denke ja nicht, daß allzuviel Verwegenheit zu meinem Verhalten gehörte. Ich kannte die Roten und die Furcht vor meinem Stutzen, und ich hatte, natürlich von ihnen unbemerkt, den mir gegenüberliegenden niedrigen Rand der Talmulde gemustert, wohin ich Old Surehand mit seinen Apatschen bestellt hatte. Von dort drohten über siebzig Gewehrmündungen herab, allerdings nur für mich sichtbar, der ich davon wußte. Die Besitzer dieser Gewehre lagen tief im Sande eingewühlt und konnten also nicht gesehen werden. Auf der Höhe hinter mir lag jedenfalls die Abteilung Entschar-Kos ganz ebenso bereit; links hinten hielt Winnetou, und von rechts her mußte Old Wabble bei dem ersten Schusse erscheinen. Da war es gar nicht schwer, so zuversichtlich zu sein, wie ich mich zeigte.

Was ich erwartet hatte, das geschah: Der junge Häuptling versuchte es zunächst mit der Überredung.

„Pshaw!" rief er mit einem Lachen aus, welches freilich etwas gezwungen klang. „Wir wissen, daß deine Flinte unaufhörlich schießt, aber fünfzigmal kannst du doch nicht auf einmal schießen. Du wirst zwci oder drei oder vier treffen; dann aber haben wir dich ergriffen!"

„Versucht es doch!"

„Wir brauchen auch das nicht zu tun. Wir sind viel mächtiger und zahlreicher, als du denkst."

„Pshaw!" lächelte ich höhnisch, um ihn zu den gewünschten Mitteilungen zu verleiten. „Euch fünfzig fürchte ich nicht. Kommt doch heran!"

„Wir können warten; aber sobald du schießest, werden wir uns wehren.“

Ach, jetzt war also schon nicht mehr vom Angreifen, sondern nur noch vom Wehren die Rede!

„Wenn ich mich entferne und auf jeden schieße, der mir folgt, wird keiner von euch es wagen, mich zu halten!“

„Du wirst trotzdem nicht entkommen. Wir sind nicht allein, sondern nur der Vortrab eines ganzen Heeres.“

„Pshaw! Lüge!“

„Es ist keine Lüge, sondern Wahrheit!“ versicherte er eifrig. „Wohin wolltest du fliehen?“

„Zu Bloody-Fox.“

„Den wollen wir ja überfallen; da gerietest auch du in unsere Hände!“

„So reite ich nach Westen!“

„Dorthin gibt es nur einen Weg. Du müßtest nach dem Suks-ma-lestavi flüchten.“

„Das werde ich.“

„Da würdest du auf Vupa Umugi stoßen, welcher dorthin gezogen kommt.“

„Ich weiß es; aber er kommt erst in drei Tagen.“

„Nichts kannst du wissen! Er wird schon morgen abend dort eintreffen.“

„Da ist es dunkel, und es wird mir leicht gelingen, mich vorüberzuschleichen.“

„So wirst du von Nale-Masiuv gefangen, der nur einen halben Tag später kommt.“

„Pshaw!“

„Lache nicht! Es ist auch jenseits der Wüste eine weite Ebene, in welcher du gesehen werden mußt. Wie kannst du so vielen Kriegern entgehen? Wenn dein Verstand noch nicht geschwunden ist, wirst du dich uns ergeben.“

„Old Shatterhand? Sich ergeben? Wem? Einem Knaben, wie du bist? Bist du überhaupt ein Knabe? Bist du nicht ein kleines, wimmerndes Mädchen, welches noch auf den Rükken der Mutter gehört, nicht aber unter erwachsene Männer, welche sich Krieger nennen?“

Einen Indsman ein altes Weib zu heißen, ist eine sehr große Beleidigung; noch größer aber ist die, ihn ein kleines

Mädchen zu nennen. Schiba-bigk sprang wütend von seinem Sitze auf und schrie mich an, freilich ohne nach seinem Gewehre oder seinem Messer zu greifen:

„Hund, soll ich dich töten? Ich brauche nur ein Wort zu sagen, so fallen fünfzig Krieger über dich her!"

„Und ich brauche nur ein Zeichen zu geben, so seid ihr in zwei Minuten tot, wenn ihr euch mir nicht ergebt!"

Bei diesen Worten zog ich den Hahn der Büchse auf.

„So gib doch dieses Zeichen!" höhnte er.

„Sag das nicht noch einmal, sonst tue ich es!"

„Tue es doch, tue es! Wir wollen sehen, wer dir zu Hilfe kommen kann, uns zu töten oder zu fangen!"

„Sofort sollst du es sehen. Paß auf!"

Mein Schuß krachte. Da kamen von der gegenüberliegenden Höhe über siebzig Apatschen unter Kriegsgeheul herabgesprungen; sie hatten ihre Pferde droben zurückgelassen. Hinter mir wurde das Geheul erwidert; von links her kam Winnetou mit seiner Abteilung und von rechts her Old Wabble mit der seinigen gesprengt. Die Comantschen waren starr, ganz bewegungslos vor Schreck.

„Entwaffnet sie; bindet sie!" rief Winnetou.

Sie lagen, noch ehe sie an Gegenwehr dachten, am Boden, und jeder wurde von fünf, sechs Apatschen niedergehalten, um gebunden zu werden. Kaum zwei Minuten nach der letzten höhnischen Aufforderung Schiba-bigks waren sie alle gefesselt, ohne daß auch nur einer der Apatschen die geringste Verletzung davongetragen hatte. Nun ließen sie allerdings ihre Stimmen hören und versuchten, sich unter dem Drucke der unzerreißlichen Riemen aufzubäumen, vergeblich.

„Nun, Sir, habe ich meine Sache gut gemacht?" fragte mich Old Wabble, indem er zu mir trat.

„Ja", antwortete ich. „Aber viel dürft Ihr Euch ja nicht darüber einbilden, denn es war kinderleicht."

„Ja, wenn man einmal denkt, ganz fehlerlos gehandelt zu haben, dann war es kinderleicht; th'is clear!"

Er wendete sich mißmutig ab.

Das Tal war jetzt voller Pferde und Menschen; die ersteren wurden angehobbelt, und die letzteren lagerten sich.

Die Gefangenen schob man so zusammen, daß sie eng nebeneinanderlagen. Ihren jungen Häuptling aber ließ ich so weit von ihnen entfernen, daß sie nicht hören konnten, was ich mit ihm sprach. Es geschah das aus Rücksicht für ihn, denn ich wollte ihn nicht unglücklich machen. Wären die Demütigungen, die ihm bevorstanden, an ihre Ohren gekommen, so hätte er auf seine Häuptlingswürde für immer verzichten müssen. Ich wußte, daß seine gegenwärtige Niederlage überhaupt schon schlimme Folgen nach sich ziehen würde, selbst wenn ihm bei uns nichts Schlimmes weiter geschah.

Nach den unter „Gentlemen" herrschenden Regeln wäre es freilich sehr unedel gewesen, ihm die Beleidigungen zurückzugeben; ich hätte stolz darüber schweigen müssen; hier aber war es etwas ganz anderes. Es galt, dem Seelenleben eines jungen, hoffnungsvollen Indianers eine Richtung zu geben, die es ihm ermöglichte, seinen einstigen Untergebenen etwas weit Besseres als ein roher, blutdürstiger Kriegshäuptling zu werden. Ich setzte mich neben ihn und winkte diejenigen fort, welche sich uns nähern wollten; ich hielt es für besser, allein mit ihm zu sein. Er wendete das Gesicht von mir weg und schloß die Augen.

„Nun", fragte ich, „wird mein junger Bruder auch jetzt noch behaupten, daß er ein großer, ein so berühmter Krieger sei?"

Er antwortete nicht, aber er schien den milden Ton, in welchem ich dies sagte, nicht erwartet zu haben, denn seine finsteren Züge erhellten sich ein wenig.

„Oder ist Schiba-bigk immer noch der Ansicht, daß man Old Shatterhand zu den alten Weibern rechnen müsse?"

Er regte sich nicht und sagte nichts. Ich fuhr fort:

„Der Vater meines jungen Freundes hat Tevua-Schohe geheißen, das ist Feuerstern; ich bin sein Freund und Bruder gewesen, und er war der einzige Krieger der Comantschen, den ich liebte."

Jetzt öffnete er die Lider halb und warf einen forschenden Blick in mein Gesicht, sagte aber noch immer nichts.

„Feuerstern starb unter den Händen weißer Mörder, und mein Herz wurde krank, als ich es hörte. Wir haben ihn an den Mördern gerächt, und die Liebe, die ich für ihn hegte, ist auf seinen Sohn übergegangen."

Er schlug die Augen auf, drehte den Kopf herum und richtete den Blick voll auf mich, verharrte aber auch jetzt noch in seinem Schweigen. Ich sprach weiter.

„Old Shatterhand hatte einen Namen, der an allen Lagerfeuern ertönte, und Schiba-bigk war ein Knabe, den niemand kannte. Dennoch nahm er sich seiner an, denn er wünschte, der junge Sohn der Comantschen möchte ein Mann werden, wie sein Vater war, mild und treu im Herzen, hell und klar im Kopfe und stark in der Faust. Ich geleitete dich damals durch den öden Llano estacado; ich half dir gegen deine Feinde; ich führte dich nach der Wohnung des Bloody-Fox und war dein Lehrer in all den Tagen, die wir dort verlebten. Wenn ich zu dir sprach, so erschien dir meine Stimme wie die Stimme des toten Vaters, und wenn ich deine Hand in die meinige nahm, so glänzte Wonne auf deinem Gesichte, als ob meine Hand diejenige deiner Mutter sei. Damals hattest du mich lieb."

„Uff, uff!" sagte er jetzt leise, und seine Augen schimmerten feucht.

„Da füllte ich mein Kalumet und rauchte die Pfeife des Friedens und der Brüderschaft mit dir; ich war der ältere, und du warst der jüngere Bruder, denn wir hatten miteinander einen Vater, den guten Manitou, von dem ich dir erzählte. Ich ließ dich in mein Herz und in meinen Glauben blicken und glaubte, ein Maiskorn in das deinige gepflanzt zu haben, welches sich nach und nach zu einer großen, reichen Ernte vermehren würde, denn dein Herz war ein fruchtbarer Boden und verhieß tausendfältige Frucht."

„Uff, uff, uff!" wiederholte er, abermals ganz leise und gepreßt, als ob er sich Mühe gäbe, die Tränen zu unterdrükken.

„Was ist aus diesem Maiskorne geworden? Es hat keinen Tau und keine Sonne gefunden und ist elend vertrocknet und verdorrt."

„Aga, aga, nein, nein!" versicherte er, endlich ein Wort

sprechend, wobei ihm aber das Gewissen oder die Scham das Gesicht von mir wieder wegdrehte.

„Uweh uweh, ja ja", behauptete ich; „es ist so, wie ich sage. Was ist aus meinem jungen Freund und Bruder geworden? Ein undankbarer Gegner, ein Feind, der mich verhöhnt und mir nach dem Leben trachtet. Das ist traurig, sehr traurig bei einem jungen Krieger, der nur das strenge Gesetz der Prärie kennt; noch viel, viel trauriger aber ist es von einem Jünglinge, der einen Christen lieb gehabt und durch ihn den großen, guten Manitou kennengelernt hat. Als du vorhin Old Shatterhand beschimpftest und verhöhntest, konntest du mich nicht beleidigen; aber es hat meinem Herzen sehr wehe getan, daß du meine Lehren vergessen hast und geworden bist wie einer, dem ich meine Hand nie wieder reichen kann. Wer ist schuld daran?"

„Nale-Masiuv und die andern Häuptlinge", antwortete er, sich mir wieder zuwendend. „Ich erzählte ihnen alles, was ich von dir gehört hatte; da lachten sie über mich und sagten, Old Shatterhand habe den Verstand verloren und sei ein priest (Priester, Nebenbedeutung: Pfaffe) geworden."

„Mein junger Bruder, ich wollte, ich wäre ein priest und könnte der deinige sein! Du hast dich also Old Shatterhands geschämt?"

„Uweh, uweh, ja ja", nickte er.

„So sollte ich mich jetzt nun deiner schämen; ich tue es aber nicht, sondern traure um dich. Eure Häuptlinge und Medizinmänner und diejenigen, welche nach dem Willen des großen, guten Manitou handeln, sind an ihren Taten zu erkennen und voneinander zu unterscheiden. Was hättet ihr mit mir getan, wenn ich in eure Hände gefallen wäre?"

„Wir hätten dich an den Marterpfahl gebunden."

„Und doch habe ich euch nichts Übles zugefügt. Ihr aber habt mir nach dem Leben getrachtet. Was denkst du wohl, was nun mit euch und dir geschehen wird, da wir euch ergriffen haben?"

Er bäumte sich in den Fesseln halb empor, sah mir starr in das Gesicht und fragte hastig:

„Sag du es selbst, wie ihr euch rächen werdet!"

„Rächen? Ein Christ rächt sich nie in seinem Leben, denn er weiß, daß der große und gerechte Manitou alle Taten der Menschen so vergelten wird, wie sie es verdienen. Du wirst einige Tage unser Gefangener sein und dann die Freiheit zurückerhalten."

„Ihr werdet mich nicht töten, nicht vorher martern?"

„Nein."

„Mich peinigen und verwunden?"

„Nein. Wir verzeihen dir."

Er sank unter einem langgedehnten Seufzer wieder zurück, fragte aber hierauf schnell und mit blitzendem Auge:

„Glaubt Old Shatterhand etwa, daß ich aus Angst vor den Schmerzen so gefragt habe?"

„Nein. Ich weiß, daß du die Schmerzen verachtest, die man deinem Körper zufügen würde. Es waren Schmerzen der Seele, welche dir geboten, diese Frage auszusprechen. Ist es so oder nicht?"

„Old Shatterhand hat recht."

„Und noch eines will ich meinem jungen Freunde sagen; ich weiß freilich nicht, ob du mich verstehen wirst. Du glaubtest vorhin, mich recht klug ausgefragt zu haben; aber ich wußte bereits alles, denn ich habe die Naiini am blauen Wasser und die Roten Nale-Masiuvs belauscht, und in den Antworten, die ich dir erteilte, waren, ohne daß du es ahntest, Fragen verborgen, die du mir alle ohne dein Wissen beantwortet hast. Nicht du hast mich, sondern ich habe dich ausgefragt. Du warst so stolz und deiner Sache sicher, und doch hast du mir verraten, daß Vupa Umugi morgen abend und Nale-Masiuv einen halben Tag später nach dem Suks-ma-lestavi kommen wird. Wie ist das zu erklären?"

„Ich weiß es nicht; ich wollte nichts verraten."

„Aber ich weiß es. Du hattest dich zwar Old Shatterhands und seiner Lehre geschämt, aber beide wohnten, ohne daß du es dachtest, noch in deinem Herzen. Als ich dann vor dir stand, in deinen Augen als Besiegter und doch eigentlich als Sieger, empörte sich dein Herz gegen dich selbst und hieß dich Dinge sagen, die du verschweigen solltest. Hast du das verstanden?"

„Nicht ganz, aber ich werde darüber nachdenken. Was wird mit mir geschehen, wenn die andern Häuptlinge erfahren, daß ich alles verraten habe!"

„Du hast nichts verraten, sondern ich habe das alles vorher gewußt. Ich lag nahe am Beratungsfeuer, als Vupa Umugi mit den alten Kriegern den Überfall des Bloody-Fox besprach, und ich war dabei, als die zwei Boten Nale-Masiuvs kamen und den Wächtern am Flusse ihre Botschaft anvertrauten. Ich habe auch die Späher belauscht, welche Vupa Umugi nach dem ‚Kleinen Walde' schickte. Ja, Winnetou hat schon längst gewußt, daß Bloody-Fox von euch überfallen werden soll, und ist schleunigst nach dem Llano geritten, um ihm beizustehen."

„Uff, uff, Winnetou! Darum sehe ich ihn hier mit so vielen Kriegern der Apatschen!"

„Damit du dir keine Vorwürfe machst, will ich dir sogar anvertrauen, daß wir wissen, daß die weißen Soldaten nach dem Llano gelockt und durch die Pfähle, welche ihr heute gesteckt habt, in den Tod geführt werden sollen. Du hattest die Stangen zu stecken; dann kommt Vupa Umugi mit seinen hundertfünfzig Kriegern; hierauf folgen die Soldaten, und endlich soll Nale-Masiuv erscheinen, der nach seinen Wigwams um neue hundert Mann gesendet hat."

„Uff, uff! Entweder seid ihr viel, viel klügere Männer als wir, oder Manitou hat euch lieber als uns und steht euch gegen uns bei!"

„Manitou hat alle Menschen gleich lieb, die roten wie die weißen; aber wer ihm gehorcht und nach seinem Willen handelt, den beschützt er in jeder Gefahr und gibt ihm Weisheit und Verstand, alle Feinde zu überwinden. Wir werden sämtliche Krieger der Comantschen gefangennehmen."

„Ich glaube es; ich glaube es; ich höre es dir an! Was werdet ihr dann mit den vielen Gefangenen tun?"

„Wir werden sie zum Guten ermahnen und ihnen dann die Freiheit wiedergeben."

„Obgleich sie eure Feinde sind?"

„Der Christ kann Feinde haben, ist aber niemals selbst ein Feind. Seine Rache besteht in der Verzeihung."

Er wendete den Kopf wie unter einer inneren Qual hin und her und meinte, tief und schwer atmend:

„So können nur die Bleichgesichter sein; ein roter Krieger aber kann und darf das nicht!"

„Du irrst. Grad der tapferste und berühmteste unter den roten Kriegern ist genau so, wie du es jetzt von mir hörtest."

„Wen meinst du?"

„Wen anders doch als Winnetou?"

„Den Häuptling unserer ärgsten Feinde, der Apatschen!"

„Warum nennt ihr sie eure Feinde? Haben sie euch angegriffen, oder seid ihr es, von denen das Beil des Krieges ausgegraben worden ist? Ihr waret stets die ersten, die zum Angriffe schritten, und doch sagte Winnetou erst gestern abend, daß womöglich das Blut keines einzigen Comantschen vergossen werden solle! Die roten Männer und Völker müssen untergehen, weil sie nicht aufhören, sich untereinander selbst zu zerfleischen; ihr Manitou ist ein Manitou des Blutes und der Rache, der ihnen selbst in den ewigen Jagdgründen keinen Frieden, sondern Schlachten und Kämpfe ohne Ende bietet. Unser Manitou aber hat uns ein großes Gebot gegeben, welches alle, die an ihn glauben, schon hier auf Erden glücklich und nach dem Tode ewig selig macht."

„Will Old Shatterhand mir dieses Gebot sagen?"

„Es lautet: Wir sollen ihn allein verehren und alle Menschen lieben wie uns selbst, mögen sie nun unsere Freunde oder unsere Feinde sein."

„Auch unsere Feinde?" fragte er, indem er mich mit weit offenen, erstaunten Augen ansah.

„Ja, auch die Feinde."

„Wie uns selbst?"

„Wie uns selbst."

„So soll ich einen Apatschen, der mir nach dem Leben trachtet, so lieben, wie ich meinen Vater liebte und wie ich mich selbst liebe?"

„Ja. Es gibt eine einzige große Liebe, welche, wenn sie wahr ist, nicht in einzelne größere und kleinere Teile zerfallen kann."

„Dann sind es nur die Bleichgesichter, die sie haben; einem roten Krieger aber ist es niemals möglich, seinen Feind oder gar mehrere zu lieben."

„Denke an Winnetou! Wir waren Todfeinde und sind Brüder geworden, die allezeit bereit sind, ihr Leben füreinander zu lassen. Ihr seid seine Feinde, und doch verzeiht er es euch, daß ihr ihm und den Seinen nach dem Leben trachtet. Er gibt euch, seinen grimmigen Feinden, die Freiheit zurück, obwohl er weiß, daß ihr ihn trotzdem nicht weniger hassen werdet. Wie oft war ich dabei, wenn er Feinde besiegte, die ihn töten wollten; ihr Leben lag in seiner Hand; er konnte es ihnen nehmen; er hat es ihnen aber stets geschenkt. Darum ist er geehrt und berühmt, soweit man seinen Namen kennt, und darum kann ich behaupten, daß es auch einem roten Krieger sehr wohl möglich ist, seinem Feinde zu verzeihen und ihm Wohltat und Liebe zu erweisen. Ich wollte, mein junger Bruder könnte sein wie Winnetou!"

Er hielt die gefesselten Hände an die Stirne, schwieg eine ganze, ganze Weile und bat mich dann:

„Old Shatterhand mag gehen und mich allein lassen! Ich will mit mir selbst sprechen; ich will mich fragen, ob ich so sein kann wie Winnetou, der große Häuptling der Apatschen."

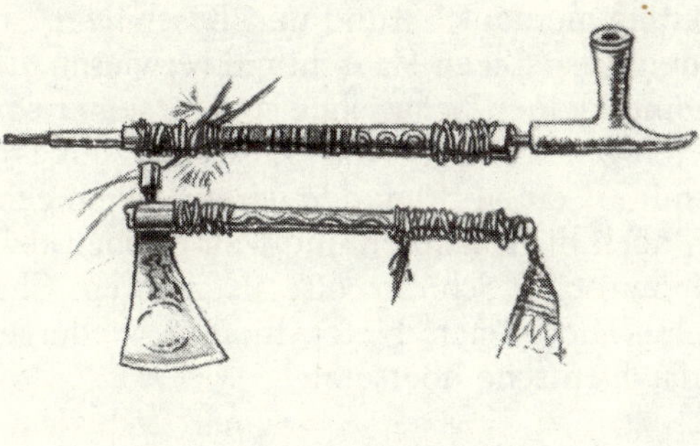

Blutrache

Reiseerlebnis auf der Karawanenstraße nach Mekka

1. In Basra

Jeder Leser ... kennt meinen wackern, kleinen Diener Hadschi Halef Omar, den treuesten und opferwilligsten Untergebenen, den ich jemals gehabt habe. Obgleich ich sein „Herr und Gebieter" war, nannte er sich andern gegenüber doch stets meinen „Freund und Beschützer", und ich habe dies dem gespaßigen Hadschi nie verwiesen, denn ich sah über seine kleinen Schwächen wegen seiner sonstigen Eigenschaften gern hinweg. Nach unserer ersten Trennung schrieb er mir ... einen Brief, den ich für diejenigen Leser, welche ihn noch nicht kennen und weil er ebensowohl ein Muster orientalischer Schreibweise als auch ein Charakterbild Hadschi Halef Omars bietet, hiermit wiedergebe, natürlich in das Deutsche übersetzt:

„Mein lieber Sihdi (Herr).

Gnade und Gruß Gottes! Wir sind angekommen, ich und Omar. Freude und Glück überall! Geld! Panzer! Ruhm, Ehre, Wonne! Kara Ben Nemsi Emir (meint er mich) sei

Segen, Liebe, Andenken, Gebet! Hanneh (seine junge Frau), die Liebenswürdige, die Tochter Amschas, der Tochter Maleks, des Ateibeh, ist gesund, schön und entzückend. Kara Ben Hadschi Halef, mein Sohn (war damals sechs Monate alt), ist ein Held. Vierzig getrocknete Datteln verschlingt er in einem Atem; o Gott, o Himmel! Omar Ben Sadek (einer unserer Begleiter) wird heiraten Sahama, die Tochter von Hadschi Schukar esch Schamain Ben Mudal Hakuram Ibn Saduk Wesilegh esch Schammar, ein reiches und schönes Mädchen. Allah schenke Dir sehr gutes Wetter und schöne Witterung! Rih, der Hengst (der Rappe, den ich ihm bei unserem Scheiden geschenkt hatte), grüßt sehr ergebenst und höflich. Omar Ben Sadek hat ein gutes Zelt und eine liebenswürdige Schwiegermutter. Heirate auch bald! Allah beschütze Dich! Sei stets zufrieden, und murre nicht! Ich liebe Dich! Vergiß das Siegel; ich habe weder ein Petschaft noch Siegellack! Sei immer tugendhaft, und meide die Sünde und das Verbrechen! Komme im Frühjahre! Sei immer mäßig, bescheiden, zuvorkommend, und fliehe die Betrunkenheit!

Voller Hochachtung, Ehrerbietung, Demut und
Anbetung Dein ehrlicher und treuer Freund,
Beschützer und Familienvater
Hadschi Halef Omar Ben Hadschi Abul Abbas
Ibn Hadschi Dawud al Gossarah.“

Er forderte mich also in diesem sonderbar stilisierten Schreibebriefe auf, die Sünde, das Verbrechen und auch die Betrunkenheit zu meiden, obgleich er nicht den mindesten Grund dazu hatte. Dies war aber so seine Weise, und ich mußte beim Lesen seiner Zeilen herzlich lachen. Der Einladung, im Frühjahr zu ihm zu kommen, konnte ich erst zwei Jahre später folgen, als ich mich wieder am oberen Tigris befand ... Hier mag die Schilderung eines ... Ereignisses folgen, welches in Basra begann und in der arabischen Wüste endete, wohin ich gar nicht hatte gehen wollen.

Meine Absicht war vielmehr gewesen, von Basra aus per

Schiff nach Abuschehr in Persien zu fahren und von dort aus Schiras, das berühmte, zu besuchen. Basra oder Bassora liegt in einer heißen, sumpfigen und also höchst ungesunden Gegend an der Vereinigung des Euphrat und Tigris, welche Schatt el Arab genannt wird. Darum wollten wir, um unsere Gesundheit nicht zu gefährden, uns nicht lange hier aufhalten. Ich sage „wir" und meine dabei mich, Hadschi Halef Omar, Omar Ben Sadek und zwei Haddedihnaraber, welche mich vom letzten Weideplatze der Haddedihn auf einem Kellek den Tigris herab nach Bagdad gebracht hatten. Dies war aus Anhänglichkeit geschehen, und in Bagdad hatten sie mir Lebewohl sagen und zurückkehren wollen. Aber Halef und Omar, meine früheren Gefährten in so manchen Gefahren, hatten sich nur schwer von mir trennen können und mich gebeten, noch bis Basra mitfahren zu dürfen. Ich hatte eigentlich nicht ja sagen wollen, aber endlich doch eingewilligt, weil sie gar so gute Worte gegeben hatten.

Es war dabei von ihnen ein Vorwand benutzt worden, gegen welchen ich nichts sagen konnte. Die Haddedihn, welche vortreffliche Kamelzüchter sind, hatten nämlich mehrere große Kelleks (Flöße aus aufgeblasenen Ziegenhäuten) mit Kamelwolle nach Basra gesandt, wo es Händler gibt, welche dieses Produkt gern kaufen und auf Bagla nach Indien und sogar weiter senden. Der Befehl über diese Kelleks war dem zwar jungen, aber trotzdem in solchen Handelssachen erfahrenen Mesud Ben Hadschi Schukar übergeben worden. Ben heißt Sohn; Mesud war also der Sohn von Hadschi Schukar, und da, wie Halef in seinem Briefe sagt, Omar Ben Sadek eine Tochter dieses Hadschi Schukar geheiratet hatte, so war er der Schwager dieses Mesud Ben Hadschi Schukar. Dies muß ich erwähnen, wenn das Spätere richtig verstanden werden soll.

Mesud war also mit seinen Flößen und den ihn begleitenden Haddedihn nach Basra, und dies gab Halef und Omar den Vorwand, mich vollends dorthin zu begleiten, um ihn aufzusuchen und mit ihm zurückzukehren. Ich konnte nichts dagegen haben.

Als wir in Basra ankamen, suchten wir nach Mesud und

fanden ihn ohne große Mühe, da die früher so bedeutende Stadt jetzt kaum noch zehntausend Einwohner hat und Menschen also nicht leicht in der Menge verschwinden können. Er hatte die Kamelhaare an den Mann gebracht, einen guten Preis erzielt und sollte das Geld morgen ausbezahlt bekommen.

Ich ging nach dem im Norden der Stadt liegenden Hafenbassin, um mich nach einem abwärts segelnden Schiffe umzusehen, erfuhr aber zu meinem Bedauern, daß ich noch mehrere Tage warten müsse. Was während dieser Zeit anfangen? Ein im Oriente Unbekannter hätte sich wohl für diese kurze Zeit mit Basra beschäftigen können, mir aber konnte Basra gar nichts bieten. Da war es mir denn sehr lieb, daß die Haddedihn die Absicht hatten, nach Kubbet el Islam zu reiten, um den Manen Ibn Risaas ihre Verehrung darzubringen. Kubbet el Islam, zu deutsch Kuppel des Islam, ist nämlich der Name für Alt-Basra, welches ungefähr fünfzehn Kilometer südwestlich von Neu-Basra liegt und bis in das vierzehnte Jahrhundert zu den vier Paradiesen der Moslemim gerechnet wurde. Es spielt nächst Bagdad die bedeutendste Rolle in den Märchen von tausend und einer Nacht, und hier war es, wo im vierten Jahrhundert der berühmte Ibn Risaa eine der ersten muhammedanischen Gelehrtenakademien gründete. Daher unterläßt es selten ein „wahrer Gläubiger“, der sich in Neu-Basra befindet, einen Ausflug nach Kubbet el Islam zu machen, was zwar nicht erforderlich ist, aber doch als verdienstlich gilt.

Um die Zeit zu verbringen, wollte ich diesen Ritt mitmachen, und er sollte morgen vorgenommen werden, wenn Mesud das Geschäftliche vollends besorgt haben würde. Da wir auf dem Kellek gekommen waren, hatten wir natürlich keine Pferde mit, doch waren zu jeder Zeit Mietesel genug zu bekommen, unter denen sich, gerade so wie in Bagdad, viele Schimmel befinden, die sonst sehr selten sind. Darum sah ich mich nicht schon heute nach Reittieren um, ein Umstand, den wir später sehr zu beklagen hatten.

Wir hatten uns alle in einer Privatwohnung einquartiert, welche in der Nähe des Marghil oder Kut-i-Frengi lag; so wird das englische Konsulat genannt, welches das beste Gebäude von Basra ist.

Am nächsten Morgen begab sich Mesud zu dem Käufer seiner Wolle und erhielt das Geld ausbezahlt. Ich hatte ihn aufgefordert, dies später zu tun, weil er das Geld noch nicht brauchte und man auch auf einem so kurzen Ausfluge, wie wir ihn vorhatten, vor unliebsamen Begegnungen nie sicher ist, aber er war mir nicht folgsam gewesen. Als er zurückkam, wollte ich gehen, um die nötigen Hamir (Plural von Himar, Esel) zu mieten; da sagte er:

„Das ist nicht nötig, Effendi. Ein freier Araber reitet nicht gern auf einem Esel, und ein so berühmter Emir, wie du bist, darf sich erst recht nicht auf einen so niedrigen Sattel setzen. Wir werden auf Pferden reiten."

„Hast du etwa welche besorgt?" fragte ich ihn.

„Ja."

„Von wem?"

„Von Abd el Kahir, dem berühmten Scheik der Muntefikaraber."

„Das ist allerdings ein berühmter und höchst vertrauenswerter Mann; aber es wundert mich, daß er sich auf ein solches Geschäft einläßt. Ein so hervorragender Krieger pflegt seine Pferde nicht zu vermieten."

„Da hast du recht. Er vermietet sie uns auch nicht, sondern er leiht sie uns umsonst, weil er sich freut, dir dienen zu dürfen."

„Mir? Ich bin hier fremd. Was weiß er von mir?"

Da fiel mein kleiner Hadschi Halef, welcher jede Gelegenheit, mich und dabei natürlich auch sich zu verherrlichen, gern ergriff, rasch ein:

„Wie kannst du nur so fragen, Sihdi! Hast du vergessen, was für Heldentaten wir vollbracht haben? Gibt es auch nur einen Menschen, der uns gleichzustellen ist? Wir sind die Riesen der Kühnheit und der Tapferkeit, und alles, was außer uns lebt, ist Zwerg gegen uns. Unsere Namen sind durch alle Länder erklungen, und von unseren Taten wird in allen Häusern und Zelten erzählt und gesungen. Warum soll Abd el Kahir da nicht wissen, daß du der unbesiegliche

Emir Kara Ben Nemsi Effendi bist, der unter meinem unüberwindlichen Schutze steht?“

„Halef, schneide nicht auf! Es ist möglich, daß er von unseren früheren Erlebnissen einiges gehört hat; aber woher weiß er, daß wir uns hier befinden und nach dem Kubbet el Islam reiten wollen?“

„Von mir“, antwortete Mesud. „Ich habe es ihm gesagt.“

„Wo hast du ihn getroffen?“

„Bei dem Händler, von welchem ich mir das Geld geholt habe.“

„Bei dem war er? Hat er gesehen, daß du soviel ausbezahlt bekamst?“

„Ja.“

„So sei vorsichtig, und nimm es nicht mit!“

„Effendi, was denkst du von Abd el Kahir! Er ist ein ehrlicher Mann, bei dem wir sicherer sind als an jedem andern Orte, soweit die Erde reicht. Und wem sollte ich die Summe während unserer Abwesenheit anvertrauen?“

„Es mag einer von euch hierbleiben, dem du das Geld gibst."

„Dazu entschließt sich keiner, denn das wäre die Unterlassung eines sehr verdienstlichen Werkes."

„Hm! Kennst du Abd el Kahir persönlich?"

„Nein."

„So kannst du also nicht wissen, ob er es wirklich ist. Wann will er mit seinen Pferden kommen?"

„In einer Stunde."

„Hm! So möchte ich während dieser Zeit zu dem Händler gehen und mich erkundigen, ob der Araber, welcher bei ihm gewesen ist, wirklich Abd el Kahir war."

„Das ist unnötig, denn der Händler hat ihn bei diesem Namen genannt und, als ich dabei war, mit ihm vom Stamme der Muntefik gesprochen. Als wir miteinander fortgingen, kamen wir in ein kurzes Gespräch, wobei ich ihm sagte, daß wir mit dir nach dem Kubbet el Islam wollten, und zwar auf Eseln reitend. Da bot er mir gleich seine Pferde an, indem er sagte, daß es eines solchen Emirs, wie du bist, nicht würdig sei, sich auf ein solches Tier zu setzen; er werde dir gern seine eigene, kostbare Stute leihen."

„So! Sagte er dir, wo er seine Pferde hat?"

„Im Dorfe El Nahit, welches draußen vor dem Tore von El Mirbad liegt. Natürlich ist nur die Stute sein; die übrigen gehören seinen Leuten, die mit ihm sind; die werden aber nichts dagegen haben, daß wir sie für die kurze Zeit benutzen."

„Weiß er denn, wo wir wohnen?"

„Ja, denn er ist mit mir bis an dieses Haus gegangen."

„So konntest du ihn mit hereinbringen!"

Mein Verhalten schien ihn halb zu kränken und halb zu erzürnen, denn er sagte:

„Du hast mich bis jetzt noch nicht für einen Knaben gehalten, scheinst es aber nun zu tun. Bedenke, daß mir die Kelleks und ihre Fracht anvertraut worden sind! Das mag dir sagen, daß ich es nicht nötig habe, Worte des Mißtrauens anzuhören!"

„Und ich versichere dir, daß es nicht meine Absicht gewesen ist, dich zu beleidigen. Ich habe die Gewohnheit, alles mit möglichster Vorsicht zu tun, und will hoffen, daß dies im vorliegenden Falle nicht angebracht gewesen ist."

Damit war der Wortwechsel zu Ende, denn ich glaubte, allerdings zu weit gegangen zu sein. Wer sollte es wagen, sich für Abd el Kahir auszugeben, ohne es zu sein! Dieser Scheik, dessen Name „Diener der Tugend" bedeutet, stand in einem sehr guten Rufe, und es war eine Ehre für mich, auf seiner Stute reiten zu dürfen.

Nach der angegebenen Zeit ließ sich draußen Pferdegetrappel vernehmen, und dann erschien im offenen Eingange ein dunkelbärtiger Mann, der uns mit einem kurzen Blicke musterte und dann, zu mir gewendet, mit einer höflichen Verneigung grüßte:

„Sabah el cher, ja Emir – guten Morgen, o Emir! Mein Auge ist stolz darauf, dich sehen zu dürfen."

Er trug Sandalen an den nackten Füßen und einen einfachen, durch eine Kamelschnur zusammengehaltenen Haik, dessen Kapuze hinten hinunterhing, so daß sein Kopf jetzt unbedeckt war. Noch selten hatte ich so einen Charakterkopf gesehen. Das dunkle Haar desselben war in viele dünne Zöpfchen geflochten, welche nach allen Seiten herunterhingen. Schief über die niedrige, aber breite Stirn gingen zwei nahe beieinanderliegende Narben, welche nicht von einer Verwundung herrührten, sondern sichtbar durch absichtliche Messerschnitte hervorgebracht worden waren. Es gibt Stämme, und dies sind immer sehr kriegerische, welche ihre Angehörigen durch solche Merkmale vor andern auszeichnen. Daß die Muntefikaraber solche Narben trugen, war mir bisher unbekannt geblieben. Der Bart war dichter, als sonst bei den Arabern zu bemerken ist. Sein Auge hatte einen scharfen, fast stechenden Blick, was aber kein Grund war, mißtrauisch zu sein, zumal er in so höflicher Weise grüßte. Daß er vom Stolz sprach, mich zu sehen, war orientalische Ausdrucksweise und nicht etwa eine Überschwenglichkeit, die mich hätte zur Vorsicht mahnen können. Darum stand ich auf, verbeugte mich ebenso und antwortete:

„Sabah el cher, ja Scheik! Sei mir willkommen, und setze dich!"

Ich reichte ihm die Hand, und dann setzten wir uns nebeneinander nieder, um uns einige Minuten lang in jener Weise zu unterhalten, welche eigentlich keinen Zweck hat, aber durch die Sitte geboten ist. Dann erhoben wir uns wieder und gingen hinaus, um den beabsichtigten Ritt zu beginnen.

Wir waren zusammen zwölf Personen, und draußen hielten ebenso viele Pferde, die nicht beaufsichtigt und auch nicht zusammengebunden waren. Er hatte auf einem gesessen, und die andern waren ihm, gehorsam wie die Hunde, bis zu unserer Wohnung gefolgt; dies ist den Beduinenpferden angewöhnt. Ich sah eine sehr schöne Fuchsstute dabei, die jene kostbare Art Sattel- und Riemenzeug trug, welche der Perser Reschma nennt. Er deutete auf sie und sagte:

„Steig auf, Emir! Dieses Pferd ist für dich bestimmt, und ich denke, daß du mit ihm zufrieden sein wirst."

Ich folgte seiner Aufforderung, als ob es sich von selbst verstände, daß ich das beste Pferd zu bekommen hätte, und dann ging es im langsamen Schritte zur Stadt hinaus. Als wir dieselbe im Rücken hatten, nahmen wir eine schnellere Gangart an, und da merkte ich gar wohl, welchen Wert die Stute hatte. Mit meinem Rih war sie aber freilich nicht zu vergleichen. Später fielen wir aus dem Trabe in Galopp, und es war nach der langen Fahrt auf dem Floße ein wahres Vergnügen, so über die Ebene dahinzufegen.

Ich war noch nie in dieser Gegend gewesen, wußte aber, daß Kubbet el Islam südwestlich von Neu-Basra lag; wir ritten aber beinahe gerade nach Süden. Das fiel mir zunächst nicht auf, denn ich konnte falsch unterrichtet sein. Als aber eine Stunde vergangen war und wir Alt-Basra noch nicht erreicht hatten, wurde ich bedenklich. Wir mußten weit über fünfzehn Kilometer zurückgelegt haben.

Die Haddedihn hatten sich während des Rittes unterhalten, ich aber war mit Halef an der Spitze schweigsam gewesen, weil ich mich nur mit dem Pferde beschäftigt hatte. Jetzt drehte ich mich nach dem Scheik um, welcher der letzte war. Dieses Umdrehen geschah rasch und für ihn unerwartet, und da sah ich, daß seine funkelnden Augen mit einem unerklärlich begehrlichen Blicke auf mich gerichtet waren. Als er aber bemerkte, daß ich ihn ansah, senkte er sofort die Lider, und sein Gesicht nahm den Ausdruck der Gleichgültigkeit an. Ich hielt mein Pferd an, ließ ihn zu mir herankommen, ritt dann an seiner Seite, aber nun langsam, weiter und fragte:

„Du weißt genau, wo Alt-Basra liegt, o Scheik?"

„Wie sollte ich es nicht wissen!" antwortete er.

„Es scheint mir aber doch, daß du dich irrst. Wir sind so schnell geritten, daß wir schon längst dort sein müßten."

„Wie gefällt dir die Stute?"

Diese Frage schien mit meinen Worten so wenig in Beziehung zu stehen, daß ich verwundert antwortete:

„Sie ist ein gutes Pferd; aber ich sprach doch nicht von ihr, sondern von Kubbet el Islam!"

„Das habe ich wohl verstanden, doch sah ich, daß dir das Pferd gefiel, und weil ich dir die Freude, es zu reiten, gönnte, haben wir einen Umweg gemacht, der aber nur gering ist. Kommt jetzt zurück!"

Er wendete sein Pferd um und schlug eine nordwestliche Richtung ein. Wir waren also schon über Alt-Basra hinaus. Das machte mich mißtrauisch, obgleich seine Ausrede eine sehr geschickte war.

„Ich hoffe, daß du uns ein ehrlicher Führer bist, o Scheik!" warnte ich ihn.

Da fuhr er zornig auf:

„Willst du mich beleidigen, Emir?"

„Nein; aber wir haben Kubbet el Islam besuchen, jedoch nicht spazierenreiten wollen. Warum hast du uns nicht auf geradem Wege hingeführt?"

„Aus dem Grunde, den ich dir gesagt habe. Du solltest das Vergnügen länger haben. Ich borgte euch unsere Pferde, ohne etwas dafür zu verlangen, und du dankst mir dafür durch eine Beleidigung. Es ist ein Glück für dich, daß ich keine Waffe bei mir habe, sonst würde ich dich zwingen, mit mir zu kämpfen."

„Wie? Du wärst nicht bewaffnet?"

„Nein. Ich habe Messer und Gewehr zurückgelassen und bin allein mit euch geritten, um euch zu zeigen, daß ich es ehrlich meine und dem berühmten Emir Kara Ben Nemsi die Achtung zolle, die ihm gebührt. Schau her!"

Er hatte allerdings kein Gewehr bei sich, und als er bei seinen letzten Worten den Haik vorn auseinanderschlug, sah ich, daß er auch kein Messer bei sich hatte. Da verschwand mein Mißtrauen, und ich bat:

„Verzeihe, daß meine Rede anders klang, als ich beabsichtigte! Beleidigen wollte ich dich nicht."

„Ich mußte mich über dein Mißtrauen zehnfach wundern, denn selbst wenn ich hundert Krieger bei mir hätte und wir alle bewaffnet wären, könnten wir doch nichts gegen euch machen. Es ist ja bekannt, daß Kara Ben Nemsi mehrere Bunduk es Sihr (Gewehre der Zauberei) besitzt, mit denen er immerfort schießen kann, ohne laden zu müssen. Dies müßte, selbst wenn ich eine böse Absicht gegen euch hätte, mich von derselben abbringen."

Also selbst bis in diese Gegend, bis zu den Muntefikarabern, war die Kunde von meinem Henrystutzen gedrungen! Ich brauchte mich freilich nicht darüber zu wundern, wenn ich an die Erfolge dachte, welche ich diesem Gewehre bei den Arabern des Tigris zu verdanken gehabt hatte.

Nach kurzer Zeit kamen wir an den ausgetrockneten Flußarm, welcher Dscharri Zaade heißt, und da sahen wir die Ruinen von Alt-Basra liegen. Wir hätten eigentlich von Nordosten an dieselben kommen müssen, befanden uns aber infolge unseres Umweges an ihrer südöstlichen Seite.

Mein Mißtrauen war, wie bereits gesagt, verschwunden, erwachte aber wieder, als ich bemerkte, daß Abd el Kahir das Ruinenfeld mit einem scharfen, erwartungsvollen Blicke absuchte. Hatte er etwa jemand herbestellt, nach dem er jetzt forschte? Wer konnte das sein? Einer seiner Leute? Oder gar mehrere? Von der Zeit an, wo er sich gegen Mesud erboten hatte, uns seine Pferde zu borgen, waren weit über zwei Stunden vergangen, genug für die Muntefik, um zu Fuße herzukommen. Hatte ich das Richtige getroffen, so war ihr Weg der direkte, der kürzeste gewesen, und der Scheik hatte einen Umweg gemacht, damit wir ihre Spuren nicht sehen sollten. Jetzt kam mir sein Verhalten in einem ganz andern Lichte vor. Nun erklärte ich mir auch den begehrlichen Blick, den er auf mich geworfen hatte; er war weniger auf meine Person als vielmehr auf meine Gewehre, auf die „Zauberflinten“ gerichtet gewesen, die schon gar manchem in die Augen gestochen hatten.

Aber ich konnte mich auch irren und sagte mir darum, daß ich nichts gegen ihn unternehmen dürfe, bis ich die Beweise für seine Unehrlichkeit in den Händen hätte. Wenn ich ihn wieder ohne Grund beleidigte, konnten wir alle leicht der Rache dieses mächtigen Scheikes verfallen.

„Da du Kubbet el Islam so genau kennst“, sagte Mesud zu ihm, „so wirst du uns wohl sagen können, welche von den Ruinen die des Beit Ibn Risaa (Haus des Ibn Risaa) ist? Dort müssen wir unsere Andacht verrichten.“

Der Gefragte zeigte nach einem auf der Südseite gelegenen Ruinenhaufen und antwortete:

„Dort ist's, wohin ich euch führen muß. Die Pferde lassen wir hier.“

„Warum?“ fragte ich. „Wir können ja hinreiten.“

Da blitzte mich sein Auge drohend an, und er erwiderte:

„Die Pferde gehören nicht euch, sondern mir, und sie bleiben da, wo ich es bestimme!“

„So bleibe ich auch hier!“

„Tu, was du willst. Ihr andern kommt!“

Er ging fort, und sie folgten ihm. Ich fand kaum noch Zeit, Mesud zuzuraunen, vorsichtig zu sein, und Omar Ben Sadek einen warnenden Blick zuzuwerfen. Halef blieb bei mir stehen.

„Du gehst nicht mit?“ fragte ich ihn.

„Nein. Ich gehöre zu meinem Sihdi und habe keinen Grund, diesen Ibn Risaa zu verehren. Ich verehre Isa aber nicht Risaa. Dieser Scheik scheint dir nicht zu gefallen?“

„Nein. Ich habe ihn im Verdacht, böse Absichten gegen uns zu hegen. Bleib hier bei den Pferden, während ich nachsehen werde, ob meine Vermutung richtig ist!“

„Welche Vermutung?“

„Daß sich seine Muntefik auch hier befinden.“

„Die sind doch in dem Dorfe El Nahit!“

„Will es wünschen! Es ist bis jetzt nur ein Verdacht, der

auf keinem festen Grunde ruht, und es wird mir sehr lieb sein, wenn ich diesen Grund nicht finde. Also bleib hier, und entferne dich ja nicht von den Pferden, deren Besitz für uns höchst wichtig ist."

„Wo willst du hin?"

„Nach der Nordseite des Ortes. Sehe ich dort keine Spuren, so habe ich mich geirrt."

„So laß mir deine Gewehre hier, denn sie werden dir beim Klettern hinderlich sein."

„Gerade die nehme ich mit, denn man könnte es auf sie abgesehen haben."

Ich ging. Halef hatte vom Klettern gesprochen, und zwar mit Recht. Ich hätte allerdings den ganzen Plan umgehen können, ohne klettern zu müssen, aber dazu lange Zeit gebraucht, während meine Anwesenheit jeden Augenblick nötig werden konnte. Darum ging ich nicht ganz nach dem nördlichen Ende der Ruinenstadt, sondern bog schon eher in westlicher Richtung zwischen die Trümmerhaufen ein. So mußte ich jede von Norden kommende Spur durchkreuzen und bemerken.

Das Ruinenfeld besaß eine weit, weit größere Ausdehnung, als ich gedacht hatte. Ich kam immer tiefer zwischen Schutt und Mauerreste hinein, ohne auf eine Spur zu treffen. Mein Mißtrauen war doch wohl ungerechtfertigt gewesen. Schon wollte ich mich umwenden, um zu Halef zurückzukehren, da sah ich, zwischen zwei verfallenen Lehmmauern stehend, jenseits derselben eine ebene, freie Stelle, wo die Erde fein wie Staub war, und in diesem Staube schien es Eindrücke zu geben, welche freilich auch von einem Tiere herrühren konnten. Schnell war ich dort und bückte mich – – nein, ich bückte mich nicht nieder; dies war gar nicht notwendig, denn ich sah auch so ganz deutlich, daß hier Leute vorübergekommen waren; es konnten kaum weniger als zehn Personen gewesen sein.

Meine Ahnung! Im ersten Augenblicke wollte ich zu Halef zurück; aber der befand sich wahrscheinlich gar nicht oder überhaupt nicht in Gefahr, sondern es war zunächst auf Mesud abgesehen, der das Geld bei sich hatte. Er war mit den andern Haddedihn nach irgendeiner Stelle gelockt

worden, wo sich die Muntefik versteckt hatten, um ihn auszurauben und gar auch zu ermorden. Nach dieser Stelle mußten die Spuren, die ich vor mir sah, führen. Darum kehrte ich nicht um, sondern ich folgte ihnen, und zwar so schnell, wie es mir bei dem schwierigen Terrain möglich war. Es ging auf- und abwärts, bald in ein steiles Loch hinunter. Zuweilen war ich, um einen Bogen, welchen die Fährte machte, abzuschneiden, zu gefährlichen Sprüngen gezwungen. Ich rannte, sprang und kletterte weiter und weiter, bis ich, auf einem hohen Ruinenhaufen angekommen, keuchend stehenbleiben mußte, um mich einen Augenblick zu verschnaufen.

Da sah ich links, doch weit von mir, die Pferde. Halef saß bei ihnen im dürren Grase, und neben ihm stand – – der Scheik. Sie schienen sich ganz freundlich zu unterhalten. Sollte ich mich denn wieder und immer wieder irren? Sollte Abd el Kahir doch ein ehrlicher Mann sein? Schon wollte mir das Herz wieder leicht werden, da sah ich, daß er einen Stein vom Boden aufhob und, ihn zum Schlage hochhaltend, schnell hinter Halef trat.

„Halef, ati balak, ati balak – – Halef, paß auf, paß auf!" schrie ich hinunter, doch zu spät; der brave Hadschi bekam den Hieb auf den Kopf und fiel hintenüber.

Da packte mich eine Wut, wie ich sie wohl noch nie gefühlt hatte. Ich rannte oder vielmehr ich sauste rutschend von dem Haufen hinab, schlug unten die Richtung nach den Pferden ein, mußte über eine hohe, von der Sonne fast zu Mehl gebrannte Mauer klettern; sie war mürbe wie Pfefferkuchen; dennoch kam ich hinauf; ich wollte drüben hinab, sah aber gerade in diesem Augenblicke Leute kommen, die nicht meine Haddedihn waren und unten vorüber wollten. Zugleich ertönte weiter südwärts von mir ein Geschrei, welches mir sagte, daß dort ein Unglück geschehen sein müsse. Sollte ich dorthin, oder – – ja, was ich sollte oder wollte, das galt jetzt nichts, denn die Mauer, auf welcher ich stand oder vielmehr hing, brach unter mir zusammen, und ich stürzte hinab, mitten zwischen die Kerls hinein, die sich augenblicklich auf mich warfen.

Was in den folgenden Minuten geschah, das weiß ich

nicht. Es war mir später, als ob ich, in eine dichte Staubwolke gehüllt und von vielen Händen am Boden festgehalten, mit Händen und Füßen um mich geschlagen und gestoßen hätte, um mich frei zu machen. Dann hüllte mich nicht bloß der Staub, sondern auch die Vergessenheit ein.

Als ich wieder zu mir kam, sah ich Omar Ben Sadeks Gesicht gerade über dem meinigen.

„Du schlägst die Augen auf, Effendi?“ rief er aus. „Hamdulillah, du bist also nicht tot! Siehst du mich? Hörst du, was ich sage?“

Ich wollte antworten, brachte aber im Moment kein einziges Wort hervor. Mein Hals schien eine umgewendete Kardendistel und mein Kopf ein großes, aber leeres Wasserfaß zu sein, so war ich an dem ersteren gewürgt und auf den letzteren geschlagen worden.

„Wach auf, Sihdi, wach vollends auf!“ bat Omar weiter. „Verstehst du denn nicht, was ich sage? Du hast doch die Augen offen!“

Es standen sieben Haddedihn bei ihm, welche ebenso angstvoll auf mich niederblickten; aber ich konnte weder etwas sagen noch mich bewegen.

„O Allah! Er ist trotz der offenen Augen tot!“ fuhr er fort. „Wo mag Halef sein? Warum ist er nicht mit unserm lieben Effendi gegangen!“

Halef! Mein guter, kleiner Hadschi! Das gab mir die Besinnung, die Bewegung und auch die Sprache wieder. Ich sprang auf und schrie:

„Kommt, kommt! Halef ist wahrscheinlich ermordet worden!“

Ich wollte fort, wankte aber und stürzte wieder nieder, raffte mich abermals auf und brach noch einmal zusammen.

„Halef ermordet? Wo denn, wo?“ riefen die Haddedihn.

„Bei den Pferden. Lauft hin, lauft hin!“

„Ja, lauft hin, rennt hin!“ stimmte mir Omar bei. „Ich muß hier bei meinem Sihdi bleiben; er kann nicht auf, er kann nicht fort.“

„Ich kann, denn ich muß!“ entgegnete ich, während sie fortrannten.

„So versuche es, mein lieber, lieber Effendi! Ich werde dich stützen."

Er hob mich auf, und mit seiner Hilfe konnte ich gehen, langsam zwar, aber doch. Je weiter wir kamen, desto freier wurde mir der Kopf, und desto williger gehorchten mir die Beine. Als wir dorthin kamen, wo ich Halef zurückgelassen und zuletzt mit dem Scheik gesehen hatte, lag er ohne Besinnung und mit blutendem Kopfe auf der Erde. Die Pferde waren fort, alle fort. Das brachte mir meine körperliche und geistige Spannkraft wieder. Ich machte mich von Omar los, der mich nun nicht mehr zu halten brauchte, und befahl einem Haddedihn:

„Lauf eiligst nach dem Nordende der Trümmerstadt, ob du von dort aus die Muntefik mit ihren Pferden noch erblicken kannst!"

Er gehorchte dieser Aufforderung, und ich kniete neben Halef nieder, um ihn zu untersuchen. Er war nicht tot, sondern nur betäubt, und die ihm mit dem Steine beigebrachte Wunde, welche blutete, schien auch nicht gefährlich zu sein. Wir konnten unbesorgt um ihn auf sein Erwachen warten. Nun erst bemerkte ich, daß wir nicht vollzählig waren.

„Wo ist denn Mesud?" fragte ich. „Ich sehe ihn doch nicht."

„O Sidhi, wie recht hattest du, als du mir winktest und ihm leise sagtest, vorsichtig zu sein!" antwortete Omar. „Mesud, der Bruder meines Weibes, ist tot, erstochen und ausgeraubt worden von den Hunden vom verfluchten Stamme dieser Muntefik."

„Herrgott! Ist's wahr?"

„Ja. Wir fanden seine Leiche."

„Ich dachte es mir, als ich euch schreien hörte. So hat er meine Warnung also doch nicht beachtet!"

„Leider nicht! Während wir auf unsern Knien lagen, um diesen Ibn Risaa zu verehren, den Allah besser nicht erschaffen hätte, lockte der Häuptling ihn, ohne daß wir es bemerkten, unter irgendeinem Vorwande fort. Da hörten wir ihn um Hilfe rufen und eilten ihm nach, mußten aber suchen, ehe wir ihn in einer Blutlache fanden. Er war gerade in das Herz gestochen worden. Das Geld ist fort. Wir erhoben ein großes Geschrei und wollten zu den Pferden, zu dir. Das hat die Mörder von dir verscheucht und dir das Leben gerettet. Aber sie sind entkommen!"

„Für jetzt, doch nicht für immer; darauf kannst du dich verlassen. Wir werden den Schatt el Arab nicht eher verlassen, als bis wir mit diesem Scheik Abd el Kahir abgerechnet haben. Wo liegt Mesud Ben Hadschi Schukar? Führt mich zu ihm!"

Einige blieben bei Halef; die anderen gingen mit mir fort. Wir kamen an der Stelle vorüber, wo sie mich besinnungslos gefunden hatten. Hier fielen mir meine Gewehre ein, die ich bei mir gehabt hatte. Welch ein Schreck! Sie lagen nicht da; sie waren verschwunden; die Muntefik hatten mit Entzücken Besitz von den berühmten „Zauberflinten" ergriffen. Das war ein Verlust, wie er mir größer gar nicht zugefügt werden konnte, ein solcher Verlust, daß ich, anstatt darüber zu klagen, ihn schweigend hinnahm; aber dieses Schweigen war ein Schweigen grimmiger Entschlossenheit, mir die Gewehre wiederzuholen. Sonst hatten die Muntefik mir nichts genommen, weil sie von den herbeistürmenden Haddedihn vertrieben worden waren.

Dann kamen wir dorthin, wo Mesud lag. Wie schnell hatte er seine Vertrauensseligkeit, sein zu großes Selbstbewußtsein büßen müssen. Ja, er war tot, gerade und genau ins Herz getroffen. Den Inhalt aller seiner Taschen hatten die Muntefik mitgenommen. Omar Ben Sadek sah finstern Blickes auf die Leiche nieder, tauchte die Finger der rechten Hand in das Blut, hob diese Hand dann empor und sagte:

„Effendi, ich weiß, daß du milder denkst als wir. Ich habe schon einmal einen Racheschwur getan, damals auf dem Schott, unter dessen Salzdecke mein Vater verschwunden war (siehe „Deutscher Hausschatz", Jahrgang VII, Seite 298), und später mich nicht durch den Tod des Mörders gerächt, sondern ihn nur geblendet; diesmal aber werde ich keine Gnade walten lassen, sondern meine Hand ebenso in Abd el Kahirs Blut tauchen, wie ich sie jetzt in dasjenige des Ermordeten getaucht habe. Willst du mir dazu verhelfen?"

Zum Gegenmorde verhelfen? Ich, als Christ? Nein! Und doch konnte ich ja sagen, weil ich wußte, daß nicht der Scheik der Mörder war, sondern seine Leute Mesud getötet hatten, wenn auch in seinem Auftrage. Darum antwortete ich:

„Ja, dieser Scheik soll sterben, falls er der Mörder ist. Ich muß ja auch zu ihm; ich muß ihn finden, denn ich werde mein Leben daran wagen, meine Gewehre wiederzubekommen!" –

2. *El Lakit*

Als wir zu Halef zurückkehrten, war er erwacht. Seinen schmerzenden Kopf in den Händen haltend, rief er mir entgegen:

„O Sihdi, was ist geschehen! Daß mir mein Kopf brummt wie damals der große Bär, den wir bei der Hütte des Kohlenhändlers erlegten, das tut nichts, denn er wird zu brummen aufhören; aber Mesud ist tot, und du hättest auch beinahe dein Leben lassen müssen. Ich wäre vor Gram gestorben, vor Schmerz um deinen Tod; Hanneh, die beste unter allen Frauen, wäre eine betrübte Witwe, und Kara, mein Sohn, ein trauernder Waisenknabe geworden. Und daran ist dieser Abd el Kahir, der Scheik, der Mörder und Räuber schuld! Allah sende ihn in den Teil der Hölle, wo selbst das Feuer so kalt ist, daß es noch gekocht werden muß!"

„Ich bin doch nicht so gut weggekommen, wie du denkst", erwiderte ich ihm. „Die Kerls haben meine Gewehre mitgenommen."

Da sprang er, seine Schmerzen vergessend, auf und sprach nicht, sondern schrie förmlich:

„Deine Gewehre? Denen wir so oft unsere Rettung zu verdanken hatten? Die so ganz unersetzlich sind? Ist das wahr, Sihdi?"

„Leider, ja."

„So sende Allah diesen Scheik ja noch nicht in die Hölle, sondern warte damit so lange, bis wir die Gewehre wiederhaben! Du magst sie doch nicht missen, sondern wirst sie wiederholen?"

„Ganz gewiß!"

„So recht, so recht, Sihdi! Diese Flinten haben dich zu allen Völkern und in alle Länder der Erde begleitet, und wenn ihre Stimme erscholl, sind wir Sieger in allen Gefahren gewesen. Was wären wir ohne sie? Menschen ohne Arme und Beine, Vögel ohne Flügel und Tabakspfeifen ohne Feuer! Wir müssen sie holen, unbedingt, unbedingt, und wenn man sie noch so gut und noch so pfiffig verstekken sollte! Und wenn wir sie haben, dann werde ich diesem Abd el Kahir einen viel kräftigeren Klaps auf den Kopf versetzen, als er mir gegeben hat, einen Klaps, von dem er ganz gewiß nicht wieder erwachen soll, wie ich von dem seinigen!"

„Warum hast du nicht besser aufgepaßt? Du wußtest doch, daß ich ihm nicht traute!"

„Oh, dieser Sohn einer Hündin tat so freundlich und zutraulich, daß es mir fast wehe tat, ihn in einem so schlimmen Verdachte gehabt zu haben."

„Ich begreife ihn. Er hat Mesud seinen Leuten in die Hände geführt und ist dann, von unseren betenden Haddedihn unbemerkt, nach hier zurückgekehrt, um dich und mich in dieselbe Falle zu bringen. Da er dich allein antraf, hat er dich niedergeschlagen, um mich, sobald ich wiederkommen würde, mit deinem Gewehre zu töten. Daß ich vorher seinen Leuten in die Hände fiel und daß diese vertrieben wurden, dafür konnte er nicht. Nun haben wir keine Pferde und müssen nach Basra laufen."

„Das ist schlimm. Wären wir beritten, so könnten wir sofort den Spuren dieser Mörder folgen und würden sie einholen."

„Wir werden sie finden, ohne daß wir ihnen folgen. Wir wissen ja, wer sie sind, und der Scheik der Muntefik kann nicht vom Erdboden verschwinden. Wir werden sofort, wenn wir nach Basra kommen, zum Mutessarif (Gouverneur) gehen und ihm erzählen, was geschehen ist. Er muß uns helfen."

„Wenn Allah gibt, daß er will!"

„Er muß wollen, denn ich werde ihm zeigen, daß ich im Schatten des Padischah stehe. Hast du dich so weit erholt, daß du den Rückweg mit antreten kannst?"

„Oh, ich bin schnell gesund geworden, als ich von dem Verluste deiner Gewehre hörte. Wir können gehen."

„Gut! Aber den Toten dürfen wir nicht unbewacht lassen. Der Mutessarif wird Beamte herschicken, welche den Tatbestand aufzunehmen haben. Wir lassen Mesud also jetzt unbeerdigt liegen und kehren mit diesen Beamten zurück, um ihn dann zu begraben."

Da sagte Omar Ben Sadek:

„Mesud war mein Verwandter, und wie ich darum die Blutrache auszuführen habe, werde ich auch bei ihm bleiben, bis ihr wiederkehrt."

Er entfernte sich, ohne meine Zustimmung abzuwarten; wir aber traten den Heimweg nach Basra an. Ich gestehe aufrichtig, daß mir der Verlust meiner Gewehre ebenso zu Herzen ging wie Mesuds Tod. Was Halef gesagt hatte, war richtig: Wir hatten diesen Waffen viele unserer Erfolge und oft sogar das Leben zu verdanken gehabt. Welche Dienste hatte besonders der Henrystutzen mir und andern erwiesen! Ich war wirklich fest entschlossen, auf seine Wiedererlangung das Leben zu setzen.

Mittag war längst vorüber, als wir in Basra ankamen, und wir begaben uns, ohne vorher zu essen, sofort nach der Residenz des Mutessarif. Dieser war, wie ich wußte, ein Gesinnungsgenosse des berühmten Midhat Pascha, welcher als Generalgouverneur von Bagdad so viel für das Wohl dieser Provinz getan und erreicht hatte, also ein reformatorisch gestimmter Moslem, und so hoffte ich, daß ihm mein Glaube keine Veranlassung sein werde, mir seine Hilfe zu versagen.

Ich wurde von der Dienerschaft mit dem Bedeuten abgewiesen, daß ich morgen oder übermorgen oder auch in einigen Wochen, „wie Allah will", wieder anfragen solle, weil der Gebieter gerade jetzt eine wichtige Besprechung habe. Es fiel mir aber nicht ein, mich auf türkisch fortkomplimentieren zu lassen, sondern ich schickte ihm meine Legitimationen hinein und wartete den Erfolg ab. Schon nach einigen Minuten wurde ich unter tiefen Verbeugungen aufgefordert, in das Selamlük (Empfangszimmer) zu treten.

In diesem saß, rauchend und Kaffee trinkend, der Gouverneur mit einem sonnverbrannten und beduinisch gekleideten Manne, der aber kein gewöhnlicher Nomade sein konnte, weil er die Ehre hatte, an der Seite des Mutessarif Platz zu finden.

Dieser empfing mich mit einer sehr gnädigen Handbewegung, winkte mich näher, drückte meine mit dem großherrlichen Siegel versehenen Papiere an die Stirn, den Mund und die Brust und forderte mich, sie mir zurückgebend, auf, mich ihm gegenüber niederzusetzen. Er tat dies mit Hilfe der französischen Sprache, welche er aber in der Weise radebrechte, daß ich ihn nicht halb verstehen konnte, sondern erraten mußte, was er meinte.

Als ich mich gesetzt hatte, klatschte er in die Hände, um mir auch Kaffee und eine Pfeife reichen zu lassen; dann saßen wir uns eine Weile stumm rauchend und trinkend gegenüber. Er befand sich augenscheinlich in großer Verlegenheit. Wie sollte ich, der Europäer, ihn bei seinem so mangelhaften Französisch verstehen! Endlich begann er, wieder zu sprechen, aber so wirr, daß ich es wagte, ihm in die Rede zu fallen und mitzuteilen, daß mir die Sprache des Landes geläufig sei.

„Allah sei Dank!" rief er da froh aus. „Die Sprachen des Abendlandes sind wie die Räder eines Ochsenwagens; man hört sie wohl rollen, aber sie haben keine Worte. Der Padischah, dem Allah tausend Jahre geben möge, hat dich mit seinem ganz besonderen Schutz begnadigt. Ich habe deinen Namen auf dem Papiere gelesen. Wie ist er auszusprechen?"

„Mein Name klingt hier fremd. Vielleicht hast du die Güte, mich bei demjenigen zu nennen, den mir die Bewohner dieses Landes gegeben haben."

„Wie lautet er?"

„Kara Ben Nemsi."

Da stieß der neben ihm sitzende Beduine einen Ruf der Überraschung aus und fragte mich, seine Augen gespannt auf mich richtend:

„Bist du etwa jener Almani, welchem Muhammed Emir seinen berühmten Hengst Rih geschenkt hat?"

„Ja, der bin ich."

„Maschallah! So habe ich viel von dir gehört."

Er sprach hierauf leise auf den Mutessarif ein, was keine Höflichkeit gegen mich war, aber doch recht gut gemeint zu sein schien, denn das Gesicht des Gouverneurs wurde heller und heller, bis um seinen Mund ein breites Lächeln entstand und er mich fragte:

„Auch ich habe schon von dir gehört. Du bist also der Fremdling, welcher damals den Mutessarif von Mosul so listig gezwungen hat, seinen eigenen Makredsch (Oberrichter) abzusetzen und zur Befreiung seines Gefangenen selbst beizutragen?"

„Ja", antwortete ich der Wahrheit gemäß, obwohl mir diese Frage keineswegs angenehm sein konnte.

Bis jetzt hatte er nur gelächelt, nun aber lachte er laut und fuhr fort:

„Du brauchst keine Sorge zu haben, denn dieser Mutessarif war mein Gegner, welcher mir und andern viel zu schaffen gemacht hat. Man erfuhr, wie es damals zugegangen war; der Koch hatte den Verräter gemacht, und sein Herr wurde bald darauf versetzt. Ich bin dir sehr wohlgewogen. Wenn du etwa gekommen bist, einen Wunsch auszusprechen, so soll er dir erfüllt werden, wenn es möglich ist."

„Ich bin allerdings mit einer Bitte gekommen."

„So sprich sie aus!"

„Ich sehe mich gezwungen, dich um deinen Schutz anzurufen."

„Gegen wen?"

„Gegen Abd el Kahir, den Scheik der Muntefikaraber."

„Gegen Abd el Kahir?" fragte er erstaunt.

„Gegen Abd el Kahir?" sagte auch der andere.

Die beiden sahen einander mit großen Augen an und schüttelten die Köpfe.

„Hast du etwas gegen diesen Scheik?" erkundigte sich hierauf der Mutessarif.

„Nicht nur etwas, sondern sehr viel."

„Sage es."

„Abd el Kahir ist ein Räuber und ein Mörder, um dessen Bestrafung ich dich bitten möchte."

„Räuber! Mörder!" riefen beide zu gleicher Zeit.

Sie schienen diesen Scheik für einen grundehrlichen und grundbraven Mann zu halten; darum beeilte ich mich, sie etwas besser zu belehren, indem ich ihnen erzählte, was geschehen war.

Der Mutessarif hörte mich ruhig an; des anderen aber bemächtigte sich eine stets wachsende Aufregung, in welcher er mich oft mit einem Kraftworte unterbrach. Als ich fertig war, rief er, sichtlich im höchsten Zorne, aus:

„Sollte man das für möglich halten! Kann so etwas wirklich geschehen! Wehe diesem Hunde, wenn ich ihn jemals erwische!"

Um den Mund des Mutessarif spielte wieder ein Lächeln, diesmal aber ein ironisches.

„Kannst du uns die Versicherung geben, daß deine Erzählung wirklich wahr ist?" fragte er mich.

„Ja."

„Ich glaube, daß du in fester Überzeugung sprichst, aber du irrst dich; du hast die Wahrheit nicht gesagt, sondern einen völlig Unschuldigen beschuldigt."

„Wenn dies der Fall ist, so habe ich richtig geahnt, und der Mann ist gar nicht Abd el Kahir, der Scheik der Muntefik, gewesen."

„Er war es nicht, denn Abd el Kahir sitzt hier vor deinen Augen neben mir."

Es läßt sich denken, daß diese unerwartete Eröffnung mich nicht sonderlich erbaute; aber in Verlegenheit brachte sie mich doch nicht, denn der Scheik hatte keine Veranlassung, mir zu zürnen. Um so mehr ergrimmt war er auf den Menschen, der sich seines Namens bedient hatte. Er sprang auf, lief im Selamlük hin und her und fragte immerfort, wer es doch wohl gewesen sein möge. Ich beschrieb die Person möglichst genau und erwähnte dabei auch die Stirnnarben.

„Das ist kein Kennzeichen", meinte er. „Es gibt Stämme, bei denen alle Krieger Narben tragen."

„Das meine ich eben. Man kann dadurch vermuten, zu welchem Stamme er gehört."

„Sie können auch von einer zufälligen Verwundung herrühren."

„Nein. Ich bin vollständig überzeugt, daß sie mit Absicht eingeschnitten worden sind."

„Dann wäre es notwendig, zu wissen, ob seine Leute gerade auch solche Narben hatten."

„Das kann ich nicht sagen."

„Du mußt es aber doch wissen, denn du hast sie gesehen und sogar mit ihnen gekämpft!"

„Gesehen nur einen einzigen Augenblick, und während des ebenso kurzen Kampfes waren wir in dichten Staub gehüllt."

„Deine Haddedihn wissen es vielleicht?"

„Darf ich gehen, sie zu fragen?"

„Wenn du erlaubst, tue ich es selbst."

Er ging; als er nach kurzer Zeit zurückkehrte, sagte er:

„Sie haben alle dieselben Stirnnarben gehabt, welche also ein Stammeszeichen sind. Zwei Narben, eng nebeneinander von rechts nach links schräg über die Stirn gehend, werden von einigen Abteilungen der Tamimaraber getragen."

„Wo wohnen diese?" erkundigte ich mich.

„Auf dem Karawanenwege von hier nach Mekka", antwortete er.

„Kannst du die Gegend nicht genauer angeben?"

„Da müßte ich wissen, zu welchem Zweige der Tamim diese Halunken gehören, welche sich meines ehrlichen Namens bedient haben. Das soll ihnen vergolten werden. Es ist das eine Schändung, welche nur mit Blut abgewaschen werden kann. Ich schließe mich den Truppen an, welche du gegen sie aussenden wirst."

Der Mutessarif, an den diese letzten Worte gerichtet waren, zuckte die Achseln und erklärte:

„Meine Macht erstreckt sich nur bis El Hufeir, wo die Grenze von Irak ist; die Tamim aber wohnen jenseits derselben. Ich werde den Händler kommen lassen, bei dem der angebliche Scheik gewesen ist."

Es wurde ein Polizeisoldat geschickt, diesen Mann zu holen. Wir erfuhren, daß er den echten Abd el Kahir ebensowenig kannte wie ich vorher, und dem falschen seine Versicherung, es zu sein, geglaubt hatte. Dieser hatte ihm verschiedene Gegenstände verkauft, welche sehr wahrscheinlich die Ergebnisse eines Beutezuges waren.

Nun wußten wir gerade soviel wie vorher. Wir berieten hin und berieten her und kamen zu dem Resultate, daß die Mörder bei den Tamim zu suchen seien. Es blieb uns also gar nichts anderes übrig, als uns nach der Karawanenstraße zu wenden. Eine kleine Hoffnung hatte ich doch noch außerdem, und diese setzte ich auf die Spuren der Räuber. War es mir möglich, diesen heute noch eine Strecke zu folgen, so ließ sich hoffen, doch vielleicht etwas Genaueres zu erfahren. Als ich dies dem Scheike sagte, forderte er mich eifrig auf, die Verfolgung sofort zu beginnen. Ich war gern bereit dazu, hatte aber kein Pferd. Da stellte mir der Mutessarif eines zur Verfügung und ließ es eiligst satteln.

Der Scheik brannte vor Begierde, die Schuldigen bestraft zu sehen, und war entschlossen, mir morgen früh mit den Haddedihn nachzukommen, welche er beritten machen wollte. Sie konnten leider nicht gleich mit mir fort, weil sie eben noch keine Pferde hatten und vorher ihren Mesud Ben Hadschi Schukar begraben mußten. Mein Hadschi Halef aber wollte sich nicht bis morgen halten lassen, und der Mutessarif war so freundlich, auch für ihn ein Pferd zur Verfügung zu stellen.

Ich konnte nicht wissen, wohin mich die Spuren führen würden, und da war es leicht möglich, daß die nachfolgenden uns nicht finden konnten. Um dies zu vermeiden, wurde ausgemacht, daß ich auf alle Fälle in dem nicht allzuweit von Basra entfernten Orte Mangaschania eine Botschaft oder Weisung zu hinterlassen habe.

Nun standen die Pferde im Hofe; ich verabschiedete mich von dem Mutessarif und ritt mit Halef fort, ohne ein Gewehr mitzunehmen. Ich hätte mir zwar eines geben lassen können, hielt es aber für besser, gar keins zu haben als ein schlechtes. Wir ritten im Galopp nach Kubbet el Islam, wo wir zunächst Omar Ben Sadek benachrichtigen und dann nach den Spuren der falschen Muntefikaraber suchen wollten. Omar saß bei der Leiche seines Schwagers und hatte neben derselben sein Messer in die Erde gesteckt. Dies war nach dem Gebrauche der Haddedihn das Zeichen seines festen Entschlusses, den Tod Mesuds an dem Mörder blutig zu rächen. Dieser Entschluß sprach sich auch in der finsteren Erstarrung aus, in welcher er uns empfing. Er hörte mich ruhig an, als ich erzählte, was wir in Basra erfahren und erreicht hatten, und sagte dann:

„Hätte der Bruder meines Weibes auf dich gehört, Emir, so wäre er noch am Leben; ich habe ihn aber dennoch zu rächen und werde nicht eher nach den Zelten der Haddedihn zurückkehren, als bis ich den Täter niedergestreckt habe. Ed dem b' ed dem, Blut um Blut, und ich muß es erfüllen, wenn ich mich nicht von dem ganzen Stamme verachten lassen will."

„Ja, diese Bluttat muß gerächt werden", stimmte Halef sehr ernst bei. „Wenn wir nicht alles aufböten, den Mörder zu finden und zu bestrafen, so dürften wir unsern Kriegern nicht vor die Augen treten, und Hanneh, das schönste und beste Weib unter den allerbesten Frauen, würde irre an mir werden."

Wir verabschiedeten uns bis auf morgen von Omar und ritten nach der Nordseite der Ruinen, wo wir auf die Fährte der Mörder trafen. Diese war so deutlich, daß gar keine Kunst dazu gehörte, ihr zu folgen. Sie zeigte nach Westsüdwest, und wenn sie diese Richtung beibehielt, so mußte sie uns nach der Pilgerstraße von Basra nach Mekka führen. Dies war mir lieb und doch auch wieder nicht angenehm. Lieb, weil diese Straße verhältnismäßig eng bewohnt ist und wir also den Vorteil hatten, Erkundigungen einziehen zu können, unlieb aber deshalb, weil die Bewohner dieser Mekkastraße äußerst unduldsame Muhammedaner sind, bei denen ich in große Gefahr geriet, falls sie entdeckten, daß ich ein Christ sei.

Da wir der Spur nur bis zum Abende folgen konnten, trieben wir unsere Pferde zur möglichsten Eile an und hatten, als es dunkel wurde, eine tüchtige Strecke hinter uns gelegt. Da lagerten wir uns und ritten, so bald der Tag graute, weiter. Zwei Stunden später erreichten wir Mangaschania, einen Ort, an welchem schon vor Muhammed der Araberhäuptling Keis einen Wachtturm erbauen ließ. Ich fand ein elendes Nest, welches von den Beni Mazin vom großen Stamme der Tamim bewohnt wurde, doch söhnte mich damit der Umstand aus, daß wir verabredet hatten, hier Nachricht zu hinterlassen. Hätte uns die Spur woandershin geführt, so wäre dies mit Zeitverlust verbunden gewesen.

Vor dem Orte lungerten einige Kerls herum, welche uns mit einer Freundlichkeit begrüßten, deren Aufrichtigkeit nicht ganz zweifellos zu sein schien. Es kam mir vor, als ob sie nach uns ausgeschaut hätten, und die allzu forschenden Blicke, mit denen sie uns betrachteten, wollten mir wenig gefallen. Ich fragte sie, ob der Schech el Beled (Dorfältester) zu sprechen sei, und ließ mich, als sie dies bejahten, zu ihm führen. Er wohnte in einer ziemlich umfangreichen Erdhütte, aus deren offener Türe er trat, als er uns kommen hörte. Auch hier kam es mir so vor, als ob er uns erwartet habe. Ich fragte ihn, ob er den Reitertrupp gesehen habe, welcher vor uns hier durchgekommen sei.

„Natürlich habe ich ihn gesehen", antwortete er. „Sie haben hier am Brunnen gehalten und ihre Schläuche gefüllt."

„Wohin sind sie dann?"

„Dahin", sagte er, indem er nach Westen deutete.

„Also nicht auf der Pilgerstraße weiter?"

„Nein, denn da würden sie nicht nach ihrem Duar kommen, und sie wollten doch heim."

„Heim? So weißt du also wohl, wo sie wohnen?"

„Ja."

„Und wer sie sind?"

„Freilich weiß ich es."

„Nun, wer?"

„Es war Humam Ben Dschihal, der Scheik der Hadescharaber mit einigen Kriegern. Sie sind in Kubbet el Islam gewesen, um Ibn Risaa zu verehren. Der Scheik hatte ein Gelübde getan."

„Und wo wohnen sie?"

„Im Wadi Bascham, jenseits der Wasit-Straße, drei Tagereisen von hier."

„Du bist sicher, daß du dich nicht irrst?"

„Wie sollte ich mich irren! Humam Ben Dschihal ist mein Freund und Bruder, den ich oft besuche."

„Wie lange hat er sich hier aufgehalten?"

„Keine halbe Stunde; er hatte sehr große Eile, nach seinem Wadi Bascham zu gelangen."

„Hat er dir gesagt, weshalb?"

„Nein, denn ich habe ihn nicht gefragt. Wollt ihr absteigen und eure Schläuche füllen?"

Wir hatten Schläuche mitbekommen, denn ein Schlauch gehört, sozusagen, in jenen Gegenden zum Sattelzeug.

„Ja, wenn ihr es erlaubt", antwortete ich.

„Ich erlaube es, wenn ihr dafür die gebräuchliche Taxe bezahlt."

Ich gab ihm das Geld, welches eine nur geringe Summe war, stieg ab und gebot Halef, die Pferde an den Brunnen zu führen, sie dort zu tränken und dabei die Schläuche mit Wasser zu füllen. Dann machte ich allein einen Gang um den Ort, um nach den vorhandenen Spuren zu sehen. Es war richtig: Die Fährte, welcher wir zu folgen hatten, führte in der bezeichneten Richtung weiter; der Schech el Beled schien mich also nicht belogen zu haben. Dennoch aber hatte ich das Gefühl, daß ich ihm nicht trauen dürfe.

Da wir nun wußten, mit wem wir es zu tun hatten, war Eile nicht nötig, und wir konnten hier in Mangaschania auf den Scheik der Muntefik warten, um dann mit ihm und seinen Leuten zusammen weiterzureiten; ein augenblickliches Verfolgen der Fährte war nun überflüssig geworden. Halef war damit einverstanden.

Die Leute von Mangaschania brachten uns für eine geringe Bezahlung zu essen und verhielten sich überhaupt sehr aufmerksam gegen uns. Dabei behandelten sie mich mit großer Scheu, und ich bemerkte wiederholt, daß ihre Augen mit einem ganz besonderen Ausdrucke auf meinem Gesicht ruhten. War ich ihnen als der bekannte Kara Ben Nemsi beschrieben worden? Das konnte nur der Mörder getan haben, welcher überzeugt war, daß ich ihn verfolgen werde, und ihnen dies gesagt hatte. Das vergrößerte mein Mißtrauen.

Kurz nach Mittag kam Abd el Kahir mit unseren Haddedihn und seinen Muntefikarabern. Er hatte nicht geglaubt, mich hier zu finden. Als ich ihm sagte, was ich erfahren hatte, rief er aus:

„Das leuchtet mir ein, Emir. Dieser Scheik der Hadescharaber ist ein Räuber, und ich traue ihm wohl zu, daß er es gewesen ist. Allah wird ihn dafür vernichten, daß er es gewagt hat, meinen ehrlichen Namen zu mißbrauchen! Wir reiten ihm augenblicklich nach. Ich kenne den Weg nach dem Wadi Bascham, wenn ich auch noch nicht dort gewesen bin."

Wir brachen sogleich auf und ritten, bis es dunkel geworden war. Dann lagerten wir uns mitten in der Wüste. Ich bat den Scheik, Wachen auszustellen; er lachte darüber und tat es nicht. Da ich aber diese Vorsicht nie zu versäumen pflegte, loste ich die Wachen mit den Haddedihn aus. Ich selbst übernahm mit einem von ihnen die erste. Nach zwei Stunden wurden wir von Halef und Omar abgelöst und legten uns nieder.

Bald aber weckte mich ein Schuß. Ich sprang auf und fragte, wer geschossen habe. Omar war es gewesen. Er hatte eine Gestalt heranschleichen sehen und sie angerufen; da eine Antwort nicht erfolgt war, hatte er auf sie geschossen. Ob es ein Mensch oder ein Tier gewesen war, wußte er nicht.

Wir suchten vorsichtig nach und fanden einen sehr gut bewaffneten Beduinen, dem Omars Kugel den Kopf durchschlagen hatte; er war tot. Beim Scheine einiger Zündhölzer erkannten wir zu unserem Erstaunen in ihm einen der Räuber, die wir verfolgten.

„Siehst du, wie recht ich hatte, daß ich Wachen ausstellte", sagte ich zu dem Scheik. „Sie haben auf uns gewartet und uns umschlichen, um uns zu überfallen. Jetzt müssen wir doppelte Posten ausstellen."

Dies geschah, und es geschah bis zum Morgen nichts Feindseliges mehr. Als es dann hell geworden war, sahen wir freilich die Stapfen der Menschen, welche nur durch Omars Aufmerksamkeit von der Ausführung ihres Vorhabens abgehalten worden waren. Ihre neue Spur wich von ihrer bisherigen Richtung links ab.

„Sie wollen uns ablenken", sagte der Scheik; „das soll

ihnen aber nicht gelingen. Wir folgen ihnen nicht, sondern reiten weiter, gerade auf das Wadi Bascham zu."

Ich stimmte bei, und so wurde die alte Richtung beibehalten. Wir kamen während des ganzen Tages durch Gegenden, welche zwar nicht Wüste genannt werden konnten, aber doch recht gut hätten in der Sahara liegen können. Gegen Abend kamen wir an den von Wasit nach Dsul Oschar führenden Karawanenweg, wo wir während der Nacht an einem Brunnen lagerten, der reichlich, aber schlechtes Wasser führte. Am Morgen ritten wir weiter. Wir wollten bis in die Nähe des Wadi Bascham, um dort den Mördern aufzulauern. Es sollte aber anders kommen.

Es war noch nicht Mittag, als wir einen Reitertrupp erblickten, welcher sich in einem spitzen Winkel uns von links herüber näherte. Es waren nur vier Mann, vielleicht ein Teil von denen, die wir erwarteten. Wir griffen zu den Waffen und hielten an, um sie herankommen zu lassen. Sie setzten ihre Pferde in Galopp, und bald sahen wir, daß wir uns geirrt hatten. Mit diesem „wir" sind jedoch nicht die Muntefik gemeint, denn als der Scheik derselben die Gesichter der Nahenden erkannte, rief er aus: „Sie sind es, Emir, sie sind's! Der, welcher voranreitet, ist Humam Ben Dschihal, der Scheik der Hadesch."

„Du kennst ihn genau?" fragte ich.

„Ja."

„So hat uns der Schech el Beled von Mangaschania belogen, denn diese Männer waren es nicht, die uns in Kubbet el Islam überfielen."

„Was? Wie? Diese nicht?"

„Nein."

„So verdamme Allah den Lügner! Ich werde ihn bestrafen lassen!"

Die vier Hadescharaber kamen heran und grüßten uns. Als ihr Anführer sich nach der Ursache und dem Ziele unseres Rittes erkundigte, hielt ich es für das klügste, ihm die Wahrheit zu sagen. Er sah allerdings wie ein echter Räuber aus, doch sind die dortigen Beduinen alle mehr oder weniger Spitzbuben.

„Allah 'l Allah!" lachte er, als er mich angehört hatte. „Ich

nehme es euch nicht übel, daß ihr mich für den Räuber gehalten habt; aber ich sage dir, daß ich es besser gemacht hätte als er. Aber ich möchte gern wissen, wer der ist, mit dem ich verwechselt worden bin. Willst du ihn mir nicht einmal beschreiben?"

Ich folgte dieser Aufforderung, als ich die beiden Narben erwähnte, rief er aus:

„Maschallah! Gingen sie von rechts nach links schräg abwärts über die Stirn?"

„Ja."

„Hatte nur er diese Narben?"

„Nein. Jeder seiner Leute hatte sie auch und genau ebenso."

„So habe ich es, ich hab's! Ich weiß, wer er ist!"

„Nun, wer?" fragte ich, im höchsten Grade gespannt.

„Es ist – – doch halt!" unterbrach er sich, indem sein Gesicht einen lauernden Ausdruck annahm. „Ihr werdet ihn verfolgen?"

„Ja."

„Wenn es sein muß, bis zu seinem Lagerdorfe hin?"

„Sicher!"

„So gib mir ein Versprechen!"

„Welches?"

„Daß du auf dem Wege, den ich dir beschreibe, hinreiten wirst."

„Das kann ich nicht versprechen, denn es ist möglich, daß unvorhergesehene Umstände mich unterwegs zwingen, von diesem Wege abzuweichen."

Da fiel Abd el Kahir, der Scheik der Muntefik, schnell ein:

„Wenn du dich weigerst, dieses Versprechen zu geben, so erfahren wir nichts. Ich gebe es hiermit an deiner Stelle."

„Gut, ich halte dich beim Worte!" sagte der Scheik der Hadesch. „Übrigens braucht ihr ihm nicht zu folgen, denn wenn ihr mit mir nach dem Wadi Bascham reitet, fällt er in eure Hände. Auch ich habe eine Blutrache mit ihm. Sein Stamm steht mit dem meinigen in Fehde; ich war jetzt dort und habe dafür gesorgt, daß er mir in die Hände läuft. Ich erfuhr, daß er nach Basra ritt, und bin nach seinem Duar gezogen, um ihm einen Streich zu spielen. Was für einer dies ist, das braucht ihr nicht zu wissen; aber ihr könntet ihn mir leicht vereiteln, wenn ihr nicht den Weg einschlüget, den ich euch vorzeichne. Ich weiß ganz gewiß, daß er sofort gegen mich ziehen wird, sobald er von Basra zurückkehrt. Es ist nämlich Abd el Birr, der Scheik der Malik Ben Handhala im Wadi esch Schagina."

„Allah 'w Allah! Das ist möglich; ja, das glaube ich! Und nun weiß ich auch, weshalb der Schech el Beled von Mangaschania uns belogen hat. Er ist ja sein Stammesgenosse. Mangaschania wird von den Beni Mazin bewohnt, welche zu dem großen Stamme der Tamim gehören, und die Malik Ben Handhala gehören auch zu demselben. Er hatte sich dem Schech anvertraut."

„Du hast recht. Ich sage dir, der Mörder, den ihr sucht, ist wirklich dieser Abd el Birr; das schwöre ich dir beim Koran zu."

„So müssen wir ihm nach."

„Wollt ihr ihn nicht lieber in meinem Wadi, bei mir erwarten? Er kommt sicher."

„Nein; wir haben keine Zeit dazu."

„So reitet bis zu euerm letzten Nachtlager zurück, und folgt von dort aus seinen Spuren. Er wird sich auf der Wasit-Straße halten bis nach Dsul Oschar hinüber, und dann auf dem Mekkawege weitergehen. Willst du das?"

„Ja, ich verspreche es dir. Es ist ja auch der kürzeste Weg nach seinem Dorfe."

Ich war anderer Meinung als Abd el Kahir, sagte aber nichts, sondern hob mir das für später auf. Es wurden noch einige höfliche Redensarten gewechselt; dann trennten wir uns; das heißt, wir kehrten auf dem Wege zurück, den wir gekommen waren, Humam Ben Dschihal aber blieb mit seinen drei Hadesch halten, um zu sehen, ob wir das ihm gegebene Versprechen auch erfüllten. Ich drehte mich öfters, ohne daß es ihm auffallen konnte, nach ihm um; sobald wir jedoch so weit von ihm fort waren, daß er uns nicht mehr sehen konnte, wich ich von unserem Wege rechts ab.

„Was tust du?" fragte Abd el Kahir. „Du reitest falsch."

„Ich reite sehr richtig."

„Es würde ein Umweg sein."

„Das Gegenteil. Unsere Feinde sind nach Südwest, wir aber reiten jetzt gerade nach Süd. Wie wollen wir sie da einholen!"

„Wir reiten ihnen ja von unserem letzten Lagerplatze aus nach!"

„Das würde einen Winkel geben, einen Umweg, welcher über einen ganzen Tag beträgt."

„Ich habe es aber versprochen!"

„Ich nicht. Der Gegenstand ist von gar keiner Bedeutung für dich, und wenn du nicht nach deinem zu schnell gegebenen Versprechen handelst, wirst du keine große Sünde begehen. Willst du aber dein Wort halten, so habe ich gar nichts dagegen; reite du weiter! Ich aber habe nichts versprochen und werde keinen Umweg machen, denn ich will die Kerls einholen, noch ehe sie ihr Dorf erreichen. Sind sie erst dort, dann ist es gefährlicher, an sie zu kommen. Außerdem kam mir das Benehmen des Scheikes der

Hadescharaber verdächtig vor. Er hat etwas getan, was wir nicht wissen sollen, und derartige Verheimlichungen lasse ich nie unaufgedeckt. Ich muß stets wissen, woran ich bin."

Ich ritt weiter; Halef, Omar und die Haddedihn folgten mir, und die Muntefikaraber kamen uns nach einiger Zeit doch nach, als sie sahen, daß wir nicht umkehrten. Was ging mich das leichtsinnige Versprechen ihres Scheikes an! Ich hatte auf unser Unternehmen Rücksicht zu nehmen, nicht aber auf den mir so verdächtig erscheinenden Wunsch Humam Ben Dschihals.

Wir ritten also nach Südwest und kamen bald an die Spuren des letztgenannten und seiner Leute. Diesen folgten wir bis zum Abende, ohne daß irgend etwas geschah. Die Gegend war im höchsten Grade triste, und unser Wasser ging zur Neige. Ich wollte aber nicht südwärts nach der Wasit-Straße einlenken, weil dies ein Umweg war und gerade hier mehrere Unterabteilungen der Tamim an derselben wohnten. Die hielten es natürlich mit Abd el Birr, von dem sie jedenfalls über uns benachrichtigt worden waren. Wir wären da wohl kaum unseres Lebens sicher gewesen. Später gab es an derselben Straße Angehörige anderer Stämme, denen wir mehr Vertrauen schenken konnten. Darum strengten wir unsere Pferde soviel wie möglich an, um eine tüchtige Strecke hinter uns zu legen, und infolgedessen waren, als es dunkel wurde, nicht nur die Pferde, sondern auch die Reiter ungewöhnlich ermüdet. Wir schliefen alle rasch ein, die Wache natürlich ausgenommen. Abd el Kahir hielt es nach der letzten Erfahrung gar nicht mehr für überflüssig, Wächter auszustellen.

Ich wurde auch heute bald wieder geweckt, und zwar abermals durch Omar Ben Sadek. Er rüttelte an meinem Arme und sagte leise, um die andern Schläfer nicht zu stören:

„Sihdi, steh doch einmal auf, und horch, was das für Töne sind? So eine Tierstimme habe ich noch nie gehört."

Ich tat ihm den Willen, entfernte mich mit ihm eine kleine Strecke vom Lagerplatz und horchte. Es herrschte die tiefste Stille rund umher. Doch bald wurde sie durch einen eigentümlichen Ton unterbrochen, den ich allerdings auch nicht unterzubringen wußte. Eine Tierstimme war es nicht, und als sich dieser Ton einigemal wiederholt hatte, sagte ich:

„Sonderbar! Wenn dies nicht die Stimme eines rufenden Kindes ist, so weiß ich dann nicht, wem sie gehören soll. Schakal oder Fennek ist es nicht, Hyäne vollends gar nicht. Gehen wir langsam näher!"

Wir setzten uns in Bewegung, und je weiter wir kamen, desto deutlicher wurden die Laute; dann unterschieden wir die beiden Silben Zar – – ka, die von einer klagenden Kinderstimme gerufen wurden. Zarka ist das Femininum des arabischen Wortes asrak, welches blau bedeutet; hier war es also wohl der Name einer Frau oder eines Mädchens. Ein Kind allein hier in der Wüste? Unmöglich! Es waren jedenfalls andere Personen dabei, und da galt es, vorsichtig zu sein. Wir schlichen uns näher und immer näher, bis wir zu unserem Erstaunen sahen, daß das Kind allerdings ganz mutterseelenallein im Sande lag. Das konnte aber eine Falle sein, und darum beschloß ich, die Umgegend recht sorgfältig abzusuchen. Dies dauerte ziemlich lange, und als ich damit fertig war und zu Omar zurückkehrte, saß er an der Erde, mit dem Kinde auf dem Arme. Es hatte die Ärmchen um seinen Hals geschlungen und schlief.

„Pst, Sihdi, wecke es nicht!" flüsterte er. „Es schläft. Wir wollen ganz leise, ganz leise zurückkehren."

Er stand langsam auf, um das Kind ja nicht etwa durch eine schnelle Bewegung zu wecken, und trug es nach dem Lager. Dort setzte er sich nieder und blieb die ganze Nacht vollständig bewegungslos sitzen, er, der rauhe Beduine, den ich nur seinem Weibe gegenüber weich gesehen hatte. Die letzte Wache war auf mich gefallen, und so sah ich beim Anbruche des Tages die rührende Hingebung, welche er für den Findling hegte. Es war ein Knabe.

Da regte sich dieser und ließ, noch schlaftrunken, wieder den Namen Zarka hören. Dann schlug er die Augen auf, aber was für Augen! Sie waren blau; fast möchte ich sagen, himmelblau, wenn es überhaupt himmelblaue Augen gäbe, denn die himmelblaue Farbe der Augen ist lediglich eine Erfindung der Dichter. Ein Araberknabe himmelblaue

Augen! Omar stieß einen lauten Ruf der Überraschung aus und war ganz entzückt darüber; es war allerdings ein Knäblein wie gemalt, vielleicht anderthalb Jahre alt. Der Ruf weckte die Schläfer auf, die nicht wenig verwundert waren, als sie das Kind erblickten. Dieses fürchtete sich vor ihnen, suchte Schutz am Halse Omars und rief wieder nach seiner Zarka. Wir gaben ihm zu trinken und einige weiche Datteln; da beruhigte es sich.

Was mit dem Knaben tun? Ihn mit uns nehmen, das ging wohl kaum; noch weniger konnten wir ihn hier zurücklassen. Der nächste Ort war el Achadid an der Wasit-Straße; dorthin wollten wir ihn bringen, denn es war zu vermuten, daß er nach dort gehörte. Das zwang uns zu einem Umwege, war aber nicht zu ändern. Wir saßen also auf und schlugen die Richtung nach diesem Ort ein. Das Kind fürchtete sich vor uns allen und weinte, wenn sich einer von uns ihm näherte; zu dem braven Omar aber zeigte es sonderbarerweise eine wahre Zärtlichkeit, über welche er ganz glücklich war. Er hatte es bei sich auf dem Pferde und sorgte dafür mit einer Aufmerksamkeit, die ich ihm gar nicht zugetraut hätte.

„Sihdi", sagte er, „das ist ein wahrer Herzensknabe. Ich schwöre bei Allah, daß ich ihn seinem Vater wiedergeben werde."

„Und wenn wir diesen nicht finden?"

„So nehme ich ihn mit mir und bringe ihn meiner Sahama, dem Weibe meiner Liebe, die voller Wonne über ihn sein wird."

Seine Zuneigung zu dem Knaben wuchs von Stunde zu Stunde, und als wir gegen Abend in der Nähe von el Achadid angekommen waren, sagte er:

„Ich wollte, die Eltern wären nicht zu finden. Sieh, wie er mich am Barte zerrt und dabei lacht! Aber trotzdem sollen sie ihn wiederhaben, und wenn sie noch so weit von hier wohnen. Bei Allah, ich werde ihnen ihr verlorenes Glück wiederbringen!"

Er ahnte nicht, was dieses „bei Allah" bald für Folgen haben würde.

Da el Achadid von keiner Abteilung der Tamim bewohnt

wurde, hatten wir nichts zu besorgen und ritten in den Ort. Unsere Nachfragen waren vergeblich. Niemand kannte den Findling, und kein Mensch wußte, wo in den benachbarten Duars ein Kind seinen Eltern abhanden gekommen war. Ich machte den Vorschlag, den Knaben hier zu lassen. Uns mußte er genieren, und die Bewohner dieses Ortes konnten seine Herkunft ausfindig machen. Da aber sagte Omar:

„Nein, Sihdi! Ich habe ihn gefunden, und wenn wir seine Eltern nicht entdecken, so gehört er mir und wird mein Kind. Soll ich ihn Zarka nennen?"

„Das ist ja ein weiblicher Name."

„Gut, so soll er Lakit (Findling) heißen. Es gibt keinen Namen, welcher besser für ihn paßt."

3. Um des Kindes willen

Die Leute von el Achadid behandelten uns freundlich. Sie boten uns Wasser umsonst und Früchte, Mehl und andere Nahrungsmittel zu den niedersten Preisen an. Einer von ihnen war von einem Ritte nach Wasit heimgekommen und dabei auf Abd el Birr und seine Handhala-Araber gestoßen. Als er das so nebenbei erwähnte, bemerkte ich, daß Feindschaft zwischen Achadid und den Handhala herrschte, und da erzählte ich, weshalb wir in diese Gegend gekommen waren. Hierauf wurde uns von ganzem Herzen guter Erfolg gewünscht; wir mußten als Gäste in dem Orte bleiben und bekamen, als wir am nächsten Morgen weiterritten, alle Auskunft, die uns nötig war, weil bei den Muntefik die Kenntnis der Örtlichkeiten nun nach und nach zu mangeln begann.

Wir wußten nun, daß wir die Malik Ben Handhala eine halbe Tagereise vor uns hatten, und mußten uns bemühen, diesen Vorsprung einzubringen. Leider wurde uns dies durch den Knaben erschwert, welcher trotz aller Sorgfalt, die Omar auf ihn richtete, unser schnelles Reiten nicht aushalten konnte. Die Muntefik raisonnierten darüber, doch Omar machte sich nichts daraus. Die blauen Augen hatten es ihm angetan, und er schien mehr an den Knaben als an

die Blutrache zu denken, die uns und vor allen Dingen ihn hierhergeführt hatte. Er plauderte in einem fort mit seinem „Lakit", obgleich er immer nur das Wort Zarka als Antwort bekam. Ob wohl die Mutter des Knaben diesen Namen trug?

Gegen Ende dieses Tages kamen wir wieder auf die Fährte der Handhala und beschlossen, nur dann von derselben abzuweichen, wenn es einen Ort zu umreiten gab, dessen Bewohner uns nicht sehen sollten.

Die Verfolgten hatten sich bis jetzt auf der Wasit-Straße gehalten; am nächsten Vormittage aber führte ihre Spur nach Mawija hinüber, welches an der Mekkastraße liegt. Wir hatten gehört, daß dieser Ort von den Anbararabern bewohnt wird, vor denen wir uns, wie wir meinten, nicht zu verbergen brauchten, da sie nicht zum Tamimstamme gehörten, und hielten es für geboten, uns da nach den Handhala zu erkundigen. Dennoch gebrauchte ich die Vorsicht, die andern außerhalb des Ortes zu lassen und mit Halef allein hineinzureiten.

Einige Männer standen bei den ersten Hütten und Zelten. Als sie uns kommen sahen, rannten sie fort, wohl um die Kunde von der Ankunft zweier fremder Reiter rasch zu verbreiten. Dennoch sahen wir, als wir uns schon mitten im Dorfe befanden, keinen andern Menschen als eine alte Frau, die ich nach dem Schech el Beled fragte. Sie bezeichnete mir ein großes Zelt als die Wohnung desselben. Wir ritten hin und riefen. Da wurde der Vorhang zurückgeschlagen, und der Beherrscher des Dorfes erschien in der Öffnung. Ohne abzuwarten, was wir von ihm wollten, lud er uns ein, bei ihm einzutreten und den Tschibuk mit ihm zu rauchen. Ich entschuldigte mich mit dem Mangel an Zeit; er aber ließ das nicht gelten und wiederholte seine Einladung in so dringendem Tone, daß es eine unverzeihliche Beleidigung gewesen wäre, wenn wir dieselbe auch jetzt noch zurückgewiesen hätten. Und Feinde durften wir uns hier nicht machen, weil uns der Rückweg wieder herführen mußte. Wir stiegen also ab, banden die Pferde an zwei Zeltstangen und traten ein.

Unser Wirt begrüßte uns mit einem vollständigen Ahla

wa sahla wa marhaba (Willkommen), was die geringe Befürchtung, die ich doch hegte, sofort verscheuchte, denn einer, dem man nicht wohl will, wird nie so begrüßt, und ließ uns niedersetzen. An einem Pfahle hingen mehrere Tabakspfeifen, von denen er uns die beiden besten aussuchte; dann gab er uns Tabak und auch Feuer. Er war im höchsten Grade freundlich, setzte sich zu uns und begann ein Gespräch, ohne uns nach unsern Verhältnissen und Absichten zu fragen.

Da war es mir, als ob ich draußen die Schritte vieler Leute hörte, leise Schritte, was meinen Argwohn sofort wieder wachrief.

„Die Bewohner Mawijas scheinen nicht daheim zu sein", sagte ich. „Ich habe nur einige Männer und eine Frau gesehen."

Da stand er auf, nahm plötzlich eine ganz andere Miene an und antwortete:

„Sie sind daheim, alle, alle, und haben auf euch gewartet."

„Gewartet?" fragte ich, noch ruhig sitzenbleibend. „Wußtet ihr denn, daß wir kommen würden?"

„Wir wußten es. Abd el Birr, der Scheik der Handhala, hat uns gesagt, daß ihr Christenhunde kommen werdet, um die heilige Pilgerstraße zu besudeln. Das werdet ihr mit eurem Leben bezahlen. Unsere Männer haben sich versteckt, um euch stinkenden Hunde – –"

„Schweig!" fuhr ich ihn an, indem ich aufsprang und Halef sich ebenso rasch aufschnellte. „Ja, ich bin ein Christ; der Hund aber bist du!"

„Und deine Leute sind Hundesöhne und feige Abkömmlinge von Hundeenkeln, denen wir die Peitsche geben werden!" unterbrach mich mein wackerer, furchtloser Halef, indem er eine kurze, starke Lederpeitsche, welche am nächsten Pfahle hing, herunterriß und ihm mit derselben gedankenschnell zwei, drei, vier Hiebe quer über das Gesicht versetzte.

Der Kerl wollte schreien, kam aber nicht dazu, denn ich schlug ihn zu Boden und öffnete dann den Vorhang, welcher als Türe des Zeltes diente. Da draußen standen jetzt über hundert bewaffnete Männer und Burschen bereit, die Schänder der heiligen Straße zu ermorden und zu zerreißen; hinter ihnen hatten sich die Weiber zusammengeschart. Ich wollte aufs Pferd und fort, mitten durch sie hindurch; da aber schob mich mein listiger Hadschi Halef zur Seite und schrie, ehe noch einer von ihnen zu einem Ruf des Fanatismus kam, ihnen zu:

„Was fällt euch denn ein, ihr gläubigen Moslemim, ihr tapferen Krieger von Mawija! Wir gehören zu den Handhala und wurden von Abd el Birr zu euch gesandt, um dem Schech el Beled zu melden, daß die erwarteten Ungläubigen in kurzer Zeit ankommen werden. Ihr habt eure Verstecke zu früh verlassen. Sie können jeden Augenblick erscheinen, und wenn sie euch hier versammelt sehen, werden sie draußen bleiben und entfliehen. Verbergt euch also schleunigst wieder, solange es noch Zeit ist! Schnell, schnell, fort, fort, sonst entgehen sie uns!"

Um sie irrezuleiten und seinen Worten Nachdruck zu geben, verschwand er rasch wieder im Zelte, und ich folgte ihm ebenso schnell. Der Schech lag betäubt am Boden. Wir blickten durch eine Ritze hinaus und sahen, daß sich das Volk schleunigst entfernte. Der schlaue Hadschi bemerkte diesen seinen Erfolg und sagte, vergnügt lächelnd:

„Siehst du, wie es hilft, Sihdi! Du hättest wohl zwanzig und noch mehr mit der Faust niedergeschlagen; vor meiner Zunge aber reißen sie alle, alle aus. Hamdulillah, jetzt sind sie fort! Nun wieder hinaus und auf die Pferde!"

Es war kein Mensch mehr draußen zu sehen, aber eben als wir aufstiegen, kamen einige Personen hinter einer langen niedrigen Hütte hervor; ich erkannte Abd el Birr und drei von seinen Handhala.

„Ihr seid betrogen worden, betrogen, betrogen!" brüllte er wütend. „Auf sie, ihr Dummköpfe, schnell auf sie, sonst entgehen sie uns!"

Halef hätte ihn niederschießen können, tat es aber natürlich nicht. Er hatte die Peitsche in der Hand behalten; er tat mit derselben einige sehr bezeichnende Hiebe durch die Luft; dann galoppierten wir fort, zum Dorfe hinaus, verfolgt von einem Wutgeheul, wie man es sonst nur von Indianern zu hören bekommt.

Es stand zu erwarten, daß die fanatischen Menschen uns verfolgen würden; darum hielten wir uns, als wir unsere Gefährten erreichten, nicht bei ihnen auf, sondern jagten an ihnen vorüber und riefen ihnen zu, schnell nachzukommen. Um die Verfolger irrezuleiten, ritten wir gerade nordwärts, wohin wir gar nicht wollten, und sahen, als wir uns dann umblickten, auch wirklich eine Reiterschar, welche den Ort verlassen hatte; diese Leute sahen aber ein, daß unser Vorsprung schon zu groß war, und kehrten nach wenigen Minuten wieder um. Nun ritten wir in einem weiten Bogen langsam wieder in unsere ursprüngliche Richtung zurück, wobei Halef den andern unser Abenteuer erzählte und sich nicht wenig auf seine Pfiffigkeit zugute tat.

Also, wir hatten die Handhala eingeholt, weil sie in Mawija geblieben waren, um uns zu verderben. Abd el Kahir riet, sie auf dem Wege nach dem nächsten Orte zu überfallen; ich aber ging nicht darauf ein, weil vorauszusehen war, daß sie gerade jetzt sehr vorsichtig sein würden. Dieser nächste Ort, er Rakmatan, gehörte den Handhala, und ich wollte mich nicht zwischen zwei Feuer bringen, sondern den Überfall desselben erst jenseits desselben unternehmen. Man stimmte mir bei.

Dieses Rakmatan liegt am oberen Ende des Wadi Falg und ist unter den Muhammedanern berühmt als der einstige Wohnort des Dichters Malek Ben er Reib el Mazini. Es war vorauszusehen, daß Abd el Birr nach dem Geschehenen Mawija nicht so schnell verlassen und dann in Rakmatan bei seinen Stammesgenossen bleiben werde. Wir waren erwischt worden, und nun glaubte er gewiß, daß wir nicht wiederkommen würden; wir hatten daher wohl bis morgen Zeit. Wir beeilten uns also gar nicht und machten einen Umweg, um ja nicht etwa gesehen zu werden. Es dunkelte bereits, als wir jenseits Rakmatans auf der Pilgerstraße ankamen. Wir versteckten uns da hinter den Felsen des Wadi Maskat er Raml, hinter welchem die esch Schiha-Wüste beginnt.

Omar hatte nur für seinen Knaben Zeit und Augen, und es war wirklich rührend, zu sehen und zu hören, wie zart er für ihn sorgte und in welch weichen Tönen er zu ihm sprach; eine Mutter hätte nicht lieber und aufmerksamer sein können. Das Kind wollte aber auch keinen Augenblick lang von ihm lassen.

Es lag mir natürlich daran, zu erfahren, ob Abd el Birr schon in dem Orte angekommen oder wider alles Erwarten schon vorüber sei; darum beschloß ich, kundschaften zu gehen. Halef wollte mit, konnte aber nichts nutzen, sondern nur schaden. Den hellen Haik, der mich leicht verraten konnte, ließ ich natürlich zurück.

Ich hatte bei unserer Ankunft im Wadi Maskat er Raml das Dorf liegen sehen und schätzte die Zeit, es jetzt in der Dunkelheit zu erreichen, auf eine halbe Stunde. Als diese verflossen war, stand ich vor der ersten Hütte. Aus den Fensteröffnungen der Wohnungen glänzte der Schein der Lichter oder Sesamöllampen. Der Ort war in eine Krümmung des Wadi Falg geschmiegt, und wenn ich nicht gesehen werden wollte, mußte ich meine Beobachtungen im Rücken des Dorfes machen. Ich schlich mich von einer Wohnung zur andern, bis ich am oberen Ende angekommen war; dann kehrte ich wieder zurück, um meine Aufmerksamkeit auf ein Bauwerk zu richten, welches das größte war und also wohl dem reichsten Manne, wenn nicht dem Schech el Beled gehörte. Vor der Tür desselben waren, wie ich bemerkte, mehrere Pferde angebunden. Die hintere Wand hatte vier Fensteröffnungen, von denen drei erleuchtet waren. Ich schlich mich an die erste und sah hinein. Ich sah einen kleinen, ganz primitiv eingerichteten Raum, in welchem eine weibliche Gestalt unbeweglich auf einer Strohmatte saß. Sie schien nach dem Nebenraume zu lauschen, in welchem Stimmen zu hören waren. Diesen zweiten Raum konnte ich durch das nächste Fenster überblicken. Er war größer. Zwei Männer befanden sich darin. Der eine von ihnen ging in großer Erregung hin und her; es war der Scheik der Handhala.

„Also mein Sohn, mein einziges Kind, mir in meinem Alter spät geboren, ist fort, geraubt von Humam Ben Dschihal, dem verfluchten Hadeschhunde!“ rief er. „Ist er es wirklich gewesen? Wer hat ihn erkannt?“

„Dein Weib; sie kennt ihn ja genau. Sie ist mit dem Kinde auf dem Makbara (Kirchhof) gewesen, ganz allein, und da von ihm überfallen worden.“

„Diese Verruchte, diese der Hölle Verfallene! Ich werde mit ihr abrechnen, bald, sehr bald! Denn ich werde sofort weiterreiten, um daheim meine Krieger zum Rachezuge zu versammeln. Sobald unsere Pferde gefressen und sich ein wenig ausgeruht haben, geht es fort von hier. Wir werden das Wadi Bascham dieses Kinderräubers der Erde gleichmachen. Er hat sich fürchterlich gerächt, wie er sich entsetzlicher gar nicht rächen konnte. Er kannte meine unendliche Liebe zu diesem Kinde und hat es sicher unterwegs ermordet. Und dieses Weib, was tut sie jetzt? Sie wird daheim sitzen und an nichts anderes denken, als daß ihr das Trauerkleid gut zu Gesichte steht. Sie ist dem Tode verfallen. Meine erste Kugel gilt nicht dem Räuber meines Knaben, sondern ihr, das schwöre ich –“

„Halt, schwöre nicht!“ unterbrach der Hausherr den Wütenden. „Dein Weib ist nicht daheim.“

„Wo sonst?“

„Sie ist dem Räuber nach wie eine Löwin, der man ihr Junges genommen hat.“

„So hat er sie auch getötet, und so ist sie leider ihrer Strafe entgangen. Was nützt es, daß sie ihm nachgefolgt ist! Darfst du sie da eine Löwin nennen? Sie hätte ihr Kind wie eine Löwin verteidigen sollen! Ich schwöre es bei Allah und allen Kalifen, daß ich ihr, wenn ich sie finde –“

„Halt, schwöre nicht!“

Das sagte nicht der andere wieder, sondern der Ruf erscholl vom Eingange zum Nebenraume her, wo die Frau stand, die ich vorhin gesehen hatte. Nun folgte eine Szene, welche zu beschreiben sich die Feder sträubt. Man erlasse sie mir! Sie war in ihrer Mutterangst hierher gekommen, um den befreundeten Stamm um Hilfe zu bitten, und befand sich erst seit einigen Stunden hier, wo sie so unerwartet mit ihrem Manne zusammentraf. Dieser schäumte vor Wut, warf sie nieder, zerrte sie hin und her, trat sie mit Füßen und hätte sie erschossen, denn er riß das Pistol einigemal hervor, wenn er nicht von dem andern daran verhindert worden wäre. Endlich zog er sie an den Haaren aus dem Hause, schleuderte sie dort hin und brüllte laut dazu:

„Enti talikah bit telateh!"

Das heißt zu deutsch: Du bist dreimal verstoßen, und ist die gesetzlich vorgeschriebene Scheidungsformel. Sie war von diesem Augenblicke an nicht mehr seine Frau.

Ich schlich mich um das Haus, um nach ihr zu sehen, so gefährlich dies für mich war; da kam sie weinend um die Ecke. Sie erschrak, als sie mich sah.

„Wirst du Zarka genannt?" fragte ich leise.

„Ja. Wer bist du?" brachte sie mühsam hervor.

„Dein Freund. Ich bringe dir Hilfe. Komm mit mir!"

Ich nahm sie bei der Hand und führte sie fort. Sie folgte mir ohne Weigerung, mir, einem Fremden, von dem sie sich nicht berühren lassen durfte. Es war ihr ja nun alles gleich. Leise vor sich hinweinend und schluchzend ging sie eine halbe Stunde lang neben mir her, bis wir in das Wadi Maskat er Raml kamen. Da, wo die Gefährten hinter den Felsen steckten, war die zärtliche Stimme Omars zu hören, und eine andere, feinere, antwortete ihm mit einem zweimaligen „Zarka" darauf. Da stieß die Frau einen schrillen Schrei aus und stürzte vorwärts.

Was soll ich sagen! Sträubte sich vorhin die Feder, mir zu gehorchen, so möchte sie jetzt wohl gar zu gern das unendliche Entzücken der Mutter schildern, vermag es aber nicht und schweigt also wieder, freilich aus ganz anderem Grunde.

Der mit dieser Wendung zunächst höchst unzufriedene Omar warf mir zehn Fragen auf einmal vor, und die anderen wollten ebenso Erklärung haben, aber es gab keine Zeit dazu, weil Abd el Birr, der Handhala, so rasch aufbrechen wollte. Sollte er uns nicht entgehen, so mußten wir eilen. Zarka wurde mit dem Kinde so weit in das Wadi hineingeschafft, daß sie nicht hören konnte, was geschah; dort blieben zwei Haddedihn, die ich instruierte, bei ihr. Dann wurde mein dreißig Ellen langer, unzerreißbarer Lasso

quer über den Weg gezogen; die Pferde sollten darüber stürzen, so daß uns der Fang sicherer und leichter war. Dann warteten wir.

Es verging aber eine Viertelstunde, ehe wir den Hufschlag nahender Pferde hörten. Sie kamen trotz der Dunkelheit im scharfen Trabe. Der Scheik fluchte, wetterte und trieb zur Eile an. Jetzt waren sie da. Ohne den Lasso wären sie in einigen Sekunden vorüber gewesen, wenn wir nicht hätten auf sie schießen wollen; so aber kam keiner vorbei; alle Pferde stürzten und die Reiter mit ihnen. Wir waren natürlich sofort über die letzteren her, ich über den Scheik, der sich durch seine Stimme kenntlich gemacht hatte. Er lag erst vor Schreck bewegungslos; dann wollte er sich wehren, wollte auf, konnte aber nicht und sank mit einem Schmerzensschrei wieder nieder. Er hatte das rechte Bein gebrochen. Sie wurden alle gebunden und nebeneinander niedergelegt; es fiel kein Wort dabei, und ich gebot auch für ferner, bis zu meiner Rückkehr, Schweigen. Dann nahm ich dem Scheik die beiden Pistolen aus dem Gürtel und ging dem Dorfe zu.

Dort angekommen, schlich ich mich erst hinter den Häusern bis zu dem größten hin, welches, wie ich dann erfuhr, wirklich dem Schech el Beled gehörte, ging dann ganz offen nach der vorderen Seite desselben und trat ein. Der Schech saß rauchend ganz allein im großen Raume; er wollte die Erregung der letzten Stunden durch die Pfeife beruhigen. Als er mich sah, sprang er überrascht auf.

„Kennst du diese Waffen?" fragte ich, sie ihm vorhaltend.

„Maschallah! Die Pistolen des Scheikes der Malik Ben Handhala!"

„Sie sind es. Er gab sie mir als Erkennungs- und Beglaubigungszeichen mit. Er ist nicht weit fortgekommen. Es handelt sich um ein Geheimnis, welches nur du allein heute erfahren darfst. Hast du einige Fananir?" (Plural von Fannar, Papierlaternen; andere gibt es dort nicht.)

„Ja."

„Hole sie, und folge mir! Es ist Wichtiges geschehen."

„Was? Wer bist du? Ich kenne dich nicht."

„Du wirst es von ihm selbst erfahren. Beeile dich! Es darf keine Minute verloren werden.“

Der sehr bestimmte Ton, in welchem ich sprach, und die Pistolen hatten die beabsichtigte Wirkung: Er holte mehrere Laternen, brannte eine davon an und ging mit. So sehr er unterwegs Auskunft von mir forderte, ich gab sie ihm nicht; doch als wir an Ort und Stelle waren, sagte ich ihm, daß er mein Gefangener sei, aber nichts zu befürchten habe, falls er sich ruhig bis zum Morgen verhalte. Er wurde auch gebunden, ehe er es sich versah; dann brannten wir alle Laternen an, so daß Licht genug vorhanden war, alles zu sehen.

Nun fiel zunächst der Scheik der Muntefik in den heftigsten Vorwürfen und Schmähreden über den Scheik der Handhala her; ich ließ ihn einige Zeit gewähren; dann aber, als er gar nicht aufhören wollte und es zu toll trieb, gebot ich ihm mit den Worten Ruhe:

„Nun laß es endlich gut sein! Es handelt sich bei dir um eine Beleidigung, für welche du Abbitte oder irgendeine für ihn ungefährliche Strafe verlangen kannst, nicht aber um etwas, was den unbedingten Tod erfordert. Hier aber steht der Bluträcher, welcher das Leben dieses Gefangenen fordern kann. Laß ihn nun auch zu Worte kommen!“

Ich deutete dabei auf Omar, welcher, seit Abd el Birr gefangen war, kein Wort gesagt hatte. Jetzt trat er näher und blickte ihm finster in das Gesicht. Ich gab Halef einen heimlichen Wink. Dieser verstand mich und ging unauffällig fort, um Zarka herzubringen.

„Du hast den Bruder meines Weibes ermordet“, sagte jetzt Omar; „ich bin der Rächer. Kennst du das Gesetz, welches lautet: Blut um Blut, Leben um Leben?“

„Töte mich!“ antwortete der Gefragte. „Allah hat mich durch diesen Kara Ben Nemsi Emir in deine Hand gegeben. Er hat mir die Freude meines Lebens, mein einziges Kind, den Sohn meines Alters genommen; ich mag nicht länger leben. Ich werde dir dankbar dafür sein, wenn du mir eine Kugel gibst.“

Das hatte Omar nicht erwartet; er kam dadurch in Verlegenheit. Er wollte den Gefangenen strafen, nicht ihm aber eine Wohltat erweisen. Er blickte erst ihn und dann auch mich ratlos an.

„Schieß ihn tot, oder nimm das Messer, Omar!" forderte ich ihn auf.

Seine Verlegenheit wuchs. Er wollte Rache, aber ein Henker zu sein, einen Wehrlosen zu töten, das fiel ihm nicht ein.

„Ich verstehe dich", fuhr ich fort. „Ja, wärest du ein Christ, so könntest du dich fürchterlich rächen, indem du glühende Kohlen auf sein Haupt sammeltest."

Er blickte unentschlossen vor sich nieder. Da bäumte sich der Gefangene unter seinen Fesseln und trotz seines Beinbruches auf und stieß einen lauten, unartikulierten Ruf aus. Sein Weib war gekommen, den Knaben in der Hand. Sie kniete neben ihm nieder und hielt ihm das Kind zum Kusse hin. Eine ungeheuere Aufregung bemächtigte sich seiner. Seine Augen schienen aus ihren Höhlen treten zu wollen, und er schrie mit einer Stimme, welche schier unmenschlich klang:

„Er lebt, mein Sohn, er lebt! Emir, laß mir die Hände los, gib sie mir nur einen Augenblick, einen einzigen Augenblick frei, damit ich mein Kind umarmen, nur einmal berühren, nur einmal streicheln kann!"

Ich bückte mich nieder und band ihm die Arme los. Da griff er zu und zog den Knaben an das Herz, liebkoste ihn wie närrisch, gebärdete sich wie wahnsinnig, zog dann auch die Frau an sich und rief:

„Ich habe dich verstoßen; ich nehme dich wieder auf. Du bist wieder mein Weib, mein teures, gutes Weib. Willst du es wieder sein?"

Sie nickte unter Tränen; sprechen konnte sie nicht.

„Ich habe dich zwar freigegeben, also bist du auch frei", fuhr er fort. „Aber wir gehen zum Kadi und lassen uns – – –"

Er hielt plötzlich inne; es fiel ihm ein, in welcher Lage er sich befand, daß er sein Leben verwirkt, ja sogar um seinen Tod gebeten hatte.

„Oh, Allbarmherziger, das ist nun aus!" klagte er. „Den

Blutpreis, den Blutpreis! Ich will ihn zahlen; ich kann, ich kann nicht sterben!"

„Und du stirbst doch!" antwortete Omar.

Da nahm ich den blauäugigen Knaben seinem Vater aus den Händen, gab ihn Omar hin und sagte:

„Dieser bittet für ihn; er ist sein Sohn. Du hast zweimal bei Allah geschworen, die Eltern dieses Kindes glücklich zu machen, wenn es dir möglich sei. Bedenke das!"

Der Knabe schlang ihm sofort die Ärmchen um den Hals und drückte ihm das Köpfchen in den Bart. Omar, der eben noch so entschlossene Omar, drehte sich um und verschwand mit dem Kinde im Dunkel der Nacht. Nun trat eine erwartungsvolle Stille ein, welche der Scheik dazu benutzte, sein Weib zu fragen, wie sie wieder zu dem verlorenen Kinde gekommen sei. Sie deutete stumm auf mich, und ich erzählte es ihm.

„Er hat es gefunden, er, der Bluträcher, dessen Verwandten wir ermordet haben!" sagte er. „O Allah, wie strafst du diese Tat!"

Da kam Omar wieder; er hatte den letzteren Ausruf gehört, und auf seinem Gesichte lag ein ungewöhnlich weicher Zug. Er legte ihm den Knaben in die Arme und sagte:

„Ich will nicht deinen Tod; ich nehme den Blutpreis – – – um dieses Kindes willen, welches mir meine Seele geraubt hat", fügte er fast weinend hinzu. „Die Krieger der Haddedihn werden mich wohl nicht deshalb für unwürdig halten."

Ich reichte ihm die Hand und beruhigte ihn:

„Nie bist du edler und tapferer gewesen als in diesem Augenblicke, wo du dich selbst bezwungen hast. Laß es sie wissen, daß ich, Kara Ben Nemsi Emir, dies ausdrücklich gesagt habe! Wie hoch soll der Blutpreis sein?"

„So viel, wie Abd el Mottaleb bezahlen mußte, der Großvater des Propheten, hundert Kamele."

„Das ist mein ganzes Vermögen!" rief der Scheik. „Es bleibt mir dann nichts, gar nichts übrig; aber du sollst alles haben, alles, wenn ich nur meinen Sohn und mein Weib wiederbekomme und für sie leben darf. Der eigentliche Mörder bin ich nicht; den hast du getötet, als wir euch auf dem Wege nach dem Wadi Bascham des Nachts überfallen wollten."

„So sind wir einig, und die Gefangenen sind frei", erklärte ich.

Ihre Fesseln wurden gelöst. Abd el Birr konnte nicht hier liegenbleiben; der Schech el Beled erklärte, ihn und sein Weib und Kind bei sich aufnehmen zu wollen, und lud auch mich mit ein. Er und alle unsere bisherigen Feinde gelobten freiwillig mit den heiligsten Eiden, daß sie allen Hintergedanken fern seien, uns als Freunde und Brüder betrachten und gegen alle Feinde verteidigen würden. Wir durften ihnen glauben und gingen mit, um die Gäste des ganzen Ortes Rakmatan zu sein.

Im Hause des Schechs angekommen, verband ich das Bein des Handhala, so gut es möglich war; der Bruch war kein komplizierter. Der Kranke fühlte sich am anderen Tage so wohl, daß er den Kadi kommen ließ, um sich sein Weib wieder antrauen zu lassen. Wäre ich nicht Christ gewesen, so hätte ich dabei als Zeuge dienen müssen; diese Ehre wurde Omar zuteil. Der brave Mann war so gerührt, daß er nach vorübergegangener Handlung zu den aufs neue Vermählten sagte:

„Ich bringe eine Gabe, welche ihr nicht zurückweisen dürft: Ihr habt mich zum Zeugen eures neuen Glückes gemacht, welches die Armut töten würde. Ich verzichte auf den Blutpreis und schenke ihn eurem Sohn. Allah segne ihn und dieses mein Geschenk!"

Der Scheik brachte kein Wort hervor; auch Zarka konnte nicht sprechen; ihre blauen Augen aber standen voller Tränen, denn die Farbe seiner Augen hatte ihr Söhnchen von ihr geerbt; sie hieß Zarka ihrer Augen wegen.

Was wollte der Scheik der Muntefik nach dem Beispiele von Güte machen, welches ihm Omar gegeben hatte? Er mußte auch verzeihen und alle Rachegedanken fallen lassen. Wie eigentlich christlich fühlte und handelte man hier und jetzt in diesem an der Pilgerstraße gelegenen Hause, wo der muhammedanische Fanatismus bisher jährlich blutige Orgien gefeiert hatte! Wir blieben fast drei Wochen lang als Gäste in er Rakmatan, und niemand wagte es, ein Wort der Beleidigung zu mir zu sagen. Die wahre Liebe besiegt den größten, unüberwindlich scheinenden Haß. Meine Gewehre wurden mir natürlich zurückgestellt, und ebenso bekamen die Haddedihn die Summe ersetzt, welche dem toten Mesud in Kubbet el Islam abgenommen worden war. – – –

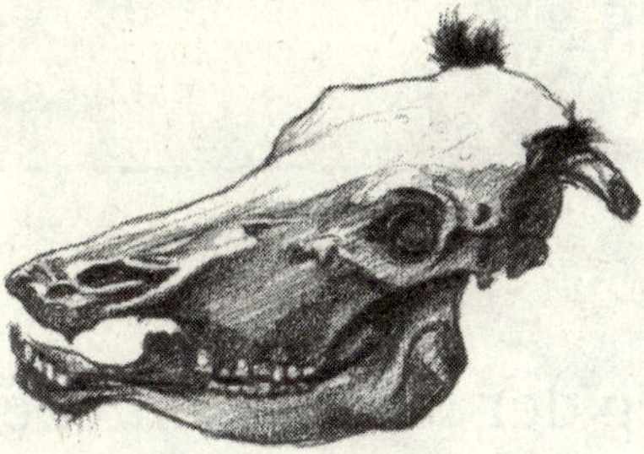

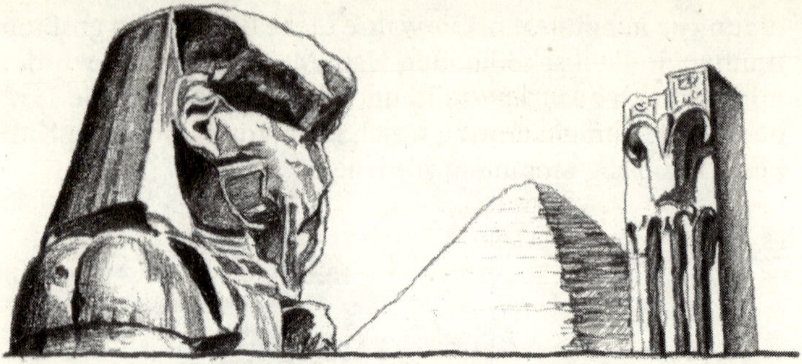

Sieg der Menschenliebe

Ich hatte also erfahren, daß die Fremden Vater und Tochter seien. Ich erfuhr noch mehr. Ob sie mir die Kenntnis der deutschen Sprache nicht zutrauten oder ob ihnen meine Anwesenheit wirklich vollständig gleichgültig war, sie sprachen so ungeniert miteinander, als ob an meiner Stelle nichts als Luft vorhanden sei.

Der Vater war ein ziemlich langer, hagerer Herr mit einem glattrasierten, etwas mehr als nötig in die Länge gezogenem Gesicht. Der Stehkragen seines Rockes paßte zu der salbungsvollen, dabei aber harten und schnellen Weise, in welcher er sprach. Er hatte einen seiner Handschuhe ausgezogen, was mir Gelegenheit gab, seine auch sehr lange, doch weiße und sichtbar wohlgepflegte Hand zu sehen. Nicht angenehm berührte der rücksichtslose, schnarrende Ton, in welchen er fiel, sooft es seine Absicht war, eine bestimmte Meinung auszusprechen. Ich pflege über andere Menschen nicht vorschnell zu urteilen, doch war ich, obgleich ich diesen Mann heut zum ersten Male sah und ihn also noch gar nicht kannte, zu der Behauptung geneigt, daß er von einer einmal gefaßten, wenn auch noch so falschen Ansicht nicht leicht abzubringen sei. Vielleicht war er sonst ein ganz vorzüglicher Mann, aber er machte den Eindruck auf mich, als ob er sich für unfehlbar halte, und mit solchen Leuten ist schwer umzugehen.

Die Tochter wurde von ihm Mary genannt. Sie hatte, um besser Umschau halten zu können, den Schleier zurückgeschlagen. Ich hütete mich natürlich, meine Beobachtungen merken zu lassen, doch genügte ein kurzer Blick, mich ein liebes, rosig angehauchtes Gesicht sehen zu lassen, in welchem ein Paar helle, klare, sehr verständige Augen glänzten. Ihre tiefe, schöne Altstimme habe ich schon erwähnt. Wenn sie sprach, so war ihr anzuhören, daß sie es nicht mit dem Munde, sondern mit der Seele tat. Es klang ganz so, als ob über diese Lippen nie ein liebloses Wort gekommen sei oder kommen könne. Vom Vater hatte sie das nicht geerbt; es konnte nur die Gabe einer vortrefflichen, an Herzensbildung reichen Mutter sein.

Der Vater war Amerikaner, und zwar Missionar, nach China bestimmt, wohin die Tochter ihn begleitete; die Mutter war tot, eine Deutsche gewesen, wie es schien. Sie waren über London, Köln, Wien und Triest nach Ägypten gekommen, um einige Zeit hier zu bleiben und sich dann zunächst Indien anzusehen. Große Eile schienen sie nicht zu haben.

Sie kannten die Wirkung des Khamsin noch nicht und waren trotz desselben gleich nach ihrer Ankunft hier heraufgeritten, weil Mary gewünscht hatte, zunächst das Gesamtbild von Kairo vor sich zu sehen. Und der Eindruck desselben war, wenigstens bei der Tochter, ein so tiefer, daß der ermattende Wind auf sie ohne sichtbare Wirkung blieb.

Sie hatte die entfaltete Karte auf ihrem Schoße liegen, ohne aber zunächst nach speziellen Punkten zu suchen. Es schien ihr vor allen Dingen um den Totaleindruck zu tun zu sein. Dabei machte sie dann und wann eine Bemerkung, die mich aufhorchen ließ. In diesem Mädchen schien ein seltsames, ungewöhnlich reiches Seelenleben zu pulsieren! Einmal hätte ich beinahe verraten, daß ich ihr aufmerksam zuhörte. Sie nannte nämlich meinen Namen.

„Weißt du, Vater, an wen ich jetzt denke?" sagte sie. „An Karl May. Ich habe seine drei Bände ‚Im Lande des Mahdi' gelesen, und – – –"

„Lies nicht das dumme Zeug von diesem May!" unterbrach er sie rasch und schnarrend. „Dieser Schriftsteller hat nichts als Phantasie, und du weißt, daß mir seine weichliche Frömmigkeit widerwärtig ist! Wie kommst du dazu, grad jetzt an ihn zu denken?"

„Er nennt Kairo ‚Bauwaabe el bilad esch schark, das Tor des Orientes', und sagt, dieses Tor sei altersschwach geworden und könne dem Einflusse des Abendlandes kaum mehr widerstehen. Es wird mir schwer, das zu glauben. Ich habe den Orient noch nicht gesehen, aber ich liebe ihn und wünsche, daß er sich stärker erweisen möge, als zum Beispiel du, Vater, mit so vielen anderen denkst. Er ist für mich ein schlafender Prinz im stehengebliebenen Saale einer eingefallenen, morgenländischen Königsburg. Seine Bestimmung ist, von einer abendländischen Jungfrau aufgeweckt zu werden. Wenn dann durch beide der Osten mit dem Westen in selbstloser Liebe vereinigt ist, werden alle Völker der Erde glücklich sein."

„Du bist eine Träumerin, ganz wie deine Mutter war! Die Wirklichkeit aber sieht ganz anders aus als so ein Märchentraum. Das Morgenland hat uns um das Paradies gebracht; es hat den Erlöser gekreuzigt und bis auf den heutigen Tag niemals erkennen wollen, was zu seinem Frieden dient. Nun kommen wir, die Himmelsboten, ihm diesen Frieden zu bringen. Nimmt es ihn an, so soll es ihn haben; stößt es ihn aber von sich, so wird es trotz aller unserer Mühe nicht zu retten sein. Schau doch hinab, und sieh, was zu deinen Füßen liegt! Alles, was da noch orientalischen Ursprungs ist, steht im Begriff, im Schmutze zu versinken. Alles Neue, Praktische und Gute aber hat diese Stadt vom Abendlande bekommen. Dein Karl May, von dem ich sonst nichts wissen will, hat also in diesem einen Falle ausnahmsweise einmal das Richtige gesagt. Ist der Orient der Märchenprinz, von dem du sprachst, so ist es nur uns Sendboten möglich, ihn aus dem Schlafe aufzuwecken. Nur wir allein können ihn erlösen; wir fußen in und auf der Wirklichkeit; deine abendländische Jungfrau aber gehört ins Reich der Phantasie."

„Phantasie! Das ist vielleicht das richtige Wort", lächelte sie. „Es gibt Leute, welche behaupten, daß die Phantasie hellere und schärfere Augen habe als der alterssichtig gewordene Verstand."

„Willst du mich belehren?"

„Nein. Dazu bist du mir ja viel, viel zu gelehrt. Aber weißt du, wir klopfen heut beide an das Tor des Orientes, und wenn man irgendwo anklopft, soll man sich nicht nur fragen ‚Was willst du hier?', sondern auch ‚Was bringst du mit?' Denn ob man das, was man will, erreichen wird, das ist wahrscheinlich sehr von dem abhängig, was man mitbringt. Und mitbringen muß und wird jeder etwas, und wenn es nichts weiter als seine Persönlichkeit wäre. Fragen wir uns also heut, indem wir an diese Pforte klopfen, was wir für die, welche hinter ihr wohnen, mitbringen!"

„Well, mein Kind! Ich bringe ihnen meinen Glauben. Das ist mehr als genug!"

„Und ich bringe ihnen meine Liebe, meine ganze, ganze, volle Liebe! Ob das genug ist, weiß ich nicht; aber ich besitze ja nichts weiter, was ich geben kann. Und diese Liebe gebe ich so gern, so unendlich gern. Was habe ich gewünscht! Wie habe ich geträumt, gehofft, geschwärmt! Mein Herz ist mir nach hier vorausgeflogen. Es ist mir, als sei mein bisheriges Leben eine Weissagung gewesen, welche von heute an beginne, in Erfüllung zu gehen. Der Orient ist die Heimat des Menschengeschlechtes. Fühlst du nicht auch, was es heißt, am Tore unserer Heimat zu stehen? Im Osten geht der Welt die Sonne auf. Ist es nur dein Glaube, welcher ihr entgegengeht? Bringst du ihr gar, gar nichts anderes mit?"

„Schwärmereien!" antwortete er überlegen. „Das sind nun die Folgen meiner Schwäche, deine Lektüre nicht strenger zu überwachen. Die Gestalten aus ‚Tausend und eine Nacht' und anderen Büchern spuken in dir; du bist noch ein Kind; ich aber bin ein Mann; ich darf nicht schwärmen wie du, denn ich habe ernste Pflichten zu erfüllen. Denke an meine Wette mit Reverend Burton in London, im Laufe des ersten Jahres fünfzig erwachsene Chinesen zu bekehren und ihm die Beweise darüber vorzulegen!"

„Was diese Wette betrifft, Vater, so wünschte ich, du

wärst sie nicht eingegangen. Ich habe das Gefühl, daß es eine Entheiligung ist, die Seligkeit anderer zum Gegenstande einer Wette zu machen."

„Nicht über diese Seligkeit, sondern über meinen Erfolg haben wir gewettet, Kind! Und ich werde gewinnen, weil mir die Gabe der überzeugenden Rede verliehen ist. Ich begreife nicht, wie ein Mensch einen anderen Glauben haben kann als den meinigen, welcher doch der einzig richtige, der einzig wahre ist. Schau dir da den Eseljungen an! Sein Allah ist ein falscher Gott und sein Muhammed ein Lügner. So viele Türme da unten ragen, in so viele Moscheen möchte ich treten, um laut auszurufen, daß es kein anderes Heil als das unsere gibt. Warum werden so wenig Heiden bekehrt? Weil uns der Mut fehlt. Ich werde in China keinen Tempel betreten, ohne mich offen hinzustellen und den Ungläubigen zu sagen, daß sie Heiden sind, denen die ewige Verdammnis sicher ist, wenn sie sich nicht bekehren. Ich werde – – – doch, sieh hin! Was tut dieser Mensch?"

Er hatte sich mitten in der Rede unterbrochen und

zeigte auf Sejjid Omar, welcher jetzt etwas tat, was die Aufmerksamkeit des Amerikaners auf sich zog, weil er es noch nie gesehen hatte. Der Eseltreiber schickte sich nämlich an, sein muhammedanisches Gebet zu verrichten.

Es war jetzt nicht eigentlich Betenszeit, denn das Asr war schon vorüber, und das Moghreb soll erst beim Untergang der Sonne gebetet werden; da aber die Zeit des einen Gebetes bis zum Beginn des nächsten reicht, so kann man die vorgeschriebene Pflicht, wenn man an ihrer Erfüllung verhindert wurde, bis zum Anfang der nächsten Periode nachholen. Sejjid Omar hatte aus irgendeinem Grunde das Asr nicht beten können, und da sich ihm hier oben die Gelegenheit bot, seinen religiösen Verpflichtungen völlig ungestört nachzukommen, so tat er dies, ohne sich um den Glauben und die Meinung der Anwesenden zu kümmern.

Er nahm seinen Zeuggürtel ab, faltete ihn auseinander und breitete ihn als Gebetsteppich auf die Erde aus. Nachdem er sich gegen Osten, mit dem Gesicht nach Mekka, gerichtet hatte, hob er die offenen Hände zu beiden Seiten des Gesichts empor, berührte mit den Spitzen der Daumen die Ohrläppchen und sagte:

„Allahu akbar – Gott ist sehr groß!"

Dieser Ruf war es, welcher die Aufmerksamkeit des Amerikaners auf ihn gelenkt hatte. Hierauf ließ er die Hände sinken, legte die linke in die rechte, richtete den Blick auf die Stelle des Teppichs, wo sein Kopf beim späteren Niederwerfen ihn berühren sollte, und fuhr fort: „Lob und Preis sei Gott, dem Weltenherrn, dem Allerbarmer, der da herrscht am Tage des Gerichts. Dir wollen wir dienen, und zu dir wollen wir flehen, auf daß du uns führest den rechten Weg, den Weg derer, die deiner Gnade sich erfreuen, nicht aber den derer, über welche du zürnest, und nicht den Weg der Irrenden."

Das war die heilige Fatcha, das erste Kapitel des Korans, welches jedem Gebete vorauszugehen hat. Dann folgte das kurze 112. Kapitel, welches lautet:

„Sprich: Gott ist der einzige und ewige Gott. Er zeugt nicht und ist nicht erzeugt, und kein Wesen ist ihm gleich!"

Hierauf legte er die Hände auf die Knie, neigte den Kopf, verbeugte sich dreimal und sagte:

„Allahu akbar! Ich preise die Vollkommenheit meines Herrn, des Großen. Gott erhöre den, der zu ihm betet. Preis sei dir, o Herr!“

Nachdem er Kopf und Körper wieder aufgerichtet hatte, kniete er langsam nieder, legte seine Hände vor den Knien auf den Boden und berührte mit Nase und Stirn die zwischen den Händen liegende Stelle. Dann hob er den Körper wieder empor, wobei aber die Knie sich nicht vom Boden trennten, sank rückwärts auf die Fersen und legte die Hände auf die Schenkel. Während dieser streng und genau vorgeschriebenen Bewegungen betete er:

„Allahu akbar! Ich preise die Vollkommenheiten meines Herrn, welcher der Allerhöchste ist. Gott ist sehr groß.“

Nun erhob er sich ganz, um stehend fortzufahren, kam aber nicht dazu, denn der Amerikaner sprang jetzt auf und zu ihm hin, zog ihn beim Arme vom Teppich zurück und rief dem Dolmetscher fragend zu:

„Dieser Mensch betet wohl?“

„Ja“, antwortete der Gefragte.

„Muhammedanisch?“

„Ja.“

„Sagen Sie ihm, daß ich das nicht dulde! Sagen Sie ihm, daß ich ein Christ bin, ein Missionar, welcher zu den Heiden geht, um sie zu bekehren. Ich kann und darf nicht dulden, daß in meiner Gegenwart anders als christlich gebetet wird. Er hat sofort aufzuhören, sofort!“

Es gilt bei den Muhammedanern schon für eine Sünde, an einem Betenden nahe vorüberzugehen. Ihn mit Worten zu unterbrechen ist gar nicht denkbar. Ihn aber in der Weise zu stören, wie der Yankee es tat, das würde man nur einem Wahnsinnigen oder einem Todfeinde zutrauen, welcher eine Beleidigung plant, die nur mit Blut abzuwischen ist. Dabei ist es ganz gleich, wes Standes der Betende ist. Beim Besuche der Moschee und auch während der Gebete außerhalb derselben wird der niedrigste dem höchsten und umgekehrt dieser jenem vollständig gleich geachtet. Sejjid Omar war zunächst starr vor Erstaunen, doch seine Augen blitzten. Dann fragte er den Dolmetscher, was der Fremde ihm gesagt habe. Der Levantiner berichtete es ihm mit hämischer Genauigkeit. Da hob Omar die Arme, um den Beleidiger anzufassen, beherrschte sich aber schnell, ließ sie wieder sinken, trat einen Schritt zurück, maß den Amerikaner mit einem unaussprechlichen, halb verächtlichen, halb mitleidigen Blick, warf die Hand leer in die Luft, was ein Zeichen der größten Geringschätzung ist, und richtete an den Dolmetscher die Worte:

„Ich wollte ihn hier vom Felsen hinunterwerfen, und sein Widerstand wäre gegen die Kraft meiner Arme nichts gewesen; aber ich bin Sejjid Omar und will mich nicht durch die Berührung mit einem so großen Schmutz besudeln. Jeder Heide hat mehr Verstand als dieser Nasrani (Christ); sage ihm das. Wehe jedem, der zu dem Glauben und zu den Sitten eines so rücksichtslosen Verächters und Störers des Gebetes übertritt! Ich habe nichts mehr mit ihm zu schaffen. Das Geld für meinen Esel schenke ich ihm. Ich mag es nicht berühren!"

Er hob den Teppichgürtel auf, schwang sich auf sein Grautier und ritt im Trabe davon, indem er den Gürtel in vielsagender Weise hinter sich her ausschüttelte. Dem Levantiner war es ein Vergnügen, die Worte Omars in einer Weise zu übersetzen, welche an Deutlichkeit nichts zu wünschen übrigließ. Als die Tochter, welche von ihrem Platze aufgestanden war, das hörte, rief sie dem Vater vorwurfsvoll zu:

„Was hast du getan! Ich wollte dich zurückhalten; du warst mir aber zu schnell. Dieser Araber gefiel mir so sehr! Er war so ernst, so still und so bescheiden. Sein Gebet rührte mich. Hieltest du dich wirklich für verpflichtet, es zu unterbrechen?"

„Natürlich!" antwortete er. „Du sollst keine andern Götter haben neben mir, gebietet die heilige Schrift. Elias hat die Pfaffen Baals geschlachtet. Sein Eifer soll ein Vorbild sein für jeden, der als Glaubensbote zu den Heiden geht!"

„Meinst du nicht, daß unser Gott und Allah ganz derselbe sei?"

„Wer einen anderen Glauben hat, hat auch einen anderen Gott! Und andere Götter zu haben ist verboten; das hast du ja gehört!"

„Aber die Liebe, von welcher ihr predigen sollt, macht es euch doch – – –"

„Sei still mit dieser Liebe, von der du nichts verstehst!" unterbrach er sie schnarrend. „Erst glaube ich; dann liebe ich. Wir haben hinaus in alle Welt zu gehen und alle Völker zu belehren. Von dem Worte aber, welches wir verkünden, sagt die Bibel, daß es ein Hammer sei, der Felsen zerschmettert. Nur dadurch, daß wir diese Macht des Wortes zeigen, können wir den Heiden imponieren. Und dann, wenn sie die Unseren geworden sind, werden wir ihnen unsere Liebe schenken. Wir haben endlich eingesehen, wie weit man mit der Liebe allein kommt. Es ist erwiesen, daß in neuerer Zeit der Islam mehr Fortschritte macht als das Christentum. Das Heidentum wird dem gehören, der es zum Gehorsam zwingt!"

Das klang so entschieden und so hart, daß sie es vorzog, still zu sein. Sie setzte sich wieder nieder, schien sich aber vergeblich zu bemühen, die frühere Stimmung zurückzurufen. Das, was sie vorher begeistert hatte, war ihr gleichgültig geworden, und da der Vater sich übel gelaunt und wortkarg zeigte, so bat sie ihn schließlich, aufzubrechen. [. . .]

Sejjid Omar, der Eselsjunge, stand drüben auf seinem Platze. Nach einiger Zeit band er seinen Esel an und kam herüber bis an die breiten Aufgangsstufen, welche Dienstpersonen, die nicht in das Hotel gehören, nicht ohne Erlaubnis betreten dürfen. Als er den dort befindlichen zweiten Portier um diese Erlaubnis bat, sah ich, daß er nach mir herüberzeigte. Sie wurde ihm gewährt, und dann kam er auf mich zugeschritten, langsam und würdevoll wie ein Ambassadeur des Padischah von Stambul. Vor mir stehenbleibend, kreuzte er die Hände auf der Brust, verbeugte sich und grüßte:

„Guttakk!"

Ich sah ihn fragend an und antwortete nicht.

„Guttakk!" wiederholte er, und als ich auch dann noch nichts sagte, besann er sich eines Besseren und fügte noch eine Silbe hinzu: „Guttertakk!"

Er hatte „Guten Tag!“ gemeint.

„Iis’id masak!“ antwortete ich, ihm dadurch andeutend, daß er arabisch sprechen solle, weil meine Sprachkenntnisse für sein Deutsch nicht ganz ausreichend seien. Da er hörte, daß ich seiner Muttersprache mächtig war, holte er erleichtert Atem und erkundigte sich:

„Ich bin Sejjid Omar. Welchen Titel soll ich dir geben, wenn ich mit dir spreche?“

„Man hat mich stets Sihdi (mein Herr) genannt“, antwortete ich.

„Nun wohl, Sihdi; ich hörte von dem Kellner, der dich auf deinem Zimmer bedient, daß du eine sehr lange und sehr weite Reise machen willst und einen arabischen Diener brauchst, der dich begleiten soll. Es haben sich schon viele gemeldet, doch keiner hat dir gefallen. Wenn Allah will und du stimmst bei, so gehe ich mit dir.“

Es war so, wie er sagte. Ich wollte zunächst nach dem Sudan hinauf, und deshalb mußte der Betreffende arabisch sprechen können.

„Wie kommst denn du dazu, dich mir anzubieten?“ fragte ich.

„Bringt dir dein Esel zuwenig Geld ein? Gefällt es dir nicht mehr in Kairo?“

„Ich habe mein gutes Auskommen und bin mit dieser meiner Vaterstadt zufrieden. Ich wäre nie von hier fortgegangen, aber mit dir möchte ich gern reisen, weil ich dich liebgewonnen habe.“

„Liebgewonnen? Weshalb?“

„Aus vielen Gründen. Ich sah, daß du mich beobachtest und erkundigte mich nach dir. Einer kannte dich. Du bist nicht zum ersten Male hier und nennst dich im Hotel ganz anders, als du heißest, weil du Bücher schreibst, die von den Leuten gelesen werden, welche dann zu dir gelaufen kommen und dich stören. Das willst du nicht. Ich soll den, der mir das sagte, nicht verraten; er reitet oft auf meinem Esel und hat gemeint, du seist zwar ein Christ, müssest aber ein besonderer Liebling Allahs sein; er wisse das genau, denn er habe alle deine Karten gelesen; die Briefe dürfen leider nicht geöffnet werden.“

„Ach! Es ist der alte Ibrahim Effendi auf der Post, der mich freilich schon seit langer Zeit kennt."

„Maschallah (Wunder Gottes)! Wie kannst du das erraten?"

„Du hast von Karten und Briefen gesprochen; er pflegt sie mir gern selbst zu bringen. Was deinen Wunsch betrifft, so komm morgen früh um acht Uhr auf mein Zimmer. Ich werde dir Bescheid sagen. Jetzt kannst du gehen."

Er verbeugte sich, grüßte und ging, kehrte aber nach einigen Schritten wieder um und sagte:

„Sihdi, ich will dir meine Bedingungen lieber gleich jetzt sagen!"

„So? Du hast Bedingungen?"

„Ja. Ich werde dir ein treuer, zuverlässiger Diener und du wirst mir ein strenger, aber guter Herr sein. Ich weiß das ganz genau, denn ich will dir gestehen, daß Ibrahim Effendi mir mehr von dir erzählt hat, als du denkst. Du zahlst mir, was du willst; ich bin zufrieden. Du kannst von mir verlangen, was du willst, ich werde es tun. Aber verlange nichts, was gegen meinen Glauben ist; laß mich keines meiner Gebete je versäumen, und sprich nie von deiner Religion! Ich liebe dich, aber ich liebe nicht das Christentum. Leletak sa'ide – deine Nacht sei gesegnet!"

Nach diesen Worten drehte er sich um und entfernte sich. Man denke ja nicht, daß ich die Pflicht gehabt hätte, ihm wegen der an mich gestellten Wünsche zu zürnen. Sie waren nicht so unbegründet, wie man vielleicht denken mag. Um dies einzusehen, muß man wissen, von welcher Art die Christen sind, auf die sich Omars Worte bezogen.

Da sind zunächst die Touristen. Man gehe einmal durch die Scharia Bab el Hadid nach dem Bahnhofe, um diese Leute bei ihrer Ankunft aussteigen zu sehen. Sie kommen eigentlich nicht, sondern sie werden gebracht; sie steigen nicht aus, sondern sie werden ausgestiegen. Sie bilden Cook- oder Stangen-„Herden", welche sich jeder Selbständigkeit begeben und ihren Hirten zu parieren haben. Sie sind nicht mehr Personen oder gar Individualitäten, sondern einfach Gegenstände des betreffenden Reisebüros. Im Bahnhofe aus- und vor den Hotels wieder abgeladen, haben sie die Zimmer zu nehmen, die man für sie bestimmt, zur vorgeschriebenen Zeit zu essen und zu schlafen, um zwischen diesen Zeiten truppweise auf die touristische Weide getrieben zu werden. Sie machen den Eindruck der Unwissenheit und der Hilflosigkeit, und jeder Eingeborene, dessen Dienste sie in Anspruch nehmen müssen, hält es für sein gutes Recht, ihre Unkenntnis möglichst auszubeuten. Sie mögen sich nun gegen ihn verhalten, wie sie wollen, höflich oder grob, freigebig oder nicht, auf alle Fälle betrachtet er sie als Personen, die sich mit ihm nicht messen können und deren Heimat eine so traurige ist, daß sie weite und kostspielige Reisen machen müssen, um einmal etwas Schöneres und Besseres zu sehen. Er sieht und hört ihre laute Bewunderung für alles, was für ihn zu den Alltäglichkeiten gehört; er wird von ihnen als halbes Wunder fotografiert; er steht dabei, wenn sie bei ihren Einkäufen für Dinge, welche aus Deutschland kommen und dort eine Mark kosten, vielleicht den zehnfachen Preis bezahlen; kurz, was sie ihm einflößen, ist nichts weniger als das Gefühl der Hochachtung, und wenn sie von jedermann mit den Worten „Bakschisch“ angerufen und verfolgt werden, so dürfen sie sich nicht etwa denken, daß man unter dieser „Gabe“ ein unverdientes Almosen versteht, sondern sie als einen Tribut betrachtet, welchen der Einheimische zu fordern berechtigt und der Fremde aber zu geben verpflichtet ist. Ich habe noch keinen Wirt, Händler, Führer, Dolmetscher und Eselsjungen gesehen, der nicht überzeugt gewesen ist, diesen ihrem Erklärer immer hilflos nachlaufenden Christen weit, weit überlegen zu sein. Und dieses Urteil ist stets ein verallgemeinerndes. Der Orientale braucht nur einen einzigen Punkt zu bemerken, in Beziehung auf welchen er dem Abendländer über ist, so steht sofort in ihm die Überzeugung fest, daß dieser Vorzug auch in jeder anderen Hinsicht vorhanden sei. Natürlich wird diese falsche Annahme vor allen Dingen auch auf den Glauben ausgedehnt. Der Tourist, besonders der sogenannte Herdentourist, hat seine Individualität daheim gelassen und bringt nichts als nur seine Neugierde und seinen Geldbeutel mit; er ist ein personifiziertes Bakschisch, welches das Abendland dem Morgenlande bringt. Dieses Bakschisch zieht dort den Betrug, die Habsucht und die Lüge groß, fließt meist in die Kassen nicht einheimischer Geschäftsleute und bringt dem eigentlichen Oriente wohl keinen, am allerwenigsten aber einen geistigen Nutzen. Seine Seele aber bleibt nicht unberührt.

Das Sträuben Sejjid Omars war nichts als eine Äußerung dieser Seele, welche sich dagegen empört, ihre Heiligtümer der fremden Neugierde gegen ein Trinkgeld von einigen Halbpiastern preiszugeben. Und es fand seine mehr als genügende Begründung in dem moralischen Werte oder Unwerte desjenigen Christentums, welches er kennengelernt hatte. [. . .]

Wo Sejjid Omar jetzt war und was er tat, das wußte ich nicht. Er hatte mich bei unserer Ankunft gefragt, was er nun vornehmen solle, und von mir den Bescheid erhalten, daß er die Pferde gut zu versorgen und sich erst am Abend wieder bei mir zu melden habe. Jetzt brauchte ich ihn ja nicht; heute abend aber sollte er mich begleiten; ich wollte beim Mondschein einen längeren Spaziergang nach den Pyramiden unternehmen.

Da standen sie vor mir, so nahe und doch so fern.

Nur drei Minuten trennten mich von der mir nächsten, der großen, und doch waren es eigentlich nicht drei Minuten, sondern viertausend und neunhundert Jahre. Die Gestalten der Araber, welche ich deutlich an ihr auf- und niederklettern sah, so pygmäisch, so ameisenwinzig, sie gehörten diesen drei Minuten an. Was bleibt nach ihrem Tode von ihnen übrig?! Aber das Andenken derer, welche diese Quader aufeinandertürmten, es ist nach fast fünftausend Jahren noch nicht vergessen. Ihr Leben ist nicht spurlos an der Welt und an den Tafeln der Geschichte vorübergegangen. Und doch sind diese fünftausend Jahre im Verhältnis zu der Ewigkeit auch nichts anderes als diese drei Minuten. Und wenn die große Frage kommt, welche ein jeder einst zu beantworten hat, wird Cheops wahrscheinlich um keinen Zoll größer sein als einer der Beduinen, welche die Perspektive mir jetzt so zwerghaft erscheinen ließ.

Indem ich zu ihnen hinaufschaute, glitt mein Auge auch

über die Stelle des Weges, welche, wie schon bemerkt, die einzige war, die ich sehen konnte. Da kam jemand sehr eilig herabgelaufen. Obgleich ich ihn nur einen Moment sehen konnte, erkannte ich doch Sejjid Omar in ihm. Er lief so schnell, daß sein langes Gewand hinter ihm herwehte. Es mußte etwas für ihn sehr Wichtiges sein, was ihn, der in allen seinen Bewegungen so gern die ihm eigene Würde zeigte, jetzt veranlaßte, es so außerordentlich eilig zu haben. Nur wenige Schritte nach links von mir ging die Sandhöhe, auf welcher ich mich befand, in das platte Dach eines zum Hotel gehörigen Nebengebäudes über. Von diesem aus konnte ich Omar aus dem tief eingeschnittenen Wege herauskommen sehen. Ich ging hin und schaute hinab. Auf dem Vorplatze saßen und standen viele Herren und Damen, welche diesen Aufenthalt den schwülen, dumpfen Zimmern vorgezogen hatten. Omar hemmte seine Schritte nicht, sondern rannte zwischen ihnen hindurch, ohne daran zu denken, daß ihm seine direkte Abstammung vom Propheten bei dieser Art von Schritten höchstwahrscheinlich nicht angesehen werden könne. Ich ging nach meinem Zimmer und hatte es kaum erreicht, so hörte ich ihn auch schon klopfen. Er wartete meine Antwort gar nicht ab, sondern trat ein, ließ die Tür ganz selbstverständlich offenstehen und sagte, indem er mit dem Atem rang:

„Sihdi, es wird über sie Gericht gehalten. Du mußt sofort kommen und ihren Fakih (Advokat, Verteidiger) machen!"

„Von wem redest du?" fragte ich.

„Von den Chinesen. Sie sind gute Menschen und wohnen in demselben Hotel mit dir. Ich hoffe, daß dies genug Gründe für dich sind, ihnen beizustehen!"

„Ich bin kein Fakih. Wer klagt sie an? Was haben sie getan?"

„Sie haben den Amerikaner in Schutz genommen, dem es wahrscheinlich an das Leben gehen wird. Das geschieht ihm recht! Du hast es ja gesehen, wie er mein Gebet unterbrochen hat!"

„Weshalb soll es ihm an das Leben gehen?"

„Das erzähle ich dir unterwegs; komm nur schnell, sonst wird es vielleicht zu spät, dich der Chinesen anzunehmen!"

Er faßte mich am Arm, um mich mit sich fortzuziehen. Ich wehrte ihn ab und sagte:

„Beherrsche dich! Man kann durch zögerndes Überlegen weiterkommen als durch übermäßige Eile. Erzähle, wenn auch kurz, aber alles, was geschehen ist."

Er versuchte, seinen fliegenden Atem zu beruhigen, und folgte meiner Aufforderung:

„Als ich die Pferde in den Stall geschafft und ihnen Futter gegeben hatte, ging ich hinauf nach den Pyramiden. Ich wollte die fremden Mekkapilger sehen, vor denen ich mich nicht zu scheuen brauche, weil ich weder Christ noch Jude, sondern nicht nur Moslem, sondern sogar Sejjid Omar bin. Ihre Gewänder sind zwar während der weiten Reisen zerrissen und sehr, sehr schmutzig geworden, aber das hindert nicht, daß diese Beduinen vom Bahr bela Ma sehr fromme Männer sind, welche Mekka gesehen haben und viel von ihm erzählen können. Als ich kam, waren sie dabei, die große Pyramide zu besteigen. Da aber auf der Höhe derselben nur gegen dreißig Personen stehen können, mußte dies in Abteilungen geschehen. Es dauerte sehr lange, ehe die erste wieder herunterkam. Mit dieser ging ich nach der Sphinx hinunter, denn sie sollte auch bestiegen werden. Du weißt, daß man da am Granittempel vorüberkommt. Indem wir dies taten, hörte ich Stimmen in dem Treppengang desselben, achtete ihrer aber nicht. Hätte ich gewußt, wer es war, so wäre ich hineingegangen, um sie zu warnen."

„Wer war es denn?" unterbrach ich ihn.

„Die beiden Chinesen, der Amerikaner und seine Tochter. Wir stiegen alle auf den Rücken des Sphinx, von wo aus einige der jungen Leute von el Kafr gegen ein Bakschisch auch noch auf den Kopf zu klettern pflegen, was so gefährlich ist, daß ich nicht versuchen möchte, es nachzumachen. Einer von ihnen führte dieses Kunststück aus, und der Schech der fremden Pilger behauptete, es ihm nachmachen zu können. Man glaubte es ihm nicht; es wurde hin- und hergestritten und ihm schließlich eine Wette angeboten, auf welche er einging. Er zog seinen Mantel aus und nahm auch sein Hamail vom Halse, weil es während des Kletterns leicht beschädigt werden konnte. Die Schnur, an welcher es hing, war zu eng, sie über den Kopf zu bringen. Er zog zu sehr; sie zerriß, und da er sie nicht festhielt, flog das Hamail seitwärts auf den Boden nieder, wo sich der Fels nach unten rundet. Es glitt weiter und fiel in die Tiefe hinab."

„Das hat nichts zu sagen. Die Hamails werden in Futteralen getragen, und unten gibt es lockeren Sand; das Buch wird also nicht beschädigt worden sein."

„Das ist richtig; aber höre, was gleich weiter geschah! Der Schech kümmerte sich jetzt nicht um sein Hamail, welches er sich dann ja holen konnte, er dachte nur an seine Wette. Es war ausgemacht worden, daß noch einmal jemand von el Kafr hinaufzuklettern habe, damit der Fremde sich die Stellen merken könne, wo die Finger und die Zehen einzusetzen sind. Diese Bedingung wurde auch erfüllt. Es gab also bis zum Austrag der Wette ein zweimaliges Hinauf- und wieder Herunterklettern. Das dauerte natürlich lange, weil jede Bewegung äußerst vorsichtig unternommen werden mußte, und während dieser Zeit geschah unten etwas, was wir nicht beachteten, weil unsere ganze Aufmerksamkeit nach oben gerichtet war."

„Ah, ich errate! Der Amerikaner und das Hamail!"

„Ja, so ist es, Sihdi! Die vier Personen hatten den Granittempel verlassen und waren dann auch nach der Sphinx gegangen, obgleich sie sahen, daß deren Körper von Beduinen geradezu wimmelte. Doch hatte dieser Umstand sie wenigstens abgehalten, sie auch zu besteigen; sie waren vielmehr den schmalen Pfad, welcher von ihrem westlichen Teile nach dem östlichen führt, hinabgegangen und hatten dort bei dem Vorderfuße das Hamail liegen sehen. Anstatt es nun gar nicht anzurühren, weil sie doch keine Muhammedaner waren und sich auch gewiß denken konnten, daß es einem oben auf der Sphinx befindlichen Pilger gehören werde, hatten sie es sogar aus dem Futterale gezogen, geöffnet und durchblättert. Inzwischen hatte der fremde Schech, der ein sehr kühner Kletterer ist, seine Wette gewonnen, und wir stiegen von der Sphinx herunter, was, wie du weißt, an ihrem Hinterkörper geschieht. Dort trafen wir mit dem wieder nach hier gekommenen Amerikaner zusammen. Als der Schech sein Hamail in den Händen dieses Mannes sah, war er zunächst so erschrocken, daß er kaum sprechen konnte; bald aber verwandelte sich der Schreck in Zorn. Er riß es ihm aus der Hand und fragte, ob er im Menahouse wohne, wo man Wurst und Schinken esse. Als der Gefragte mit einem Ja antwortete, mußte die Heiligkeit des Hamail für vernichtet gelten. Du kannst dir nun die Wut des Schechs denken, welcher den Amerikaner am liebsten vernichtet hätte. Dieser war aber nicht etwa so klug, zu schweigen, sondern er verteidigte sich und nannte das Hamail ein Lügenbuch."

„Er kann aber doch nicht arabisch sprechen!"

„Der Dolmetscher war bei ihm, den du auf dem Dschebel Mokkatam mit ihm und mir gesehen hast. Er ist vom Hotel weg zu ihm gefahren, um ihn abzuholen und mitzunehmen."

„Und dieser Mensch war so unvorsichtig, das Wort Lügenbuch zu übersetzen, ohne ein anderes, weniger beleidigendes an seine Stelle zu nehmen?"

„Oh, er hat noch ganz anderes übersetzt! Ich kann dir nicht alles so ausführlich erzählen, wie es geschehen ist, denn ich habe schon jetzt zu viel Zeit versäumt und will dir nur noch sagen, daß der Amerikaner es in seinem Zorne gewagt hat, dem Schech das Hamail wieder zu entreißen und unter schlimmen Ausdrücken, welche auch übersetzt worden sind, ihm vor die Füße zu werfen."

„Unmöglich!"

„Es ist wahr. Ich stand dabei und habe es selbst auch gesehen. Der Schech riß das Messer heraus, um ihn zu erstechen; die Tochter wollte sich dazwischenwerfen; der junge Chinese riß sie zurück und hat den Stich in den Arm bekommen. Der fremde Schech wollte wieder stechen, und seine Leute griffen auch nach ihren Messern. Es wären wenigstens drei Menschenleben zugrunde gegangen, wenn nicht der Schech el Beled (Dorfschulze) von el Kafr eingeschritten wäre. Diesem ist von der Regierung die Aufsicht über das Gebiet der Pyramiden übertragen worden, und er mußte sich sagen, daß die Ermordung von Christen, die überdies noch Ausländer sind, für ihn und die Bewohner seines Dorfes von sehr schlimmen Folgen sein werde. Aber es kostete ihn sehr viel Überredung, bis die Fremden ihre Messer wieder einsteckten, doch verlangten sie Sühne, und zwar blutige Sühne, weil eine solche Behandlung eines Hamail ein größeres Verbrechen ist, als selbst ein zehnfacher Mord sein würde. Diese Sühne soll auch sofort und ohne Zeitverlust gegeben werden, und darum drangen sie auf das Zusammentreten einer Dschemma (Gerichtsversammlung), welche den Fall ohne Zögern zu besprechen und das Urteil zu fällen habe."

„Sind die Beisitzer dieser Dschemma bereits gewählt?"

„Nein. Es werden lauter Fremde sein, und von den Hiesigen darf ihr nur der Schech el Beled beitreten. Dieser hat einen seiner Leute heimlich nach Kairo um Hilfe geschickt. Bis diese kommt, will er versuchen, die Verhandlung hinauszuziehen; aber ich glaube nicht, daß ihm dies gelingen wird."

„Ich auch nicht. Die Fremden scheinen den Fall nach dem Gesetz der Wüste behandeln und von der hiesigen Polizei nichts wissen zu wollen. Ja, es kann zwischen dieser und ihnen sehr leicht zum Kampfe und Blutvergießen kommen!"

„Daran dachte ich auch, und darum bin ich zu dir geeilt, um dich zu holen. Du wirst diese Sache auf gutem Wege zu enden wissen!"

„Ich? Wie kommst du zu dieser Idee?"

„Ich habe dir ja schon gesagt, daß mir der alte Ibrahim Effendi mehr von dir erzählt hat, als du denkst. Ich bitte dich um Hilfe. Wirst du sie den Chinesen verweigern?"

„Du sprichst nur von ihnen, obgleich ihnen direkt keine Gefahr droht. Für den Amerikaner bittest du nicht?"

„Nein! Er mag bekommen, was er verdient hat! Ich habe ihn auf dem Mokattam verschont; hier aber darf er keine Schonung finden!"

Da legte ich ihm die Hand auf die Schulter, sah ihm ernst in die Augen und sagte langsam, indem ich jedes Wort betonte:

„Du bist Sejjid Omar, aber du bist kein guter Mensch. Und wer kein guter Mensch ist, der kann auch kein guter Anhänger des Propheten sein! Ich wollte dich jetzt mitneh-

men, weil du mir helfen solltest, dem Amerikaner beizustehen. Du kannst aber hier bleiben!“

Ich tat, als ob ich gehen wollte; da rief er aus:

„Sihdi, nimm mich mit! Ich will dir beweisen, daß die Güte eines Moslem größer sein kann als sein Wunsch nach Rache. Brauchen wir Waffen?“

„Nein, sondern nur Klugheit und Entschlossenheit. Unsere Pferde sind nicht mehr gesattelt?“

„Nein. Reiten wir denn?“

„Ja, doch wir haben keine Zeit, vorher zu satteln. Ich kenne die Gesetze der Wüste sehr genau. Diese fremden Beduinen werden sich von dem Schech el Beled nichts vormachen lassen. Sie sind auf den Zusammentritt der Dschemma bloß deshalb eingegangen, weil sie derartige Szenen lieben; das Urteil aber wird auf den Tod des Amerikaners lauten, und sie werden es ausführen, ohne sich um die Meinung irgendeines anderen Menschen, sei es auch der Khedive von Ägypten, zu bekümmern. Wo wird diese Versammlung abgehalten?“

„Ein wenig oberhalb der Sphinx."

„So wird der Missionar diese Stelle nicht lebend verlassen, wenn wir ihn nicht herausholen. Da er zu Fuß nicht entkommen kann, sondern von ihnen eingeholt würde, reiten wir. Merke dir diese Tür, welche hinaus in das Freie führt! Sie ist von Wichtigkeit. Ich lasse sie um eine Lücke offen, und der Schlüssel bleibt von innen stecken."

„Warum, Sihdi?"

„Das erfährst du unterwegs. Jetzt komm!"

Ich muß bemerken, daß wir sehr schnell sprachen und daß diese Unterredung also nicht halb so lange währte, als wenn man sie vom Papiere liest. Ein Hamail ist ein in der Stadt Mekka geschriebener und unter gewissen Feierlichkeiten erworbener Koran, der nur an solche Pilger verkauft wird, welche nachweislich allen Verpflichtungen getreulich nachgekommen sind. Er gilt als das köstlichste Andenken an die Pilgerschaft, wird für heilig gehalten und darf nie mit irgend etwas in Berührung kommen, was dieser Heiligkeit nicht angemessen ist. Mr. Waller hatte nach den Begriffen derer, in deren Händen er sich befand, unbedingt ein todeswürdiges Verbrechen begangen. Wenn man hierzu die unter diesen Leuten gewöhnliche Christenverachtung und die durch die Pilgerfahrt bis zur Brutalität gesteigerte religiöse Aufregung rechnet, so kann man sich die Gefahr wohl denken, in welcher der Genannte gegenwärtig schwebte. Eine Dschemma über einen Christen, nebst dem an ihm vollstreckten Todesurteil, ein besserer Schluß konnte nach Ansicht dieser Fanatiker ihrer Reise nach Mekka ja gar nicht gegeben werden!

Wir eilten nach dem Stall hinüber, zogen die Pferde heraus, stiegen auf und ritten den Hohlweg nach den Pyramiden hinauf. Ich hielt es nicht für geraten, im Hotel zu sagen, warum wir diesen Ritt unternahmen. Je weniger Aufsehen erregt wurde, desto größer war für mich die Hoffnung des Gelingens.

Als wir oben bei der Cheops-Pyramide ankamen, war dort kein Mensch zu sehen, denn jedermann war nach der Sphinx geeilt, um bei der Dschemma anwesend zu sein. Das war mir lieb, weil ich nun, ohne gesehen zu werden und Verdacht zu erregen, Omar unterweisen konnte, was er zu tun hatte.

„Hier trennen wir uns", sagte ich. „Wenn der Amerikaner reiten kann, ist er zu retten, sonst wahrscheinlich nicht. Ich reite hier links an den kleinen Pyramiden nach der Sphinx hinunter, dränge mich an die Dschemma heran und suche, mit dem Pferde möglichst nahe an den Amerikaner heranzukommen. Dann steige ich ab und spreche mit den Beduinen."

„Aber du wagst dein Leben!" fiel Omar ein.

„Nein. Da ich heut nicht den Hut, sondern den Tarbusch trage, wird man mich für einen Effendi halten, und ich werde nichts sagen, wodurch ich mich als Christ bezeichne. Während ich die Aufmerksamkeit der Dschemma ganz auf mich ziehe, steigt er schnell auf das Pferd und reitet fort."

„Sie werden ihm nachreiten!"

„Ich meine, daß sich keine anderen Tiere dort befinden werden als die kleinen Esel und die langsamen Kamele der Leute von el Kafr?"

„Das ist richtig!"

„Man kann ihn also nicht einholen, aber man wird auf den klugen Gedanken kommen, ihn nicht nach dem Hotel zurückzulassen. Man wird also diesen Hohlweg hier besetzen und ihm die Annäherung auch von den anderen Seiten unmöglich machen. Aber an die Tür zu meinem Zimmer wird niemand denken.

„Maschallah! Ich beginne zu begreifen, Sihdi. Ich soll ihn nach dieser Tür bringen?"

„Ja."

„Aber wo und wie treffe ich ihn?"

„Du reitest hier an der großen Pyramide entlang, genau nach West, halb über das hinter ihr liegende Totenfeld, und wendest dich dann links nach der Pyramide des Chefren hinüber, an deren Südwestecke du wartest, bis der Amerikaner kommt."

„Wird er wissen, daß ich dort bin?"

„Ja; ich sage es ihm. Wenn er zu dir gestoßen ist, reitet ihr zurück, quer über das Totenfeld, aber ja nicht her zur großen Pyramide, sondern stets nach Nord, von der Höhe nach der Niederung herab, bis ihr in gleicher Linie mit dem Hotel seid. Es gibt dort keinen Weg; der Sand ist tief; man wird den Flüchtling dort gewißlich nicht vermuten. Dennoch sage ich, daß ihr Begegnungen möglichst zu vermeiden habt, bis das Hotel zu sehen ist. Dann reitet ihr, ganz gleich, ob ihr gesehen werdet oder nicht, schnell auf dasselbe zu, biegt aber ja nach keinem Wege ein, sondern eilt oben auf der Düne bis hin an meine Zimmertür, welche ich offengelassen habe. Seid ihr drin und habt den Schlüssel umgedreht, so ist nichts mehr zu befürchten. Die Pferde müssen freilich draußen stehenbleiben. Ich hoffe übrigens, daß ich dort bin, wenn ihr kommt. Beeilt euch aber, denn es wird bald dunkel werden!“

„Und was geschieht mit der Tochter des Amerikaners und mit den Chinesen, Sihdi?“

„Das laß meine Sorge sein! Ich rechne auf die ganz gewiß entstehende Aufregung und Verwirrung, welche ich möglichst gut benutzen werde.“

„Aber du selbst, Sihdi! Du begibst dich wirklich in Gefahr!“

„Das hat nur den Anschein so. Ich werde die Fremden durch eine so große Dreistigkeit verblüffen, daß sie gar nicht daran denken, etwas gegen mich zu tun.“

„Was wirst du zu ihnen sagen?“

„Das weiß ich noch nicht. Ich habe mich nach den Umständen zu richten, welche ich vorfinde. Wie aber steht es mit der Verwundung des Chinesen?“

„Sie ist nur leicht. Ich sah wohl Blut, doch aber nicht viel. Sein Vater verband ihn eben, als ich ging, mit seinem Taschentuche.“

„So habe ich von ihm keine Störung zu befürchten. Jetzt wird es Zeit, daß wir uns trennen. Mach deine Sache gut!“

„Von dem Augenblicke an, wo er bei mir ist, wird ihm nichts geschehen, darauf kannst du dich verlassen, Sihdi. Du hast von mir verlangt, ein guter Mensch zu sein, und nun macht es mir Freude, ihm seine Beleidigung durch Liebe zu vergelten!“

Nach diesen Worten ritt er in der ihm von mir angegebenen Richtung davon; ich aber nahm meinen Weg zwischen der großen und den ihr gegenüberliegenden kleinen Pyramiden hindurch, welche für Angehörige des Cheops bestimmt gewesen sein sollen. Hinter der letzten von ihnen teilt sich der Weg. Links führt er nach der Sphinx hinab, fast geradeaus nach Campbells Grab hinüber. Ich zog es vor, nach diesem Grabe zu reiten, denn ich hatte von dort aus einen besseren Überblick, und ich konnte mir den Anschein geben, als ob ich von dem Vorgefallenen gar nichts wisse und nicht etwa vom Hotel her, sondern von der zweiten oder gar dritten Pyramide komme. Ich wich also nach Westen zu von den durch den Sand führenden Stapfen ab und hielt mich so lange in den Einsenkungen des Terrains, bis ich die oberhalb der Chefren-Pyramide liegenden Tempelreste vor mir hatte. Hierauf wendete ich mich nach links, trieb das Pferd eine steile Schuttböschung hinauf und sah den Ort, den ich erreichen wollte, in nicht allzu großer Entfernung vor mir liegen.

Es genügte ein Blick, die Szene zu erfassen. Die für die Dschemma Ausgewählten saßen an der Erde, einige Schritte davon Mary und die Chinesen. Der Amerikaner stand, und neben ihm der Dolmetscher, welcher mit den Händen gestikulierte, also zu sprechen schien. Hören konnte ich es nicht. Die Stelle, an welcher ich mich befand, lag höher als diejenige, an welcher die Beduinen ihre Beratung hielten. Die Zuhörer hatten die Dschemma nicht ganz eingeschlossen, sondern sie bildeten, was mir außerordentlich lieb war, des abfallenden Terrains wegen nur einen Halbkreis, welcher nach mir zu offen stand; das machte es mir möglich, sofort ganz an die Beratenden heranzutreten.

Man wurde auf mich aufmerksam. Als ich näher kam, hörte ich den verwunderten Ruf: „Ein Reiter ohne Sattel!" Diejenigen, welche von mir abgewendet saßen, drehten sich nach mir um. Man zeigte Neugierde, doch fiel es keinem ein, seinen Platz zu verlassen.

Die Angelegenheit stand genauso, wie ich vermutet hatte, denn, den Schech el Beled von el Kafr ausgenommen, hatten alle Beisitzer der Dschemma ihre Messer vor sich bis an die Hefte in die Erde gesteckt, ein für den Kenner sicheres Zeichen, daß es sich um das Leben des Angeschuldigten handelte. Ich tat, als ob er mir sehr gleichgültig sei, ritt aber fast bis ganz zu ihm heran, sprang ab, legte die Hände, doch nur für einen kurzen Augenblick, um nicht als gewöhnlicher Mann zu gelten, auf die Brust und grüßte die am Boden sitzenden Personen.

Es war leicht zu erraten, welcher von ihnen der fremde Schech war, denn er hatte das Hamail, um welches es sich handelte, vor sich zu liegen. Sein Anzug befand sich, wie auch diejenigen aller seiner Leute, in einem Zustande, den Omar sehr richtig als „schmutzig und zerrissen“ bezeichnet hatte, doch war seinem ernsten, sonnverbrannten Gesichte die Gewohnheit des Befehlens deutlich aufgeprägt. Er nickte stolz mit dem Kopfe und ließ nur ein kurzes „Sallam!“ als Antwort hören. Wenn ich mir diesen Mangel an Höflichkeit gefallen ließ, so hatte ich von vornherein verspielt. Er mußte mich für einen Mann halten, der sich das nicht bieten zu lassen brauchte, darum sagte ich in strengem Tone:

„Du bleibst sitzen, indem du mit mir sprichst, und siehst doch, daß ich stehe? Ich vermute, daß ihr in Mekka gewesen seid, über welchem das Andenken des Propheten glänzt. Hast du etwa dort deine Höflichkeit im Sand von Chandamah vergraben?“

„Wo liegt Chandamah?“ fragte er schnell und erstaunt.

„Geh zwischen dem Suq el Lel und dem Schib el Maulid, wo das Geburtshaus des Propheten steht, vor die Stadt hinaus, so siehst du es zur linken Seite des Dschebel Qubehs liegen.“

Da stand er auf, und alle andern mit ihm, kreuzte die Hände auf der Brust, verbeugte sich tief und sagte:

„Verzeih! Ich wußte nicht, daß du ein Kenner der Heiligtümer bist. Du wirst mir erlauben, deinen Namen zu erfahren!“

„Allerdings, doch nicht eher, als bis ich dich nach dem deinigen gefragt habe. Vorher aber will ich das Wichtigere wissen. Sind wir bei den Pyramiden von Gizeh, oder befinden wir uns im Wadi Fatimeh, wo das Gesetz der Wüste gilt? Ich sehe eine Dschemma versammelt und Messer in der Erde stecken. Wer hat hier zu richten, und wer soll gerichtet werden?“

Ich sah ihm so scharf und fest ins Auge, daß mir sein Blick nicht ausweichen konnte. Die Erwähnung von Örtlichkeiten, welche nur dem Kenner von Mekka geläufig sind, tat das Ihrige. Er antwortete in nicht ganz sicherem Tone:

„Es ist eine Beleidigung geschehen, welche nur mit Blut gesühnt werden kann. Ich will es dir erzählen.“

Nichts konnte mir willkommener sein als diese seine Bereitwilligkeit, denn sie sagte mir, daß ich ihm imponiert hatte. Er berichtete mir, natürlich in seiner mohammedanisch gefärbten Weise, was geschehen war. Als er geendet hatte, sagte ich:

„Der Koran ist dir jedenfalls bekannt. Nach ihm und der Sunna muß Recht gesprochen werden. Aber weißt du auch, was Khalil Ibn Ishak, der berühmte Erklärer derselben, über die Pflichten der Dschemma sagt?“

„Nein; das weiß ich nicht“, sah er sich gezwungen, einzugestehen.

„Nicht? Aber ihr habt bedacht, daß dieser Fremde die Heiligkeit des Hamail nicht kennt und dich vielleicht gar nicht hat beleidigen wollen? Habt ihr ihm erlaubt, sich zu verteidigen?“

„Er hat es durch den Mund seines Dragoman (Dolmetscher) getan.“

„Ist dieser Dragoman gerecht und vorsichtig gewesen? Ich werde das sogleich erfahren.“

Der Dolmetscher stand höchst verlegen da. Er hörte mich arabisch sprechen und wußte nun also, daß ich alles verstanden hatte, was auf dem Dschebel Mokattan von ihm über mich geäußert worden war. Ob er mich wohl auch jetzt noch für einen Franzosen hielt?

„Imschi, ia Budala – Pack dich, Dummkopf!“ fuhr ich ihn an, denn ich wollte ihn nicht hören lassen, was ich dem Amerikaner zu sagen hatte.

Er zog sich erschrocken bis unter die Zuschauer zurück, und nun wendete ich mich an Waller, und zwar in deutscher Sprache:

„Sagen Sie schnell: Können Sie reiten?"

„Ja", antwortete er, indem er mich verwundert ansah.

„Galopp und ohne Sattel, so daß Sie ja nicht etwa herabfallen?"

„Ich sitze fest. Sie reden deutsch? Good luck! Warum fragen Sie?"

„Es handelt sich um Ihr Leben. Die Situation ist ernster, als Sie meinen, und nur die Flucht kann Sie retten. Wenn Sie das vielleicht bezweifeln, so fehlt mir die Zeit, es Ihnen zu erklären."

„Ich glaube es", versicherte er. „Das sind ja ganz desparate Menschen hier!"

„So passen Sie auf, was ich Ihnen sage! Ich werde jetzt zu diesen Leuten weitersprechen. Sobald Sie sehen, daß ihre Aufmerksamkeit ganz auf mich gerichtet ist, springen Sie auf mein Pferd und reiten so schnell wie Sie können fort – – –"

„Man wird mich verfolgen", fiel er ein.

„Allerdings; aber die paar Esel und Kamele, welche hier stehen, haben Sie nicht zu fürchten. Da oben steht die zweite Pyramide. An ihrer linken, hinteren Ecke treffen Sie auf meinen Diener. Er erwartet Sie dort und wird Sie so führen, daß, wenn Sie ihn nur erst erreicht haben, die Gefahr für Sie vorüber ist. Werden Sie tun, was ich Ihnen vorgeschlagen habe?"

„Natürlich! Aber ich habe nicht nur an mich, sondern auch an meine Tochter zu denken. Was soll –"

„Ihr wird nichts geschehen", unterbrach ich ihn; „ich gebe Ihnen mein Wort. Also, tun Sie, was ich gesagt habe, aber plötzlich, schnell und ohne daß Sie es etwa durch Blicke oder Bewegungen vorher verraten!"

Ich hatte während dieser kurzen Unterweisung den fremden Schech im Auge behalten und bemerkte zu meiner Beruhigung an ihm kein Zeichen des Mißtrauens. Als ich mich ihm jetzt wieder zuwendete, sagte er:

„Es ist ganz überflüssig, daß du diesen Christen fragst, denn er kann dir nichts anderes erzählen, als was ich dir schon gesagt habe. Der Schech el Beled will nicht, daß er getötet werde, aber wir sind freie Beduinen, die sich um

die Gesetze des Beherrschers von Ägypten und um die Ansichten fremder Konsuln nicht zu kümmern brauchen, und werden also nur nach den Vorschriften handeln, welche jeder Bekenner des Islam zu befolgen hat. Du hast unsere Beratung unterbrochen; wir setzen sie jetzt fort und werden schnell ein Ende machen. Habe die Güte, dich zu setzen, damit auch wir uns wieder setzen können!“

Diese Aufforderung hatte ich nicht erwartet. Sie bewies mir, daß er mich nicht nur unbedingt für einen Mohammedaner, sondern auch für eine Person hielt, nach deren Stand und Namen er nicht wieder fragen könne, ohne gegen die ihr schuldige Achtung zu verstoßen.

Der Araber setzt sich in Gegenwart eines Fremden nicht so kurz und einfach nieder, wie wir es tun, sondern es geschieht mit einer Umständlichkeit, welche um so größer ist und um so mehr Zeit in Anspruch nimmt, je mehr er diesen Fremden ehren und sich selbst als wohlerzogenen Mann betrachtet sehen will. Da vorhin alle seine an der Dschemma beteiligten Stammesgenossen mit ihm aufgestanden waren und nun auch wieder mit ihm Platz zu nehmen hatten, so gab es eine Menge von Verbeugungen, welche ich zu wiederholen hatte, worauf abermals Verneigungen folgten, welche jeder gegen seine Nachbarn richtete und mit einigen höflichen Worten begleitete. Das lenkte die Augen von dem Amerikaner in der Weise ab, daß er schon jetzt den richtigen Augenblick für gekommen hielt, den ihm gegebenen Rat zu befolgen.

Ich kehrte ihm den Rücken zu und hütete mich, mich nach ihm umzudrehen, als mir ein plötzliches Stampfen der Pferdehufe sagte, was geschah; aber der Schech sprang wieder auf und mit ihm alle, welche sich vorher unter so viel Umständen in die Stellung niedergelassen hatte, welche der Orientale „das Ruhen der Glieder“ nennt. Waller war auf das Pferd gesprungen, welches sich nur einige Augenblicke sträubte, seiner Führung zu gehorchen, und dann mit ihm davonschoß, nach aufwärts, der zweiten Pyramide zu. Nun stand ich natürlich auch rasch auf und sah zu meiner Genugtuung, daß er allerdings kein schlechter Reiter war.

Zunächst gab es eine allgemeine Anstrengung, so laut zu

schreien, wie es jedem möglich war; dann folgte der Gedanke, dem Fliehenden nachzueilen. Man riß sich um die vorhandenen Esel und Kamele; die ersteren ließen sich sofort lenken; die letzteren aber wurden durch den vielstimmigen Lärm störrisch gemacht; sie waren nicht von der Stelle zu bringen. Wer einen Esel erwischt hatte, trabte schleunigst fort; den Kamelen versuchte man, durch Schläge Gehorsam beizubringen. Das gab eine Szene, welche nicht weniger lebhaft war, als ich erwartet hatte. Der Schech war am schnellsten gewesen und als erster dem Amerikaner auf einem Esel nachgeritten; er zeigte sich auch als der Umsichtigste von allen, denn er kehrte schon nach kurzer Zeit wieder um, kam zurück und rief seinen Leuten zu:

„Seid still, und gebt euch keine Mühe! Das sind keine Kamele, wie man sie braucht, um ein Pferd einzuholen. Dieser Hund ist uns entschlüpft, aber nur einstweilen! Sein Ziel ist das Hotel; aber wir lassen es ihn nicht erreichen. Es war eine Torheit von ihm, nicht direkt dorthin zu reiten. Der Bogen, den er macht, ist so groß, daß wir ihm zuvorkommen werden. Vorwärts alle! Wir laufen!"

Er schwang sich von seinem Esel, ließ ihn stehen und rannte fort, seine Leute alle hinter ihm her. Die meisten der Fellachen von el Kafr folgten; die Besitzer der zurückgebliebenen Tiere wollten diese besteigen und auch fort; ich hinderte sie daran, weil ich nicht wünschte, daß die beiden Chinesen und Mary laufen sollten, und sie waren gegen die gewöhnliche Bezahlung und ein Extrabakschisch damit einverstanden.

Ich hatte den drei Genannten bis jetzt natürlich keine besondere Aufmerksamkeit schenken können; nun war es mir möglich, mich auch ihrer anzunehmen. Da sie nicht arabisch verstanden und sie, als ich mit Waller redete, nicht so nahe gewesen waren, um meine Worte deutlich hören zu können, so befanden sie sich über den Zusammenhang zwischen meinem Erscheinen und seiner Flucht im unklaren. Mary war leichenblaß. Sie hatte unbeschreibliche Angst um ihren Vater ausgestanden und war auch jetzt noch nicht befreit von ihr. Ich versuchte, sie zu beruhigen:

„Haben Sie keine Sorge! Wir reiten jetzt nach dem Hotel. Ihr Vater wird, wenn wir dort ankommen, entweder schon da sein oder sehr bald eintreffen."

„Wissen Sie denn, wohin er ist?" fragte sie.

„Ja. Ich habe ihm das Pferd gebracht, damit er fliehen könne, und Sejjid Omar hat an der zweiten Pyramide auf ihn gewartet, um ihn sicher nach dem Menahouse zu bringen."

„Sejjid Omar, der Eseltreiber, den er so schwer beleidigt hat?"

Sie sah mich an, als ob sie sich dies gar nicht denken könne. Dann fügte sie, indem ihre Blässe einer tiefen Röte wich, hinzu: „Und Sie, Sie sprechen deutsch! Sie haben also gehört und verstanden, was – – was – –"

„Ich habe", unterbrach ich sie, „nichts verstanden und nichts gehört als nur das eine, daß Mr. Waller in Gefahr sei und aus derselben herausgeholt werden müsse. Er befindet sich jetzt vollständig in Sicherheit, während aber wir daran zu denken haben, daß wir nicht hier bleiben dürfen, wenn der Zorn der Mekkapilger sich nicht nun auch gegen uns richten soll. Bitte, steigen Sie auf! Wir müssen uns beeilen, heimzukommen; dann werden Sie alles erfahren, was Sie jetzt noch nicht wissen."

Sie folgte dieser Aufforderung. Die Chinesen hatten schon zwei Kamele in Beschlag genommen. Sie sprachen nicht, doch sah ich ihnen an, daß ich für sie nicht mehr bloß der fremde, gleichgültige Tischnachbar war.

Wir schlugen den geraden Weg nach den kleinen Pyramiden ein. Als wir uns ihnen näherten, kam der Schech el Beled von da, wo links die Gräber der fünften Dynastie liegen, herbeigeritten. Er hatte sich den Verfolgern beigesellt gehabt, um nötigenfalls Unheil zu verhüten, und erkundigte sich bei den uns begleitenden Treibern, wo der fremde Schech sei. Sie unterrichteten ihn über die Absicht dieses Mannes, die ihn wieder mit Besorgnis zu erfüllen schien. Er kam an meine Seite, sah mir aus halb zugekniffenen Augen in das Gesicht und fragte, indem er leise lächelte:

„Du bist ein Christ?"

„Ja", antwortete ich ruhig. Der Wohlstand seines Dorfes hing von den Besuchern der Pyramiden ab, und von Fanatismus konnte bei ihm keine Rede sein. Ich brauchte also nicht heimlich gegen ihn zu tun.

„Und du bist schon öfters hier gewesen?" erkundigte er sich weiter.

„Ja."

„Ich kannte dein Gesicht, hielt dich aber doch für einen Moslem, für einen vornehmen Effendi. Nun aber habe ich es mir überlegt. Du bist mit Absicht zu Pferde gekommen? Du hast gewollt, daß der Angeklagte auf ihm fliehen soll?"

„Ich leugne es nicht."

Da reichte er mir seine Hand und sprach:

„So habe ich dir zu danken! Diese Flucht hat mich von einer schweren Sorge befreit. Man hätte den Amerikaner gegen meinen Willen getötet, von der Behörde in Kairo aber wäre die ganze Verantwortung auf mich geworfen worden. Du scheinst ein kluger Mann zu sein, und so darf ich vielleicht deine Einsicht bitten, mir einen Wunsch zu erfüllen?"

„Sprich!"

„Verschweig in der Stadt, was hier geschehen ist und was vielleicht noch geschehen wird! Auch die Leute des Hotels werden nicht davon sprechen, weil das Gerücht, daß die Besucher der Pyramiden ihres Lebens nicht sicher seien, die Zahl der Gäste sehr vermindern würde. Dieser zornige Schech aus dem Bahr bela Ma wird sich zwar nicht ganz bis zum Menahouse wagen, aber seine Leute doch von weitem so aufstellen, daß der Amerikaner ihm in die Hände fallen muß. Das macht mir schwere Sorge. Konntest du ihm denn nicht sagen, daß er direkt nach dem Hotel fliehen solle?"

„Nein. Als ich mit ihm sprach, hatte ich schon eine andere, bessere Vorbereitung getroffen, welche der Angelegenheit ein ruhiges, unbemerktes Ende geben wird. Ich wollte verhüten, daß dieser Vorfall in den Mund der Leute gebracht werde. Denke dir aber im Gegenteile, welches Aufsehen es erregt hätte, wenn der Flüchtling von seinen Verfolgern gerad nach dem Hotel gejagt worden wäre!"

„Du hast recht! Schau! Da stehen schon zwei, welche aufzupassen haben!“

Wir waren an der Cheops-Pyramide vorbeigekommen und lenkten in den nach dem Menahouse führenden Hohlweg ein. Da waren zwei von den Pilgern postiert. Ihr Schech hatte also wirklich seine Absicht ausgeführt und das Hotel, wenn auch nur aus der Ferne, vollständig eingeschlossen. Die beiden Männer sahen uns finster an, sagten aber nichts, als wir an ihnen vorüberkamen. Wir erreichten unbelästigt das Haus, stiegen ab, und ich zahlte den Treibern, was ich ihnen versprochen hatte. Als ich das getan hatte, trat der ältere Chinese zu mir, verbeugte sich sehr höflich und sagte, zu meinem Erstaunen deutsch:

„Mein Herr, ich ahne, daß wir Ihnen etwas zu verdanken haben, was uns noch nicht ganz bekannt geworden ist. Wir wünschen natürlich, es zu erfahren, und bitten um die Erlaubnis, Ihnen unsern Besuch machen zu dürfen. Kann das geschehen, ohne daß wir unsere heimatlichen Namen zu nennen haben? Ich möchte nicht eine Unwahrheit sagen und wünsche doch nicht, die Namen aussprechen zu müssen. Ich werde hier Fu und mein Sohn wird Tsi genannt.“

Das war höflich und ehrlich zugleich. Es widerstrebte ihm, einen Mann zu täuschen, dem er Dank zu schulden glaubte. Eine echt und wahrhaft vornehme Gesinnung, die mich nach meinen bisherigen Beobachtungen freilich nicht überraschen konnte! Ich sagte ihm, daß er und sein Sohn mir nach dem Abendessen willkommen seien, da grad die Umstände, von denen er gesprochen habe, mich verhinderten, sie eher zu empfangen. Dann trennten sie sich von mir, nachdem ich auf mein Befragen die Versicherung erhalten hatte, daß die Verwundung des Sohnes eine ganz leichte sei und zu keiner Besorgnis Veranlassung gebe.

Die Tochter des Missionars bat ich, mich nach meinem Zimmer zu begleiten, obgleich diese Aufforderung unter anderen Umständen fast soviel wie eine Beleidigung für eine Dame sei; ich wollte ihr aber die Freude machen, die erste zu sein, von der ihr Vater bei seiner glücklichen Ankunft empfangen werde. Sie zögerte nicht, mir diesen Wunsch zu erfüllen.

Als wir hinaufkamen, stand die Tür genauso weit offen, wie ich sie offen gelassen hatte; es war also noch niemand von draußen in das Zimmer getreten. Der Stuhl, auf welchem ich gesessen hatte, stand noch im Freien; ich nahm einen zweiten mit hinaus, und wir setzten uns nieder. Die Sonne nahte dem Untergange; es war nur noch kurze Zeit bis zum Eintritt der Dunkelheit, und ich nahm an, daß Omar sein möglichstes tun werde, mit seinem Begleiter noch vor derselben das Hotel zu erreichen. Es handelte sich dabei auch um die Gefährlichkeit der Bodenverhältnisse in der Nähe der Pyramiden, wo es so viele eingestürzte oder nur schlecht wieder zugeschüttete Gräber und unterirdische Gänge gibt, daß nach Sonnenuntergang ein Ritt für den, der solche Stellen nicht ganz genau kennt, tunlichst zu vermeiden ist.

Wir saßen fast ganz still nebeneinander. Miß Mary war verlegen, und ich befand mich nicht in der Stimmung, die Zeit mit einem Gespräch über irgendeinen gleichgültigen

Gegenstand auszufüllen. Ich sagte ihr kurz, daß ich von Sejjid Omar die Bedrängnis ihres Vaters erfahren und was ich ihm hierauf für eine Weisung gegeben hatte. Sie tat, als ob sie durch diese Mitteilungen beruhigt worden sei, war es aber wahrscheinlich nicht, wenigstens nicht ganz, wie mir ja gerad durch ihre Wortkargheit bewiesen wurde.

Wir mochten wohl über eine Viertelstunde, nur zuweilen ein kurzes Wort sprechend, nebeneinander gesessen haben, als wir aus der Richtung, aus welcher die beiden Reiter zu erwarten waren, einen Fußgänger kommen sahen. Er war genau wie Omar gekleidet, war aber Omar nicht, welcher einen gravitätischeren Gang und eine geradere Haltung als dieser Ankömmling hatte. Was hatte er hier oben auf dieser unwegsamen Düne zu suchen, welche zum Hotel gehörte und von den Fellachen nicht betreten werden durfte? Es gab hier gar nichts anderes; sein Ziel konnte nur die Außentüre meines Zimmers sein!

Die Augen der Kindesliebe waren schärfer als die meinen. Mary sprang auf.

„Mein Vater, ja, mein Vater ist's!"

Mit diesem Ausrufe eilte sie von mir fort und ihm entgegen. Er blieb stehen, und als sie ihn erreichte, sah ich, daß er sie mit einer Umarmung empfing und sie küßte. Ich hätte mich so gern entfernt, mußte aber bleiben, weil sie gezwungen waren, durch meine Wohnung zu gehen. Auch mußte ich doch erfahren, wo Omar mit den Pferden steckte, für welche ich um so mehr verantwortlich war, als man sie mir nicht gegen Bezahlung, sondern aus Gefälligkeit geliehen hatte.

Ich sah, daß die Tochter mir den Vater schnell zuführen wollte; aber er hatte zu fragen; sie mußte antworten, und so dauerte es einige Zeit, bis sie zu mir kamen, sie leicht und schnell, mit frohem Lächeln im Gesicht, er langsamer, zögernd und in sich wohl ungewiß darüber, wie er sich gegen mich verhalten solle. Da aber packte ihn seine eigentliche, bessere Natur: Er tat einige rasche Schritte auf mich zu, streckte mir beide Hände entgegen und sagte in einem Tone, den ich nicht anders als aufrichtig herzlich nennen kann:

„Ich bitte um Verzeihung! Von Dank will ich nicht sprechen; den brauchen Sie ja nicht. Aber die andere Schuld, in der ich Ihnen gegenüber stehe, die müssen Sie mir abnehmen, wenn Sie mit mir nicht auf halbem Wege stehenbleiben wollen!"

Ich erwiderte den Druck seiner Hand und antwortete, sehr froh über diese liebe, gute Aufwallung seines Innern:

„Sprechen wir jetzt nur von der Gegenwart, zunächst von diesem Tarbusch und von diesem Mantel! Ich vermute, daß beide meinem Sejjid Omar gehören?"

„Ja, sie sind von ihm. Ich habe natürlich kein Wort von ihm verstehen können, aber was ist dieser Eseltreiber doch für ein braver, prachtvoller Kerl!"

„Bitte, kommen Sie mit in das Zimmer, damit man Sie nicht von unten aus in diesem Anzuge stehen sieht!"

Sie folgten beide dieser Aufforderung, und dann erzählte der Amerikaner von seinem Ritte:

„Ich lasse alles Vorhergehende weg; wir sprechen später darüber; aber es ist mir klargeworden, daß dieses Abenteuer ohne Sie ein schlimmes Ende für mich genommen hätte. Dieser aufgeregte Mohammedaner stach ja sofort mit dem Messer zu! Und daß seine Leute die Messer vor sich in die Erde steckten, das hatte Blut zu bedeuten. Ich erinnere mich, darüber gelesen zu haben. Da kamen so plötzlich Sie und fragten mich, ob ich reiten könne. Glücklicherweise habe ich es gelernt. Ich sitze ziemlich fest, auch ohne Sattel. Als ich die zweite Pyramide erreichte, sah ich Sejjid Omar dort halten. Er sagte etwas, was ich nicht verstand, und deutete mir durch Gesten an, daß ich ihm folgen solle. Es ging nach West; links lag die dritte der großen Pyramiden. Dann wendete er sich mehr nach Norden. Wir kamen an alten, zerstörten Felsengräbern vorüber. Es gab keinen Weg; das Terrain war ungemein schlecht zum Reiten. Er suchte die besten Stellen aus, aber es ging trotzdem nur langsam vorwärts. Gut, daß wir keine Verfolger hinter uns sahen! Dann folgte tiefer, tiefer Sand, in dem wir abwärts ritten. Ich bemerkte, daß Omar einen weiten Bogen nach dem Hotel beabsichtigte. Wir sahen es einige Male liegen, aber immer wieder kehrte er um; ich wußte nicht warum.

Als ich ihn fragte, verstand er zwar nicht meine Worte, dafür aber meine Gesten, und als er mir antwortete, brachte ich ihm ganz dasselbe Unverständnis für das, was er sagte, und aber auch dieselbe Einsicht für die sprechenden Bewegungen seiner Arme und Finger entgegen. Er sagte mir durch diese Zeichen, daß das Hotel ringsum eingeschlossen sei, weil ich von den nach meinem Blute dürstenden Pilgern abgefangen werden solle."

„Sie haben ihn richtig verstanden", bemerkte ich, als er eine Pause machte. „Diese Leute stehen überall, woher Sie kommen könnten, und werden wohl die ganze Nacht hindurch stehenbleiben, wenn sie nicht durch einen Zufall erfahren, daß Sie entschlüpft sind."

„Was dieses Entschlüpfen betrifft, so war es gar nicht leicht", fuhr er fort. „Ich weiß nicht, was für eine Weisung Sie Omar gegeben hatten, aber er schien mich nicht nur überhaupt, sondern auch ganz unbemerkt durch die Reihe dieser Posten bringen zu wollen. Einmal, als wir wieder hinter einer Erhöhung hervorlugten und mehrere Wachen stehen sahen, schien ihm ein guter Gedanke zu kommen. Er sprach lange und eindringlich auf mich ein und nahm dabei alle Fremdwörter zu Rate, deren er in seinem Gedächtnisse habhaft werden konnte. Als ich trotzdem so unwissend blieb, wie ich war, stieg er ab und forderte mich auf, dasselbe zu tun. Dann deutete er nach der Gegend, in welcher das Hotel lag und machte eine Zeichnung in den Sand. Auf einen Punkt dieser Zeichnung deutend, wiederholte er mehrere Male die beiden Worte ‚Bab' und ‚Chambre'. Daß Chambre das französische Wort für ‚Zimmer' ist, weiß jedermann, und aus dem Plan von Kairo ist mir zufällig bekannt, daß Bab soviel wie Tür oder Tor bedeutet. Der Sejjid sprach also von einer Zimmertür, aber von welcher denn? Wie es ihm gelungen ist, mich endlich klug zu machen, das weiß ich nicht, aber es kam doch der Augenblick, an welchem ich ihn mit Hilfe seiner Zeichnung begriff: Ich hatte den Haupteingang zu vermeiden und mich oben nach der von der Cheops-Pyramide abfallenden Sanddüne zu wenden, auf welcher das erste Stockwerk des Hotels auf dieser Seite ein Parterre bildet. Dort gibt es eine offenstehende Tür, nach welcher ich zu gehen hatte. Als ich ihm unter fleißiger Anwendung von ‚Bab‘ und ‚Chambre‘ klargemacht hatte, daß er verstanden worden sei, strahlte sein Gesicht vor Freude. Er zog seinen Mantel aus, unter welchem er ein langes, hellbraunes, hemdartiges Gewand trägt, und gab ihn mir um. Dann ballte er meinen neuen Hut zusammen, schob ihn in seine weite Hosentasche und setzte mir dafür seinen Tarbusch auf, an dessen Stelle er sich mein Taschentuch um den Kopf wickelte. Dann stieg er auf sein Pferd, nahm das meinige am Zügel und ritt davon, absichtlich so, daß ihn die Posten bald bemerkten. Sie rannten auf ihn zu, wodurch sie mir den Weg freigaben. Er ließ sie nicht an sich herankommen. Sie schrien ihm zu und verdoppelten ihre Eile, mit ihm zu reden. Dadurch lockte er sie immer weiter fort, und ich ging langsamen Schrittes nach der mir vorgeschriebenen Gegend. Sie sahen mich von weitem, achteten aber nicht auf mich, weil sie mich infolge des Tarbusch und des Mantels für einen Araber hielten. Ich erreichte die Düne, ging ihr entlang und kam an die bewußte Tür, welche, was ich freilich nicht geahnt hatte, die Tür der Wohnung meines Retters ist.“

Nun hielt der Erzähler inne. Er hatte in einem heiteren Ernste gesprochen, der ihm weit besser zu Gesichte stand als der selbstbewußte, schnarrende Ton, der ihm sonst so eigen war. Er kam mir jetzt ganz anders vor, gar nicht so ungesund fromm und salbungsvoll, wie ich ihn bisher gesehen hatte. Welchen viel, viel besseren Eindruck macht doch der Mensch, wenn in ihm die gute Natur über das künstlich Gemachte siegt!

„Und nun aber der Dank!“ erinnerte seine Tochter. „Oder war es wirklich dein Ernst, nicht von ihm sprechen zu wollen?“

Ich wehrte mit der schnellen Bitte ab, dies Wort weder jetzt noch später zu erwähnen. Da klopfte es an, und als ich ein lautes „Fut!“ („Herein!“) gerufen hatte, kam der Sejjid herein, welcher meldete, daß er glücklich angekommen sei und die Pferde nach dem Stalle geschafft habe. Ich wußte, wie man Orientalen seines Standes und seiner Art zu nehmen hat, reichte ihm meine Hand, was an und für sich schon eine Auszeichnung war, und sagte:

„Du hast deine Sache gut gemacht, Omar. Ich engagiere dich; du wirst mein Diener sein und mich begleiten dürfen. Stände Mohammed, dein Prophet, an meiner Stelle, so würde er dir ganz dasselbe sagen, was ich dir schon gesagt habe: Du sollst vor allen Dingen ein guter Mensch sein, und du bist es heut gewesen. Bleibe stets und immer so, wie du an diesem Tage warst!"

Mr. Waller gab ihm den Mantel und den Tarbusch wieder, wofür er sein Taschentuch und den freilich sehr zusammengedrückten Hut zurückbekam, und bat mich, dem Sejjid die Worte zu übersetzen, die er ihm zu sagen habe. Sie lauteten:

„Ich habe dich um Verzeihung zu bitten. Gib mir deine Hand!"

Omar befand sich infolge meiner Rede in gehobener Stimmung. Die Bitte des Amerikaners aber schien ihm noch tiefer zu gehen. Seine Augen bekamen einen feuchten Glanz. Er streckte ihm die Hand in bescheiden zögernder Weise hin und antwortete:

„Ich habe dir meine Hand, wenn auch nur die unsichtbare, schon draußen an der Pyramide gegeben, als du geritten kamst, um dich von mir führen zu lassen. Und ich habe dir dann noch mehr gegeben, indem ich dir meine Kleider gab, welche ich wieder anlegen werde, ohne sie reinigen zu lassen, obgleich ein Christ sie getragen hat. Wenn Allahs Hand an die Güte eines Menschen klopft, soll dieser nicht nach dem Glauben seiner Brüder fragen. Das ist es, was ich heut gelernt habe. Und daß ich es gelernt habe, das macht mich so froh, wie ich noch nie gewesen bin!"

Er ging.

Waller sah mich, als ich ihm diese Worte übersetzt hatte, erstaunt an und sagte:

„Der spricht ja genau wie cin Christ! Sollte man das für möglich halten? Übrigens ein prächtiger Mensch, den man liebhaben muß!"

Ich hütete mich, zu seinen Worten irgendeine Bemerkung zu machen. Es hatte ihn in diesem Augenblicke die

Hand eines liebenden, von allem Erdenstaube reinen Engels berührt, und solche Momente lassen nur dann die Spur der Engelshand zurück, wenn sie durch keine Störung unterbrochen werden. Er schien von einem Gefühle hierfür geleitet zu werden, indem er aus dem Zimmer hinaus in das Freie trat.

„Bitte, stören wir ihn nicht!“ bat seine Tochter. „Ich möchte, daß dieses Erlebnis in dem friedlichen Tone ausklinge, in welchem das – – –“

Sie sprach den Satz nicht aus, sah mir halb verlegen, halb erwartungsvoll in das Gesicht und fragte dann:

„Sie haben wohl vieles oder gar alles gehört, was an unserm Tisch gesprochen worden ist?“

„Das meiste“, gab ich aufrichtig zu.

„Auch die Strophe, welche ich gefunden habe?“

„Auch diese.“

„Nun wohl: So wie diese möchte der heutige Tag für Vater ausklingen! Sie wissen nicht, warum ich mich nicht scheue, Ihnen das zu sagen, und ich weiß es auch nicht. Es ist etwas in mir, was Sie schon früher gesehen haben. Bitte, lächeln Sie nicht! Ich bin keine Phantastin; aber es ist mir, als ob ich Sie schon irgendwann und irgendwo getroffen und da so recht in vollem Vertrauen mit Ihnen gesprochen hätte. Nehmen Sie dies offene Wort aber ja als eine Seltenheit von mir, als, wenn Sie es nicht abweisen, eine kleine Vergeltung für das, was Sie heut für uns gewagt und getan haben!“

Da kam ihr Vater wieder herein und machte die Bemerkung, daß es ihre Pflicht und nun wohl auch an der Zeit sei, sich nach dem Befinden des verwundeten Chinesen zu erkundigen. Dann lud er mich ein, das Abendessen nicht so allein, wie in Kairo, sondern an seinem Tische einzunehmen, und ich sagte zu.

Als ich mich dann unten im Speisesaale einstellte, waren die Chinesen nicht da; sie speisten in ihrem Zimmer. Es sprach sich durch die Bedienung von Tisch zu Tisch herum, daß mit der Tramway ein Leutnant mit Soldaten aus Kairo angekommen sei, um die fremden Mekkapilger noch am Abend von hier fortzubringen. Das war jedenfalls die

Folge davon, daß der Schech el Beled von el Kafr einen Boten in die Stadt geschickt hatte. Die eigentliche Ursache dieser Maßregel schien man noch nicht zu kennen, und wir hatten keinen Grund, gegen andere von ihr zu sprechen.

Waller verhielt sich überhaupt sehr schweigsam, und das Gespräch wurde nur von Mary und mir in der Weise wach erhalten, daß es nicht ganz zum Einschlafen kam. Doch als ich erwähnte, daß Monsieur Fu und Monsieur Tsi zu mir kommen würden, bat er mich, ihn, wenn sie bei mir seien, zu benachrichtigen, ob auch er sich einstellen könne, ohne uns zu stören.

Als wir nach dem Essen in den Flur kamen, saß der erwähnte Leutnant da. Man machte sich an ihn, um Näheres zu erfahren, doch sagte er weiter nichts, als daß er die Pilger heut hinein nach Bulak zu bringen habe, worauf sie dann morgen früh per Bahn nach Wasta abgeschoben würden. Das war mir lieb zu hören, weil nun die Tour nach Sakkara unternommen werden konnte, ohne daß Waller eine Fortsetzung der heutigen Fährlichkeit zu befürchten hatte.

Was meinen Besuch betraf, so sollte er nicht im kleinen, dumpfen Zimmer sitzen. Ich ließ einen Tisch mit Stühlen hinaus vor die Tür bringen, um die Genugtuung zu haben, ihnen das Beste zu bieten, was Gizeh demjenigen Besucher bieten kann, welcher das geistige Auge und die seelische Empfänglichkeit dafür besitzt: den von den anderen Gästen nicht gestörten Anblick der Pyramiden beim Mondenschein.

Als die beiden Erwarteten kamen, führte ich sie hinaus, und sie waren herzlich gern damit einverstanden. Der Mond war eben erschienen, und die ernste, schwere Poesie des ägyptischen Altertums stand aus den Gräbern auf, um bleich, doch nächtlich schon von den Riesenbauten vergangener Jahrtausende auf uns, die winzigen Gäste der Gegenwart, herabzuschauen.

Die Chinesen hatten wohl nur einen kurzen Höflichkeitsbesuch beabsichtigt, aber der Eindruck, dem sie sich nicht entziehen konnten, war so gewaltig und so fesselnd, daß sie gar nicht daran dachten, diesen besten Platz, den das Menahouse-Hotel besitzt, so bald wieder zu verlassen. Und mir wurde außerdem die Freude, daß sie, als ich ihnen den Wunsch des Amerikaners mitteilte, mir die Erlaubnis gaben, nicht nur ihn, sondern auch seine Tochter zum Kommen aufzufordern.

Dann saßen wir wohl bis über Mitternacht beisammen, China, die Vereinigten Staaten und Deutschland, oder Asien, Amerika und Europa, in Eintracht und Frieden auf afrikanischem Boden, von allem Guten, Edlen, Schönen und Erhabenen sprechend, aber nicht vom Unterschiede der Religionen, von den Gegensätzen der Volksinteressen und von dem Vortrittsrechte besonderer Nationalitäten. Es war ein Abend, den ich nie vergessen werde, und als wir uns trennten, taten wir es in dem Bewußtsein, daß alle Menschen so zusammengehören, wie wir in diesen unvergleichlichen Stunden sowohl äußerlich wie auch innerlich vereint gewesen waren.

Gespräch über den Frieden

Unsere Abreise war auf morgen festgesetzt. Am Nachmittag waren wir, nämlich Marah Durimeh, Schakara und ich, noch einmal durch die Stadt und ihre Umgebung gewandelt, um die mir liebgewordenen Plätze aufzusuchen. Dann gingen wir nach der hinter dem Palaste liegenden, üppigen Weide, wo unsere beiden Pferde grasten, bei deren Namen sich jeder meiner Leser herzlich freuen wird, ihnen wieder zu begegnen. Es waren die beiden Rappen Assil Ben Rih und Syrr, der erstere für Halef und der letztere für mich. Wer diese beiden edelsten der Pferde, die es gegeben hat, noch nicht kennt, der wird sie im Verlaufe unserer Erzählung kennenlernen. Sie hatten uns aus fernem Lande bis hierher getragen und sollten uns auf demselben Wege wieder zurückbringen. So dachten wir. Aber es sollte anders kommen, als wir uns vorgenommen hatten.

Später, einige Zeit nach Sonnenuntergang, saßen wir drei auf dem hohen Söller beim Abendessen, welches nicht aus Fleisch, sondern nur aus Brot und Früchten bestand. Unter uns im Hof saß Halef bei einer Anzahl von Dienern und Dienerinnen. Er erzählte von seinen Abenteuern. Er tat das in seiner wohlbekannten, bombastischen, nach Beifall hungrigen Weise. Aber der Erfolg, den er an jedem anderen Orte einzuheimsen verstanden hatte, hier fiel er aus.

Man hörte ihm ruhig zu; kein Lob erscholl; kein Beifall ließ sich hören. Ein nachsichtiges Kopfnicken oder gar ein ironisches Lächeln, weiter gab es keinen Dank. Da stand er von seinem Platze auf, warf die Arme verächtlich in die Luft, ließ die Zuhörer sitzen und ging zum Tor hinaus.

Wir achteten nicht auf ihn und diese seine wohlverdiente Niederlage. Wir hatten nur Augen, nur Sinne für die vor uns liegende, köstliche Gotteswelt, die im Glanze der untergehenden Sonne fast überirdisch leuchtete und glühte. Ganz draußen im äußersten Süden, da, wo das Meer sich mit dem Himmel einte, gab es einen kleinen, sich aber vergrößernden, weil immer näher kommenden Punkt, der bald wie ein Blitz aufzuckte, bald goldig schimmerte, bald silbern funkelte, bald in einer oder in mehreren der sieben Regenbogenfarben flackerte.

„Ein Bote kommt", sagte Schakara, indem sie mit ausgestrecktem Arm nach diesem Punkt deutete.

Marah Durimeh richtete den Blick nach der bezeichneten Richtung, ließ ihn dort nur einen Augenblick lang ruhen und sagte dann, näher bestimmend:

„Ja, ein Bote, aber kein fremder, sondern der unsrige."

„Welcher?" fragte Schakara.

„Der mir die Antwort bringt vom Mir von Dschinnistan."

Was für Augen diese Frau hatte, deren Alter so groß war, daß man es kaum mehr bestimmen konnte! Sosehr ich die meinigen anstrengte, ich konnte doch nur ahnen, aber nicht deutlich bemerken, daß dieser in der Sonne schillernde Punkt eigentlich ein weißes Segel war. Sie aber sah das Boot und sah wohl auch den Mann, der es regierte! Und ebenso wie die Schärfe ihres Auges verblüffte auch der Name, den sie nannte. Der Mir von Dschinnistan! Welcher von meinen Lesern hat schon einmal von diesem berühmten Manne, von diesem Beherrscher eines großen, hochwichtigen Reiches gehört? Wohl keiner! Auch ich war ohne Ahnung von seiner Existenz, bis ich Marah Durimeh kennenlernte und aus ihrem eigenen Munde nach und nach die Namen der zahlreichen Gebiete erfuhr, über welche sich ihr persönlicher Einfluß erstreckte. Der Mir von Dschinnistan stand unter ihrem ganz besonderen Schutz.

Der Bote, der sich jetzt sehr schnell dem Hafen näherte, weil günstiger Wind ihn trieb, war bei ihm gewesen. Die Kunde, die sie von ihm erwartete, schien von großer Wichtigkeit für sie zu sein, denn sie stand von ihrem Sitze auf, beschattete mit der Hand ihre Augen, bog sich über die Brüstung des Söllers hinaus und verfolgte das schwimmende Boot wohl eine ganze Minute lang mit gespannter Aufmerksamkeit. Dann sagte sie:

„Ja, er ist es!“ Und mit einem langen, tiefen Atemzuge fügte sie hinzu: „Nun wird es sich entscheiden!“

Dann setzte sie sich wieder auf ihren Platz zurück, sah tief nachdenklich vor sich nieder, hob dann den Blick zu mir empor und fragte:

„Mußt du heim, Sihdi, oder mußt du nicht heim?“

„Ich muß nie“, antwortete ich.

„Das weiß ich“, nickte sie mir freundlich zu. „Vielleicht ist es gut, daß du noch bei uns bist, daß du uns noch nicht verlassen hast.“

„Gut? Für wen?“ fragte ich.

„Für dich, für mich und besonders auch für den Mir von Dschinnistan.“

Da war ich es nun, der von seinem Sitze aufsprang und überrascht ausrief:

„Für uns und auch für ihn? Wieso? Das ist ein Rätsel. Ich bitte, es zu lösen!“

Sie richtete ihre Augen groß und voll auf mich, als ob sie mit diesem Blick mein ganzes inneres Wesen durchdringe, und antwortete dann:

„Das größte aller Rätsel bist du selbst. Indem du dieses lösest, lösest du auch das des Mir von Dschinnistan. Setze dich! Und warte, bis ich mit dem Boten gesprochen habe!“

Das war so ihre Art, Problem mit Problem zu beantworten. Ihr größtes Glück bestand darin, menschheitsinnerliche Werte zu verschenken; aber sie warf sie nicht billig hin, sondern man hatte sie durch eigenes Nachdenken zu finden und sich anzueignen. Daß ich ein Rätsel bin, versteht sich ganz von selbst. Jeder Mensch ist eines. Wer das erkennt, hat schon mit der Lösung begonnen. Die Antwort auf die Menschheitsfrage suchen, heißt leben. Wer da

stirbt, ohne gesucht zu haben, der hat nicht gelebt, sondern nur vegetiert und wird Kompost, weiter nichts!

Das, was zunächst ein Punkt gewesen war, hatte sich inzwischen vergrößert. Es erschien als weißes Segel. Dann sah man, daß es drei Segel waren. Später bemerkte ich, daß das Boot nicht einen, sondern zwei Masten hatte, an welche die Segel kreuzweis gezogen waren. Eine solche Stellung der Leinwand hatte ich noch nie gesehen; aber sie war außerordentlich praktisch. Das Vordersegel schraubte sich als Luftbohrer in die Ferne, und die beiden Hinterbootsegel standen wie ein Pflug, mit scharfer Schneide nach vorn, nach hinten aber breit offen, so daß nicht der geringste Teil des Luftdruckes verlorengehen konnte. Bemannt war das Boot mit nur zwei Hilfspersonen, welche die Leinen und das Steuer führten; ihr Gebieter aber stand ganz vorn am äußersten Bug. Hoch aufgerichtet, weiß gekleidet, den einen Arm stolz in die Hüfte gestemmt, mit nachflatterndem Turbantuch, glich er in der gegenwärtigen Beleuchtung weniger einem gewöhnlichen, irdischen Boten, sondern vielmehr einem jener überirdischen Wesen, von denen die uralte, orientalische Sage erzählt, daß sie mit ihren Fahrzeugen ganz plötzlich aus der Tiefe des Meeres auftauchen und an den Wohnorten der Menschen landen, um ihnen den Gruß der Ewigkeit und den Segen des Himmels zu bringen.

Und jetzt, da sich das Boot dem Hafen näherte, kam der Augenblick, an dem die Sonne versank. Durch all das Licht, welches auf den Meeresfluten lag, zuckte ein durchsichtiger, leicht violetter Schatten. Die Heiterkeit des goldenen Tages verwandelte sich mit einem Schlage in den Ernst des nahenden Abends. Von der nahen Moschee erscholl der Ruf des Mueddin:

„Heeehhh alas salah! Heeehhh alal felah! Auf zum Gebete! Auf zum Heile! Die Sonne hat sich in das Meer getaucht! Die Zeit des Unterganges ist da, und mit ihr die Stunde des Gebetes. Gott ist groß! Gott ist groß! Gott ist groß!“

Von dem freien Platze herauf ertönte die Stimme des Vorbeters:

„Im Namen des allbarmherzigen Gottes! Lob und Preis sei Gott, dem Weltenherrn, dem Allerbarmer, der da herrschet am Tage des Gerichts! Dir wollen wir dienen, und zu dir wollen wir flehen, auf daß du uns führest den rechten Weg, den Weg derer, die deiner Gnade sich freuen – – –"

Weiter konnten wir hiervon nichts mehr hören, denn nun fielen die ehernen Stimmen der christlichen Glocken ein und zogen jeden anders schwingenden und anders klingenden Ton in ihr herrliches Abendgeläute. Da stand Marah Durimeh auf und wir mit ihr. Wir falteten die Hände. Sie aber deutete nach dem Turme, wo man läutete, und sprach:

„Dies ist der Ton, der durch das Weltall klingt,
Der einz'ge Ton, der Glück und Frieden bringt.
In ihm verschwindet aller Erdenstreit;
Gepriesen sei der Herr in Ewigkeit!"

In diesem Augenblicke hatte das Boot den Hafen erreicht. Der Bote sah seine Herrin auf dem Söller stehen. Er grüßte mit beiden Armen zu ihr herauf. Dann kniete er da, wo er gestanden hatte, nieder und faltete die Hände, um ebenso, wie alle Welt, zu beten. Der Eindruck, den dies machte, läßt sich gar nicht beschreiben. Diese ganze, unvergleichliche, erdenferne Örtlichkeit! Diese am Himmel und über die Erde hinzuckenden, mehr und mehr ersterbenden Tinten! Die dunkle Mauer des hinter uns drohenden Gebirges! Die immer magischer und mystischer werdende Färbung der See! Dieses Glockengeläute, und zwar an einem Orte, den außer mir gewiß noch kein europäischer Christ betreten hatte! Vor allen Dingen aber die hoch aufgerichtete Gestalt unserer Gebieterin! Diese Stirne, dieser Nakken, diese Augen! Wie oft hatte Hadschi Halef, wenn er ernstlich über sie nachdachte, zu mir gesagt: Sie ist kein gewöhnliches Weib; sie ist auch keine Königin. Sie ist eine Dschinni, eine Seele, ein Geist. Ja, noch mehr: Sie ist nicht nur Seele oder Geist, sondern sie ist die Herrin und die Gebieterin aller Seelen und aller Geister, die es gibt. Allah segne sie!"

Er versuchte, sich in dieser ihm eigentümlichen Weise über sie klarzuwerden, und ich muß gestehen, daß ich ihm niemals widersprochen habe, sooft er es auch tat. Und gerade jetzt in diesem Augenblicke überkam auch mich ein Etwas, was mehr als eine Ahnung war, daß in dieser unvergleichlichen Frau Gedanken, Gesinnungen und Kräfte lebten, die meine Schulpsychologie unmöglich zu fassen vermochte. Es war mir zumute wie einem unbefangenen, gläubigen Kinde, welches zum erstenmal in seinem Leben in das Theater kommt und nicht im geringsten daran zweifelt, daß die Zauberwelt, die sich vor seinen Augen entrollt, in Wirklichkeit vorhanden ist. Die Menschheitsseele ist in jedem Menschen tätig, in vielen einzelnen sogar in ganz besonderer Weise, in Marah Durimeh aber so, wie sonst wohl niemals wieder. Und der Mann, der da unten an der Spitze seines Bootes im Gebete kniete, kam mir vor wie ein Abgesandter der Menschheit, die nach ihrer Seele sucht und nach Rettung aus Leibesgefahr.

Nun verstummten die Glocken. Das Gebet war vorüber; die Dämmerung stieg von den Bergen. Der betende Mann im Boote erhob sich und lenkte sein Fahrzeug an das Ufer. Dort stieg er aus und verschwand zwischen den Häusern auf dem Wege, der zu uns führte. Nach kurzer Zeit wurde gemeldet, daß er da sei und darum bitte, die Herrin sprechen zu dürfen. Sie entfernte sich, um seinen Wunsch zu erfüllen. Ich blieb mit Schakara allein. Diese hatte in ihrer schwesterlich fürsorglichen Weise den Wunsch, mich vorzubereiten. Sie sagte:

„Vielleicht wäre es besser, du hättest uns schon verlassen. Ich befürchte, die Herrin gibt dir Schweres zu tun!"

„Wohl gar Unmögliches?" fragte ich lächelnd.

„Nein; das tut sie nicht."

„So sorge dich nicht, o Schakara! Seit sie den Mir von Dschinnistan genannt hat, hoffe und wünsche ich sogar, daß ich noch nicht abzureisen brauche."

„Reisen wirst du auf jeden Fall!"

„Aber wohin, wenn nicht heim?"

„Zum Mir."

„Zu ihm?" fragte ich, ebenso sehr erfreut wie erstaunt.

„Ja, zu ihm. Du warst noch nie in Dschinnistan. Aber du weißt, wo es liegt?"

„Ja."

„Und wie außerordentlich unzugänglich es ist?"

„Auch das. Es gibt nur zwei Wege: entweder vom Madarissee aus, und der ist entsetzlich weit; oder man reitet durch das ganze Reich von Ardistan, und der ist wohl kürzer, aber gefährlicher."

„Viel, viel gefährlicher! Kennst du den Mir von Ardistan?"

„Nein. Aber gehört habe ich von ihm."

„Was?"

„Er ist ein Gewaltmensch, ein Tyrann – – –"

„Ein Freund des Krieges, ein Hasser des Friedens", fiel sie lebhaft ein. „Jeder gesunde Mann seines Landes ist Soldat. Für die Werke des Friedens hat er nur Kranke und Krüppel übrig."

„Das ist zwar traurig, aber was geht das mich an? Ich will doch nicht zu ihm, sondern zum Mir von Dschinnistan. Und selbst wenn ich zu ihm wollte, würden seine kriegerischen Neigungen doch wohl kein Grund für mich sein, auf die Reise zu ihm zu verzichten. Ich glaube sogar, daß sie mir eher Nutzen als Schäden brächten."

„Unter gewöhnlichen Verhältnissen, vielleicht. Aber auch da ist es für jeden Europäer in hohem Grade gefährlich, sein Land zu betreten. Er haßt alles, was aus dem Westen kommt; besonders aber haßt er die Menschen, die dort wohnen. Wenn er erführe, daß du ein Europäer bist, so – – –"

Sie konnte den angefangenen Satz nicht vollenden; sie wurde unterbrochen. Marah Durimeh kehrte zurück. Sie besaß eine beispiellose Selbstbeherrschung. Trotzdem aber bemerkte ich, als sie zu sprechen begann, an dem nicht ganz zu unterdrückenden Zittern ihrer Stimme, daß sie innerlich erregt war.

„Die Audienz ist nur für einstweilen unterbrochen", sagte sie. „Der Bote hat mir noch viel zu berichten. Er wird wiederkommen. Für jetzt mußte ich vor allen Dingen zu euch zurück, um euch zu sagen, daß das entsetzliche Unglück, welches ich verhüten wollte, nicht abzuwenden ist."

Da schlug Schakara erschrocken die Hände zusammen und fragte:

„Es gibt – – – Krieg?“

„Ja – – – Krieg!“ nickte Marah Durimeh.

„Zwischen wem?“ fragte ich.

„Zwischen Ardistan und Dschinnistan.“

„Ist er schon erklärt?“

„Erklärt – – –? Welch ein Wort! Eine vorherige Erklärung gibt es nur zwischen zivilisierten Herrschern. Der Mir von Ardistan aber ist Barbar. Er schlägt los, sobald es ihm beliebt, ohne vorher zu fragen und ohne vorher etwas zu melden. Ich kann auf deine Frage also nur die Antwort erteilen, daß es Krieg geben wird, daß er aber noch nicht begonnen hat. Ich habe ihn verhüten wollen und der Mir von Dschinnistan ebenso; aber alle unsere Mühe ist vergeblich gewesen. Nun müssen wir schnell handeln, er und ich. Ich brauche einen Mann, auf den ich mich verlassen kann; ich brauche ihn sofort, sofort! Einen Mann, der nicht pfiffig, nicht hinterlistig, nicht verschlagen ist, sondern ehrlich, klug, nur klug, aber so klug, daß ihn selbst der abgefeimteste Pfiffikus weder täuschen noch betören kann!“

Nach diesen Worten wendete sie sich mir zu und fragte:

„Kennst du einen solchen Mann, Sihdi?“

„Nein“, antwortete ich.

„Wirklich nicht!“ lächelte sie.

„Wirklich nicht!“ antwortete ich ernst und überzeugt.

Da fiel Schakara ein: „Oh, doch gibt es einen! Und der bist du selbst!“

„Du irrst, Liebling, du irrst!“ wies ich sie zurück. „Einen Menschen, der so klug ist, daß ihn selbst der abgefeimteste Pfiffikus weder täuschen noch betören kann, habe ich noch nie gesehen, werde wohl auch niemals einen zu sehen bekommen. Aber es gibt einen, der sich Mühe geben will, so bedachtsam, so klug und so mutig wie möglich zu handeln, und der bin allerdings ich. Wenn du, o Herrin, in diesem Augenblick zufällig keinen Besseren hast, so bitte ich dich, mich zu schicken!“

Die letzten Worte waren an Marah Durimeh gerichtet. Sie antwortete nicht sogleich. Sie trat an die Brüstung des

Söllers und schaute hinaus über die See und hinauf zum sich dunkler färbenden Himmelsblau, an dem die ersten Sterne zu glänzen begannen. Schakara ergriff meine Hand, drückte sie leise und flüsterte mir zu:

„Ich danke dir! So war es recht. Nun ist sie gerührt und spricht, ohne daß du es ahnst, mit deiner Seele. Das nennen die Menschen Liebe."

Nach einiger Zeit drehte sich die Gebieterin uns wieder zu und gab mir den Bescheid:

„Ja, du sollst gehen, Sihdi, du! Ich hoffte, daß du dich mir anbieten würdest, freiwillig, ohne von mir aufgefordert worden zu sein. Es ist geschehen. Das freut mich so, wie ich mich selten freue. Den Dank, den ich dir schulde, kann ich nicht geben, so von Hand zu Hand, wie ich es wohl wünschte. Du hast ihn dir selbst zu holen, in Ardistan und Dschinnistan, wo er dir blühen wird auf allen Wegen, die du zu gehen hast. Aber doch eine Art von Dank soll es sein, daß ich dir heute schon sage, warum du es bist, dem ich diese meine Mission am liebsten anvertraue. Komm her zu mir!"

Ich trat zu ihr hin. Sie ergriff mit der Rechten meine Hand, deutete mit der Linken zum Himmel empor und fuhr fort:

„Als ich hier stand, ohne dir zu antworten, sprach ich mit den Sternen. Schau hinauf zum Firmament! Nicht deine heimischen Sterne leuchten, sondern die Sterne des Südens. Du siehst die Jungfrau, den Raben, den Becher und den Kelch. Hier das Herz, den Kompaß, das Schiff; dort Antares, den Wolf, den Zirkel und das Kreuz. Aber nicht diese Sterne waren es, mit denen ich sprach. Meine Astrologie ist eine andere. Ich schöpfe sie nicht aus dem sichtbaren Firmamente, welches hier über uns flammt und glüht. Aber indem ich meinen irdischen Blick an die Gestirne, die ich dir nannte, hefte, mache ich mein inneres Auge für seelische und für geistige Firmamente frei, und da werden mir Sterne sichtbar, die andere nie erschauen. Auch den deinen habe ich gesehen, den deinen. Soll ich ihn dir zeigen?"

Es war ein sonderbarer, doch nein, ein wunderbarer Augenblick! Sie stand vor mir wie eine der berühmten

Wahrsagerinnen aus der Zeit, in welcher die Menschen den Turm von Babel erbauten. Ihre geisterhaften Züge waren wie aus leicht angedunkeltem Alabaster gemeißelt. Ihre Augen schienen im Glanze der Sterne von einer unergründlichen, nie auszuschöpfenden Tiefe zu sein. Die beiden langen, starken, silberweißen Zöpfe ihres Haares hingen rechts und links bis nahe zum Boden herab. Ihre Stimme klang wie nicht von dieser Welt. Und um ihre ganze Gestalt wehte ein leise duftender Hauch, eine ganz eigenartige, geheimnisvolle Atmosphäre, für welche in keiner der vielen Sprachen, die es gibt, das richtige, das bezeichnende Wort zu finden ist. Was sie sagte, das verstand ich nicht ganz, aber ich ahnte von ungefähr, wie sie es meinte. Darum bat ich: „Ja, zeige ihn mir!“

„Du sollst und wirst ihn sehen“, antwortete sie. „Aber nicht, indem ich mit dem Finger auf ihn deute und dir sage, ‚da oben ist er, dort‘, sondern indem ich dir zeige, wo und wie er zu suchen ist. Denn nur derjenige Stern kann der deinige sein, den du selbst zu finden verstehst. Wenn Gott, der Herr, es will, wirst du ihn in Dschinnistan erblikken, sobald er dort über deinem Haupte steht. Du kennst dies Land noch nicht. Auch in Ardistan bist du noch nicht gewesen. Ich werde dich in die Bibliothek führen, um dir die Bücher, Karten und Pläne vorzulegen, aus denen du dich unterrichten kannst. Vorher aber habe ich dir ein unendlich Wichtiges zu sagen, was du unbedingt wissen mußt, wenn deine Sendung nach Dschinnistan gelingen soll. – Setzen wir uns!“

Wir nahmen wieder Platz. Marah Durimeh begann:

„Im Abendlande würde man über das, was ich dir sagen werde, höchstwahrscheinlich lachen. Mir ist es aber ernst, ja bitterernst. Man würde höhnen: ‚Ein altes Kurdenweib spricht über hohe Politik und über die Gesetze der Zivilisation!‘ Ich aber stehe auf dem von Gott gegebenen Standpunkte, von welchem aus auf dem Feld von Bethlehem die Weissagung der himmlischen Heerscharen erklang: ‚Ehre sei Gott in der Höhe, und Friede auf Erden!‘ Daß man ihm, dem Weltenherrn, die Ehre zollt, die ihm gebührt, dafür sorgt er in seiner Allmacht und Weisheit am allerbesten selbst. Aber daß hier auf Erden Frieden werde, das ist zwar sein Gebot, muß aber unsere Sorge sein, der wir gehorchen müssen."

„Wann wird er kommen, dieser Friede?" fragte Schakara. „Es scheint fast, nie!"

„Er kommt!" antwortete die Herrin mit schwerer Betonung. „Er muß kommen, denn Gott will es."

„Es vergingen Tausende von Jahren, ohne daß er kam!"

„Aber es werden nicht mehr Tausende vergehen!"

„Im Abendlande regt es sich bereits", fiel ich ein. „Die edelsten der Männer und Frauen vereinen sich, ihm freie Bahn zu brechen."

„Freie Bahn?" fragte Marah Durimeh. „Im Abendland? Ich weiß, ich weiß! Aber was können die Vorschläge selbst der edelsten Menschen fruchten, wenn man die großen, die deutlichen, die riesenhaft in die Augen fallenden Winke nicht beachtet, welche das Leben selbst erteilt? Und wenn sich hundert Kaiserinnen und tausend Königinnen vereinen, um ihre Stimmen für den sogenannten ewigen Frieden zu erheben, was wäre der Chor dieser Stimmen gegen den fürchterlichen, ununterbrochenen Schrei des Blutes, welches von Anfang an bis heute vergossen worden ist, ohne daß auch nur ein einziges Jahr erschien, von dem man sagen könnte, daß es Friede auf Erden gab."

„Die Herrscher und Fürsten beschicken Friedenskonferenzen", sagte ich, „auf denen – –"

„Auf denen man den Krieg, nicht aber den Frieden organisiert!" unterbrach mich Marah Durimeh.

„Man humanisiert den Krieg!"

„Das heißt, man tötet schneller und schmerzloser, aber – man tötet! Ich sage dir, mein Freund, der stolze Krieg steigt nie zum Frieden herab, um ihm die Hand zu reichen, sondern der Friede muß zu ihm empor, um ihn, der ewig widerstreben wird, herabzuschmettern. Hat der Krieg eine eiserne Hand, so habe der Friede eine stählerne Faust! Nur die Macht imponiert, die wirkliche Macht. Will der Friede imponieren, so suche er nach Macht, so sammle er Macht, so schaffe er sich Macht. Du siehst, daß der Friede niemals wirklich Friede sein kann. Er ist es nur so lange, als er die

Macht besitzt, es zu sein. Er hat stets auf Vorposten zu stehen. Sobald er sich beschleichen und überfallen läßt, tritt der Feind an seine Stelle. Alle Rüstung der Erde und alle Rüstung ihrer Völker war bisher auf den Krieg gerichtet. Als ob es unmöglich wäre, in eben derselben und noch viel nachdrücklicheren Weise auf den Frieden zu rüsten! Begreifst du, was ich meine?"

„Ich verstehe dich", antwortete ich. „Krieg oder Friede. Wer von beiden die größere Macht besitzt, der wird herrschen. Woher aber bezieht der Krieg seine Macht?"

„Das wirst du in Ardistan sehen."

„Und woher der Friede die seinige?"

„Das sollst du in Dschinnistan erfahren. Heute, in diesem Augenblicke, ist nicht die Zeit, über diese Fragen viele Worte zu machen. Worte tun es überhaupt nicht, sondern Taten müssen geschehen. Ihr habt Kriegswissenschaften, theoretische und praktische. Und ihr habt Friedenswissenschaften, theoretische, aber keine praktischen. Wie man den Krieg führt, das weiß jedermann; wie man den Frieden führt, das weiß kein Mensch. Ihr habt stehende Heere für den Krieg, die jährlich viele Milliarden kosten. Wo habt ihr eure stehenden Heere für den Frieden, die keinen einzigen Para kosten, sondern Milliarden einbringen würden? Wo sind eure Friedensfestungen, eure Friedensmarschälle, eure Friedensstrategen, eure Friedensoffiziere? Mehr will ich jetzt nicht fragen. Denn alle, alle diese Fragen werden sich in Ardistan vor dir erheben, und die Antworten werden dir in Dschinnistan erscheinen, doch nur dann, wenn du die Augen offenhältst. Dein Ritt nach diesen beiden Ländern ist ein Studien- und Übungsritt, und was du dir da geistig aneignest, das betrachte als meinen Dank für die Bereitwilligkeit, mit der du meinen Auftrag übernimmst. Diese beiden Länder werden dir ein ziemlich treues Bild der Erde bieten, der Erde, ihrer Bewohner und aller möglichen Verhältnisse, in denen die Völker zueinander stehen. [...]

„Es wurde beschlossen, daß der jetzt beginnende Krieg der letzte sei, der zwischen Ardistan und Dschinnistan zum Ausbruch kommen darf. Ich habe alles getan, ihn zu verhüten, es ist mir nicht gelungen. Dieser Mir von Ardi-

stan setzt seinen Willen durch. So wappne ich nun auch den meinen! Zwingt er Dschinnistan zum Kriege, so zwingt er auch mich dazu; ich nehme die Fehde an. Aber meine Strategie und Taktik ist anders als die seine. Er will Blut vergießen, ich aber will es nicht. Ich werde diesem Manne trotz aller seiner Heere zeigen, daß wir ihn niederwerfen, ohne daß von unserer Seite ein einziger Schuß zu fallen braucht. Wäre es nicht Torheit, das Leben auch nur eines einzigen Edelmenschen gegen das Leben eines blutgierigen Gewaltmenschen einzusetzen? Soll ich die, welche mich lieben und die ich wieder liebe, gegen Tiger hetzen? Nein! Nie! Mein Feldzugsplan lautet: Raubtier gegen Raubtier, Panther gegen Panther. Ja, ich wiederhole es: Panther gegen Panther! Du kannst das jetzt nicht begreifen, wirst aber bald erfahren, was und wen ich dabei meine. Ich weiß, du kennst keine Furcht, Effendi. Dennoch frage ich dich in diesem Falle: Könnte dir auch der Mir von Ardistan nicht das Gefühl der Bangigkeit erwecken?“

„Nein“, antwortete ich.

„Würdest du den Mut haben, ihn als dein erklärter Gegner in seiner Hauptstadt Ard aufzusuchen, um mit ihm Auge in Auge zu verkehren?“

„Wenn meine Sache eine gerechte ist, gewiß!“

„Sie ist gerecht. Du sollst dort, in Ard, mit dem Mir von Dschinnistan zusammentreffen!“

„Mit ihm?“ fragte ich erstaunt. „Wir beide als Gegner des Mir von Ardistan?“

„Ja.“

„In der Hauptstadt unseres Feindes?“

„Ja.“

„Wohl am Schluß des Krieges als Sieger?“

„Nein! Mitten im Kriege! Vollständig unbeschützt! Ohne alle Waffen, du nur mit Hadschi Halef und er mit nur zwei oder drei Begleitern! In der Höhle des Tigers, die zugleich auch die Höhle des Panthers ist, von dem ich soeben sprach.“

„Dein Wille trifft stets das Richtige und das Beste; ich bin bereit dazu.“

„Ich danke dir! Der Mir von Dschinnistan wird von seinen Bergen herniedersteigen, um Ardistan den Frieden zu bringen, indem er es ohne einen einzigen Schwertstreich besiegt. Und du sollst ihm von den tiefgelegenen Sümpfen der Ussul aus entgegensteigen, um Ardistan und seinen Herrscher auf ihn vorzubereiten. Erschrick nicht, mein Freund! Es wird nichts Unmögliches von dir verlangt. Ja, du sollst zwar Seltsames erfahren, sollst Seltsames sehen und sollst auch Seltsames tun; aber das Seltsame ist hier endlich einmal als das Natürliche erkannt, während das, was man bisher für natürlich gehalten hat, zur Seltsamkeit, zur Schrulle und zum Hirngespinste wird. Also du bist bereit, diesen Weg für mich zu tun, Effendi?“

„Von ganzem Herzen gern“, versicherte ich der Wahrheit gemäß und tief innerlich erfreut.

„So komm mit mir zur Bibliothek, um dort ausführlichere Anweisungen zu empfangen und die Bücher, Karten und Pläne zu sehen, aus denen du dir dann Vorbereitung holst.“

Ich folgte ihr vom Söller nach der Bücherei, wo sie mich über die Aufgabe, die ich lösen sollte, des näheren instruierte und mir aus den vorhandenen Werken diejenigen heraussuchte, mit deren Hilfe ich mich über die geplante Reise instruieren konnte. Dann gab sie den Befehl, „Wilahde", das Segelschiff, zu meiner Abreise für morgen klarzumachen. Hierauf brachte sie mir den heute von Dschinnistan zurückgekehrten Boten, mit dem es eine längere Besprechung gab, die mir für späterhin von großem Nutzen war. Dann, gegen Mitternacht, war ich allein und ging, wie ich es täglich tat, bevor ich mich niederlegte, noch einmal hinunter zu den Pferden. Sie waren das so gewohnt, daß sie gewiß nicht eingeschlafen wären, wenn ich es einmal vergessen hätte, ihnen diesen Besuch zu machen.

Sie waren nicht allein. Halef befand sich bei ihnen. Er saß im Grase. Ich grüßte ihn; er antwortete nicht. Ich grüßte abermals; er schwieg noch immer. Ich grüßte zum dritten Male; auch da war er still. Da sagte ich:

„Gute Nacht, Halef!" und tat, als wollte ich gehen. Das wirkte. Er rief sehr schnell:

„Gute Nacht, Sihdi! Aber denke ja nicht etwa, daß du mich hierdurch zum Sprechen bringst! Ich schweige!"

„Warum?"

„Weil ich schmolle."

„Mit wem?"

„Mit dir! Oder meinst du mit den Pferden? Die besitzen mehr Bildung des Herzens und bessere Formen des persönlichen Umganges als du! Wärst du mein Weib, so würde ich dreimal zu dir sagen: ‚Wir sind geschieden!' Dann müßtest du meinen Harem verlassen und könntest meinetwegen bei jedem anderen Manne unterkommen, aber ja nicht wieder bei mir!"

„So schlimm steht es?"

„Ja, sehr, sehr schlimm! Ich rede nicht mehr mit dir!"

„Aber ich höre doch, daß du sprichst!"

„Ich rede nicht für dich, sondern nur für mich, weil du sonst gleich wieder davonläufst und ich dann gar keinen Bescheid bekomme. Oder soll ich gar nichts wissen und gar nichts hören und gar nichts erfahren? Ganz und gar nichts mehr?"

Er sprang aus dem Grase auf, trat nahe an mich heran und fuhr fort:

„Sihdi, du weißt, wie ich dich liebe. Ich stelle dich dreimal, fünfmal, ja zehnmal höher als das schönste Reitkamel vom Stamme der Bischaren. Meine Achtung für dich reicht höher als der allerlängste Pfahl meines Zeltes. Und meine Treue zu dir ist grenzenloser als ein Krug, der keinen Boden hat. Ich bin mit dir geritten, gelaufen und gefahren durch alle Länder, die auf Erden sind, nur einige wenige abgerechnet, die nicht in der Nähe lagen. Ich habe mit dir gehungert und gedürstet, gefroren und geschwitzt. Ich habe dich geärgert, und du hast mich geärgert. Dadurch sind unsere Seelen eng miteinander verbunden, fast noch enger als zwei Maultiere, denen man eine Sänfte aufgeladen hat. Und diesen schönen Bund der Herzen willst du zerreißen, willst du entzweien, willst du behandeln wie eine kurdische Hose, deren zwei Beine du vom Bauche bis zum Rücken mitten auseinanderschneidest! Was habe ich dir getan, daß du von unserer unendlichen Zusammengehörigkeit so plötzlich nichts mehr wissen willst? Ich fordere Antwort, sofortige Antwort. Du kannst sie mir nicht verweigern. Du hast keinen gewöhnlichen Mann vor dir. Ich bin Hadschi Halef Omar, der oberste Scheik der Haddedihn vom großen, berühmten Stamme der Schammar. Weißt du das?"

„Das weiß ich wohl. Aber warum du mir in so gar entsetzlicher Weise zürnst, das weiß ich nicht."

„Nicht? Wirklich nicht? Sollte ich falsch berichtet worden sein? Sihdi, sei so gut und schau hinunter nach dem Hafen. Siehst du das Schiff im Schein des Mondes liegen?"

„Ja."

„Und siehst du die Lichter, die sich auf dem Verdeck und im Innern bewegen?"

„Ja. Die Luken sind alle erleuchtet."

„Das sind Menschen, Menschen, die das Fahrzeug vorzubereiten haben, den Hafen zu verlassen. Weißt du, wohin es fährt!"

„Nach Ardistan.“

„Und wer es ist, den es dorthin zu bringen hat?“

„Warum soll ich es nicht wissen, da du es auch schon weißt.“

Der kleine, leicht zornige Mann wollte mir die Leviten lesen. Er besaß ein großes, leicht erregbares Ehrgefühl. Er hatte erfahren, daß wir morgen nach Ardistan fahren würden, anstatt in die Heimat zurückzukehren, und daß ich nicht sofort und direkt zu ihm gelaufen war, um ihm dies mitzuteilen, das hatte ihn beleidigt. Daß ich gewiß noch nach den Pferden sehen würde, das wußte er bestimmt. Darum hatte er sich hierhergesetzt, um mich abzulauern und mir die wohlverdiente Strafpredigt zu halten. Dergleichen Szenen waren nicht allzu selten. Sein Ärger war in allen solchen Fällen in hohem Grade ernst gemeint; ich aber pflegte der Sache soviel wie möglich eine humoristische oder für ihn überhaupt unerwartete Wendung zu geben, die ihn verblüffte. So auch hier.

„Ja, auch ich weiß es, auch ich weiß es“, rief er in seinem vorwurfsvollsten Tone. „Aber nicht von dir, sondern von fremden Menschen!“

„Genauso wie ich! Auch ich habe es von fremden Menschen erfahren, nicht aber von dir!“

Da stutzte er. Er ahnte, daß ich jetzt wieder einmal im Begriff stand, den gegen mich gerichteten Spieß herumzudrehen. Dann fuhr er fort:

„Um es von dir zu erfahren, mußte ich erst hierher zu den Pferden!“

„Ich ebenso! Und doch wäre es deine Pflicht gewesen, sofort zu mir zu kommen, sobald du es erfahren hattest. Aber anstatt dies zu tun, hast du mir zugemutet, dir nachzulaufen, bis ich dich hier traf! Das muß ich mir verbitten, hörst du, Halef, verbitten!“

Da trat er einige Schritte zurück und wiederholte in höchst erstauntem Tone den Gedankengang meiner Rede:

„Meine Pflicht – – –! Sofort zu dir – – –! Zugemutet – –! Nachzulaufen – – –! Verbitten – –! Effendi, ich bin starr! Ja, bitte, erlaube mir, starr zu sein, vollständig starr! Ich bin hierhergekommen, um dir die niederschmetternde

Gewalt meiner Vorwürfe in das Gesicht zu schleudern, und der nun schleudert, der bin nicht ich, sondern der bist du! Und das Schlimmste dabei ist, daß es mir so vorkommt, als hättest du ebenso recht wie ich."

„Ebenso wie du? Was fällt dir ein! Wenn überhaupt nachgelaufen werden muß, wer ist es da, der nachzulaufen hat? Ich dir oder du mir?"

„Nicht du, sondern ich!" gestand er ehrlich ein.

„Und doch bist du nicht zu mir gekommen, sondern ich habe zu dir gemußt. Halef, Halef, das war früher nicht! Da warst du pflichtgetreu! Da wärst du mir rund um die Erde nachgelaufen, um mir mitzuteilen, daß etwas Wichtiges geschehen sei. Heut aber setzest du dich faul in das Gras und wartest, bis ich komme!"

Da trat er noch um einen Schritt weiter zurück, schlug die Hände erschrocken zusammen und stöhnte:

„Faul in das Gras! Faul, faul! Ist so etwas möglich! Das geht mir über alle meine Begriffe. Ich und faul! Aber ich bin wirklich hierher gelaufen, anstatt zu dir! Ich habe wirklich hier im Grase gesessen! Und ich habe wirklich gewartet, bis du kamst! Das ist nicht abzuleugnen, obwohl du vor mir stehst wie einer, der es darauf abgesehen hat, mich auf den Turban meiner Gedanken zu setzen, anstatt ihn mir auf den Kopf zu tun! Ich fühle mich ganz wirr hinter der Stirne und bitte dich, mir zu verzeihen, daß ich nichts von dir erfahren habe!"

Ich mußte mir Mühe geben, ernst zu bleiben, und fragte ihn:

„Wer war es, der es dir sagte?"

„Der Oberste des Schiffes, der an mir vorüberging, als er sich an Bord begab. Ich habe mit ihm gesprochen. Wir werden über drei Tage lang auf dem Wasser sein, ehe wir die Küste von Ardistan zu sehen bekommen. Weißt du, wie lange wir dort zu bleiben haben?"

„Nein. Es kann Monate dauern, aber auch Jahre."

„Allah, Allah! Auch Jahre?"

„Ja. Ich weiß, du freuest dich, die Heimat nun bald wiederzusehen – – –"

„Nicht nur die Heimat", fiel er ein, „sondern auch Hanneh, mein Weib, die schönste und lieblichste Blume unter allen Blumen, die es auf Erden gibt. Und Kara Ben Halef, den Sohn meines Herzens, den ich erzogen habe zum klügsten und besten der Menschen, die unter der Sonne wohnen.“

„Und nun sollst du nicht heim, sondern mit nach Ardistan und Dschinnistan. Das tut dir leid!“

„Leid? Nein! Ich will dir zwar ehrlich gestehen, daß ich lieber zu Weib und Kind zurückgekehrt wäre; aber es gibt zwei Punkte, die wohl zu erwägen sind. Der eine Punkt bist du. Es ist mir unmöglich, dich zu verlassen. Ich reite mit dir, bis die Erde unter den Hufen unserer Pferde aufhört, und auch dann noch immer weiter und weiter! Und der zweite Punkt ist die Freude an der Gefahr. Und Gefahren wird es geben, mehr als du denkst und ahnst. Das sage ich dir im voraus!“

„Wirklich?“

„Ja. Ich war zwar noch niemals dort, und es gibt überhaupt nur sehr wenige Menschen, die einmal dort gewesen sind, aber man hat mir viel davon erzählt, und was ich da gehört und erfahren habe, das könnte mir nicht nur Furcht und Angst, sondern gar Schrecken und Entsetzen einjagen, wenn ich nicht Hadschi Halef Omar wäre, der oberste Scheik der Haddedihn vom großen und berühmten Stamme der Schammar. Du weißt, Effendi, daß es für einen Haddedihn unmöglich ist, sich zu fürchten. Auch du kennst keine Furcht. Darum kann ich dir erzählen, was ich über Ardistan und Dschinnistan erfahren habe. Einem anderen müßte ich es verschweigen, sonst zöge es ihm die Haut vom Rücken los. Darf ich?“

„Ja.“

„So höre!“

Unsere Pferde lagen vor uns, um die allabendliche Liebkosung zu erwarten. Wir setzten uns zu ihnen nieder, Halef zu Assil Ben Rih und ich zu Syrr, der mir die Hände zärtlich leckte und mich hierdurch bat, ihm Hals und Mähne zu krauen.

„Ardistan und Dschinnistan liegen nebeneinander“, begann Halef seinen Bericht, „oder vielmehr übereinander.

Denn Ardistan liegt an der See und wird nur von einigen, nicht sehr bedeutenden Höhen durchzogen; Dschinnistan aber steigt bis zu den höchsten Bergen auf, die es auf Erden gibt. Die eigentliche Grenze zwischen den beiden Ländern kennt niemand; sie ist unbestimmt. In Ardistan herrscht ein Mir, und in Dschinnistan herrscht ein Mir. Dieses Wort ist die Abkürzung von Emir, was soviel wie Fürst bedeutet. Der Mir von Ardistan ist ein Teufel, und der Mir von Dschinnistan ist ein Engel."

„Können Menschen Engel oder Teufel sein?" fragte ich.

„Jawohl", antwortete er. „Denn Hanneh, mein Weib, die kostbarste Perle unter allen Perlen des Meeres und der Flüsse, ist ein Engel. Das weiß ich, und das beschwöre ich. Und auf der anderen Seite weißt du ebensogut, daß es auch Frauen gibt, welche Teufel sind. Und was die Weiber können, das können wir Männer wohl auch. Wenn du der Wahrheit die Ehre geben willst, so mußt du sagen, daß ich ein Engel bin, und aus Dankbarkeit leiste ich dir dann denselben Dienst. Übrigens erzähle ich nur das, was ich gehört habe, und ob du es glaubst, das ist nicht meine Sache, sondern deine. Ich aber glaube es!"

„Und fürchtest dich nicht?"

„Fürchten? Vor wem? Etwa vor dem Mir von Dschinnistan? Der ist ja ein Engel, und vor Engeln hat man doch keine Angst! Oder vor dem Mir von Ardistan? Der ist ja ein Teufel, und ich habe, solange ich lebe, stets den Wunsch gehabt, den Satan kennenzulernen. Und nun, da mir dieser Herzenswunsch endlich, endlich in Erfüllung geht, soll ich mich vor ihm fürchten? Im Gegenteil, ich freue mich auf ihn! Übrigens, ob Engel oder Teufel, ist ganz gleich; es kann uns weder der eine noch der andere etwas schaden, denn alles, was mit uns geschieht, ist im Buche des Lebens vorgezeichnet, und nur Allah allein kann etwas daran ändern; dem aber fällt es ganz und gar nicht ein, gerade deinet- oder meinetwegen eine Änderung vorzunehmen. Du hast von diesen beiden Gegenden wohl überhaupt noch nie etwas gehört und noch nie etwas gelesen?"

„Etwas Bestimmtes nicht. Doch vorhin gab mir Marah Durimeh Karten und Bücher, aus denen ich mich unter-

richten kann. Ich nehme sie mit auf das Schiff, um sie während unserer mehrtägigen Fahrt zu studieren."

„Und dann etwa mitzuschleppen?"

„O nein. Das wäre Torheit."

„Ich gebe überhaupt auf solche Dinge nichts. Solche Karten sind doch nur mit Tinte gezeichnet, und die Tinte läuft bekanntlich, wohin sie will. Und mit den Büchern steht es noch schlimmer. Bücher zu schreiben, ist eine saure Arbeit. Nur dumme Menschen können so töricht sein, solche Arbeit zu verrichten. Wer klug ist, der sagt, was er weiß, der gibt sich nicht die ungeheure Mühe, es erst niederzuschreiben, dann wieder abzudrucken und es schließlich vorzulesen. Darum dient mir jedes Buch, welches ich in die Hand bekomme, als sicherer Beweis, daß der, welcher es schrieb, ein Esel ist. Und mit den Produkten solcher armer, beklagenswerter Geschöpfe solltest du dich auch auf dem Schiff nicht schleppen! Ich bin sehr begierig auf die Narrheiten, die in diesen Büchern stehen werden. Wenn du klug bist, so hörst du nicht auf sie, sondern auf mich. Hast du denn schon hineingeschaut?"

„Ja."

„Und auch gelesen?"

„Ja."

„Stand etwas drin von fliegenden Menschen?"

„Nein."

„Von Menschen mit Krokodilsköpfen?"

„Nein."

„So taugen diese Bücher nichts! Es gibt in Ardistan Menschen, welche Krokodilstränen weinen. Hieraus folgt, daß sie Krokodilsköpfe haben müssen. Die Krokodilstränen sind Stück für Stück genauso groß wie ein Straußenei und werden – –"

„Von Elefanten ausgebrütet, nicht wahr?" fiel ich laut lachend ein.

„Du lachst?" zürnte er. „Bei so ernsten Dingen? Effendi, Effendi, nimm dich in acht! Die Bücher haben schon manches menschliche Gehirn verschoben und verschroben. Wie ungeheuer schädlich sie sind, kannst du schon daraus ersehen, daß ein jeder, der in ein Buch vernarrt ist, sich auf das Sofa legt, um es zu lesen, und gerade das Sofa ist doch jedenfalls nur dazu da, daß man entweder nichts tue oder um einzuschlafen. Ich bitte dich nochmals, laß dich warnen! Vielleicht steht auch das nicht in den Büchern, daß Ardistan das Land der Flöhe, der Läuse, der Wanzen und der Soldaten ist?"

„Allerdings nicht."

„So wirf sie weg, Effendi, wirf sie weg, denn Bücher über Ardistan, in denen nichts von diesen Dingen steht, haben keinen Wert. Nimm alle deine Gedanken in eine Hand zusammen, und merke auf, was ich dir sage! Ich werde dir nicht nur die beiden Länder beschreiben, sondern auch die Menschen, die Tiere, die Pflanzen und dazu auch noch alles andere, was du wissen mußt und doch jetzt noch nicht weißt. Höre mir zu! Du wirst hören, daß das, was ich in meinem Kopfe habe, tausendmal mehr wert ist als alle Bücher, alle Karten und alle Pläne, die sich nicht darin befinden. Merke also auf!"

Halef begann nun einen Vortrag von so ungeheurlichem Inhalte, als ob er alle Unmöglichkeiten der Geographie, Geschichte und Naturgeschichte extra für diese Mitternachtsstunde zusammengesucht habe, um mich um den Verstand zu bringen. Und das tat er mit einem Ernste und mit einer Überzeugung, als gälte es zum mindesten die Seligkeit oder irgend einen andern der höchsten Geistespunkte unseres Lebens. Ich habe viel Phantastisches gelesen und viel Phantastisches gehört, so etwas aber doch noch nicht. Darum verhielt ich mich zunächst ganz still, als er fertig war, denn ich fand nicht die rechten Worte, mein Erstaunen über den Unsinn auszudrücken, den er mich glauben machen wollte. Er aber legte diesem Schweigen ganz andere Gründe unter.

„Nicht wahr, du bist ganz weg, Sihdi?" fragte er. „Meine Kenntnisse haben dich übermannt! Die Schönheit meiner Sprache, die Erhabenheit meiner Bilder, die Unbesiegbarkeit der Wahrheiten, die ich dir vorgetragen habe! Ja, so etwas findest du in keinem Buche, mag es nun gedruckt oder mag es geschrieben sein! Aber ich bin müd geworden von diesem vielen und anhaltenden Sprechen. Du nicht auch?"

„Nein, denn ich war still."

„So kannst du noch bleiben, ich aber muß schlafengehen."

„Allah sei Dank!"

Er hatte schon aufstehen wollen, ließ sich aber bei diesen meinen Worten wieder niederfallen und fragte:

„Wie meintest du das? Was wolltest du jetzt sagen?"

„Daß du dir die Ruhe verdient hast, welche der Schlaf zu bringen pflegt."

„So! Das ist etwas anderes! Man weiß bei dir nicht immer gleich, wie du das meinst! Du hast zuweilen Ausdrücke, die etwas ganz anderes ausdrücken, als was durch sie ausgedrückt wird. So dachte ich auch hier; nun aber bin ich beruhigt. Lelatak mubarake – – deine Nacht sei gesegnet!"

Nun stand er auf.

„Die deine auch", antwortete ich.

Er ging drei oder vier Schritte fort, blieb überlegend stehen, wendete sich dann wieder nach mir um und sagte:

„Effendi, ich bin froh, daß es morgen fortgeht, daß wir nicht länger hierbleiben."

„Warum?"

„Es gefällt mir nicht!"

„Höre, Halef, das ist undankbar! Eine Gastfreundschaft wie hier haben wir noch nie gefunden!"

„Das ist wahr. Aber was nützt mir die Gastfreundschaft, wenn sie mir grad das nicht bietet, was mir das Liebste ist."

„Was meinst du da?"

„Den Ernst."

„Den Ernst? Wieso? Ich meine doch, daß wir uns bei sehr ernsten Personen befinden!"

„Das dachte ich auch, aber es stellte sich sehr bald heraus, daß es ein Irrtum war. Es gibt hier keinen Ernst!"

„Wirklich?"

„Ja. Sie lachen alle, alle!"

Ah, jetzt wußte ich, was er meinte. Er ärgerte sich darüber, daß man seinc Übertreibungen für das nahm, was sie waren, und sich auch gar keine Mühe gab, ihm dies zu verbergen.

„Sie lachen?" fragte ich. „Über was? Über wen? Doch nicht etwa über mich?"

„Über dich? Sihdi, das wollte ich ihnen nicht raten; da haute ich einfach zu! O nein, über mich lachen sie, über mich! Da solltest eigentlich du zuhauen!“

„Sehr gern, sehr gern, nämlich, wenn ich es sehe!“

„Das ist es eben, was mich ärgert. Du bekommst es gar nicht zu sehen, sondern nur ich. Vor dir haben sie Achtung; vor dir verbergen sie es; vor mir aber nicht! Je größer, je schöner und je wunderbarer die Sachen sind, die ich ihnen erzähle, um ihr Staunen zu erregen, desto deutlicher wird ihr Lachen und desto weniger glauben sie mir. Das ist beleidigend, das ist niederträchtig; das holt meinen Zorn aus mir heraus und steckt ihn doch immer wieder in mich hinein, weil es mir als Gast verboten ist, grob zu werden. Dieser ewig hin- und hergehetzte Zorn macht mich krank. Er verdirbt mir den Appetit. Ich verliere das Fleisch. Ich fühle mehr und mehr, daß ich nicht hierher gehöre und daß ich zu vornehm bin für die Personen, bei denen ich hier wohne. Warum wohne ich nicht auch, wie du, bei Marah Durimeh und Schakara? Die lachen nicht! So bin ich also froh, daß wir nicht länger bleiben; Lelatak sa' ide – – deine Nacht sei glücklich!“

Er ging.

„Die deine ebenso“, antwortete ich.

Da blieb er noch einmal stehen.

„Effendi, erlaubst du mir eine Frage?“

„Ja, aber nur unter der Bedingung, daß du dann wirklich gehst.“

„Ich gehe dann, gewiß!“

„So sprich!“

„Früher erlaubtest du mir, meine Nilpferdpeitsche in den Gürtel zu stecken. Das war eine Lust. Wenn niemand mehr Verstand haben wollte, meine Kurbatsch, die hatte ihn. Dann wurdest du plötzlich gebildet und human. Du verbotest mir die Peitsche. Das tat mir wehe. Denn je weher man dem Feinde tut, desto wohler tut man dem Freund. Seit ich die Kurbatsch wegstecken mußte, haben wir kein wirkliches, kein großes Abenteuer mehr erlebt. Hierzu kam, daß du auch auf den Gebrauch deiner Gewehre verzichtetest. Der schwere, sicher treffende Bärentöter, der fünfundzwanzigschüssige Henrystutzen, mit denen du uns aus so vielen Gefahren rettetest, sie wurden weggepackt. Du wolltest dich nicht mehr auf die Waffen, sondern auf die Liebe, auf die Humanität verlassen. Aber weißt du, was dann kam? Was die Folge war?"

„Ich weiß es wohl", gestand ich ein.

„Nun, was?"

„Die Vorsicht trat an Stelle des Mutes. Wir erlebten nichts mehr."

„Ja, so ist es! Die Humanität brachte uns um die Abenteuer. Wir erlebten nichts mehr. Und nun kommt meine Frage. Soll das in Ardistan und Dschinnistan auch so sein? Willst du auch dort den Waffen Schweigen gebieten?"

„Nein", antwortete ich trotz der gegenteiligen Instruktion, die ich von Marah Durimeh erhalten hatte. Es gab Gründe, die mich hierzu veranlaßten.

Da kam er mit einem großen Freudensprunge auf mich zu, faßte meine Hand und rief:

„Nicht, wirklich nicht, Effendi?"

„Ich sage nein."

„Warum?"

„Weil es Wahnsinn wäre, in einem Lande wie Ardistan ist, auf sie zu verzichten. Ich bin überzeugt, es wäre unser sicherer Tod."

„Hamdulillah, Hamdulillah! Es wird wieder geschossen! Es wird wieder gestochen! Und es wird wieder gehauen!"

Er drehte sich fünf-, sechsmal um sich selbst und machte dabei die Armbewegung, als ob er eine Peitsche in der Hand habe.

„Gehauen? Wieso?" fragte ich, indem ich mich stellte, als ob ich ihn nicht begreife.

Er antwortete:

„Du meinst doch, daß ich den Bärentöter, den Henrystutzen, das Jagdmesser und die Revolver wieder auspacken darf?"

„Allerdings."

„Und meine alte, gute arabische Flinte auch und das Doppelgewehr, welches dein Geschenk ist, auch und die beiden Pistolen auch?"

„Ja. Wir schleppen dann wieder ein ganzes Arsenal mit uns herum!"

„Und weißt du, was zu diesem Arsenal gehört, ganz unbedingt, ganz unbedingt zu ihm gehört?"

„Was?"

„Die Kurbatsch, die Peitsche, die Nilhautpeitsche!"

„Oho!"

„Ja, die Peitsche!" jubelte er. „Du weißt doch, ebenso wie ich, was ich alles mit ihr erreicht habe! Sie macht den Ungehorsamen gehorsam, den Stolzen demütig, den Untreuen treu, den Zweifler gläubig, den Geizigen wohltätig, den Groben höflich, den Langsamen schnell, den Zornigen sanft und, wenn es sein muß, sogar den Toten lebendig! Sihdi, sag, darf ich sie mit auspacken?"

Er beugte sich zu mir nieder, strich mir mit der Hand liebkosend über die Wange und bat im liebevollsten seiner Töne: „Sihdi, wenn du mich nur noch ein ganz, ganz klein wenig lieb hast, so erlaube mir, daß ich die Peitsche wieder tragen darf! Ich bitte dich, ich bitte!"

Wer meinen kleinen, lieben Hadschi Halef kennt, der wundert sich gewiß nicht über diese seine Bitte; sie entsprang gewiß aus keiner schlechten Quelle und stützte sich auf die Eigenheiten der orientalischen Verhältnisse. Und wer mich kennt, der weiß, daß auch ich mich nur aus guten Gründen zu der Antwort entschloß, die ich ihm gab:

„So trag sie wieder, Halef; trage sie!"

„Ich darf?" fragte er in einem Tone, der vor Freude beinahe überschnappte.

„Du darfst. Doch stelle ich die Bedingung, daß du dich ihrer nur dann bedienen darfst, wenn ich es dir gestatte."

„Sehr gern, sehr gern! Ich danke dir, Sihdi, ich danke dir! Wie mich das freut! Es ist die größte Freude, die ich mir hier denken kann, wo ich nichts erlebt habe als nur Ärger! Ich darf die Schurken niederhauen, die Schufte, die Spitzbuben, die Scheusale, die Auswürfe! Ich bin entzückt. Ich muß jubeln! Ich muß tanzen und springen! Und du, Effendi, du springst mit! Komm, komm!"

Er faßte mich und zog mich von meinem Sitz empor. Er wollte sich mit mir im Kreise drehen. Ich wehrte mich. Das gab Lärm. Die Pferde sprangen auf. Mein Syrr besah sich die Sache ohne Aufregung; Assil Ben Rih aber wieherte laut auf, als er seinen Herrn in einer so seltenen, freudigen Erregung sah. Das befreite mich von Halef. Er ließ mich los und wendete sich zu dem Rappen:

„Recht so, Assil, recht so! Wenn der Effendi nicht mit mir tanzen will, so tanze ich mit dir. Du hast mehr Verstand als er. Paß auf! Es geht los!"

Er schwang sich mit einem federkräftigen Satze auf den Rücken des Pferdes, jagte es einigemale im Kreise herum und galoppierte dann fort, hinaus in die mondhelle Nacht. Syrr legte sich wieder nieder. Ich verabschiedete mich von ihm und kehrte nach der Wohnung zurück. Ich bitte, nicht darüber zu lächeln, daß ich sage, ich habe mich von meinem Pferde verabschiedet. Ein so hochedles Roß wie Syrr ist ein ganz anderes Wesen als ein gewöhnlicher Gaul unseres heimischen Schlages, hat ganz andere Regungen, ganz andere Neigungen und muß darum auch ganz anders behandelt werden. Wir werden auf dieses ganz eigenartige und hochinteressante Gebiet noch oft zu sprechen kommen.

Es war mir unmöglich, schlafenzugehen. Der Gedanke, die beiden geheimnisvollsten Gegenden der Erde besuchen zu dürfen, wäre mir zu jeder Zeit von höchstem Interesse gewesen. Hier aber handelte es sich um mehr als nur um einen gewöhnlichen, zwecklosen Besuch. Ich hatte einen hochwichtigen Auftrag auszuführen. Dieser Auftrag war von Marah Durimeh als eine Mission bezeichnet worden, und zwar mit vollem Rechte. Das erweckte in mir das Gefühl einer ungewöhnlichen Verpflichtung, einer außerordentlichen Verantwortlichkeit, welches mich unruhig machte und nach der Bibliothek trieb, wo ich bis zum frühen Morgen über den Büchern und Karten saß, um mir später sagen zu können, daß ich nichts versäumt habe, was nötig gewesen sei, den an mich gestellten Anforderungen zu genügen.

Auch Marah Durimeh war schon früh munter, ebenso Schakara. Sie fanden mich in der Bibliothek. Von da gingen wir zum Frühstück auf den Söller. Dort erfuhr ich, daß die

„Wilahde“ genau um mittag die Anker lichten werde. Schakara sollte mich über die See hinweg bis zur Stunde unserer Ausschiffung begleiten, um mir bis dahin auf meine Fragen alle ihr mögliche Auskunft zu erteilen. Dann hatte sie direkt nach Ikbal zurückzukehren.

Als unsere Utensilien für die Fahrt verpackt werden sollten, legte Marah Durimeh einige Gegenstände bei, von denen sie sich Nutzen für uns versprach. Es befand sich ein blank polierter Brustschild dabei, kein ganzer Panzer für den Oberleib, sondern nur ein Schild, leicht und dünn, der nur bestimmt war, das Herz und die Lunge zu schützen. Er war aus einem mir unbekannten Metall oder einer Metalllegierung und so außerordentlich gefügig, daß man ihn unter einem ganz dünnen Gewandstoff tragen konnte, ohne daß er auffiel.

„Diesen Schutz legst du an, noch ehe du Ardistan betrittst“, sagte Marah Durimeh.

„Glaubst du, daß uns dort so große Gefahren drohen?“ fragte ich.

„Gefahren wird es geben, nicht wenige und nicht leichte“, antwortete sie. „Aber ich habe keine Sorge um euch; ihr werdet sie bestehen. Zwar ist dieser Schild wohl auch zu deinem Schutz bestimmt, und er hat Achselriemen, um auf der Brust getragen zu werden; zugleich aber ist er auch ein Erkennungszeichen zwischen dir und gewissen Personen, denen du begegnen wirst.“

„Darf ich schon jetzt erfahren, wer sie sind?“

„Nein. Du sollst frei sein. Kein Name darf dich binden.“

„Aber wenn sie mich an dem Schilde erkennen, woran erkenne ich sie?“

„An genau demselben Schilde. Es ist der Schild der Schwarzgewappneten und der Lanzenreiter von Dschinnistan. Trage ihn, aber sprich nicht von ihm. Doch, triffst du auf jemand, der dir sagt, daß er einen solchen Schild besitze, so teile ihm mit, daß auch du einen bekommen habest, und zwar direkt von Marah Durimeh. Ihr könnt euch beide trauen, euch aufeinander verlassen in jeder Not und Gefahr.“

Als die Zeit der Abreise gekommen war, brachten wir

unsere Pferde selbst an Bord, denn sie waren so wertvoll, daß wir sie keiner anderen Person anvertrauten. Auch Schakara war dabei, und Marah Durimeh begleitete uns, einfach, bescheiden, wie ein gewöhnliches Weib, von allen, die uns unterwegs sahen, mit Ehrerbietung und Liebe gegrüßt, doch unauffällig, in selbstverständlicher und ungekünstelter Weise. So war der Abschied auch. Sie stand am Ufer und grüßte mit der Hand, als das Schiff den Anker hob. Hierauf ging sie. Kurze Zeit später sahen wir sie auf dem Söller erscheinen. Da stand sie, bis wir sie nicht mehr sehen konnten. Dann verschwanden auch der Palast, die Stadt, das dunkle Gebirge, das ganze, uns bekannt gewordene Sitara, und wir sahen nichts mehr als nur die unendlich weite See, der wir auf Treu und Glauben überliefert worden waren.

Zu jeder andern Zeit hätte ich mich um das Schiff, seine Bemannung und seine Einrichtung gewiß sehr eingehend bekümmert; jetzt aber hatte ich keine Zeit dazu. Ich mußte jede Minute ausnutzen, um mich zu unterrichten. Die Bücher, welche ich mitgenommen hatte, mußten mit Schakara wieder zurückgehen. Ich hatte sie also bis dahin durchzunehmen und las und las und schrieb und schrieb, um alles, was ich für wichtig hielt, zu notieren. Schakara half mir dabei. Als drei Tage vorüber waren, hatte ich einen ganzen, dicken Stoß von Notizen, deren Wert gar nicht abzumessen war. Mit ihrer Hilfe war es mir möglich, mich in jeder Lage und an jedem Orte zu orientieren.

Es war uns während dieser drei Tage kein anderes Fahrzeug begegnet. Nun näherten wir uns dem Ziele unserer Fahrt. Wir durften erwarten, am Mittag des vierten Tages die Küste von Ardistan zu erreichen, aber auch da bekamen wir kein Schiff, nicht einmal einen Kahn, ein Boot zu sehen. Der Grund hiervon war, daß wir es vermieden, uns einem Hafen zu nähern. Unsere Landung mußte in der größten Heimlichkeit geschehen, und darum wählten wir einen ganz einsamen Teil der Küste, die da völlig unzugänglich zu sein schien, doch gab es eine Stelle, wo eine kleine, schmale Bucht zwar nicht erlaubte, den Anker zu werfen, aber doch Gelegenheit zum Ausbooten gab. Das Land fiel hier überall so schroff und so tief in die See hinab, daß kein Ankertau lang genug war, den Boden zu erreichen.

Kurz nach Mittag tauchte eine dunkle Linie vor uns auf, der wir uns bei gutem Winde näherten. Das war Ardistan, eine niedrige, aus Sumpf und Moor bestehende Küste.

Die Segel wurden so gestellt, daß sich die Schnelligkeit des Schiffes verminderte. Wir gingen bis auf eine halbe Seemeile an die Küste heran; dann wurde beigedreht, das heißt, die Segel bekamen eine solche Stellung, daß die Wirkung des Windes aufgehoben wurde. Wir lagen wie vor Anker. Nun ging das große Boot zu Wasser mit den beiden darin angebundenen Pferden. Sie verhielten sich ruhig. Übrigens saßen auch die Ruderer bei ihnen. Dann wurde das Fallreep niedergelassen; da stiegen wir nach, Halef und ich, auch Schakara, die das Steuer führen wollte.

Es war kein leichtes Manöver, der Pferde wegen; aber es gelang. An der Bucht standen einzelne Bäume, ganz nahe am Ufer. Das gab uns die Möglichkeit, das Boot derart zu befestigen, daß die Pferde ganz bequem und ohne Gefahr gelandet werden konnten. Sie waren gesattelt. Wir brauchten nur aufzusteigen. Hadschi Halef verabschiedete sich mit großem Redeschwall von Schakara. Dann reichte ich ihr die Hand. Sie sagte nichts, aber ihre Lippen zitterten, und ihre Augen waren feucht. Dann gab sie das Zeichen, das Boot vom Lande zu stoßen. Da legte sich nun das Wasser zwischen uns, die tiefe, die geheimnisvolle See! Als ob diese meine Gedanken auch die ihren seien, rief sie uns nun doch noch zu:

„Effendi, wenn dir eine Gefahr naht, welche dir unbezwinglich erscheint, oder wenn die Tränen des Erdenleidens über dir zusammenfluten, so verliere nicht den Mut, sondern glaube mir, daß Marah Durimeh und Schakara dir immer nahe sind. Auf Wiedersehn!"

„Auf Wiedersehn!" antwortete ich.

„Nasuf wussak – – auf Wiedersehn!" rief auch Halef.

Dann schoß das Boot von der Küste ab, dem Schiffe wieder zu. Wir beide standen am Land und schauten hinterdrein. Wir sahen das Boot anlegen; wir sahen, daß es aufgewunden wurde. Die „Wilahde" stellte die Segel wieder voll und drehte sich dann unter dem Drucke des wieder festgenommenen Windes von uns ab. Ein weißer Wimpel stieg bis zur Spitze des Hauptmastes empor. Das war der letzte Gruß.

Merhameh

Es war im östlichen Teil von Ardistan, also tief im orientalischen Hinterlande. Der Ritt, auf dem wir uns befanden, war für mich und meinen kleinen, treuen Hadschi Halef Omar ein sehr ehrenvoller. Nämlich mein Freund Abd el Fadl, dessen hohe Stellung meine Leser sehr wohl kennen, hatte uns seine Lieblingstochter anvertraut, sie sicher nach dem fernen Wadi Ahza zu bringen, wo liebende Verwandte sie erwarteten. Der Weg, der uns nach diesem Ziele führte, ging durch Gegenden, die man damals nicht nur beschwerlich, sondern sogar gefährlich nennen mußte, weil die Scheiks mehrerer dortiger Stämme sich miteinander veruneinigt hatten und jeden Augenblick der offene Ausbruch der Feindseligkeit zu erwarten war. Da konnte man sehr leicht zwischen die scharfen Schneiden einer sich plötzlich öffnenden Schere geraten, und es war gewiß ein großes Vertrauen, welches Abd el Fadl uns dadurch bewies, daß er die Sicherheit seines Kindes grad in unsere Hände legte, die wir doch eigentlich fremd im Lande waren.

Die Tochter hieß Merhameh, zu deutsch „Barmherzigkeit“. Sie war jung und schön, und zwar von einer so edlen, reinen, keuschen, ich möchte sagen heiligen Schönheit, daß sie gar kein Wort zu sagen, sondern nur das Auge aufzuschlagen brauchte, um alles, was nicht lauter, klar und sauber war, von sich abzuweisen. Sie übte, ganz ohne es zu wissen oder gar zu wollen, eine unter Umständen unwiderstehliche Macht sogar auf rohe Menschen aus, und es ist nicht nur damals, sondern auch anderweit vorgekommen, daß sie es war, die uns durch diese Macht beschützte, anstatt wir sie mit Hilfe unserer Waffen.

Wir waren zu Pferde. Halef und ich auf unsern beiden wohlbekannten Rappen, Merhameh nach Art der Beduininnen auf einem hochedlen Braunen aus Amahnistan. Hinter uns folgte ein Diener, den Abd el Fadl uns mitgegeben hatte, um zwei Packpferde zu leiten, auf denen die Lagerkissen, Decken, Proviant, Geschenke und ähnliche Dinge verladen waren. Die Gegend, durch welche wir heut kamen, war bergig, doch unbewaldet. Sie gehörte dem Stamme der Münazah und grenzte an das Gebiet des Stammes Manazah. Beide Stämme waren, wie schon der Name andeutet, eng miteinander verwandt, hörten aber niemals auf, sich herüber und hinüber zu streiten. Kürzlich hatte ein Manazah einen Münazah ermordet. Das erforderte Blutrache. Der Blutpreis war zwar angeboten, aber nicht angenommen worden, und so standen Kämpfe bevor, die unserer Reise leicht hinderlich werden konnten, da wir durch das Gebiet der beiden Stämme grad mitten hindurch mußten. Eine Umgehung war nicht möglich.

Eine Straße nach europäischen Begriffen gab es nicht. Wir folgten einem langgezogenen, schmalen Wässerlein, welches gar nicht alle, aber auch gar nicht breiter zu werden schien. Es tränkte hier und da einen Grasstreifen oder ein Gebüsch, aber ein Feld, einen Garten, ein Zelt oder gar ein Haus sah man nirgends. Man wohnte der unaufhörlichen Kämpfe wegen nicht am Wege, sondern man sah sich, obgleich man Besitzer war, gezwungen, sich wie ein Dieb oder Räuber zu verbergen. Man wohnte so fern wie möglich von oft betretenen Stellen. Hieraus ist zu erklären, daß wir während des ganzen heutigen Tages noch keinen einzigen Menschen gesehen hatten. Erst jetzt, wo es um die Mitte des Nachmittages war, sahen wir plötzlich auf der nächsten Höhe links von uns einen Reitertrupp erscheinen. Er bestand aus zehn bis zwölf Männern, welche stutzten, als sie uns sahen, dann trotz der Steilung im Galopp zu uns herunterkamen und uns umzingelten. Sie waren nach dortiger Art sehr gut bewaffnet. Einer von ihnen, der Älteste, fragte in strengem Tone, wer wir seien und wohin wir wollten. Ich antwortete:

„Wir kommen von Abd el Fadl, dem Fürsten von Halihm, und wollen nach dem Wadi Ahza, welches Ihr wohl kennen werdet."

„Wir kennen es", nickte er, indem seine Haltung ehrerbietiger, sein Gesicht freundlicher und sein Ton höflicher wurde. „Es herrscht dort große Not. Krankheit und Hunger sind ausgebrochen. Da sendet Abd el Fadl, was er nur senden kann, um Trost und Hilfe zu spenden, obgleich die Leute von Ahza nicht seines Stammes, sondern Fremde für ihn sind. Er ist ein Fürst nicht nur von Geburt, sondern auch ein Fürst der wahren Menschenliebe. Du kennst ihn also wohl?"

„Ich bin ein Gast seines Hauses."

Da legte er seine rechte Hand grüßend auf Brust, Mund und Stirn und sprach:

„So bitte ich dich, auch Gast bei mir zu sein! Wo wolltest du ruhen für heut?"

„Im Freien. An der Stelle, wo uns der Abend begrüßt."

„So begrüße ich dich hiermit an dieses Abends Stelle und biete dir mein Zelt zur Wohnung an. Ich bin Omar Ben Amarah, der Scheik der Münazah."

Er hatte, während er mit mir sprach, mich nur einmal ganz flüchtig angesehen. Sein Blick wurde vielmehr von unsern edlen Pferden angezogen und richtete sich dann auf Merhameh. Ihr Auge begegnete dem seinen. Da führte er die Hand abermals vom Herzen bis zur Stirn empor und verbeugte sich, ohne zu wissen, wer sie war, er, der Orientale, für den es eigentlich eine Schande war, ein Weib überhaupt zu bemerken. Dann setzte er sich an die Spitze des Zuges; seine Leute warteten, bis wir ihm folgten, und kamen dann hinter uns drein.

Es ging rechtwinklig von unserer bisherigen Richtung ab, nach rechts hinüber. Er schaute sich nicht ein einziges Mal um, ob wir ihm folgten. Er ritt Galopp; wir galoppierten demzufolge auch. Sein weißes Kopftuch flatterte. Der lange, volle Schweif seines Halbbluthengstes wehte hinter ihm her. So ging es eine Berglehne hinauf und drüben wieder hinunter, wo ich an das Tal des Zab erinnert wurde. Da lagen steinerne Häuser und Hütten mit glatten Dächern weitum zerstreut, dazwischen Zelte von vieler Art der Farbe und des Baues. Das war wohl der Hauptort des Stammes. Es wohnten da viele Menschen. Die standen und schauten uns nach, als wir wie im Sturme vorüberflogen, durch den ganzen, lang gestreckten Ort hindurch auf ein höher gelegenes größeres Gebäude zu, um welches mehrere kleinere Zelte standen, die augenscheinlich zu ihm gehörten. Das war die Residenz des Scheikes, der hier anhielt, vom Pferde sprang und, ohne zunächst uns andere zu beachten, zu Merhameh trat, um ihr vom Pferd zu helfen. Sie nahm dies als ganz selbstverständlich hin, obwohl sie sonst gewohnt war, sich ohne Hilfe aus freier Hand herabzuschwingen.

„Welches ist das Zelt, in dem dein Harem seine Gäste unterbringt?“ fragte sie.

„Dort“, antwortete er, nach der betreffenden Richtung deutend.

„So melde eurer Herrin, wo ich bin!“

Nach diesen Worten schritt sie dem Zelte zu. Er schaute ihr mit großen Augen nach, legte die Hand an seine Stirn und sagte, wie zu sich selbst:

„Wo sah ich sie doch schon? Und wann?“

Er war ein Mann von über fünfzig Jahren, hoch und kräftig gebaut, mit vollem Bart und kühn geschnittenen, sehr sympathischen Gesichtszügen, bei jedem Schritt und bei jedem Wort von unverleugbarem Adel. Kurz und bestimmt erklangen die Befehle, die er den herbeieilenden Dienern gab, um für uns zu sorgen. Ich bekam mit Halef ein ganzes, sehr gut eingerichtetes Zelt angewiesen, neben dem es einen besonderen eingefriedigten Raum für unsere Pferde gab, für die man ebenso ausgiebig sorgte wie für uns selbst. Nur eine kurze halbe Stunde wurden wir uns selbst überlassen, um uns zu waschen und von dem Staub der Reise zu reinigen. Dann wurde uns gemeldet, daß das Essen bereitet sei. Es verstand sich ganz von selbst, daß das sehr reichliche Mahl, welches uns dann geboten wurde, nicht in dieser halben Stunde herzustellen gewesen war. Man hatte es für einen schon vorher vorhandenen Zweck bestimmt, und wir waren nur durch das, was man den Zufall zu nennen pflegt, dazugekommen, mit daran teilzunehmen.

Der Bote, der uns holte, führte uns nach dem großen Innenhof des Hauses, der auf drei Seiten von Gebäuden eingefaßt wurde, auf der vierten aber offenstand. An diese Öffnung schloß sich eine Anhöhe, auf deren Kuppe ein kreisförmiger Ring von großen Steinen lag, die als Sitze zu dienen hatten. Das war jedenfalls der Gerichtsplatz des Ortes, an welchem die Dschemma (Versammlung der Ältesten) der Münazah ihre Sitzungen hielt. Wie es schien, war so etwas auch für heut geplant, denn die Anhöhe war von Menschen besetzt, die etwas Wichtiges zu erwarten schienen, und das konnte doch wohl kaum nur unser Essen sein.

Im Hofe war für das Mahl gedeckt, und zwar nicht auf Tischen, sondern an der Erde. Da lagen zwei große aneinandergeschobene Teppiche mit siebzehn Sitzkissen rund herum. Auf den Teppichen gab es geflochtene und metallene Platten und Unterlagen, die jetzt noch leer waren, doch standen die Diener bereit, die Speisen zu bringen, sobald keiner der Gäste mehr fehlte. Geladen waren die zwölf Ältesten des Stammes, Merhameh, Halef und ich. Die Ältesten waren vollständig versammelt; der Scheik stand bei ihnen. Und eben als ich mit Halef in den Hof trat, kam auch die Frau des Scheikes mit Merhameh herbei. Bei den Münazah war es den Frauen also nicht verboten, sich unverschleiert zu zeigen und an den Mahlzeiten der Männer teilzunehmen. Der Scheik stellte uns zunächst seine Frau und dann die Ältesten vor. Die Frau war in feines, indisches Linnen gekleidet. In ihrem Haare glänzten goldene und silberne Ketten und Münzen. An ihren Hand- und Fußgelenken klirrten schwere Spangen. Man sah ihr an, daß sie stolz auf diese Schmuckstücke war und ebenso wohl auch auf die hohe, imponierende Gestalt, durch die sie sich vor den andern Frauen, die wir sahen, auszeichnete. Dennoch richteten sich aller Augen nicht auf sie, sondern auf

Merhameh, die zwar in einfachen, billigen Stoff gekleidet und ohne jedweden künstlichen Schmuck an ihrer Seite stand, aber trotz alledem nicht weniger imponierte.

Die Vorstellung geschah in orientalisch würdevoller Weise, mit Nennung aller möglichen Vor-, Zu- und sonstigen Verwandtschaftsnamen. Ich hatte sie natürlich zu erwidern. Ich tat dies, indem ich nicht von oben anfing, nämlich bei Merhameh, sondern von unten, bei Halef. Als die Münazah seinen langen Namen erfuhren und daß er der vielgenannte Scheik der Haddedihn sei, sahen sie ihn schon mit anderen Augen an als bisher. Über mich ging ich schnell hinweg, indem ich nur sagte, daß ich ein Effendi aus Deutschland sei.

„Aus Dschermanistan bist du?" fragte der Scheik. „Das kenne ich! Da wohnen viele gelehrte Menschen und viele Christen, die wirklich Christen sind. So ist es kein Wunder, daß du Gast im Hause Abd el Fadls geworden bist. Kennst du Merhameh, seine Tochter?"

„Ja."

„So meint es Allah gut mit dir. Denn wer sie kennt, dem ist die Erinnerung an sie wie immerwährender Sternenglanz oder wie erquickender Rosenduft, der nie vergeht. Ich sah sie nur einmal. Sie war noch Kind, vielleicht zwölf Jahre alt. Das war beim damaligen Mir von Ardistan. Wir hatten uns gegen ihn empört und waren in seine Hand geraten, mein Vater, mein Bruder und ich. Unser Leben war verwirkt. Wir sollten erschossen werden. Schon standen wir auf dem Richtplatze. Rund um uns saßen die Richter auf den Steinen, bei ihnen der Mir, der nur die Hand zu erheben brauchte, so hätten die Schüsse gekracht. Da kam Merhameh, das wunderbare Kind, herbeigesprungen und hielt ihm diese Hand. Sie sprach zu ihm, wie nur die Engel sprechen. Sie bat, wie nur die Erde bittet, wenn sie um Regen auf zum Himmel schmachtet. Sie griff ihm mutig in das harte Herz. Sie rang mit ihm. Nicht wie ein Kind, wie eine Riesin kämpfte sie für uns. Und daß ich dir es heut erzählen kann, Effendi, ist der Beweis, daß er, der Mächtige, der Starke, der Tyrann, ihr unterlag. Sie siegte. Er gab uns frei! Es war das erste und das letzte Mal, daß ich sie sah. Ob ich sie wiedererkennen würde, wenn sie mir heut begegnete, das weiß ich nicht. Ich glaube kaum. Denn ihr schönes, liebes Kinderantlitz hat in mir die Züge eines Wesens angenommen, das niemand, auch ich selbst nicht mehr, mit dem Auge des Körpers erfassen kann. Darum bitte ich dich, Effendi, sie mir zu beschreiben. Wie ist ihr Gesicht nun jetzt? Ihre Haltung, ihr Gang, ihre Stimme? Hat sie vielleicht von uns gesprochen, oder – – –“

„Nein“, unterbrach ich ihn. „Sie spricht niemals von dem, was sie tat und gab. Man kann es nur, so wie auch jetzt, von andern Leuten hören. Aber die Beschreibung sollst du haben. Und zwar eine so lebendige und so treffende Beschreibung, daß du gewiß überzeugt sein wirst, die Person vor dir zu haben. Ich bin ja noch nicht fertig, dir zu sagen, wer wir sind. Schau, hier steht Merhameh, die Tochter meines Freundes Abd el Fadl, des Fürsten von Halihm!“

Er trat in höchster Überraschung einige Schritte zurück, schaute die Errötende mit frohem Auge an und rief:

„Maschallah! Welch ein Wunder, und aber doch kein Wunder! Also darum, darum kamst du mir sogleich bekannt vor! Und darum, darum mußte ich dich grüßen, obgleich ich gar nicht wollte! Du bist's, du bist's; jetzt sehe ich es erst! Meine Retterin! Die Retterin meines Vaters, meines Bruders!“

Er trat auf sie zu, beugte sich vor ihr bis auf die Erde nieder, küßte den Saum ihres Gewandes und fragte:

„Weißt du noch, was wir dir versprochen? Was wir dir nachriefen, als du davoneiltest, um unserm Danke zu entfliehen?“

„Ja“, lächelte sie, indem sie ihn zwang, sich wieder aufzurichten.

„So sage es mir! Sage es mir wörtlich!“

„Dein Vater rief: ‚Bitte dereinst von mir, was du willst, es soll dir werden!‘ Du riefst: ‚Es soll dir von mir und meinem Stamme werden, es sei, was es sei!‘ Und dein Bruder rief: ‚Es soll dir von uns allen werden, es sei Leben oder Tod!‘ Du hörst, ich weiß es noch.“

„Ja, du weißt es noch. So sagten wir wörtlich. Und was wir versprochen, das ist, als ob es Allah versprochen worden sei. Mein Vater starb; mein Bruder – – –", er hielt inne, fuhr aber dann fort: „Mein Bruder ist nun auch tot; aber ich bin ihr Erbe; ich habe auch ihr Versprechen geerbt und muß es nun dreifach halten."

Er wendete sich zu den Ältesten, indem er fortfuhr:

„Meine Ehre ist auch eure Ehre. Ich weiß, der ganze Stamm tritt für unser damaliges Versprechen ein. Ist es so oder nicht?"

„Es ist so! Wir halten es! Wir treten ein!" rief es im Kreise der zwölf Stammesrichter, und sie alle näherten sich Merhameh, um nach dem Beispiele ihres Scheikes den Saum ihres Gewandes zu küssen.

Daß wir unter diesen Umständen das Mahl in sehr gehobener Stimmung begannen, ist selbstverständlich. Merhameh wurde hoch geehrt. Es war, als ob eine Königin unter uns sitze. Sie wurde von zwei Söhnen des Scheikes, die schon über zwanzig Jahre zählten, persönlich bedient und nahm dies aber so außerordentlich anspruchslos entgegen, daß sie mit dieser Bescheidenheit den aufkeimenden Zorn der Frau des Scheikes entwaffnete. Welchen Zweck diese Versammlung ursprünglich und eigentlich hatte, das erfuhren wir während des Essens nicht; aber es mußte etwas sehr Wichtiges sein, denn es versammelten sich draußen immer mehr Leute, aber lauter Erwachsene; kein einziges Kind war dabei. Dann aber, als wir zu Ende waren und uns die Hände mit zerschnittenen Zitronen gewaschen hatten, teilte uns der Scheik mit, daß es sich um einen Akt der Gerechtigkeit, um eine Exekution handle.

„Wir haben eine Blutrache gegen den Stamm der Manazah", sagte er. „Der Bruder des Scheikes der Manazah hat meinen Bruder erschossen, nicht aus Versehen, sondern mit Absicht, aus dem Hinterhalte, einer elenden Beute wegen. Darum wurde den Manazah der Friede aufgesagt. Wir haben einen Hinterhalt gelegt, um den Mörder abzulauern. Es ist uns gelungen, ihn gefangenzunehmen, heut wird er erschossen, grad in dem Augenblick, an welchem die Sonne untergeht. Das ist die von der Natur vorgeschriebene Zeit der Beendigung des Lebens. Zu diesem Zwecke sind wir hier versammelt. Seht, da bringt man ihn!"

Zwei Münazah brachten den Gefangenen aus dem Hause, wo er eingesperrt gewesen war. Er sollte hinaus nach der Gerichtsstelle geschafft und dort erschossen werden. Das Urteil war schon gesprochen. Er hieß Ali Ben Masuhl und war ein hagerer, dünnbärtiger Mann von echtestem Beduinenhabitus, im Alter von zwischen vierzig und fünfzig Jahren. Als er an uns vorüberkam und die beiden Frauen sah, riß er sich für einige Augenblicke von seinen Begleitern los, sprang auf die Frau des Scheikes zu, faßte mit den beiden gefesselten Händen den Ärmel ihres Gewandes und rief:

„Beschütze mich; beschütze mich; beschütze mich!"

Nach dieser Berührung, die nicht verhindert worden war, und der dreimaligen Aufforderung, ihn zu beschützen, war sie nach den Gesetzen des Landes verpflichtet, alles daranzusetzen, um seinen Tod zu verhüten. Auf diese Weise retten sich Verurteilte, wenn ihnen keine andere Hoffnung bleibt, zuweilen noch in den Schutz der Frauen, der von den Männern ganz unbedingt beachtet werden muß. Diese Frau aber riß sich von ihm los, streckte beide Arme abwehrend gegen ihn aus und antwortete:

„Fort mit dir! Stirb, und verflucht sei deine Seele!"

Da trat er von ihr weg und ließ sich wieder ergreifen. Der Blick, den er auf sie warf, schauert mich noch heut! Und noch jemand trat von ihr weg, nämlich Merhameh. Sie sagte kein Wort, aber sie hat, solange wir noch bei den Münazah waren, keinen einzigen Blick mehr auf dieses kalte, erbarmungslose, goldgeschmückte Weib geworfen. Sie ging langsamen Schrittes dem Richtplatze zu, ganz allein. Wir beide, Halef und ich, folgten hinter ihr her. Man machte ihr und uns ehrerbietig Platz, denn es hatte sich blitzschnell herumgesprochen, wer sie war.

Der Scheik bildete mit seinen zwölf Ältesten den Kreis, indem sie sich auf die schon erwähnten Steine setzten. Ali Ben Masuhl wurde in die Mitte dieses Kreises gestellt, mit dem Angesicht nach der untergehenden Sonne gerichtet. Er stand fest und aufrecht. Es war nicht das geringste Zeichen von Todesfurcht an ihm zu bemerken. Ihm gegenüber, außerhalb des Kreises, hockten die drei gewöhnlichen Münazah, die ihn zu erschießen hatten. Wir drei, Merhameh, Halef und ich ließen uns auf drei freigebliebene Sitze nieder. Rund um uns saß oder lag das Publikum, die Augen nach dem verhängnisvollen Platz gerichtet. Es wurde gewartet, bis der untere Rand der Sonnenscheibe den Horizont beinahe berührte. Da erhob sich der Scheik, um zu sprechen. Er hielt eine kurze, sachgemäße, von allen sonst gebräuchlichen Schimpf- und Schandwörtern freie Rede über die zwischen den beiden Stämmen herrschende Feindschaft, über die Ermordung seines Bruders, über die Ergreifung des Mörders und das ausgesprochene Todesurteil. Dann fragte er Ali Ben Masuhl, ob dieser den Beistand des Imahm (Geistlichen) verlange oder vor seinem Tode sonst noch einen Wunsch habe. Der Gefragte bat, ihm seinen muhammedanischen Rosenkranz aus der Tasche zu nehmen und in die Hand zu geben. Weiter wolle er nichts. Dann möge man schießen.

„Es ist nicht wünschenswert, auf einer Erde weiterzuleben, auf welcher nicht einmal mehr das Weib Erbarmen hat!" fügte er hinzu.

„Hattest du Erbarmen mit meinem Bruder?" fragte der Scheik, indem er nach der Sonne sah, die schon zur Hälfte verschwunden war.

Schon setzten sich die drei Schützen fest in die Knie, legten die Gewehre an, um sicheres Ziel zu nehmen. In der nächsten Minute mußte das Kommando fallen. Da stand Merhameh von ihrem Sitze auf und rief:

„Halt! Noch gibt es auf dieser Erde Frauen, in deren Herzen das Erbarmen wohnt. Und noch gibt es auf ihr Männer, deren Wort so heilig ist wie Allahs Schwur!"

Sie zog mir das Messer aus dem Gürtel, ging auf den Verurteilten zu, stellte sich grad vor ihn hin und sprach, an den Scheik gewendet, mit erhobener Stimme:

„Grad so wie hier war es bei dem Mir von Ardistan. Rundum die Richter sitzend und er bereit, das letzte Wort, das Todeswort, zu sprechen. Da sandte mich Allah zu eurer Hilfe und gab mir Worte und Begeisterung, das harte Herz des Herrschers zu erweichen. Ihr wurdet frei. So sei auch dieser frei! Ich fordere ihn von dir, von euch, vom Stamm der Münazah. Ich halte euch bei jenen drei Versprechen, die ihr mir damals nachgerufen habt und heute wiederholtet! Seid ihr etwa gewillt, sie mir zu brechen?"

Sie sah sich im Kreise um. Niemand antwortete. Ich hatte das, was sie tat, erwartet. Diesen Leuten aber kam es so überraschend, daß sie zunächst nicht wußten, was sie sagen sollten. Da schnitt sie dem Gefangenen die Fesseln durch, so daß er die Hände frei bekam, brachte ihn zu mir herbeigeführt, gab mir mein Messer wieder und sprach, so daß die Richter alle es hörten:

„Ich übergebe ihn dir, Effendi, doch nur einstweilen. Führe ihn von dieser Stelle fort, und beschütze ihn. Ich fordere ihn von dir zurück, so heil, wie ich ihn dir jetzt übergebe!" – – –

* * *

Ein sprühendes Leuchten zuckte im Westen auf, um funkelnd nach dem Osten hinzugrüßen. Die Sonne war verschwunden, doch Ali Ben Masuhl lebte noch. Tiefe Stille herrschte rundum. Ich nahm ihn bei der Hand, um mich mit ihm zu entfernen. Jeder hatte gesehen, was geschehen war, aber keiner wagte es, sich ihm und mir entgegenzustellen. Man machte uns Platz, erstaunt, betroffen, zögernd, aber doch! Da erklang hinter uns die laute Stimme des Scheikes. Das lenkte die Aufmerksamkeit von uns ab auf ihn. Wir erreichten unangefochten unser Zelt. Halef kam hinter uns her.

„Allah sei Dank!" sagte er. „Hier bei unsern Pferden und Waffen haben wir nichts zu fürchten. Ich werde sofort satteln, um für alles gerüstet zu sein." Und sich an Ali Ben Masuhl wendend, fügte er hinzu: „Fürchte nichts. Hier bist du so sicher wie im Schoße Abrahams. Du stehst unter einem Schutz, der stärker ist als die Macht und Tapferkeit aller Münazah zusammen."

Nach diesen Worten ging er in die Hürde zu den Pferden. Der von dem Tode errettete Manazah schien gar nicht auf das, was Halef gesagt hatte, zu achten. Er stand hochaufgerichtet und lauschend und schaute nach der Höhe zurück, auf welcher jetzt, wie wir deutlich hörten, Merhameh zu der Versammlung sprach. Zwar konnten wir ihre Worte nicht verstehen, aber ihre Gestalt und jede ihrer Bewegungen zeichneten sich um so genauer und bestimmter vom leuchtenden Hintergrunde des Himmels ab. Die Höhe des Richtplatzes lag nach uns herüber schon im Dämmerschatten; ihre von uns abgewendete Seite aber stand im vollsten, schönsten Glanz des Abendrotes. Die Hunderte der Münazah, die am untern Teile des Abhanges lagerten, wurden von keinem Strahle mehr getroffen. Die Ältesten aber hoch auf der Höhe saßen still wie in goldener Flut; um die ragende Gestalt des Scheikes zuckten diamantene Funken, und Merhameh, die auf einen der Sitzsteine gestiegen war, um weiterhin gesehen und gehört zu werden, schien nicht mehr ein irdisches Geschöpf, sondern ein Wesen aus jener Welt zu sein, in deren Licht sie jetzt zum Volke sprach. Ihre Konturen waren in rosigen Äther getaucht. Ihr Gewand erglänzte, wenn sie im Sprechen sich bewegte, je nachdem die Falten desselben nach der Licht- oder nach der Schattenseite fielen, bald in purpurnen, bald in silberblauen Tönen. Ihr dunkles, nur im Nacken zusammengehaltenes, sonst aber frei, offen und lang herabwallendes Haar schien im Luftzuge wie von unzähligen Rubinen und Smaragden übersät. Und als jetzt eine leichte Wolke sich wie ein Schleier durch das Leuchten zog, hatte es den Anschein, als ob das schöne Fürstenkind von der Erde hinweggenommen werden solle, um mit dem Abendrot im Jenseits zu verschwinden.

Nicht nur ich allein fühlte den tiefen Eindruck dieser so wunderbar bewegten Gestalten, Linien und Farben; sie wurden auch von dem neben mir stehenden Manazah empfunden. Er wendete kein Auge davon ab, holte tief, sehr tief Atem und fragte:

„Wer ist dieses Kind, dieses Mädchen, dieses Weib? Dieses schöne, fremde Wesen, welches ich noch nie gesehen habe und dem die Münazah doch alle gehorchen?"

„Es ist Merhameh, die Tochter des Fürsten von Halihm", antwortete ich.

„Merhameh, die Barmherzige?" fragte er, indem sein

Auge leuchtete und sein Gesicht einen ganz andern Ausdruck annahm. „Sie, sie, die in den Herzen aller Menschen und in den Versen aller Dichter lebt? Allah, ich danke dir, daß du es mir vergönntest, sie zu sehen, den Blick ihres Auges und den Ton ihrer Stimme in mich aufzunehmen! Nun bin ich frei, frei, frei! Kein Münazah kann ihr widerstehen!"

Er setzte sich vor unserm Zelte nieder, und ich nahm an seiner Seite Platz. Halef war mit dem Satteln der Pferde schnell fertig, legte unsere Gewehre zurecht und gesellte sich dann zu uns. Unweit unseres Zeltes gab es in einer weiteren Hürde eine prächtige Asfar-Stute (Isabellfarben), die reines, edles Blut zu sein schien. Ich machte Ali Ben Masuhl darauf aufmerksam, daß er möglicherweise schnell ein Pferd brauche, um zu fliehen, und zwar unter unserem Schutze. Da deutete er nach der erwähnten Hürde und sagte.

„So werfe ich mich auf das beste Pferd des ganzen Stammes, welches du dort stehen siehst. Da holt mich keiner ein. Das meinige ist für jetzt unbrauchbar. Es erlahmte unterwegs an einer Verletzung des Hufes. Das war der Grund, daß es den Münazahs möglich wurde, mich zu fangen. Aber ich glaube nicht, daß ich zu fliehen habe. Wen Merhameh beschützt, den zwingt kein Mensch zur Flucht."

Er begann von ihr zu erzählen. Er hatte dabei eine ganz eigene Art, sich auszudrücken. Er sprach nicht nur korrekt, sondern auch enthusiasmiert und in Ausdrücken und Wendungen, die nur auf der Zunge eines Dichters üblich sind. Sein Gesicht verklärte sich. Er stieg in unsern Augen dabei nicht nur äußerlich, sondern auch innerlich an Wert. Er war keinesfalls ein gewöhnlicher Mensch.

Inzwischen brach der Abend herein, aber es war ein heller Abend. Der Mond hatte schon längst am Firmament gestanden und schien nur auf den Sonnenuntergang gewartet zu haben, um zu beweisen, daß auch er ein Spender des Lichtes sei. Man weiß, daß er schon seit undenklichen Zeiten zu der über den ganzen nächtlichen Himmel verbreiteten Sekte der Magier gehört und in allem, was er tut, zur Heiligung und zur Andacht neigt. So erteilte er auch dem vor uns liegenden Richtplatz und dem, was jetzt dort geschah, jenen geheimnisvollen, magischen Schimmer, der uns zu der Empfindung erhob, daß es sich hier nicht um das kleine Schicksal zweier unbedeutender Beduinenstämme, sondern um eine Darstellung großer, allgemeiner Menschheitsschicksale handle.

Da sahen wir, daß Merhameh die Höhe verließ. Sie kam zu uns hernieder. Ali Ben Masuhl sprang auf und holte ein Kissen aus dem Zelt, für sie. Sie verschmähte es nicht, sich darauf niederzulassen. Er aber blieb stehen, an die Stange des Zeltes gelehnt, obgleich sie ihn mit der Hand wiederholt aufforderte, sich wieder niederzusetzen. Sie berichtete:

„Ich habe zu ihnen gesprochen. Ich habe ihnen alles gesagt, was das Menschenherz zu solchem Mord und Frevel zu sagen hat. Nun beraten sie. Der Scheik ist gewonnen. Er wird kommen und uns das Ergebnis mitteilen."

Hierauf wendete sie ihr Gesicht dem neben ihr Stehenden zu, schaute freundlich zu ihm auf und fragte:

„Ich kenne einen Dichter Ben Masuhl. Aber weder die Münazah noch die Manazah scheinen ihn zu beachten. Ist er vielleicht dir bekannt?"

„Ich bin's", antwortete er einfach. „In der Ferne liebt man mich. In der Heimat will mich keiner."

Also darum wußte er so genau, daß Merhameh „in den Versen aller Dichter lebt"! Sie senkte den Kopf und schwieg eine kleine Weile. Dann sagte sie:

„So kann nicht ich, sondern nur du allein dich retten – – – wenn Allah es will! Begreifst du das?"

„Nein", antwortete er.

„Du wirst es begreifen lernen, falls du wirklich Dichter bist. Die Zeiten sind vorüber, in denen die Poesie des Raubes und des Mordes durch die Steppen ritt und unter den Zelten der Wüstenstämme kampierte. Kein Räuber und Mörder darf sein Gesicht mehr hinter der Heldenlarve verstecken. Du bist jetzt Dichter und Mörder, aber nicht mehr Dichter und Held. Und wo Menschen dir verzeihen, darf Allah dir nicht verzeihen. Merke dir eines: Die Gnade und Barmherzigkeit ist nur für innerlich kleine Leute; wer aber groß zu denken und groß zu werden hat, der bleibt der göttlichen Gerechtigkeit nicht einen Para schuldig. Ich kann dich heut nur körperlich befreien, doch vor Allah bist du Gefangener, bis du bezahlst, was du ihm schuldig bist. Dichter haben groß zu sein; vor allen Dingen in sich selbst. Wer so wie sie das edelste Gold und die herrlichsten Diamanten aus voller, freier Hand verschenkt, hat nicht das Recht, der Schuldner Gottes zu sein. Darum frage ich dich noch einmal: Ist dir der Dichter Ben Masuhl bekannt? Bist du es wirklich? Oder bist du es nicht?"

Er war still. Es verfloß eine längere Zeit im Schweigen. Dann holte er tief Atem und sprach:

„Allah sei es, der entscheidet und beantwortet, was du mich fragst!"

Da machte sich oben auf dem Gerichtsplatze eine Bewegung bemerklich. Die Beratung war bis zu einem gewissen Abschlusse gelangt. Der Scheik kam herab, um ihn uns mitzuteilen. Man war damit einverstanden, daß Ali Ben Masuhl freizugeben sei, sofort und vollständig frei, aber nur, um das Versprechen einzulösen, welches man Merhameh beim Mir von Ardistan gegeben hatte. Die Todfeindschaft mit den Manazah aber solle bestehenbleiben, der Kampf mit ihnen beginnen. Da erhob sich Merhameh von ihrem Platze.

„Komm wieder mit hinauf!" bat sie den Scheik. „Wenn die Barmherzigkeit durch Liebe nichts erreicht, kann sie auch drohen. Wenn sich die Münazah etwa für Götter halten, muß ich ihnen zeigen, daß sie Menschen sind! Die umliegenden Völker sind es müd geworden, nur immer die Waffen klirren zu hören. Ich habe zu warnen! In kurzer Zeit bin ich wieder hier und werde dann sofort zur Ruhe gehen, denn morgen brechen wir beizeiten auf. Sagt bitte das dem Diener!"

Sie kehrte mit dem Scheik nach der Höhe zurück. Halef holte den Diener, der ihr im Zelt die Lagerstatt bereitete und sich dann vor den Eingang niederlegte, um, selbstlos wie ein wachsam treuer Hund, ihr Schutz und Schirm zu sein. Als droben ihre Stimme wieder erklang, war es ein sehr energischer Ton, in dem sie sprach; das hörten wir.

Und, wie sie gesagt hatte, kam sie sehr bald wieder. Sie gab uns allen dreien die Hand, uns gute Nacht zu sagen, und fügte hieran den Bescheid:

„Es ist erreicht. Ich habe ihnen die Folgen gezeigt. Bei wem vorher das Herz nicht zu rühren war, bei dem wirken nun die Einsicht und der Verstand."

Sie zog sich in ihr Zelt zurück, und kaum war dies geschehen, so verteilten sich die Ältesten unter das Volk, um die Nachricht zu verbreiten, daß Friede zwischen den Münazah und Manazah gefordert werde und von den mächtigen Nachbarstämmen gedroht worden sei, daß sie sich diesen Frieden nötigenfalls erzwingen würden. Dann ergoß sich das Volk unter lärmenden Rufen von der Höhe in das Tal, um heimzukehren. Wir aber erhielten diese Kunde von dem Scheik selbst, der sich in diesen Ausgang der Sache vollständig gefunden hatte, obgleich, wie ich nach und nach immer deutlicher merkte, der Grund allen Übels in seinem eigenen Hause lag, in seiner eigenen, herrschsüchtigen, stolzen – – – Frau!

Wir gefielen ihm und er uns auch. Er lud uns nicht zu sich, sondern sich zu uns in unser Zelt, wo wir bis nach Mitternacht bei der Wasserpfeife und beim frugalen Spätessen saßen und uns lebhaft unterhielten. Nicht etwa über gewöhnliche Dinge, o nein! Sondern über Fragen, die teils nach der Tiefe, teils nach der Höhe forschen. Der Morgenländer liebt es ganz besonders, sich mit derartigen Dingen zu beschäftigen, während der Abendländer sie am liebsten dem Fachgelehrten oder Fachbeamten überläßt. Im Laufe dieser Unterhaltung zeigte sich der Scheik als ein wohlunterrichteter, vorurteilsfreier Mann, der einem einmal gefaßten Entschlusse die beste Seite abzugewinnen wußte. Nun man sich einmal für die Aussöhnung der beiden Stämme entschieden hatte, war er auch gleich ganz Feuer und Flamme dafür und zu jedem hierauf bezüglichen Entgegenkommen bereit. Er befreundete sich mit seinem bisherigen Gefangenen in ebenso schneller wie aufrichtiger Weise, zumal wir beide, Halef und ich, alles mögliche taten, diesen Friedensschluß zu beschleunigen. Hierbei wurde der Bruder unseres Dichters, nämlich der Scheik der Manazah, des öfteren erwähnt, und da hörten wir leider, daß er ein harter, eigenwilliger Mann sei, bei dem es wohl nicht ohne innere Kämpfe hergehen werde, sich für die Beendigung der Feindschaft zu entscheiden. Er schien in jeder Beziehung ein ausgesprochener Egoist zu sein und an seinem ganzen seelischen Körper nur einen einzigen warmen, sympathischen Punkt zu besitzen, und das war die Liebe zu seinem Bruder, demselben, der heute abend hier bei uns saß. Auf diesen einzigen Punkt allein konnte sich die Hoffnung gründen, daß die Pacifikation der beiden Stämme zu ermöglichen sei.

Ali Ben Masuhl stimmte auch ganz für diese Aussöhnung; er hatte ja an sich selbst erfahren, wohin die Feindschaft führt; aber er war stiller als der Scheik. Die ihm angeborene schöne Begeisterungsfähigkeit trat heut hinter den Ernst der Gedanken zurück, die Merhameh in ihm in das Leben gerufen hatte. Sie füllten ihn innerlich aus, das sah man ihm an, und diese Einkehr in sich selbst ließ ihn so seelisch bedrängt, so rührend hilfsbedürftig erscheinen, daß ich mich herzlich zu ihm hingezogen fühlte. Ganz ebenso erging es dem Scheik, der während des Gespräches sehr oft, ohne eigentlich zu wollen, seine Hand ergriff, um sie ihm zu drücken.

Was uns selbst nun im besonderen betrifft, so war unsere Abreise für den zeitigen Morgen beschlossen. Der Scheik der Münazah bat, uns bis an die Grenze seines Gebietes begleiten zu dürfen. Dann sollten wir für morgen abend die Gäste der Manazah sein, mit deren Scheik er den Friedensabschluß besprechen wollte, und hierauf sollten wir von unserm Dichter und seinem Bruder bis an die Weideplätze des nächsten Stammes unter Schutz genommen werden. Wie gut und aufrichtig der Scheik es mit seinem bisherigen Todfeinde meinte, war daraus zu ersehen, daß er, als dieser sein lahm gewordenes Pferd erwähnte, zu ihm sagte:

„Das kannst du natürlich nicht reiten. Es bleibt hier bei mir, bis sein Huf gesundet ist. Ich borge dir meine Isabella. Sie ist das Köstlichste, was ich besitze. Du siehst, ich habe dich lieb.“

Als wir dann auseinandergingen, hörte ich, daß Ali Ben

Masuhl auch eines der leeren Zelte angewiesen bekam. Später aber trat ich, ehe ich mich niederlegte, noch einmal vor das meinige, um nach dem Wetter auszuschauen, und da sah ich, daß er auf das Zelt verzichtet hatte und demjenigen von Merhameh gegenüber an der Mauer des Hauses saß, um kein Auge von dem Dache, unter dem sie ruhte, abzuwenden. Halef sah das auch und sagte:

„Seine Seele spricht mit ihrer Seele. Oh, Effendi, wenn die Menschen doch wüßten, wie heilig so ein inneres Leben ist!"

Die Sonne war eben aufgegangen, als wir am nächsten Morgen die Residenz Omar Ben Amarahs verließen. Das heißt, sie war zwar aufgegangen, aber wir sahen sie nicht. Sie verbarg sich hinter einem häßlichen, dicken, schmutzig gelbroten Schleier. Wir hatten einen jener bösen Tage vor uns, an denen die Luft mit feinstem Sand geschwängert ist und man sich Auge, Mund und Ohr verhüllen muß, um diese edlen Organe zu beschützen. Darum staken wir alle so tief in unseren Mänteln, daß von uns fast nichts zu sehen war als eben nur diese Mäntel. Und das hielt nicht nur den ganzen Tag an, sondern es verschlimmerte sich am Nachmittage so, daß wir unsere Pferde öfters ruhen lassen mußten und nur ganz langsam vorwärtskamen. Es war ein Tag, wie extra dazu gemacht, daß ein großes schweres Unglück an ihm geschehe. Darum war ich gestern, ehe ich mich schlafen legte, noch einmal aus dem Zelte getreten, um nach dem Himmel zu sehen. Jedes Wetter schickt für den, der es fühlt, seine Vorahnung voraus.

Merhameh hielt sich wacker. Diese schwere Atmosphäre schien ihr leichter zu werden als uns Männern. Sie ritt während der ganzen Zeit fast stets zwischen dem Scheik und Ali Ben Masuhl, welcher, wie verabredet worden war, auf der isabellfarbenen Stute saß, und unterhielt sich mit ihnen, so gut es eben bei der dichten Verhüllung ging. Später erfuhr ich von dem Scheik, daß es nur kurze Fragen und kurze Antworten gewesen waren, aber von heiligem, edlem Klange. Wenn wir einmal anhielten und ich einen Blick auf Ben Masuhl bekam, fiel mir das tiefe, schwärmerische Leuchten seines Auges auf. Weil diese drei zusammenhielten, war ich auf meinen Halef angewiesen, doch gönnte ich den beiden Männern unsere herrliche Merhameh von ganzem Herzen gern. Ihr Diener kam mit einer kleinen Schar von Münazah, bei denen sich drei Älteste befanden, hinterher. Diese drei sollten sich an der Friedensbesprechung mit dem Scheik der Manazah beteiligen.

Der in der Atmosphäre schwebende Sand belästigte unsere Pferde so sehr, daß wir darauf verzichten mußten, das eigentliche Ziel unseres heutigen Rittes zu erreichen. Es wurde beschlossen, die Nacht beim Grabe eines muhammedanischen Heiligen zuzubringen, welches fast genau an der Grenze zwischen den Gebieten der beiden Stämme lag, und zwar in einem kleinen Wäldchen, in dem man einigermaßen Schutz vor dem Wetter finden konnte. Es war am späten Nachmittag, als wir die Gegend, in welcher das Grab lag, erreichten. Wir konnten es nicht von weitem sehen. Wir befanden uns in einer vielgewundenen Felsenschlucht, und als wir um eine dieser Windungen bogen, stand es ganz plötzlich vor uns, zweihundert Schritte entfernt, eine enge Tür, vier weißgetünchte Mauern, ein plattes Dach darauf und im Innern nichts als nur die kahlen Wände. Auf beiden Seiten und hinten wurde es von spärlichen Sykomoren, Schwarzhölzern und dürrem Gestrüpp eingefaßt. Wir lenkten nach ihm ein. Das Gebäude bot uns Unterkunft für Merhameh, und wir Männer fanden wohl im Wäldchen alle Platz. Der Scheik, Ben Masuhl und Merhameh ritten auch jetzt voran. Wir sahen keinen Menschen. Da aber trat aus der Tür des Grabes eine hohe männliche Gestalt mit einem Gewehre in der Hand. Die hob den Arm und rief uns entgegen:

„Seid gegrüßt, ihr Münazah! Sei gegrüßt, Omar Ben Amarah, du Mörder meines Bruders! Ich bin Hassan Ben Masuhl, der Scheik der Manazah, und fordere deine Seele. Drauf, ihr Krieger, drauf! Fangt sie lebendig, alle, alle!“

„Halt, halt! Du irrst!“ rief ich ihm schnell zu.

Aber schon hatte er sein Gewehr angelegt, der Schuß krachte, und der, den er für den Scheik der Münazah hielt, weil er auf der Isabella saß, bekam einen Ruck, warf die Arme in die Luft und glitt vom Pferde. Zu gleicher Zeit kam hinter dem Wäldchen, wo sie versteckt gewesen war, eine Schar von wohl sechzig Reitern hervor, die uns umzingelten. Zu einem Kampfe kam es aber nicht, denn es fiel keinem von uns ein, sich zu wehren. Es gab weiter nichts als ein ungefährliches, schnell vorübergehendes Gewühl; dann hielt ein jeder still auf seinem Pferde. Die Feinde waren überrascht von unserer Ruhe. Ihr Anführer kam herbei, ganz ebenso überrascht. Der Scheik der Münazah ritt ihm einige Schritte entgegen, warf sich die Kapuze aus dem Gesicht und fragte: „Deine Kugel galt wohl mir?"

„Du, du?" rief der unglückliche Schütze betroffen. „Omar Ben Amarah! Du lebst?"

„Ich lebe noch! Bitte Allah, daß auch dieser lebt! Geh hin, und schau ihn an!"

Er deutete auf den Verwundeten, der vom Pferd geglitten war und an der Erde lag. Ich kniete schon bei ihm und öffnete ihm den Mantel, die Jacke und die Weste. Die Augen waren geschlossen. Die absolut tödliche Wunde lag in der Nähe des Herzens. Sie blutete nicht.

„Mein Bruder, mein Bruder!" schrie der Scheik der Manazah, als er sah, wer es war, auf den er geschossen hatte.

Er wollte sich auf ihn werfen; ich aber schob ihn zurück und befahl:

„Schweig! Jammere nicht! Und rühre ihn nicht an! Du hast nur allzu gut getroffen. Raube ihm nicht die letzten Augenblicke, die ihm noch bleiben! Folge uns! Komm, Halef, faß mit an!"

Halef war der einzige, auf dessen Geschicklichkeit ich mich verlassen konnte. Er sprang vom Pferde. Wir nahmen den Verletzten vorsichtig auf und trugen ihn in das Innere des Grabes. Dort legten wir ihn nieder. Die Kugel war ihm durch und durch gegangen. Am Rücken floß Blut. Sein Bruder folgte, zusammengebückt wie ein Träumender. Hinter ihm kam der Scheik der Münazah, dem der Schuß gegolten hatte. Ich führte die beiden Todfeinde zu dem Sterbenden hin und ging dann nach der Tür, um Merhameh herbeizuwinken. Sie kam. Ihr Gesicht war bleich, aber ihr Auge groß, voll tiefen Glanzes und still.

„Soll ich dabei sein?" fragte sie.

„Du vor allen Dingen", antwortete ich. „Komm her zu ihm, damit sein letzter Blick dich gleich zuerst erfasse!"

Sie tat es. Sie kniete bei ihm nieder. Wir warteten. Draußen waren die Reiter alle abgestiegen. Die Münazah und die Manazah standen leise flüsternd beieinander. Ein einziger Schuß hatte diese flüsternde Ruhe hervorgebracht. Die einen erfuhren von den andern, wie grundlos dieser Schuß gewesen war. Schmutzig gelb, fast zu greifen, wälzte sich draußen die sandige Luft vorüber. Todesfahl drang das dicke Licht wie ein schadenfrohes Grinsen zur schmalen Tür herein. Schon gestern sollte er sterben, der da am Boden lag, und heute starb er wirklich. Nur ein einziger Tag wurde ihm geschenkt. Wozu? Indem ich dies dachte, öffnete er die Augen. Er sah Merhameh vor sich knien. Sein Blick leuchtete auf. Er schaute an ihr nieder. Er bemerkte das rote Blut, welches unter ihm hervor dem Lager zu entrinnen suchte. Da fühlte er die Wunde. Die Erinnerung kam. Er erschrak nicht. Er hob die eine Hand und deutete auf Hassan Ben Masuhl, den Scheik der Manazah. Er erhob die andere Hand und deutete auf Omar Ben Amarah, den Scheik der Münazah.

„Reicht euch die Hände!" bat er. Sie taten es. „Ich liebe euch", fuhr er fort. „Seid Brüder im Leben, wie ich im Tode noch euer Bruder bin!"

Man sah, er wollte tief Atem holen, wagte aber nicht, es zu tun. Er faltete die Hände.

„Merhameh", sagte er. „Weißt du noch, was du sagtest? Gestern abend?"

„Ich weiß es", antwortete sie.

„Ist es mir gelungen, mich selbst zu retten?"

„Ja. Allah hat es gewollt."

„Habe ich bezahlt?"

„Soeben tust du es. Du bist dein eigener Preis."

„So bin ich frei?"

„Frei bist du, frei!" antwortete sie. Das klang wie ein Schluchzen, und doch war es auch wie ein Jubel.

Da holte er tief, tief Atem und rief mit lauter Stimme:

„Allah sei Preis gesagt!" und mit wieder leiser und immer

leiser werdender Stimme fügte er hinzu: „Und dir sei Dank, o Merhameh – – – o Mer – – ha – – – meh – –!“

Seine Brust hob und senkte sich noch zwei-, dreimal – – – – da nahm Merhameh mich bei der Hand und bat:

„Komm, Effendi! Stören wir nicht den Tod, wenn er vom Himmel niedersteigt, die Lebenden zu versöhnen!“

Wir gingen hinaus.

* * *

Für diejenigen Leser, welche sich nicht mit dem innern, psychologischen Schluß einer Erzählung begnügen, sondern gern auch jedes äußere Fältchen ausgeplättet haben wollen, füge ich noch folgendes hinzu:

Es darf nicht verwundern, daß Ali Ben Masuhl zuerst als Blutsfeind erschossen werden sollte und dann kurz darauf von dem Scheik der Münazah als Freund behandelt wurde. Bei den dortigen Beduinen gehören Raub und Mord zu den ritterlichen Werken. Es ist also kein Widerspruch, daß man einen Mörder persönlich achtet und sogar liebt und doch gezwungen ist, ihn der Blutrache zu opfern.

Ferner war uns nicht mit erzählt worden, daß man Ali Ben Masuhl nicht allein gefangengenommen hatte. Es waren zwei seiner Gefährten mit ergriffen worden, die man aber weniger streng bewacht hatte als ihn. Als sie das Todesurteil erfuhren, welches schon vorgestern gesprochen wurde, gelang es ihnen, zu entfliehen und heimzukommen. Sie waren überzeugt, daß die Exekution nun schon ausgeführt worden sei, und meldeten das dem Scheik. Dieser rief sofort so viel Krieger zusammen, wie eben vorhanden waren, um den Tod seines Bruders zu rächen, und zog mit ihnen voran. Andere Scharen sollten schnell folgen. Er kam wegen des schlimmen Wetters nur bis an das Heiligengrab, wo übernachtet werden sollte, war aber so vorsichtig, Späher vorauszusenden, die uns begegneten. Sie sahen uns zufällig eher als wir sie, versteckten sich und ließen uns an sich vorüberziehen. Wir waren alle tief eingehüllt, aber als sie die bekannte isabellfarbene Stute sahen, waren sie überzeugt, daß der darauf sitzende Reiter der Scheik der Münazah sei. Als wir kurze Zeit darauf wieder einmal anhielten, um unsere Pferde ausruhen zu lassen, gelang es ihnen, die natürlich schnell umgekehrt waren, uns unbemerkt zu überholen und dem Scheik Hassan Ben Masuhl unsere Ankunft zu melden. Denn es verstand sich ganz von selbst, daß auch wir die Absicht hatten, bei dem Grabe des Heiligen zu übernachten. So fand er Zeit, sich vorzubereiten und uns derart zu empfangen, wie ich erzählte.

Sein Charakter stimmte genau mit der Vorstellung überein, die ich mir von ihm gemacht hatte. Er war ein harter, rücksichtsloser und rachgieriger Mann, der aus seinem Leben den Begriff der Verzeihung vollständig ausgestrichen hatte. Er hatte den heutigen Ritt in der festen Absicht unternommen, den vermeintlichen Tod seines Bruders in blutigster Weise zu rächen. Und nun tötete er ihn selbst; nun war er selbst der Mörder! Das wirkte so auf ihn, als ob die Kugel ihn selbst getroffen habe. Nun kauerte er mit dem, den er hatte erschießen wollen, im Grabe bei dem Toten; der eine rechts, der andere links von ihm. Was sprachen sie?

Es verging eine Viertelstunde nach der andern, ohne daß sie sich hören oder sehen ließen. Wir bereiteten die Lager; die Münazah auf der einen und die Manazah auf der anderen Seite des Wäldchens. Der Abend kam. Er brachte andere Luft. Es erhob sich ein Wind, der in kräftigen Stößen die Atmosphäre reinigte, obwohl wir sie in unserer geschützten Lage nicht fühlten. So kam es, daß der Himmel wieder sichtbar wurde. Der Mond erschien. Die weißgekalkten Mauern des Grabes sammelten seine Strahlen und warfen sie uns in zart bläulichen Reflexen zu. Da regte es sich im Innern. Das Leben erhob sich von der blutig feuchten Erde, um sich von dem Tode zu trennen. Die beiden Feinde erschienen unter der Tür. Sie riefen nach Merhameh, die zu ihnen kommen solle, um Zeugin ihres Schwures an der Leiche des Erschossenen zu sein. Sie stieg die Stufen hinauf und ging mit ihnen hinein. Nach einiger Zeit kamen sie wieder heraus, alle drei. Vor dem Eingange blieben sie stehen, von allen gesehen. Omar Ben Amarah erhob seine Stimme:

„Ihr Krieger der Münazah, hört, was euch Merhameh, die Freundin unserer beiden Stämme, zu sagen hat!“

Und Hassan Ben Masuhl rief:

„Ihr Krieger der Manazah, schaut her zu uns, was Merhameh euch zeigt!“

Er öffnete seine Arme, zog den Scheik der Münazah an sich und küßte ihn. Sein Kuß wurde dreimal erwidert. Da deutete Merhameh auf diese vom Monde hell beschienene Gruppe und verkündete in tief bewegtem Tone:

„Allah nur allein ist gerecht. Nimmt der Mensch die Rache in die Hand, so trifft er stets niemand als nur den eigenen Bruder. Von nun an sei Friede!“

„Sei Friede! Sei Friede!“ riefen die beiden Anführer, indem sie die Hände beteuernd hoben.

„Sei Friede! Sei Friede!“ wiederholten auch Halef und ich.

„Sei Friede! Sei Friede!“ erklang es von den Lippen aller Münazah und Manazah, welche die Trennung ihrer Lagerplätze vergaßen und aufeinander zueilten, um dem versöhnlichen Beispiele ihrer Scheike zu folgen.

Seit jener Zeit ist stete Freundschaft zwischen ihnen gewesen. Wenn sich je einmal ein Zwiespalt erhob, der zum Kampfe zu führen schien, so ritten die beiderseitigen Ältesten zum Grabe des Heiligen, wo Ali Ben Masuhl unter den Sykomoren zur Ruhe bestattet worden war. Da wurde beraten und dabei an Merhameh gedacht. Der eine Stamm hatte dabei ihre Bitten, der andere ihre Warnungen zu wiederholen, und stets hat sich dann dasselbe Resultat ergeben, das sich an dem von mir geschilderten Tag ergab:

„Es sei Friede! Es sei Friede!“

Nachwort

Spätestens seit 1904, als der dreißigste Band der Werkausgabe mit dem Titel „Und Friede auf Erden!“ veröffentlicht wurde, war für jedermann klar, daß sich Karl May (1842–1912) in die Politik gemischt hatte. War das ein Versehen, eine Ungeschicklichkeit von ihm, oder hatte er die Folgen seines Tuns nicht richtig eingeschätzt? Nichts dergleichen; es war Absicht und geschah vorsätzlich.

Daß er diesen Schritt vollzog, hing mit seinem Erfolg zusammen und mit der Einsicht, daß einem Autor, dessen Bücher in vielen hunderttausend Exemplaren verbreitet sind und dessen Leserschar nach Millionen zählt, eine gesellschaftliche Verantwortung auferlegt ist. Daß er für sich diese Verantwortung gerade darin sah, einen Beitrag zum Frieden zu leisten, hatte freilich noch andere Gründe; sie waren gesellschaftspolitisch und persönlich motiviert.

Abgesehen von einer frühen Phase seiner literarischen Tätigkeit, in der er noch eher sorglos und vordergründig um Einkommen bemüht daherfabulierte, kann man sein sonstiges Schreiben als eine Form von moralischer Schriftstellerei charakterisieren. Im Mittelpunkt seiner Romane und Erzählungen steht stets der Konflikt zwischen gut und böse, zwischen Tugend und Laster, zwischen Menschlichkeit und Verbrechen. Und wie es sich für eine Literatur dieser Art gehört, triumphiert auch bei ihm am Ende immer das, was er uns als das Gute vorstellt, für das er wirbt und für das er uns mehr oder weniger auch einzunehmen versteht. Aber in einem Punkt, und zwar in einem sehr wichtigen, hebt er sich von vielen anderen ähnlich schreibenden Autoren ab, nämlich in Hinsicht auf die Frage, wie das Gute mit dem Bösen umgeht und wie der Triumph des Guten zustande kommt. In seinen besten Arbeiten vertritt er dazu die Auffassung, daß das Gute seine Identität verliert, wenn es das Übel mit den Mitteln des Bösen vernichtet. Abgesehen von ausgesprochenen Notwehrsituationen sind seine positiven Helden darauf aus, die Bösen durch das gute Beispiel, durch überzeugende Argumente, durch Vergebung und Verzeihung, selbst durch Beweise von Vertrauen und Zuneigung, von ihrem bisherigen Weg abzubringen. Allerdings geschieht diese moralische Einflußnahme immer von einer Position der Stärke aus. List und Gewalt sind im Spiel, freilich überwiegend präventiv oder defensiv eingesetzt, auch das ist ein wichtiger Punkt, wenn es darum geht, die Bösen in jene Lage zu manövrieren, in der sie bereit sind, die Läuterungsattacken überhaupt zur Kenntnis zu nehmen. Ist diese Lage hergestellt, wird nicht selten darauf geachtet, dem Gegner, vor allem dem würdigen Gegner, seine unterlegene Position nicht spüren zu lassen. Nur wenn sich die Bösewichter gar zu verstockt und uneinsichtig geben, läßt sie Karl May dann doch in die Grube fahren, aber kaum durch die Hand seiner herausragenden positiven Helden, sondern durch weniger edle Charaktere, und oft delegiert er dieses Tun auch an die Instanz einer höheren Gewalt.

Der relativ sanfte Umgang mit dem Bösen hat bei Karl May noch einen anderen, einen persönlichen Grund. Als Ich-Erzähler, der behauptete, im wesentlichen erlebt zu haben, was er beschreibt, war er gehalten, alles zu vermeiden, was ihn nach den Normen der bürgerlichen Gesellschaft seiner Zeit in strafrechtlicher oder moralischer Hinsicht hätte angreifbar machen können. So ist es neben seiner gereiften humanistischen Grundhaltung auch der inneren Logik seiner Identitätsbehauptung und seiner ichbezogenen Erzählweise geschuldet, wenn er seine guten Helden, allen voran die eigenen Identitätsfiguren Old Shatterhand und Kara Ben Nemsi, als Menschenfreunde und Friedensstifter in Erscheinung treten läßt.

Literarisch ständig mit dem Konflikt zwischen gut und böse beschäftigt, entwickelte Karl May im Laufe der Zeit ein Gespür dafür, wie außerordentlich wichtig für das Zusammenleben der Menschen die Anerkennung moralischer Werte ist. Dabei hatte er zunächst nur einzelmenschliche Beziehungen oder Kontakte innerhalb einer überschaubaren Gruppe oder zwischen solchen Gruppen im Blick. Aber ein Element wies bereits darüber hinaus, der Umstand nämlich, daß es sich bei diesen Kontakten zum größten Teil um Beziehungen zwischen Angehörigen verschiedener ethnischer Gemeinschaften handelte.

Zwischen persönlichen Beziehungen und Beziehungen zwischen ganzen Völkern hat für Karl May nie ein prinzipieller Unterschied bestanden. Als er damit begann, nach Lösungen für einen stabilen und dauerhaften Völkerfrieden zu suchen, hat er viel von dem aufgenommen, was ihm als Grundlage für einen gedeihlichen persönlichen Menschenfrieden wichtig war. Frieden bedeutete deshalb für ihn nicht nur einen Zustand ohne Krieg, nicht nur ein Schweigen der Waffen, sondern Frieden war für ihn mehr als das; er schloß auch das Schaffen von Bedingungen zur Verhütung von Kriegen ein. Freilich, sozialökonomische und politische Analysen waren seine Sache nicht. Auch die Frage von Krieg und Frieden existierte für ihn nur als moralisches Problem. Dahinter stand die richtige Erkenntnis, daß Kriege nicht aus dem Schlund der Hölle kommen, sondern von Menschen gemacht werden. Als ein in seiner Art moralischer Schriftsteller sah Karl May die Garantie zur Vermeidung von Kriegen zunächst und vor allem in der Existenz des guten, humanen, edlen Menschen begründet. Vom „Edelmenschen", ein Begriff, der bei ihm wahrscheinlich auf Bertha von Suttner zurückgeht und im Goethe-Gedicht „Das Göttliche" seine Wurzel hat, handelt denn auch sein Spätwerk. Friedensarbeit war für ihn darum in erster Linie ein Erziehungswerk. Die Menschen sollten mit jenen Tugenden ausgestattet werden, die sie seiner Ansicht nach dazu befähigen, den Frieden dauerhaft und sicher zu machen. Erziehung zum Frieden bedeutete deshalb für ihn Erziehung zu gegenseitiger Achtung, zu Toleranz, zur Versöhnung, zu Freundschaft und, ja vor allem auch dies, im christlichen Sinne zur Nächstenliebe. Tugendauffassung der Spätaufklärung und Ethik der Bergpredigt gingen bei ihm zusammen. Im Grunde führte er also fort, was er schon in den besten seiner früheren Arbeiten propagiert hatte. Nur erhielt jetzt sein Moralisieren einen politischen Akzent. Und das kam nicht von ungefähr.

Entscheidende Anstöße dafür, daß sich sein Denken in eine neue Richtung entwickelte, empfing Karl May während seiner großen Orientreise in den Jahren 1899/1900. Sie führte ihn ausschließlich in Länder, die sich in kolonialer oder halbkolonialer Abhängigkeit befanden: Ägypten, Libanon, Syrien, Palästina, Aden, Eritrea, Ceylon und Sumatra. Die meiste Zeit reiste er allein. Seine Beobachtungen und Reflexionen galten dabei nicht nur den üblichen Touristenattraktionen, den Landschaften, dem Klima oder dem Hotelservice, gewiß auch diesen, sondern ganz offensichtlich nicht weniger dem sozialen Leben in diesen Ländern. Und er beobachtete gut, immerhin so gut, daß er eine gewisse Vorstellung davon bekam, was die koloniale Unterdrükkung in den betreffenden Ländern anrichtete. Ungeschult in politischen Analysen und Wertungen machte er dafür aber nicht die Nutznießer dieser Auspressung und ihren Herrschaftsapparat, sondern das nicht nach den Geboten der Bergpredigt handelnde Christentum oder die Zivilisation schlechthin verantwortlich. So schrieb er z. B. aus Colombo auf Ceylon, heute Sri Lanka (10.10.1899): „Dieses Hotel ist das schönste, was ich auf Erden gesehen habe, leider aber nur zur gründlichen Ausbeutung der Menschen errichtet. Die Segnungen des Christenthums!“ Und auf einer Ansichtskarte mit der Abbildung einer Tamilen-Frau: „So gehen hier die eingeborenen Frauen der besseren Stände. Es ist ein herrlicher Menschenschlag, der aber durch die sogenannte Civilisation seine Herzensschätze verlieren wird.“ Am Ende seiner großen Reise zog er aus dem Erlebten und Gesehenen, eingekleidet noch in die christliche Vorstellung vom verlorengegangenen und wiederzuerlangenden Paradies, eine erste wichtige Schlußfolgerung. In Beirut notierte er in sein Reisetagebuch (17.6.1900): „. . . daß der Mensch auf die Erde kam, um sie nach dem Bilde dessen, was er jenseits sah, zum Paradiese zu gestalten. Dazu gehört vor allen Dingen, daß er der persönlichen Macht für persönliche Dinge entsagt und einzig und allein bestrebt ist, das Glück und Heil der Allgemeinheit zu erwirken. Hat er dies erreicht oder wenigstens ehrlich und mit allen Kräften erstrebt, so wird ihm die Erlaubniß werden, aus dem von ihm geschaffenen oder erstrebten Abbilde des Paradieses zurückzukehren. Das ist die soziale Aufgabe der Völker, der Gemeinden, der Familien und auch jedes einzelnen Menschen, also ein allgemeines Auf- und Untergehen im Streben nach dem Glücke der Gesammtheit, dem Gesammtglück aller Menschen. Wer nicht daran theilnimmt, ist nicht nur unnütz sondern sogar schädlich." Blickte er sich um in seiner Zeit, dann mußte er feststellen, daß selbst eine Grundvoraussetzung für menschliches Glück nicht gegeben war: Es gab keinen Frieden in der Welt. 1897 begann der Griechisch-Türkische Krieg, ein Jahr darauf der Spanisch-Nordamerikanische Krieg und während er sich auf seiner großen Wanderung durch den Orient befand, wütete im südlichen Afrika der Burenkrieg. Wer angesichts solcher Ereignisse für das „Gesammtglück aller Menschen" wirken will, muß zunächst und vor allem gegen den Krieg angehen und darauf hinarbeiten, einen Frieden zu schaffen, der dauerhaft, stabil und sicher ist. Zu dieser Einsicht gelangte auch Karl May, und wenn er fortan mit seinen Mitteln für den Frieden stritt, was für ihn bedeutete, das Wort in den Dienst der Friedenserziehung zu stellen, so war er sich völlig im klaren darüber, damit zugleich einen wichtigen Beitrag für das allgemeine Menschenglück zu leisten. Wie entschlossen er dabei zu Werke ging, sollte sich bald zeigen.

Anfang des Jahres 1899 war in Nordchina die bewaffnete Volksbewegung Yihetuan losgebrochen, die sich gegen die schonungslose Ausplünderung des Landes durch verschiedene imperialistische Staaten, darunter auch Deutschland, richtete. Zum Schutz ihrer Interessen schickten diese Staaten Truppen nach China, die den Aufstand blutig und grausam niederschlugen. In den Heimatländern der Interventen wurde der Erfolg dieser Aggression als großer Sieg herausgestellt. In Deutschland war der namhafte Lexikograph und Publizist Joseph Kürschner dabei, eigens ein illustriertes

Prachtwerk herauszugeben, mit dem er das blutige Ereignis in Fernost im Sinne der imperialistischen Politik ideologisch auszuschlachten trachtete. Für den erzählenden Teil hoffte er den berühmten Schriftsteller Karl May zu gewinnen. In der berechtigten Annahme, Kürschner wolle ein seriöses populärwissenschaftlich-belletristisches Werk über China veröffentlichen, sagte Karl May seine Mitarbeit zu. Aber bald erreichten ihn Informationen über die wirkliche Zielsetzung des Buches. Wie er darauf reagierte, macht deutlich, wie ernst es ihm damit war, für den Frieden und das Glück aller Menschen zu wirken. Er nahm seine Zusage nicht etwa zurück, sondern bediente sich der List, nun seine Auffassung, die ein Ruf nach Frieden, nach Toleranz und nach Nächstenliebe war, in das Buch hineinzuschmuggeln. Erleichtert wurde ihm dieses Manöver dadurch, daß der Band zuerst in Lieferungen erschien und er demzufolge sein Manuskript ratenweise einsenden konnte. Herausgeber und Verleger waren bestürzt, als sie erkannten, welches Kuckucksei sie sich in ihr schönes hurrapatriotisches Nest hatten legen lassen. Sie drängten ihn, jene Teile des Romans, die wegen der Friedens- und Toleranzappelle auf die angezielten militanten und chauvinistischen Leserkreise brüskierend wirken mußten, umzuarbeiten und zu kürzen, aber vergeblich. Karl May blieb bei dem, was er geschrieben hatte, und er setzte sich durch damit. Für Joseph Kürschner war das kein erfreulicher Umstand, weshalb er glaubte, sich dafür im Vorwort rechtfertigen zu müssen: „Karl Mays Reiseerzählung, die erst während des Erscheinens der einzelnen Lieferungen des Buches vollendet wurde, hat einen etwas anderen Inhalt und Hintergrund erhalten, als ich geplant und erwartet hatte. Die warmherzige Vertretung des Friedensgedankens, die sich der vielgelesene Verfasser angelegen sein ließ, wird aber gewiß bei Vielen Anklang finden." Karl May hatte diesen Roman mit „Et in terra pax" überschrieben; 1904 hat er ihn in erweiterter Fassung unter dem imperativischen Titel „Und Friede auf Erden!" in die Werkausgabe übernommen.

Erfahrungen wie diese bestärkten Karl May darin, in seinen friedenserzieherischen Bemühungen fortzuwirken.

Dies um so mehr, als sich in der Folgezeit die Anzeichen häuften, daß die Auseinandersetzungen zwischen den rivalisierenden imperialistischen Mächten in Europa immer stärker einer Katastrophe zusteuerten. Namentlich die beiden Marokkokrisen von 1905 und 1911, in denen vor dem Hintergrund handfester ökonomischer und politischer Interessen die Frage einer französischen oder deutschen Vorherrschaft in diesem nordwestafrikanischen Land ausgetragen wurde, brachten Europa schon damals an den Rand eines Krieges. Ein allgemeines Wettrüsten und das Geschrei nach Revanche für den verlorenen Krieg von 1870/71, das konservative Kreise in Frankreich immer lauter hören ließen, steigerten den Ernst der Lage. In diesen Jahren der zunehmenden Kriegsgefahr nahm Karl Mays Friedensarbeit über den moralischen Inhalt hinaus immer stärker politischen Charakter an. Schon 1905 war er mit Bertha von Suttner, einer herausragenden Persönlichkeit der europäischen bürgerlichen Friedensbewegung, in Verbindung getreten. Und zur selben Zeit, als rechts und links vom Rhein reaktionäre Ideologen schon wieder oder immer noch von einer Erbfeindschaft zwischen dem französischen und deutschen Volk faselten, antwortete Karl May auf eine Umfrage der bedeutenden pazifistischen Zeitschrift „La paix par le droit", ob eine französisch-deutsche Annäherung wünschenswert sei, mit dem Bekenntnis: „Der Versuch einer französisch-deutschen Annäherung ist wünschenswert. Tausende von Menschen erwarten sie voller Freude. Jeder Deutsche, der nicht fehlgeleitet worden ist, schätzt und ehrt die Franzosen. Er wartet nur auf die Gelegenheit, sie lieben zu können und ihnen ein guter Freund und hilfreicher Nachbar zu sein." Das war 1907. Zur selben Zeit begann sein Roman „Der Mir von Dschinnistan" zu erscheinen, eines seiner wichtigsten und von der Struktur her kompliziertesten Werke. Seinem Verleger gab er die Auskunft: „Er ist eine geschriebene Symphonie auf den Völkerfrieden ..." In diesem Roman kommt seine Einmischung in die Politik vielleicht am unvermitteltsten zum Ausdruck. Er griff dabei einen Gedanken auf, der schon in den besten seiner früheren Arbeiten eine große Rolle gespielt hatte, nämlich die Vorstellung, daß das Gute das Böse nur von einer Position der Stärke aus besiegen kann. Jetzt übertrug er diesen Gedanken auf die Problematik von Krieg und Frieden: „Ich sage dir, mein Freund, der stolze Krieg steigt nie zum Frieden herab, um ihm die Hand zu reichen, sondern der Friede muß zu ihm empor, um ihn, der ewig widerstreben wird, herabzuschmettern. Hat der Krieg eine eiserne Hand, so habe der Friede eine stählerne Faust! Nur die Macht imponiert, die wirkliche Macht. Will der Friede imponieren, so suche er nach Macht, so sammle er Macht, so schaffe er sich Macht. Du siehst, daß der Friede niemals wirklich Friede sein kann. Er ist es nur so lange, als er die Macht besitzt, es zu sein. Er hat stets auf Vorposten zu stehen. Sobald er sich beschleichen und überfallen läßt, tritt der Feind an seine Stelle." Sein Anliegen bestand darin, deutlich zu machen, unter welchen Voraussetzungen der Friede diese Macht und diese Überlegenheit über den Krieg erlangen und bewahren könne. An erster Stelle stand für ihn die Heranbildung und Existenz des guten, humanen, nächstenliebenden Menschen, dessen höchste Vollendung er sich im „Edelmenschen" verkörpert dachte und dessen moralische Stärke er für unbesiegbar hielt. Insofern war ihm dieser „neue Mensch" nicht nur eine Voraussetzung, sondern auch eine Garantie für den dauerhaften, ewigen Frieden. Eine zweite Bedingung sah er in der Vereinigung dieser edlen Menschen einschließlich derer, die sich auf dem Weg zu ihnen befinden. Im Roman „Und Friede auf Erden!" ist es die Bruder- und Schwesternschaft der „Shen" und im vierten Band „Winnetou" (1909/10) der „Clan Winnetou", die ein solches Verbündnis repräsentieren. Von diesem neuen Menschentyp verlangte Karl May aber nicht nur hohe moralische oder wie er sagt: seelische Qualitäten, sondern auch große intellektuelle Fähigkeiten. In seinem „Mir von Dschinnistan" hat er diese Forderung als Frage formuliert: „Ihr habt stehende Heere für den Krieg, die jährlich viele Milliarden kosten. Wo habt ihr eure stehenden Heere für den Frieden, die keinen einzigen Para kosten, sondern Milliarden einbringen würden? Wo sind eure Friedensfestungen, eure Friedensmarschälle, eure Friedensstrategen, eure Friedensoffiziere?" Ganz ähnlich hatte er sich bereits ein Jahr zuvor dem Maler und Freund Sascha Schneider gegenüber geäußert. Schneider hatte ihm geschrieben: „Es muß doch immer wieder erst alles zerrissen und zerwühlt werden ehe ein neues Samenwort gesät werden kann. Der Acker braucht den Pflug, und die Menschheit den Krieg! Krieg! Blut und Wunden, damit wir wieder ein Geschlecht von Männern erhalten!" May antwortete: „Sie sagen, die Menschheit brauche den Krieg, damit wir wieder ein Geschlecht von Männern bekommen? Wo sind die Männer, die durch die letzten Kriege entstanden? Ich sehe sie nicht!!! Ich meine vielmehr, daß wir auf den Krieg eingingen, weil wir Männer hatten, ihn zu führen. Wehe und tausendmal wehe dem Volke, welches das Blut und das Leben von Hunderttausenden vergießt, um anderthalb Schock Ritter des eisernen Kreuzes erster Klasse dekorieren zu können! Wir brauchen Männer des Geistes, Männer des Wissens und der Kunst. Die wachsen aber nicht bei Wagram oder Waterloo!" Schließlich ging Karl May zu jenem Zeitpunkt noch von einer dritten Voraussetzung aus, wenn der Frieden über den Krieg triumphieren sollte. Krieg: das war ihm die eiserne, das heißt gerüstete, waffenstarrende Hand. Um sich dagegen zu wehren, so seine Forderung, „habe der Friede eine stählerne Faust!" Wie in seinen besten Reisegeschichten sollte der Friede mit List und Gewalt, auch mit der Gewalt von Waffen, das Böse, den Krieg, in eine solche Lage zwingen können, in denen er sich der Macht des Friedens beugen muß. Besaßen und benutzten nicht auch Old Shatterhand und Kara Ben Nemsi, die Edlen, ein Arsenal von Waffen, wenn sie sich wehren, sich verteidigen oder die bösen Gegner abschrecken und dann besseren Einsichten zuführen wollten?

Dieser kämpferische Pazifismus verband sich bei Karl May immer mit dem Aufruf zur sittlichen Läuterung. Als er kurz vor seinem Tod zu einem Vortrag nach Wien geladen war, hat er das Thema „Empor ins Reich der Edelmenschen" gewählt, und das wollte auch sagen: Empor ins Reich des ewigen Friedens. „Ich . . . spreche zu Ihnen nur als Schriftsteller", ist in einem Konzept der Rede nachzulesen, „als unfanatischer Laie, der nichts und nichts erstrebt als nur das eine, große, irdische Ziel: ‚Und Friede auf Erden!'" Die ausgewählten Texte dieser Anthologie sollen Auskunft darüber geben.

Berlin,
im Internationalen Jahr des Friedens
1986

Hainer Plaul

Quellennachweise

Tötendes Feuer. In: Das Neue Universum. Die interessantesten Erfindungen und Entdeckungen auf allen Gebieten. Ein Jahrbuch für Haus und Familie, besonders für die reifere Jugend. Stuttgart, Verlag von W. Spemann. 4. Jg. (1882/83), S. 1–17 (1. Teil von „Ein Oelbrand. Erzählung aus dem fernen Westen").

Am Winterwasser. In: Der Oelprinz. Eine Erzählung für die reifere Jugend. Stuttgart-Berlin-Leipzig, Union Deutsche Verlagsgesellschaft, (1897), S. 482–548.

In der Kaktusfalle. In: Old Surehand. 1. Band. Freiburg i. Br., Verlag von Friedrich Ernst Fehsenfeld. (1894), S. 329–370 (Auszug aus dem gleichnamigen dritten Kapitel).

Blutrache. Reiseerlebnis auf der Karawanenstraße nach Mekka. In: Regensburger Marien-Kalender für das Jahr des Heiles 1895. Regensburg-New York-Cincinnati, Verlag von Friedrich Pustet. 30. Jg., Sp. 159–184.

Sieg der Menschenliebe. In: Und Friede auf Erden! Freiburg i. Br., Verlag von Friedrich Ernst Fehsenfeld, (1904), S. 13–22, 43–47, 67–99 (Auszug aus dem ersten Kapitel „Ein Eiferer").

Gespräch über den Frieden. In: Ardistan und Dschinnistan. 1. Band. Freiburg i. Br., Verlag von Friedrich Ernst Fehsenfeld, (1909), S. 4–18, 22–44 (Auszug aus dem ersten Kapitel „Eine Mission").

Merhameh. In: Eichsfelder Marienkalender. Jahrbuch für die Mitglieder des allg. Vereins der christlichen Familien. 1910. Heiligenstadt, Verlag von F. W. Cordier. 34. Jg., Sp. 117–132.

Inhalt

ISBN 3-360-00172-9

1. Auflage
© Verlag Das Neue Berlin, Berlin · 1988
(Zusammenstellung, Kürzung und Nachwort)
Lizenz-Nr.: 409-160/235/88 · LSV 7104
Umschlag- und Einbandentwurf: Jörn Hennig
Printed in the German Democratic Republic
Gesamtherstellung: Karl-Marx-Werk Pößneck V15/30
622 773 7

01850